साहित्य अकादमी पुरस्कार से सम्मानित आर. के. नारायण का जन्म 10 अक्टूबर 1906 को हुआ। उन्होंने पंद्रह उपन्यास, पांच लघु-कथा संग्रह, यात्रा-वृत्तांत आदि लिखे। उन्हें उनके उपन्यास *गाइड* के लिए साहित्य अकादमी पुरस्कार दिया गया जिस पर उसी नाम से एक अत्यंत सफल हिन्दी फिल्म भी बनी। *मालगुडी की कहानियाँ, गाइड, स्वामी और उसके दोस्त, डार्क रूम, मिस्टर बी.ए., इंग्लिश टीचर, नागराज की दुनिया, मालगुडी का प्रिन्टर, महात्मा का इन्तज़ार, मालगुडी का मिठाईवाला* और *मालगुडी का मेहमान* उनकी अन्य मशहूर रचनाएँ हैं। उनके लेखन के अभूतपूर्व योगदान के लिए उन्हें अपने जीवन-काल में 'साहित्य अकादमी' और 'पद्‌मविभूषण' से सम्मानित किया गया था। 13 मई, 2001 को नारायण ने दुनिया से विदा ले ली, लेकिन अपने प्रशंसकों के दिल में वे आज भी ज़िंदा हैं।

बरगद के पेड़ तले भारत के श्रेष्ठ कहानीकार आर.के. नारायण के प्रिय काल्पनिक शहर, मालगुडी, की अमूल्य धरोहर में एक अनूठे नग की तरह है जिसमें सौदागर, भिखारी, साधु-सन्त, अध्यापक, चरवाहे, ठग जैसे अलग-अलग चरित्रों की दिलचस्प कहानियाँ हैं।

बरगद के पेड़ तले

आर. के. नारायण

राजपाल

अनुवाद

महेन्द्र कुलश्रेष्ठ

₹ 350

ISBN : 9789350643570

BARGAD KE PED TALE (Stories) by R.K. Narayan
(Hindi edition of *Under the Banyan Tree & Other Stories*
published in English by Indian Thought Publications)

राजपाल एण्ड सन्ज़
1590, मदरसा रोड, कश्मीरी गेट-दिल्ली-110006
फोन: 011-23869812, 23865483, फैक्स: 011-23867791
website : www.rajpalpublishing.com
e-mail : sales@rajpalpublishing.com

क्रम

भूमिका 7
बरगद के पेड़ तले 11
नित्या 16
सामने का घर 24
एक घोड़ा और बकरियाँ दो 29
रोमन मूर्ति 45
पहरेदार 52
सेवक 56
मन्दिर वाला बूढ़ा 63
हीरो 69
डोडू 74
दूसरा समुदाय 80
सूरज जैसा 85
चिप्पी 89
चाचाजी की चिट्ठियाँ 94
ग़ैर-ज़रूरी बात 98
घास में छिपा साँप 104
साँझ का तोहफ़ा 107
लुसिफ़र की साँस 113
अन्नामलाइ 128
आश्रय 154
गूँगे-बहरे साथी 158
किनारे पर 162
चार रुपये 166
नारियल की सुगन्ध 170
चालीस की उम्र में 175
अपराध और दंड 178
कीमत आठ आना 182
प्रतिरोधक 188

भूमिका

इस संकलन में दी जा रही अट्ठाईस कहानियों में से पहली दो इसी वर्ष लिखी गईं, और बाकी—मैं उन्हें भी पुरानी नहीं कहूँगा क्योंकि कहानी के लिए तारीख का महत्त्व नहीं होता। लेखक सब्ज़ी की तरह बोया, उगाया और काटा नहीं जाता। यह धारणा मुझे महत्त्वहीन लगती है; लेखक का वर्षों में किया काम शारीरिक-ऐतिहासिक दृष्टि से जाँचा-परखा नहीं जा सकता। लेखक की आरम्भिक कहानियाँ बाद में लिखी कहानियों से कमज़ोर नहीं हो सकतीं, और उसके लेखन का तथाकथित मध्यकाल विलक्षण या सामान्य भी नहीं कहा जा सकता। मुझे तिथिहीनता में विश्वास है। पत्रिका के लिए तारीख की मुहर ज़रूरी हो सकती है, कहानी के लिए नहीं, इन कहानियों को कालक्रम के अनुसार नियोजित करने का प्रयत्न करते हुए मैं इस निष्कर्ष पर पहुँचा। इससे लाभ नहीं पहुँचा, उन दो कहानियों को भी जिनकी तिथि का मैं अनुमान लगा सका। इसके बाद मैंने इन्हें कहानियों के विषय और भावना के अनुसार आयोजित करने की चेष्टा की, परन्तु वह भी बेकार रहा, इसलिए मेरे पास यही मार्ग शेष रहा कि इन्हें जैसे चाहे उठा लूँ, उनके ऊपर संख्या डाल दूँ, और जब सब कहानियों में नम्बर लग गए, तो यह संकलन समानताओं और परस्परविरोधों का सन्तोषजनक समूह बनकर सामने आ गया।

मैं यह कहने के लिए तैयार हूँ कि लेखन सम्बन्धी सब थियोरियाँ बकवास हैं। हर लेखक अपना अलग ढंग या ढंग का अभाव विकसित करता है, और हर कहानी किसी अज्ञात कारण से किसी तरह अस्तित्व में आती है। इस प्रक्रिया का वर्णन नहीं किया जा सकता। एक दफ़ा मैं रचनात्मक लेखन के एक सम्मेलन में भाग लेने गया था। वक्ता ने कहना शुरू किया : 'लेखन को दो भागों में बाँटा जा सकता है—अच्छा लेखन और बुरा लेखन। अच्छे लेखन से अच्छी किताबें तैयार होती हैं और बुरे लेखन से असफलता मिलती है।' इसके बाद कहानी की चर्चा करते हुए वह बोला, 'लघु कथा को छोटा होना चाहिए और कहानी होना चाहिए।' यह सुनकर मैं वहाँ से चुपचाप उठा और वक्ता की समस्या पर तरस खाते हुए बाहर आ गया।

मुझसे पूछा जाय, तो मैं बता नहीं सकता कि कहानी कैसे लिखी जाती है। ज़्यादा से ज़्यादा मैं यह कह सकूँगा कि एक समय मुझे कहानी के विषय खुली हवा से, बाज़ार से और मैसूर की सड़कों से मिलते थे। जीवन के आरम्भिक वर्षों में मुझे काफी स्वतन्त्रता प्राप्त थी, हमारे परिवार में कोई भी मेरे धन कमाये बिना रहने की शैली पर टिप्पणी नहीं करता था। मैं थोड़ा-बहुत पढ़ता था, कुछ लिखने की कोशिश करता था, और तालाब के किनारे लम्बी सैर के लिए निकल जाया करता था, पार्कों और बाज़ारों में घूमता था, और शहर के साथ लगी पहाड़ी पर चढ़ता-उतरता रहता था, और दिन के कुछ घंटे मैं मार्केट की भीड़ को देखा करता था—इसलिए नहीं कि इनमें से कोई विषय चुनूँ, बल्कि सिर्फ इसलिए कि आते-जाते लोग मुझे अच्छे लगते थे। दूसरी कहानी मैंने तब लिखी, जब मैंने एक टूटे हुए हाथ वाले भिखारी को, जो एक कॉफी हाउस के सामने खड़ा था, अचानक हाथ फैलाकर भीतर से, निकलते हुए खुश युवक-युवतियों से पैसे माँगते देखा। इसका शीर्षक था, 'एक हाथ वाला बहादुर'। इसकी पहली लाइन अब भी मुझे याद है; 'उसका एक हाथ टूटा ज़रूर था लेकिन वह मुझसे या आपसे ज़्यादा बहादुर नहीं था'—जो मुझे बहुत अच्छी लगी। इसमें और क्या था, यह तो अब याद नहीं है लेकिन यह सबसे पहले, चार दशक पहले मद्रास से प्रकाशित *हिन्दू* में छपी। सम्पादक की उदारता से यह कहानी छप गई। हालाँकि इसका विषय बहुत साधारण सा था—भिखारी की ज़िद से पूर्ण इच्छा कि उसे किसी तरह एक पुराना जैकेट मिल जाय। इसके बाद मैं *हिन्दू* का नियमित लेखक हो गया। इसकी प्रेरणा थी ज़िन्दा रहने के लिए हर महीने दो कहानियाँ लिखने की ज़रूरत। इस संग्रह की ज़्यादातर कहानियाँ रविवार के दिन छपने के लिए बृहस्पत को उसे दे देने की शर्त।

जैसा मैंने कहा, उपलब्ध विषयों की विविधता को व्यक्त करने का सबसे अच्छा साधन कहानी है। उपन्यास इससे एकदम भिन्न प्रकार का साधन है, इसमें एक केन्द्रीय विषय होता है, उसी के इर्द-गिर्द सारा विवरण घूमता है, और बाकी सब चीज़ें चाहे जितनी रोचक और विस्तृत हों, उन्हें छोड़ देना पड़ता है। कहानियों में, इसके विपरीत, मानवी अनुभव के बहुत सारे अंग संक्षेप में ही सही, प्रस्तुत किये जा सकते हैं।

कहानी की शुरुआत किसी व्यक्तिगत अनुभव या किसी सुनी हुई बात या किसी घटना के आधार पर भी की जा सकती है। आँख के केटेरेक्ट ऑपरेशन के कारण जब मुझे पट्टी बाँधकर दस दिन अस्पताल में चारपाई पर लेटे रहना पड़ा, तब मैं एक पागल युवा नर्स को 'लुसिफ़र की साँस' कहानी बोलकर लिखवाता रहा। 'अन्नामलाइ' इसी तरह एक अद्भुत व्यक्तित्व की डाकुमेन्टरी फिल्म है जिसने मेरे बंगले पर पंद्रह साल तक काम किया था। 'एक घोड़ा और बकरियाँ दो' कहानी एक अमेरिकी मित्र से मुझे मिली जो एक शाम मुझसे मिलने आया था और उसके

स्टेशन वेगन पर पड़ोस के गाँव से लाया मिट्टी का बहुत बड़ा घोड़ा लदा था। 'पनाह' कहानी फुसफुसाकर आपस में बात करते दो लोगों से पैदा हुई जो एक बस यात्रा में मेरे साथ सफ़र तय कर रहे थे।

कहानियों का क्रम, जैसा मैंने पहले ही कहा, कालानुसार नहीं है। दूसरी कहानी 'नित्या' मैंने इसीलिए चुनी क्योंकि यह एक तेज़ युवक की कहानी है जिसका दिमाग बहुत अच्छा और दिल में विद्रोह था, और पहली कहानी एक पुरानी कहानी सुनाने वाले की कहानी है जिसने एक समय के बाद कहानी सुनाना बंद कर दिया क्योंकि वह मानता था कि कहानी कहनेवाले को यह जानना चाहिए कि कहाँ पहुँचकर वह खुद चुप हो जाय, दूसरों को उसे यह बताना न पड़े।

–आर. के. नारायण

21 फरवरी, 1984

बरगद के पेड़ तले

मेम्पी के जंगली इलाके में बसे सोमल गाँव की आबादी तीन सौ से कम थी। हर तरह से यह ऐसा गाँव था जिसे देखकर सुधारक का दिल बैठ जाता। इसका तालाब, छोटा-सा पानी का भंडार, गाँव के बीचोंबीच था, इसका पानी पीने, नहाने और मवेशियों को धोने-साफ करने के लिए इस्तेमाल किया जाता, और इससे मलेरिया, टायफ़ायड और भगवान जाने क्या-क्या बीमारियाँ फैलती थीं। घर जहाँ-तहाँ फैले हुए थे और गलियाँ इधर-उधर एक-दूसरे के ऊपर चढ़ती-उतरती-काटती हर तरफ बिखरी पड़ी थीं। रहने वाले मुख्य सड़क का गंदगी फेंकने के लिए इस्तेमाल करते थे और हर घर के पिछवाड़े नालियों का पानी इकट्ठा था जिसमें हरी-हरी काई के थप्पे तैरते रहते थे।

ऐसा था यह गाँव। हो सकता है कि यहाँ के लोग समझदार नहीं थे; लेकिन इससे भी ज़्यादा संभव यह था कि उन्हें अपना माहौल दिखाई ही नहीं देता था, क्योंकि वे एक तरह के स्थायी आकर्षण में बँधे यहाँ रह रहे थे। यह आकर्षण था कहानी सुनाने वाले नम्बी का। साठ या सत्तर का था यह आदमी। या यह अस्सी या एक सौ अस्सी का था? कौन बताता यह? सबसे इतना कटकर बसा यह गाँव—बस स्टैंड यहाँ से दस मील दूर था—समय की मान्य धारणाओं के अनुसार गणना कैसे हो सकती थी! अगर कोई नम्बी से उसकी उम्र पूछता, तो वह किसी पिछले अकाल की, या किसी के हमले की, या कोई पुल बनने की चर्चा करता और कुछ दिखाकर कहता कि तब वह ज़मीन से इतना बड़ा था।

वह पढ़ा-लिखा नहीं था, इस अर्थ में कि लिखित शब्द उसके लिए एक रहस्य था, लेकिन वह अपने दिमाग में कहानी बना सकता था, हर महीने एक कहानी, और हर कहानी दस दिन में सुनाकर खत्म करता था।

घर उसका छोटा सा मन्दिर था जो गाँव के सिरे पर बना था। कोई नहीं बता सकता था कि वह अपने को इस मन्दिर का मालिक कैसे बताता था। मन्दिर बहुत छोटा, लाल धारियाँ पड़ी दीवारों से बना था, जिसमें देवी शक्ति की मूर्ति

रखी थी उसका सामने का हिस्सा नम्बी का घर था। दरअसल कोई भी जगह उसका घर हो सकती थी क्योंकि उसके पास कोई सामान ही नहीं था। उसके पास सिर्फ एक झाड़ू था जिससे वह मन्दिर की सफाई करता था, और दो जोड़ी धोतियाँ और ऊपर का वस्त्र। दिन का ज़्यादा वक्त वह बरगद के पेड़ की छाँव में बिताता, जिसकी शाखाएँ मन्दिर के सामने फैली हुई थीं। जब उसे भूख लगती तब वह जिसके भी चाहता घर में प्रवेश करता और वहाँ खाना खा लेता था। उसे कपड़ों की ज़रूरत होती तो गाँववाले खुद ही लाकर दे जाते। उसे मिलने-जुलने के लिए कहीं जाने की ज़रूरत नहीं पड़ती थी, क्योंकि बरगद के नीचे ही सारा गाँव इकट्ठा होता और गपशप करता था। दिन भर लोग उससे मिलते और गपशप करते। अगर उसका मूड अच्छा होता तो वह सबसे बातचीत करता और उन्हें किस्से-कहानियाँ सुनाता, अपनी राय देता। लेकिन जब उसका मूड खराब होता तो वह उन पर तीखी नज़र डालता और पूछता, 'तुम मुझे क्या समझते हो? अगले चाँद तक कहानी सुनने को न मिले, तो मुझे दोष मत देना। जब तक मैं ध्यान नहीं लगाऊँगा, देवी मुझे नई कहानी क्यों देगी? तुम सोचते हो कि कहानी हवा में उड़ती है?' यह कहकर वह जंगल के सिरे पर जा बैठता और पेड़ों को देखता रहता।

शुक्रवार की शाम सारा गाँव पूजा करने मन्दिर पर इकट्ठा होता और नम्बी बीसियों मिट्टी के दीये जलाकर चारों तरफ़ रख देता। प्रतिमा को फूलों से सजाता, जो उसके पिछवाड़े बड़ी तादाद में खिलते रहते थे। वह पुजारी का काम करता और देवी के ऊपर गाँव वालों के लाये फूल और फल चढ़ाता।

जब कोई कहानी तैयार हो जाती, वह उस रात एक दीया जलाता और पेड़ के तने में बने किसी सुराख में रख देता। खेतों से घर लौटते किसान उसे देखते और घर पहुँचकर अपनी बीवियों से कहते, 'अरे, सुनो, जल्दी से खा-पी कर तैयार हो जाओ, कहानीवाला आज हमें बुला रहा है।' चंद्रमा पहाड़ी के ऊपर चढ़ता, तो गाँववाले, उनकी बीवियाँ और बच्चे पेड़ के नीचे इकट्ठे होने लगते। वे कहानीवाले का इन्तज़ार करते। वह देवी के सामने आँखें बन्द किये, ध्यान की मुद्रा में बैठा रहता। जब तक उसकी इच्छा होती, वह बैठता, फिर निकलता तो उसके माथे पर राख पुती होती, सिंदूर लगा होता, और वह सामने रखे एक पत्थर पर आराम से बैठ जाता। एक प्रश्न के साथ वह कहानी शुरू करता। उँगली उठाकर किसी तरफ़ इशारा करता और पूछता, 'हज़ार साल पहले, इस दिशा में थोड़ी दूर पर—पता है वहाँ क्या था? आज की तरह झाड़-झंखाड़ नहीं थे वहाँ, जहाँ गधे आकर लोट-पोट करें। आज की तरह राख का ढेर नहीं था। वहाँ राजधानी थी राजा की।' राजा का नाम दशरथ, विक्रमादित्य, या अशोक, या जो भी उसके दिमाग़ में उस समय आता, हो सकता था, और राजधानी का नाम कपिला, क्रीड़ापुर या कुछ और भी हो सकता था। इस तरह शुरुआत करके वह तीन घंटे लगातार बोलता चला जाता।

वह एक-एक ईंट लगाकर राजा का महल उठाता। फिर वह शान से चमकते दरबार हाल का ज़िक्र करता जिसमें सौ करदाता राजा बैठे होते; मंत्री और दरबारी होते, महल के दूसरे हिस्से में दुनिया भर के मशहूर संगीतज्ञ इकट्ठे होकर गाते-बजाते, और ये सब गाने नम्बी खुद गाकर श्रोताओं को सुनाता और महल की दीवारों पर जो चित्र और पुरस्कार लटके होते, उन सबका विस्तार से वर्णन करके बताता।

वह बड़े पैमाने पर कहानी को खड़ा करता। पहले दिन वह उसका सिर्फ ढाँचा प्रस्तुत करता, और श्रोताओं को पता ही नहीं चल पाता कि कहानी का विषय क्या होगा। फिर चाँद जब पहाड़ी के पीछे ढलने लगता, तब वह कहता, 'अब, बंधुओ, माँ का आदेश है कि आज के लिए इतना काफी है।' यह कहकर वह तेज़ी से उठता, भीतर जाकर लेट जाता, और लोगों का शोर थमने से पहले ही गाढ़ी नींद में सो जाता।

दो-तीन दिन बाद दीये की रोशनी फिर दिखाई देती, और चाँदनी रातों में बार-बार राजा और शूरवीरों, शैतानों और परी-समान स्त्रियों, मनुष्य रूप में देवी-देवताओं, संतों और हत्यारों की कहानियाँ बरगद के पेड़ तले उड़ती-घूमती-फिरती रहतीं। नम्बी का स्वर संगीत की तरह कभी ऊपर उठता, कभी नीचे गिरता, और चन्द्रमा की रोशनी तथा रात का समय उसमें जैसे जादू पैदा कर देते। गाँव वाले नम्बी के साथ हँसते, उसके साथ रोते, शूरवीरों के गुण गाते, दुष्टों को शाप देते, षड्यंत्रकारी की आरम्भिक सफलता पर आँखें तरेरते, और देवताओं से प्रार्थना करते कि इसे सफल न होने दें।

जिस दिन कहानी समाप्त होती, सब लोग पूजा गृह में इकट्ठे होकर देवी के गुण गाते और उसके सामने सिर झुकाते।

फिर जब दोबारा चाँद आसमान में निकलता, नम्बी की नई कहानी तैयार हो जाती। वह पुराने ढंग की कहानी दोबारा नहीं कहता, न पुराने चरित्रों के समान चरित्र पेश करता, इसलिए गाँव के लोग उसे बहुत चमत्कारी व्यक्ति समझते, ज्ञान वाक्यों की तरह उसके शब्द बोलते, और कुल मिलाकर एक उन्नत स्तर पर जीवन व्यतीत करते, हालाँकि सभी क्षेत्रों में उनके सामने कठिनाइयाँ पेश आतीं और ज़िन्दगी सपाट रहती।

फिर भी यह सालों साल इसी प्रकार चलता आ रहा था। एक चाँद वाले दिन उसने दीया जलाया, और श्रोता एकत्र हुए। वृद्ध हुए नम्बी ने अपना आसन सम्भाला और कहना शुरू किया...'जब विक्रमादित्य राज करता था, उसका मंत्री था...' यह कहकर वह रुका। वह इसके आगे नहीं बढ़ सका। उसने फिर शुरू किया, '...राजा के राज में,' यह उसने दो-तीन दफ़ा दोहराया, फिर बोला, 'आज मुझे क्या हो रहा है...?' उसने दयनीय भाव से कहा। 'हे माँ, महिमामयी माँ, आज मैं यह लड़खड़ा क्यों रहा हूँ? मैं सारी कहानी जानता हूँ...क्षणभर पहले यह मेरे

दिमाग में थी। किस बारे में थी यह? मैं समझ नहीं पा रहा कि मुझे क्या हो रहा है?' वह रुका और बड़े दयनीय भाव से सामने देखने लगा, तो लोगों ने कहा, 'आप थक गये हैं धीरे-धीरे बोलें...!'

यह सुनकर वह चीखा, 'चुप रहो! मैं थक गया हूँ! अच्छा, ज़रा ठहरो, मैं अभी सुनाता हूँ।' लोग शान्त हो गये, कुछ उसकी ओर देखने लगे। 'इस तरह मुझे मत देखो,' जैसे वह फट पड़ा। किसी ने उसे दूध का लोटा लाकर पिलाया। सब शान्ति से इन्तज़ार कर रहे थे। यह उनके लिए नया अनुभव था। कुछ लोग ज़ोर-ज़ोर से सहानुभूति ज़ाहिर करने लगे। कुछ आपस में बातें करने लगे। जो लोग भीड़ के अंत में बैठे थे, वे चुपचाप खिसकने लगे। धीरे-धीरे आधी रात हुई तो बाकी लोगों ने भी उन्हीं का अनुसरण किया। नम्बी फ़र्श को देखता बैठा था, उसका सिर नीचे झुका हुआ था। पहली दफ़ा उसे महसूस हो रहा था कि वह बूढ़ा हो रहा है। अब वह अपने विचारों को सहेज नहीं सकेगा और न क्रम से व्यक्त कर सकेगा। उसने ऊपर देखा। उसके मित्र मारी लुहार को छोड़कर सब लोग जा चुके थे। 'मारी, तुम क्यों नहीं चले गये?' मारी ने माफ़ी माँगी और कहा, 'वे लोग तुम्हें थकाना नहीं चाहते थे। इसलिए चले गये।'

नम्बी उठ खड़ा हुआ। 'तुम ठीक ही कहते हो। कल मैं यह कमी दूर कर दूँगा। उम्र, उम्र...। मेरी उम्र क्या बहुत है? यह तो अचानक हो गया।' उसने अपने सिर की तरफ़ इशारा किया और बोला, 'यह कह रहा है, ''बुढ्डे बेवकूफ़! यह मत सोचना कि मैं तुम्हारी और नौकरी करूँगा। अब से तुम मेरी सेवा करोगे।'' यह आज्ञा नहीं मानता और धोखा दे रहा है।'

दूसरे दिन उसने फिर दीया जलाया। लोग हमेशा की तरह पेड़ के नीचे इकट्ठा हुए। नम्बी ने सारा दिन ध्यान में बिताया था। वह देवी से प्रार्थना कर रहा था कि उसका त्याग न करे। उसने कहानी शुरू की। घंटे भर तक बिना रुके बोलता रहा। इससे उसे बड़ा संतोष हुआ। बीच में रुककर कहने लगा, 'भाइयो, माँ बहुत कृपालु है। मैं बेवकूफ था जो डर गया था...' और कहानी सुनाता रहा। कुछ मिनट में उसे तकलीफ़ हुई, लगा, जैसे गला सूख गया है। लेकिन उसने कोशिश जारी रखी, 'और फिर...इसके बाद क्या हुआ?' उसकी वाणी लड़खड़ाई। इसके बाद वह चुप हो गया और घंटे भर चुप रहा। लोग चुपचाप उठे और घर चले गये। बूढ़ा पत्थर पर बैठा मुर्गा बाँग देने तक वहीं सोचता बैठा रहा। 'मैं उन्हें दोष नहीं दे सकता,' उसने खुद से कहा। 'क्या वे भी रात भर यही ऊंघते रहते?'

दो दिन बाद उसने कहानी का अगला हिस्सा सुनाया और कुछ मिनट बाद चुप हो गया। सब लोग उठ गये। अब उन्होंने दीये पर ध्यान देना कम कर दिया। बहुत कम लोग कर्तव्य के वशीभूत आते थे। नम्बी भी समझ गया कि ज़्यादा खींचने की ज़रूरत नहीं है। उसने समय से पहले कहानी खत्म कर दी।

वह जानता था कि क्या हो रहा है। अपनी असफलता के विचार से वह परेशान होने लगा। मैं सालों पहले मर जाता तो ज़्यादा सुखी होता—वह अपने को समझाने लगा। माँ, तुमने मुझे गूँगा क्यों कर दिया? उसने मन्दिर में अपने को बंद कर लिया, खाना बहुत कम कर दिया, और सारा दिन ध्यान की मुद्रा में आँखें बन्द किये बैठा रहता।

अगला चाँद पहाड़ी से झाँका। नम्बी ने दीया जलाया। घर लौटते किसानों ने देखा, लेकिन बहुत थोड़े लोग रात को इकट्ठे हुए। बूढ़े ने पूछा, 'और लोग कहाँ हैं? चलो, इन्तज़ार करते हैं।'

वह इन्तज़ार करने लगा। चाँद निकल आया। और लोग भी धीरज से बैठे रहे। फिर बूढ़ा बोला, 'आज मैं कहानी नहीं सुनाऊँगा, न कल सुनाऊँगा, जब तक सारा गाँव इकट्ठा नहीं हो जाता। मैं इसका आग्रह करता हूँ। बड़ी महत्त्वपूर्ण कहानी है। हर किसी को सुननी चाहिए।'

दूसरे दिन वह गाँव की सड़कों पर घूम-घूम कर कहता रहा; 'आज मैं बड़ी अद्‌भुत कहानी सुनाऊँगा। सब लोग आयें...कोई बाकी न रहे...' इस अपील का बहुत प्रभाव पड़ा। रात को बरगद के नीचे भारी भीड़ इकट्ठी हो गई। सब खुश थे कि कहानीवाला पहले की तरह स्वस्थ हो गया है। जब सब लोग अपनी जगह आराम से बैठ गये, नम्बी मन्दिर से बाहर निकला और बोला, 'यह माँ ही है जो उपहार देती है, और वही सब उपहार वापस ले लेती है। नम्बी तो उसका सेवक है। वह बोलता है, जब माँ को कुछ कहना होता है। जब कुछ नहीं कहना होता, तो चुप हो जाता है। लेकिन चमेली की खुशबू खत्म हो जाय। तो उसका उपयोग ही क्या है? तेल खत्म हो जाय तो, दीये का क्या उपयोग है...? माँ को धन्यवाद...ये इस पृथ्वी पर मेरे आखिरी शब्द हैं और यही मेरी सबसे बड़ी कहानी है।'

यह कहकर वह उठा और मन्दिर के भीतर चला गया। श्रोताओं को समझ नहीं आया कि उसका अर्थ क्या है। वे, जब तक थक नहीं गये, बैठे रहे, फिर कुछ उठे और मन्दिर के भीतर गये। वहाँ कहानीवाला आँखें बन्द किये बैठा था। 'आप कहानी नहीं सुनायेंगे?' सबने पूछा।

उसने आँखें खोलीं, उनकी तरफ देखा, और सिर हिला दिया। इशारे से बता दिया कि जो भी कहना था, सब कह दिया है।

जब उसे भूख लगी, तो वह उठा, घर के भीतर गया, और खाकर फिर चल पड़ा। इससे ज़्यादा उसे अपने साथियों से कुछ और नहीं चाहिए था। शेष जीवन—वह कुछ साल और जीवित रहा—एकदम चुप रहकर बीता।

नित्या

'नित्या,' उसके पिता ने निश्चयपूर्वक कहा, 'हम शुक्रवार को सवेरे की बस से चल रहे हैं।' नित्या देख रहा था कि घर में इस यात्रा की तैयारियाँ की जा रही हैं। माँ, तीन लोगों के लिए खाना बना रही थी और एक थैले में मन्दिर में पूजा करने के लिए नारियल, फूल और धूप-दीप रख रही थी। नित्या जानता था कि यह सब उसी के लिए किया जा रहा है। वह जब भी चौके में कॉफ़ी के लिए क़दम रखता, माँ यही कहती, 'यह तो व्रत था जिसे हमें पूरा करना है।' नित्या विषय बदलने की कोशिश करता, इसका मज़ाक उड़ाता, हँसता और वहाँ से बाहर निकल आता। उन्होंने पहाड़ी पर भगवान के सामने व्रत लिया था कि अगर नित्या जीवित रहा तो उसके सिर के बाल मूँड़कर विधि-विधान के साथ देवता को अर्पित किये जायेंगे।

तब वह दो साल का था और ज़बरदस्त खाँसी और बुखार से पीड़ित था। अब वह बीस साल का था, और यद्यपि लगता था कि व्रत को पूरा करने का समय निकल चुका है, परन्तु उनको लगता था कि इसका पालन न करना अच्छा नहीं होगा। पिता एक पुरानी डायरी के पन्ने उलट रहे थे, जिसमें यह लिखा था—कि भगवान के सामने उन्होंने क्या निश्चय किया था? माँ ने भी एक कपड़े में एक सिक्का गाँठ लगाकर रख दिया था—कि उसे यह व्रत याद रहे, हालाँकि अब वह कपड़ा उसे नहीं मिल रहा था। डायरी और व्रत ज़मीन के एक मुकदमे में उलझ जाने के कारण, जो बहुत लंबा चला और नित्या की उम्र बढ़ती चली गई, यह आवश्यक कार्य उनके दिमाग से उतर गया। मुकदमा साल-दर-साल विरोधी पक्ष के विशेष प्रतिभाशाली वकील की तर्कबुद्धि के कारण खिंचता चला गया, क्योंकि वह हर नए जज के सामने एक नई बात कहकर अगली तारीख डलवा लेता था। पिता भी ज़िद्दी और अपनी बात पर दृढ़ थे क्योंकि वे जानते थे कि ज़मीन की वसीयत साफ़ तौर पर उन्हीं के पक्ष में है। अंत में जब फ़ैसला आया तब उनकी हालत काफी पतली हो चुकी थी, और उनका वकील—जो कभी उत्साह से भरा-पूरा

युवक हुआ करता था, अब हिलते हुए दाँत और मैला-कुचैला गाउन पहने अदालत में घूमता नज़र आने लगा था।

अब आज जब पिता ने यात्रा की तारीख घोषित कर दी तब नित्या ने विरोध में कहा, 'इससे मेरा कोई लेना-देना नहीं है; आपका बीस साल पुराना व्रत बेकार हो चुका है। और मुझसे पूछे बिना आपको मेरी चाँद मुड़वाने का अधिकार नहीं है।'

'बेटा, तब तुम सिर्फ़ दो साल के थे।'

'तो जब मुझे समझ नहीं थी, तभी आपको यह कर देना चाहिए था।'

'तुम बीमार भी तो रहे बहुत दिनों तक।'

'पर मैं तो बच गया, यानी मैं ख़त्म नहीं हुआ, मेरी बीमारी खत्म हो गई। इसमें भगवान कहाँ से आता है—कि कोई भगवान है और उसे मेरे बालों की ज़रूरत है?'

उसका यह रुख देखकर माँ-बाप दोनों दंग रह गये और माँ बोली, 'बेटा ऐसी बातें मत कर—तुझे और जो करना हो, करता रह।'

पिता ने भी डाँट लगाई, 'नित्या, भगवान की इस तरह निन्दा करना गलत है। उन्होंने हमारी प्रार्थनाएँ सुनीं और तुम्हारी जान बख्शी, नहीं तो...' वे अपना वाक्य पूरा नहीं कर सके।

'तो यह एक सौदा था?' नित्या ने मज़ाक के लहज़े में सवाल किया।

'हाँ,' पिता ने उत्तर दिया। 'यह सौदा ही था और इसे पूरा करना ज़रूरी है।'

'ठीक है, लेकिन जो सिर आपने अर्पित किया, वह आपका नहीं है। जो चीज़ आपकी है ही नहीं, उसके लिए सौदेबाज़ी आप कैसे कर सकते हैं?'

'यह तुम्हारे भले के लिए करना पड़ा।'

'क्या मैंने इसकी माँग की थी?' नित्या ने दाँत निकालकर पूछा। माँ की आँखों में आँसू आ गये। पिता ने गुस्सा करते हुए कहा, 'तुम यह कहकर पाप कर रहे हो। बहुत बुरी बात है। पता नहीं, ये विचार तुममें कहाँ से आये?'

इस क्षण पड़ोस के एक शराबी ने, जो बाहर खड़ा ध्यान से उनकी बहस सुन रहा था, वहीं से आवाज़ लगाई, 'चुप रहो, मेरे बीवी नहीं है। दूसरों की दो-दो, तीन-तीन होती हैं...घटिया, मतलबी साले!' यह आदमी सरकारी नौकरी में चीफ़ इंजीनियर था, जिसे शराब पीने के कारण निकाल दिया गया था, और बाद में परिवार ने भी उससे नाता तोड़ लिया। नित्या को उसकी बातें पसन्द थीं और जब वह सड़क के किनारे शराब की दुकान पर पी कर उलटी-सीधी बातें करता इधर-उधर चक्कर लगाता, तब वह उसकी बातों का मज़ा लेता था। उसने अपनी डायरी में एक जगह लिखा था; इंजीनियर ने चौके को पाखाना समझ लिया, तो यह बात उसकी बीवी को मंज़ूर नहीं हुई। अब उसे वहाँ से हटाने के बहाने से नित्या सीढ़ियों से उतर कर नीचे गया और माता-पिता से अलग हो गया। इसके बाद पिता ने उसकी पूरी निगरानी शुरू की और जब तक शुक्रवार को सवेरे वह पीले रंग की

बस में सवार नहीं हो गया, और मन्दिर के लिए बस चल नहीं पड़ी, तब तक उसके साथ ही लगे रहे।

अब बस में अपनी बगल में बिठाकर पिता निश्चिंत हो गये और इधर-उधर की छिट-पुट बातें करते रहे। माँ उनसे दूर पीछे की एक सीट पर बैठी गाँवों से लौट रही औरतों के साथ गपशप करती रही। बस एलामन स्ट्रीट से निकलकर नल्लप्पा की झाड़ियों से गुज़री और नदी के दूसरे किनारे पर पानी में छप-छप करती आगे बढ़ने लगी। ड्राइवर बहुत आत्मविश्वास से भरा बस को चलाये जा रहा था। सवारियाँ ऊबड़-खाबड़ रास्तों के कारण उछलती-गिरती और एक दूसरे से टकराती रास्ता तय कर रही थीं। किसी को कोई परेशानी नहीं हो रही थी, बस नित्या ने कई दफ़ा टिप्पणी की, 'कैसा सफ़र है यह!'

'बेटे, तुम्हें धीरज रखना चाहिए। हमारा देश गरीब है और हम बंबई या मद्रास जैसी सुविधाएँ नहीं जुटा सकते।' सवारियाँ ज़्यादातर ग्रामीण थीं जो इन हचकों का मज़ा लेते हुए और आपस में गपशप करते इनका मज़ा ले रही थीं, और कभी-कभी कंडक्टर से भी हँसी-मज़ाक कर लेतीं। बस, जगह-जगह रुकती तो सवारियाँ चढ़ती-उतरतीं; बस के पहिये लम्बी चीख मारते और धूल उड़ाते रुकते और फिर चल पड़ते। कई जगह बस करीब-करीब खाली हो जाती और कई जगह ठसाठस भर जाती, तो कंडक्टर आवाज़ लगाता, 'बढ़ते रहो, आगे बढ़ते रहो।' लोग पता नहीं कैसे चढ़ते और उतरते रहते और खड़े भी रहते, और इस तरह सफ़र जारी रहता। कोई कुछ एतराज़ नहीं करता, बस, कंडक्टर की जेब में पैसे बढ़ते चले जाते—वह खुद पायदान पर इस तरह खड़ा अपना काम करता रहता, जैसे अब गिरा, तब गिरा। उसकी जेब भरती चली जाती, जिसे देखकर नित्या ने अपनी डायरी में लिखा, 'बस हिलती-डुलती, कराहें भरती बढ़ती ही चली जाती है; इसमें बहुत वज़न है पर यह फटती ही नहीं। आखिरी धक्का अभी लगना है। और असली सवाल क्या है? ...यह कि इसका मालिक कौन है? यह कंडक्टर तो हरगिज़ नहीं है हालाँकि उसकी जेब लगातार पड़ रहे सिक्कों से मोटी होती चली जा रही है, हर सेकिंड और हर मिनट अमृत की तरह पैसा उसमें बरस रहा है।'

एक स्टॉप पर बस रुकी तो कंडक्टर ने कहा, 'आपको यहाँ उतर कर पहाड़ी पर चढ़ना होगा। बस वहाँ तक नहीं जा सकती।' वे बस में धक्का-मुक्की करते हुए बाहर निकले, माँ अपने खाने-पीने और सामान के थैले सँभालकर धीरे-धीरे बाहर निकाल लाई। पिता ने ड्राइवर से पूछा, 'आप वापस कब लौटेंगे?'

'पाँच, छह या सात बजे; अगर आज न आ पाये तो कल सवेरे।' यह कह कर उसने बस आगे बढ़ाई।

पहाड़ी की चोटी पर मन्दिर खड़ा था, जो खेतों के बीच से दिखाई दे रहा था, लेकिन यह दूरी कितनी है, यह जान पाना आसान नहीं था। खेतों के बीच

एक पगडंडी दिखाई दे रही थी, जिससे होते हुए उन्हें आगे बढ़ना था, आगे पिता, बीच में नित्या, पीछे माँ—एक के पीछे एक। नित्या ने सोचा, यह इसलिए क्योंकि इन्हें मुझ पर विश्वास नहीं है, कहीं मैं भाग न जाऊँ। लेकिन इसका मौका ही कहाँ है...चारों तरफ झाड़-झंखाड़ और कीचड़! खुली जगह है ही नहीं।

घंटा भर चलने के बाद वे एक गाँव में पहुँचे जो पहाड़ी पर इधर-उधर फैला था। नित्या पूछना ही चाहता था, ईश्वर सब जगह है तो यहाँ तक आने की ज़रूरत ही क्या है? मैं विनायक स्ट्रीट के नाई के सामने ही जिससे आप अपनी हजामत करवाते हो, अपना सिर मूंड़ने के लिए झुका देता? पिता ने जैसे उसका दिमाग, पढ़ लिया और कहने लगे, 'हमारे पुरखों ने पाँच सौ साल पहले इस मन्दिर की स्थापना की थी—या शायद इससे भी पहले। यहीं कुमार ने राक्षस का वध किया था...जिसका नाम मुझे याद नहीं आ रहा।'

'नाम का क्या, कुछ भी हो सकता है, था तो वह राक्षस ही।' पिता ने बेटे की टिप्पणी को नज़रअंदाज़ किया और अपनी बात कहते रहे, 'मन्दिर चोल राजा ने बनवाया था जो यहाँ राज करता था, फिर समय के बीतने के साथ यह हमारे पुरखों के इन्तज़ाम में आ गया।'

'आप यह निश्चय से कैसे कह सकते हैं?' नित्या ने सवाल किया।

'तुम्हें हर बात पर सवाल करने की आदत पड़ गई है,' पिता ने तल्खी से कहा।

'नहीं, मैं बस जानना चाहता था।'

'यह ताम्र पत्र में लिखा है, पत्थर के खंभों पर; ताड़ पत्रों पर जिन्हें पढ़कर विद्वान लोग नतीजे निकालते हैं। तुम्हीं अकेले बुद्धिमान इस दुनिया में नहीं हो! एक ताड़ पत्र पर मेरे दादा के पिता का नाम भी लिखा है, और यह भी कि रथ-यात्रा के उत्सव पर सब प्रबंध और व्यय हमें ही करना है। सार्वजनिक भोज भी हमें देना होता है। उत्सव से दस दिन पहले दिसम्बर में वे पैसा जमा करने शहर आते हैं...सौभाग्य से इस लेख की प्रतिलिपि मेरे पास है, जिसमें वार्षिक दान की रसीदें भी हैं—और जो मुकदमे का फैसला करने में मेरे काम आई।' नित्या ने बाद में अपनी डायरी में लिखा : 'इस स्थिति में, इतना समय बीत जाने पर भी, और इतने पवित्र स्थल पर भी मेरे पिता मुकदमे और अदालत को भूल नहीं पाये, उस इंजीनियर की ही तरह जो अपनी बीवी के न होने को भूल नहीं पाता।' जब वे गाँव के छोर पर पहुँचे, तो पिता की चाल धीमी हुई और उन्होंने हलका-सा अपना चेहरा घुमाकर चारों तरफ नज़र डालकर आवाज़ लगाई, 'अरे, कहाँ हैं सब लोग?' जैसे स्वागत समिति ने उन्हें धोखा दिया हो।

फिर एक जगह खड़े होकर उन्होंने ज़ोर से आवाज़ लगाई 'अरे, रामा...' और उनकी आवाज़ सुनकर कुछ औरतें और बच्चे एक तरफ से बाहर निकले, और

उन्हें देखकर उनकी तरफ दौड़े। फिर उन्हें अपने घरों में बुलाया। पिता ने ज़ोर से कहा, 'आऊँगा, लेकिन बाद में। पहले मन्दिर। मुखिया को बुलाओ।'

'सब जंगल गये हैं;' एक औरत बोली, फिर एक लड़के के गाल में उँगली दबाकर बोली, 'तू दौड़ के जा और रामा से कह कि ट्रस्टी साहब आये हैं।' लड़का तीर की तरह लपक चला। उन्होंने अपनी झोंपड़ियों से बैठने के लिए कुर्सियाँ निकालीं और एक पेड़ के नीचे उन्हें रखकर इनसे बैठने को कहा। फिर घरों में घुसकर कहीं से कुछ केले और दूध का एक लोटा बाहर लाईं और इन अतिथियों के सामने एक लकड़ी के स्टूल पर रख दिया। नित्या यह सब देखकर बोला, 'बस, मैं भी यही चाहता था।' उसने एक केला लेने की कोशिश की लेकिन पिता ने रोका, 'अभी नहीं, व्रत पूरा करने के बाद।' नित्या ने बाद में डायरी में लिखा, 'अभी नहीं, व्रत पूरा होने के बाद। चाहे केला ट्रे में रखा गलता चला जाये और दूध खट्टा होने लगे!' मुखिया आ गया और काम की बातें होने लगीं, जिसे चारों तरफ़ जमा भीड़ बड़े ध्यान से सुनने लगी। पिता ने अधिकार के स्वर में पूछा; 'पुजारी कहाँ है? मन्दिर खुलवाना है। हमें लौटती बस से जाना भी है।'

मुखिया ने आदरपूर्वक कहा, 'अभी क्यों जायेंगे? रात रेस्ट हाउस में बिताइये। इतने दिन के बाद तो पधारे हैं आप।'

नित्या ने तुरन्त इसका विरोध किया, 'आप दोनों चाहें तो रुक जायें, लेकिन मुझे बस से वापस लौटना है।' उसे कॉलेज यूनियन के ईवनिंग ग्रुप में शामिल होना था। माँ बोली, 'धीरज से काम लो।' लेकिन नित्या ने जवाब दिया, 'इस शाम मुझे बहुत कुछ करना है।' पिता ने झिड़का, 'ईश्वर के प्रति कर्तव्य से ज़्यादा महत्त्वपूर्ण क्या है? अब इतनी दूर आये हो तो धीरज से काम लो।'

मन्दिर का पुजारी माथे पर भस्म और बड़ा सा लाल टीका लगाये, कंधे पर लाल रंग की शाल ओढ़े वहाँ आया और यथाविधि ट्रस्टी के सामने सिर झुका कर नमस्कार किया। बुलंद आवाज़, हाथ में चाभी, बिना समय खोये वह अपनी ज़रूरतें गिनाने लगा।

'मन्दिर का कुआँ गहरा करने की ज़रूरत है। ताला खराब हो गया है, बदला जाना है। बहुत बुरे दिन चल रहे हैं। पूजा के लिए फूल पाना भी मुश्किल हो गया है। पड़ोसी गाँव से फूल हमें मिलते थे, पर अब वे दाम बढ़ाते चले जा रहे हैं, और नियमित देते भी नहीं। पहाड़ी के दूसरी तरफ से आना पड़ता है, जो उन्हें अच्छा नहीं लगता, इसलिए उन्होंने यह कहना शुरू कर दिया है कि उन्हें भेड़िया-वेड़िया दिखाई पड़ता है—इसलिए अब वे आते भी नहीं हैं।'

पिता ने चीख कर कहा, 'बकवास है यह सब। इस इलाके में कोई चीता-वीता नहीं है, मैंने कभी नहीं सुना।'

नित्या ने कहा, 'उसने भेड़िये का ज़िक्र किया, शेर-चीते का नहीं।'

'तो क्या? सब अफ़वाहें हैं, और कुछ नहीं।' पिता ने ज़ोर देकर कहा, जैसे पुश्तैनी मन्दिर के पास जंगली जानवर होना उन्हें गलत लगा हो। उन्होंने यह शिकायत जैसे हवा में उड़ा दी और आदेश के स्वर में कहा, 'अच्छा, अब जाकर नाई को बुला लाओ। मेरे बेटे का मुंडन होना है—इसी समय।' यह सुनकर लोग नित्या के सिर की तरफ ध्यान से देखने लगे। इस दृष्टिपात से नित्या के सिर में सिहरन होने लगी और वह अपने बालों में उँगलियाँ फिराने लगा। पुजारी ने एक बच्चे की तरफ़ नज़र डालकर कहा, 'अपने नाखून मत चबाओ, गधे! दौड़कर जाओ और राघवन से कहो कि अपना टीन का डिब्बा लेकर यहाँ आ जाये। फ़ौरन से पेशतर...दौड़कर जाओ।' लड़का फिर तीर की तरह भाग चला।

उन्होंने पहाड़ी पर चढ़ना शुरू किया, सबसे आगे पुजारी, उसके पीछे सारी भीड़। चढ़ाई ज़्यादा लम्बी नहीं थी, लेकिन माँ हाँफने लगी और तीन जगह आराम करने के लिए रुकी। उसके साथ पिता भी बेमतलब की परेशानी दिखाते रहे। मन्दिर के द्वार पर पहुँचकर चढ़ाई खत्म हुई, जिसका ताला खोला गया और उसके पीछे दो और दरवाज़े धक्का देकर खोले गये। काले ग्रेनाइट के खंभों पर टिका हॉल जिसमें छोटी-सी वेदी पर मूर्ति लगी थी, चारों तरफ़ पक्की ज़मीन। पिता उसे देखते ही श्रद्धा से भर उठे, माँ ने आँखें बन्द कर लीं और प्रार्थना गुनगुनाने लगीं। पुजारी ने मन्दिर का दिया जलाया जिसकी रोशनी में मूर्ति चमकने लगी—उस पर लगा तेल भी दिप-दिप करने लगा। पुजारी शिकायत किये जा रहा था, 'आजकल तेल में भी मिलावट होने लगी है।' वह कुछ गेंदे के फूल ले आया था, जो उसने देवता की प्रतिमा पर चढ़ा दिये। इधर ये सब श्रद्धा-भक्ति से विभोर थे, तभी लड़का अपने मिशन से वापस आ गया और दरवाज़े से ही उसने ज़ोरदार आवाज़ लगाई, 'नाई के घर पर ताला लगा है, वहाँ कोई नहीं है।'

'तुमने पड़ोसियों से पूछताछ की?'

'उन्हें भी कुछ पता नहीं है। उन्होंने सबको सामान बाँधकर घर से जाते हुए ही देखा।'

नित्या बोल उठा, 'ईश्वर सचमुच महान है!'

पिता ने टिप्पणी की, 'कितनी बुरी बात है—सारे गाँव के लिए एक ही नाई। इसीलिए उसका दिमाग चढ़ गया—जो चाहे कर सकता है। जैसी कहावत है, सारे शहर के लिए एक ही पद्मावती!'—यह बात उनकी ज़बान पर आ ही गई। पत्नी ने घूरकर देखा और बोली, 'चुप रहो, इस जगह ऐसी बात मुँह में क्यों लाये?' (पद्मावती एक वेश्या का नाम था) पिता इसका जवाब देना चाहते थे, उन्होंने भी मुँह खोला, पर इस समय वे भगवान के घर में थे, इसलिए चुप रह गये। नित्या हँसने लगा लेकिन पिता ने उसे घूरा, तो एकदम चुप हो गया। मुखिया ने फुसफुसाते हुए कहा, 'राघवन इस काम से रोज़ी नहीं कमा पाता, इसलिए तुरही बजाकर शादियों

में कुछ कमाई कर लेता है। यह उसके परिवार की परंपरा है।' पिता अपनी पत्नी के कान में धीरे से कहने लगे, 'हज़ारों साल से पता नहीं कैसे हमारे नाई तुरही और बाजा बजाने में सबसे आगे रहते आये हैं। हमारे शास्त्रीय संगीत की यह परंपरा उन्हीं के बूते चल रही है।' यही बातें चल रही थीं कि पुजारी ने प्रतिमा के चारों तरफ़ दीया घुमाकर घंटी बजाना शुरू कर दिया—जलते कपूर की रोशनी और गंध में सबने हाथ जोड़कर आँखें बन्द कर लीं।

कुछ देर बाद पुजारी कपूर की थाली हाथ में उठाये प्रतिमा की कोठरी से बाहर निकला, तो बहस होने लगी कि नाई की अनुपस्थिति में कार्य कैसे सम्पन्न किया जाय, इसके बारे में शास्त्र क्या कहते हैं।

पिता बुदबुदाते जा रहे थे, 'गाँवभर के लिए एक ही नाई' और पद्मावती का नाम बार-बार उनकी ज़बान पर आ रहा था, पर उसे वे ज़बरन ओठों से बाहर नहीं निकलने देते थे। पुजारी ने आरती की थाली मन्दिर में रख दी और बाहर आकर वह भी बहस में शामिल हो गया। उसने नित्या की खोपड़ी पर लगे बालों को ध्यान से देखा, जो इस यात्रा का मुख्य उद्देश्य था। वह बोला, 'ऐसी स्थिति में सांकेतिक ढंग से काम पूरा करके संतोष कर लिया जाता है—हाँ, इसका कुछ दंड ज़रूर जोड़ना पड़ता है। आजकल युवा लोग नाई को अपने पास नहीं आने देते।'

'वे अपनी मूँछों को छूने भी नहीं देते, जो बड़ी भयंकर लगती हैं,' पिता ने इसमें जोड़ा।

पुजारी बोला, 'मुंडन तो बचपन में ही कराना संभव है, बाद में वह नहीं हो पाता!'

'वाह, क्या बात कही है!' नित्या ने बात का रुख बदलता देखकर खुशी से टिप्पणी की। 'आप मुझे कैंची पकड़ा दीजिये, मैं सामने के बालों में से चार इंच का टुकड़ा काटकर आपको दूँगा—ये ही सर्वोत्तम बाल होते हैं। इससे ईश्वर भी प्रसन्न हो जायेगा। इसे तो और भी बहुत से बाल मिलते होंगे, ये सब वह रखता कहाँ होगा?'

पुजारी बोला, 'आप जो फल और नारियल लाये हैं, वे काफी हैं, उनमें रकम और जोड़ दीजिये, जितनी आप आसानी से दे सकें।'

पिता और माँ निराश-से दिख रहे थे और रह-रहकर नित्या के सिर पर नज़र डाल लेते थे। नित्या की चिंता दूर हो गई लगती थी, लेकिन यह ज़्यादा देर नहीं रहने वाली थी। शीघ्र ही कुछ हलचल हुई और दरवाज़े पर किसी ने कहा, 'राघवन आ रहा है।' यह सुनकर सब उत्तेजित हो उठे, और मोटे-से राघवन ने मन्दिर में प्रवेश किया—उसके हाथ में टिन का एक डिब्बा था। वह पसीने-पसीने हुआ हाँफता चला आ रहा था। भीतर आकर उसने सब पर नज़र डाली। फिर वह बिना कुछ कहे पीछे की तरफ गया, वहाँ अपनी बंडी उतारी, पानी लेकर अपने सिर पर डाला,

और ताज़ा होकर चूता बदन लिए फिर वहाँ आ खड़ा हुआ। पुजारी ने प्रशंसा के स्वर में कहा, 'इसे जब कभी मुंडन करना होता है, तब यह पहले नहाता है, फिर अपना डिब्बा खोलता है।' नाई ने सफाई देते हुए कहा, 'मैं ज़रा पड़ोस के फार्म तक गया था, बच्चे के पहले बाल तराशने के लिए।'

किसी ने पूछा, 'किसी की शादी में शहनाई बजाने तो नहीं गये थे?'

'अरे, नहीं। मेरे पड़ोसी रश्क करते हैं और परेशान करने के लिए गलत-सलत बातें फैलाते हैं। अगर मुझे पता होता कि ट्रस्टी साहब आने वाले हैं तो मैं हज़ार सोने के सिक्कों के लिए भी कहीं न जाता। जब बच्चा साइकिल पर सवार मुझे बताने आया, तो मैंने साइकिल उससे छीन ली और उसी पर बैठकर एकदम यहाँ आ गया। अब मैं खुद अपना मालिक हूँ।' पिता और माता प्रसन्न दिखे कि स्थिति बदल गई। नित्या यह सोचकर हँसा कि यह मोटा आदमी बच्चे की छोटी-सी बाइसिकल पर कैसा लग रहा होगा। पिता ने नित्या का हाथ पकड़कर कहा, 'चलो, सामने के पत्थर पर बैठते हैं, वहीं मुंडन होगा।'

नित्या ने हाथ छुड़ाकर कहा, 'मैंने खुद बाल काटकर देने को कहा था, आपने तो लिए ही नहीं। अब आपने यह अवसर खो दिया, अब...'

माँ ने विनती की, 'अब यह आदमी आ गया है, हमें विधि से काम करना चाहिए।'

'पिताजी चाहें तो अपने बाल कटवा लें, मैं तो नहीं कटवाता।'

नाई ने भी विधि अनुसार काम करने की सलाह दी, पुजारी नित्या के पास आकर खड़ा हो गया और बोला, 'आपको माता-पिता की भावना का सम्मान करना चाहिए, पत्थर पर बैठ जाइये, नाई तैयार है।'

'लेकिन मेरा सिर तैयार नहीं है। आपने मेरे काटे हुए बाल लेने का वचन दिया था, अब आप पूरा सिर मांग रहे हैं। यह कैसा तर्क है? न संतोष है, न सही विचार। ईश्वर आप जैसे वचन बदलने वालों को कैसे स्वीकार करेगा? अब मैंने अपना विचार बदल दिया है—अब मैं एक भी बाल काटने नहीं दूँगा।'

माता और पिता दोनों एक साथ गिड़गिड़ाने लगे, 'पुजारीजी से उन्हीं के मन्दिर में ऐसी बात मत करो।' नित्या गुस्सा होने लगा, उसे भूख भी लग आई। वे गाँव वालों के दिए केलों को तो छूने भी नहीं दे रहे थे। उन्होंने दर्जनों केले भेंट कर दिये थे। माता-पिता निरुपाय नित्या की तरफ देख रहे थे, नित्या अचानक उठा, चारों तरफ देखा और पहाड़ी से नीचे की तरफ़ भाग चला। कहता गया; 'मैं बस स्टाप पर आपका इन्तज़ार करूँगा, आ गई तो चला जाऊँगा।'

सामने का घर

साधु महाराज जब भी खिड़की से बाहर देखते, काँपने लगते थे। सड़क के पार सामने वाले घर में एक वेश्या रहती थी। शाम होने के बाद लोग उसके दरवाज़े पर आकर खटखटाते रहते—और अगर कोई उत्सव या छुट्टी हो, तो इससे पहले भी। कई दफ़ा वे घर के साथ बने चबूतरे पर बैठकर गपशप करते, बीड़ी-सिगरेट पीते, तंबाकू खाते-चबाते, और बगल के गटर में थूकते जाते—ये सब साधु महाराज के अनुसार दुनिया के पाप थे, जिनसे वह बचने की कोशिश में लगा था, परिवार का सुख-आराम छोड़कर, ज़मीन-जायदाद के मोह से मुक्त होकर शुद्ध पवित्र जीवन बिताना चाहता था। उसने यह एक कमरे का घर, जिसके सामने नारियल के दो पेड़ लगे थे और पीछे की तरफ एक कुआँ था, सामने पतली-सी सड़क जहाँ बच्चे दौड़ते-भागते रहते थे—जिन्हें वह कभी-कभी इकट्ठा करके साधारण ज्ञान की बातें बताया करता था और एकाध श्लोक याद कराया करता था, अपने रहने के लिए ख़ास तौर पर चुना था। कमरे की दीवारों पर उसने कैलेन्डरों से काटकर देवी-देवताओं की तस्वीरें चिपकाई हुई थीं—इनके सामने वह बच्चों को खड़ा करके प्रार्थना करवाता और अंत में कैंडी के मीठे टुकड़े बाँटकर उन्हें वापस घर भेज देता था।

उसकी रोज़ की ज़िन्दगी एक से ढर्रे पर चलती जा रही थी; चिड़िया की तरह वह अँधेरा होने पर घर में चला जाता, फिर लकड़ी का एक टुकड़ा तकिये की तरह सिर के नीचे रखकर खाली ज़मीन पर लेट जाता। सवेरे मुर्गे के बाँग देने से पहले चार बजे उठ जाता, फिर सड़क के कोने पर कुएँ से पानी खींचकर नहाता, और हिरण की खाल के एक टुकड़े पर बैठकर ध्यान करता। इसके बाद कोयले की अँगीठी जलाकर नाश्ते और दोपहर के लिए गिनकर रोटियाँ सेंकता, निश्चित सब्जियाँ बनाता। इनमें प्याज़, आलू, वगैरह न होता क्योंकि इन्हें खाने से शरीर में उत्तेजना पैदा होती है।

ध्यान की गहनतम स्थिति में भी उसे पता चल जाता जब सामने का कोई ग्राहक रात को अपना काम पूरा करके दरवाज़ा खोलकर बाहर निकलता और घर

जाने लगता। वह खाने-पीने की अपनी सब इच्छाओं को ज़बरदस्ती काबू करने की कोशिश करता और अपने शरीर को एक दर्जन तरीकों से दंडित करता। अगर आप उससे प्रश्न करते कि ऐसा क्यों करते हो, तो शायद वह जवाब नहीं दे पाता। वह ऐसे पहलवान का विरोधी रूप था जो बार-बार अपने पुट्ठे घुमा-फिराकर देखता है कि वे मज़बूत हो रहे हैं या नहीं, और शीशे के सामने खड़े होकर अपनी छातियाँ फुलाकर देखने में एक अजीब खुशी महसूस करता है। इसके एकदम विपरीत हमारे साधु महाराज अपने शरीर की नसें दबाने और उन्हें कमज़ोर करने पर अपना ध्यान केन्द्रित करते हैं और बड़े मनोयोग से यह काम करने में समय व्यतीत करते हैं। वे अपने प्राचीन गुरुओं के आदेशों का पूरी तरह पालन करते हैं और मानते हैं कि इससे उन्हें आध्यात्मिक स्वतन्त्रता प्राप्त हो जायेगी।

एक शाम उन्होंने खिड़की पर जमी धूल की सफ़ाई करने के लिए उसे खोला तो देखा कि वह महिला अपने दरवाज़े पर खड़ी सड़क की तरफ देख रही है। उनकी कनपटियों में खून का दौरा तेज़ हो गया। उन्होंने ध्यान से उसके शरीर की पड़ताल की—तराशी हुई आकृति, लेकिन उस पर माँस की तहें, लेकिन आकर्षण की लहरें, गद्दी की तरह बाहें, और शायद इन्हीं का आलिंगन करके पुरुषों को सुख मिलता होगा। उसकी नज़रें, जो स्त्री के शरीर के चारों ओर घूम-फिर रही थीं, अपने ध्यान-केन्द्र, नाक की ओर वापस नहीं लौटना चाहती थीं—उसके गुरु तथा योगशास्त्र की किताबों में इसी बिन्दु को सबसे महत्त्वपूर्ण बताया गया था।

उसके बड़े-बड़े कूल्हे थे, जाँघें केले के तने की तरह लंबी और मज़बूत और कुल मिलाकर उसका शरीर गद्दे की तरह, जिस पर कोई व्यक्ति बिना कोई वस्त्र पहने रात भर लोट-पोट करता रह सकता था—जैसे विशालकाय असुर! अचानक उसे गुस्सा आने लगा। यह क्यों यहाँ खड़ी होकर उसका तप भंग करने में लगी है—उसने अब तक जो भी पुण्य अर्जित किया था, वह सब इस दृश्य के सामने छलनी में पानी की तरह बहता निकलता चला जा रहा है। यह कहना कठिन है कि उसकी विशालकाय भुजाएँ या छातियाँ या जाँघें लोगों को आकर्षित करके नष्ट करती थीं...उसने हुंकार भरकर कहा, 'दफ़ा हो जा राक्षसी, यहाँ खड़ी मत हो।'

वह अचानक मुड़ी और भीतर चली गई, अपने पीछे दरवाज़ा बंद कर गई। साधु को अपनी विजय का अहसास हुआ, यद्यपि उसकी फुंकार और स्त्री का जाना संयोग भी हो सकता था। उसने खिड़की ज़ोर से बंद कर दी और कमरे के आखिरी छोर पर पड़ी हिरन की खाल पर बैठकर जपना शुरू कर दिया, 'ओम्, ओम्, राम, जय राम!'—'राम' शब्द में अमर शक्ति मानी जाती थी, और भटकते हुए विचारों पर रोक लगाना उसके लिए संभव था। उसे अनेक मंत्रों का ज्ञान था और उनकी क्षमता पर विश्वास भी था। 'श्री राम...' उसने कहा, जैसे भड़ास निकाल रहा हो, लेकिन एक क्षण से ज़्यादा इसका असर नहीं रहा। तेज़ बुखार में हल्की-फुल्की

दवा की तरह यह उससे होकर निकल गई...कोई असर नहीं हुआ। 'श्री राम, जय राम...' कहकर वह चुप हो गया। उसके विचार फिर उसी तरह चलने और भटकने लगे। रेशमी शर्ट पहने और कंधे पर सिल्क की चादर डाले वह आदमी कौन था, जो जब मैं मार्केट जा रहा था, उसके घर से निकला? कहीं देखा हुआ लगता है। कहाँ देखा? कब?...अरे हाँ, वह मार्केट रोड वाला दर्ज़ी था...जहाँ फैशनेबिल लोग अपने कपड़े सिलाने जाते हैं।...बहुत अच्छे कपड़े सीता है...दो-तीन क्लबों का सदस्य भी है।...अफ़सरों और व्यापारियों के साथ उसका मिलना-जुलना है, और क्या वह अपनी शामें इस औरत रूपी गद्दे पर लोट लगाकर बिताता है। इसके बाद भी फैशनेबिल लड़के उसे अपना शरीर छूने और उसकी नाप लेने देते हैं। वेश्या के कीटाणु इस तरह उनके शरीर पर भी चढ़ते होंगे...पाप के कीटाणु, ज़बरदस्त गंदगी! अपने अकेले कमरे में वह घृणा से सिहर कर चिल्ला उठा, 'राम, राम!'—जैसे किसी बहरे को बुला रहा हो। लेकिन उसे लग गया कि यह बेकार की कसरत है। राम तो संपूर्ण अवतार थे, सरल स्वभाव और मधुरभाषी, परन्तु उत्तेजित होने पर वे कठोरता से पापी पर आक्रमण करते और उसे एकदम नष्ट कर देते थे, भले ही वह रावण जैसा परम दुष्ट क्यों न हो! सामान्यतः राम मृदुल थे, इसलिए उनका नाम शांति और स्थिरता प्रदान करता है,—परन्तु वर्तमान स्थिति में कठोरता का व्यवहार आवश्यक है। इसलिए भगवान शिव का मंत्र सही रहेगा। उन्होंने अपनी तीसरी आँख खोलकर कामदेव का नाश कर दिया था, जो प्रेम का देवता था, और जब उसने ध्यान करते शिव पर चतुराई से अपना तीर चलाया था!

साधु महाराज ने जटाजूटधारी शिवजी की मन में कल्पना की और आँखें लाल करके ज़ोर से नारा दिया। 'ओम् नमः शिवाय!'—जो खाली पड़े कमरे में उनकी खरखरी आवाज़ से गूँज उठा। इस गूँज से उनके अपने विचारों में खलल पड़ा और वे कुछ समय के लिए जैसे एकदम थम से गये, परन्तु फिर औरत की ही तस्वीर उसकी आँखों में नाचने लगी। उसके विचारों का ज़ोर-शोर और भी तेज़ हो उठा। उस शाम उसने करीब छह बार दरवाज़ा खोला और बंद किया। क्या इन सबके साथ वह एकदम हमबिस्तर हुई थी? इस विचार से उसे हँसी भी आई, पर उसे फिर लगा कि शिवजी पर लगा उसका ध्यान भी नष्ट हो गया है। उसने अपनी कनपटी पर तमाचे मारे जिससे सिर में दर्द तो हुआ, परन्तु उसका ध्यान फिर लग गया और उसके मुँह से निकलने लगा, 'ओम् नमः शिवाय'...। अब उसके दिमाग़ का एक हिस्सा ही दरवाज़े की आहट सुनने में लगा था। वह वास्तव में साँपिन थी जिसकी लपेट में हर आदमी जकड़ता और नष्ट हो जाता था—बूढ़े और जवान, बीच की उम्र के लोग, दर्ज़ी और छात्र—उसने दो-तीन दिन पहले एलबर्ट मिशन होस्टल के एक बी.एस-सी. के छात्र को यहाँ देखा था—वकील और मजिस्ट्रेट—ये भी क्यों नहीं?...सचमुच दुनिया की आबादी बढ़ती ही चली जा रही थी—इसलिए

लोगों की कामनाएँ भी बढ़ रही थीं। शिव, शिव...इस औरत का नाश तो होना ही चाहिए! वह खुद किसी दिन उससे मिलकर कहेगा कि यहाँ से दफ़ा हो जाओ। वह कहेगा, 'पतिता नारी, पता है तुम कितनी गंदगी फैला रही हो, नाले की सड़ाँध चारों तरफ फैलती जा रही है। अधेड़ उम्र के दर्ज़ी से लेकर युवा बी.एस-सी. के विद्यार्थियों तक सबको भ्रष्ट कर रही हो, तुम मनुष्य जाति को ही नष्ट करने में लगी हो। अपने पापों पर पश्चाताप करो, सिर मुंड़ा लो, और अपनी बड़ी-बड़ी जाँघों को बोरे से ढककर मन्दिर के दरवाज़े पर बैठ कर भीख माँगो या कम-से-कम अगले जन्म में इस पाप योनि से मुक्त होने की प्रार्थना करते हुए सरयू नदी में जाकर डूब मरो!

सारी रात वह नंगी ज़मीन पर पड़ा-पड़ा यही सब सोचता रहा, वेश्या के विचार उसके मन से निकल ही नहीं पा रहे थे। सवेरा होने से पहले ही वह कुछ निश्चय करके उठा। अब वह यहाँ रहेगा ही नहीं, अभी नल्लप्पा की झाड़ी पार करके नदी के उस पार पहुँचेगा और इधर-उधर घूमता रहेगा। उसे स्थायी मकान की क्या ज़रूरत है, वह किसी मन्दिर या मंडप में या किसी बरगद के पेड़ तले घूमता हुआ ज़िंदगी बितायेगा। इस बारे में उसने अपने गुरु से एक कहानी भी सुनी थी...। एक वेश्या को उसकी मृत्यु के बाद स्वर्ग में स्थान प्राप्त हुआ, जबकि उसे इस काम से रोकने का उपदेश देने वाले व्यक्ति को नरक नसीब हुआ। इसका कारण यह था कि जहाँ वेश्या अपने शरीर से ही पाप करती थी, उपदेशक का सारा मन-मस्तिष्क इस पाप में लीन रहता था—वह हमेशा वेश्या के विचारों में ही डूबा रहता था और ध्यान में उसका मन लगता ही नहीं था।

साधु महाराज ने अपना बक्सा उठाया और उसमें ज़रूरी चीज़ें भरीं : तांबे की भगवान जी की प्रतिमा, जप की माला, हिरन की खाल और एक छोटी सी लुटिया। एक हाथ में बक्सा लटकाकर वह घर से बाहर निकला और धीरे से दरवाज़ा बंद कर दिया। झुटपुटे में लोग चल-फिर रहे थे—दूधवाला अपनी गाय पकड़े किनारे-किनारे जा रहा था, मज़दूर कंधे पर अपने औज़ार लटकाये निकल रहे थे, औरतें कंडियाँ हाथ में लिए बाज़ार जा रही थीं। उसने अपने मकान पर एक आखिरी नज़र डाली, तभी सामने से आवाज़ सुनाई दी, 'स्वामी जी!'

उसने नज़र डाली तो वही स्त्री हाथ में एक थाली लिए उसकी तरफ बढ़ती नज़र आई—थाली में जल और फूल रखे हुए थे। उसने थाली साधु के पैरों में रख दी और कहने लगी, 'आज मेरी माँ का दिन है। मेरी यह भेंट स्वीकार करें। आज के दिन मैं व्रत और प्रार्थना करती हूँ और किसी संत से आशीर्वाद माँगती हूँ। मुझे आप क्षमा करें...।'

साधु वे सब बातें भूल गया जो वह इस स्त्री से कहने का निश्चय करके चला था। उसका मोटा-ताजा शरीर और आँखों में आँसू देखकर उसे दया आने लगी।

स्त्री जब उसके पैरों की तरफ मुड़ी तो उसने देखा कि उसके बालों में सफेदी फैलने लगी है, और बीच का एक हिस्सा एकदम साफ हो गया है। इसी के ऊपर कुछ फूल लगे हैं। उसने आशीर्वाद की मुद्रा में उँगली से थाली का स्पर्श किया, जैसे यह भेंट स्वीकार कर रहा हो और बिना एक शब्द बोले आगे बढ़ गया।

एक घोड़ा और बकरियाँ दो

भारत के नक्शे में बिन्दियों की तरह बिखरे सात लाख गाँवों में पचास करोड़ आबादी के ज़्यादातर लोग रहते, गुज़र-बसर करते और मरते हैं, कृतम् उनमें आबकारी विभाग द्वारा किये गये सर्वे में, जिसे पैसा जमा करने के उद्देश्य से तैयार कराया गया था, न कि मोटरगाड़ियाँ चलाने वालों को रास्ता बताने के लिए, एक बहुत ही छोटा-सा बिन्दु था—मोटरगाड़ी वाला तो इसे ढूँढ़ भी नहीं पाता, क्योंकि यह मुख्य सड़क से बहुत दूर एक उजाड़-सी पगडंडी पर, जो बैलगाड़ियों के लोहे से मढ़े पहियों से ऊँची-नीची खुरदरी साफ़-साफ़ दिखाई ही नहीं देती थी। लेकिन इसका आकार कुछ ऐसा था कि इसे 'कृतम्' नाम दिया गया, जिसका तमिल भाषा में अर्थ होता है शिखर या ताज जो उप-महाद्वीप के माथे पर लगा हुआ था। गाँव में तीस से कम घर थे जिनमें से एक ही चूने और ईंटों का बना था। चमकदार पीले और नीले रंगों से पुते इस घर की चारदीवारियों पर देवी-देवताओं और पशुओं के बड़े-बड़े चित्र और मूर्तियाँ अंकित थीं, इस कारण इसे 'बड़ा घर' कहा जाता था। बाकी के घर चार सड़कों पर घास-फूस, बाँस, मिट्टी और मामूली चीज़ों से बने हुए थे। मुनी का घर चौथी सड़क पर आखिरी था, जिसके आगे खेत शुरू हो जाते थे। अपने अच्छे दिनों में मुनी के पास चालीस भेड़-बकरियाँ थीं जिन्हें हर रोज़ सवेरे वह मुख्य सड़क पर दो-तीन मील दूर तक चराने ले जाता था। वहाँ वह मिट्टी की बनी घोड़े की एक मूर्ति के चबूतरे पर बैठ जाता और अपने पशुओं को चरते-घूमते देखता रहता। उसके हाथ में एक लम्बे बाँस में लगा एक कटिया-सा था जिससे वह इधर-उधर बिखरी घास को इकट्ठा करके उनके सामने खाने के लिए जमा कर देता, और इसी से लकड़ी वगैरह इकट्ठी करके आग जलाने के लिए घर ले जाता।

उसकी बीवी सवेरा होते ही घर का चूल्हा चलाती, मिट्टी की हाँडी में पानी गरम करती, उसमें ज्वार का एक मुट्ठी आटा डालती, ज़रा सा नमक डालकर उसे उबालती और पहला स्वास्थ्यवर्द्धक भोजन उसे खाने को देती। जब वह बाहर निकलता

तो उसे पैक करके दोपहर का भोजन देती—यह भी वही ज्वार का दलिया जो लड्डू की शक्ल में सुखाकर गोल कर दिया जाता था। इसे दोपहर के समय वह कच्चे प्याज़ के साथ खा लेता था। बीवी बूढ़ी थी, और वह उससे भी ज़्यादा उम्र का था, इसलिए ज़िन्दगी चलाते रहने के लिए उसे बीवी की सहायता की ज़रूरत पड़ती ही रहती थी।

उसकी हालत दिनोंदिन अनजाने ही बिगड़ती चली जा रही थी। पहले वह अपने तबेले में चालीस जानवरों को बाँधता, पर अब वे घटकर सिर्फ दो ही रह गये थे—जिनकी कीमत बड़े घर द्वारा दिये गये तबेले के आठ आना महीना किराये के लायक नहीं थी। इसलिए उन्हें झोंपड़ी के बगल में खड़े एक पेड़ से बाँधा जाने लगा, जिसके एरंड फल वह खाने के लिए तोड़ता रहता था। आज सुबह उसे छह फल टूटकर नीचे गिरे हुए मिले। उसने खुश होकर इन्हें इकट्ठा कर लिया। यद्यपि यह निश्चित रूप से बताया नहीं जा सकता था कि पेड़ का मालिक कौन है, लेकिन वह इसके नीचे रहता था, इसलिए वह उसी का हो गया था।

पत्नी ने कहा, 'तुम्हें ये फल बहुत पसन्द हैं तो मैं इन्हें ही उबालकर नमक डाल दिया करूँगी।'

'अरे, इन्हें खाते-खाते मैं थक गया हूँ। अब मैं चाहता हूँ कि इन्हें चटनी के साथ खाऊँ।'

'तुम्हारे मुँह में दाँत तो चार ही रह गये हैं, लेकिन बढ़िया चीज़ें खाने की इच्छा बनी हुई है। ठीक है, चटनी बनाने का सामान इकट्ठा कर दो, मैं तैयार कर दूँगी। हो सकता है, अगले साल तुम ज़िन्दा ही न रहो; और कुछ माँग ही न पाओ। लेकिन सब चीज़ें ला दो, कुछ जौ-ज्वार या चावल भी, और मैं तुम्हारी यह गलत इच्छा भी पूरी कर दूँगी। आज स्टोर में कुछ भी नहीं है। मुझे चाहिए दाल, मिरच, कढ़ीपत्ता, सरसों, धनिया, तेल और एक बड़ा आलू। ये सब इकट्ठा कर लो।' उसने याद रखने के लिए हर चीज़ दोहराई और तीसरी सड़क पर दुकान से लाने चल पड़ा।

वह दुकान के सामने उलटे पड़े एक बक्से पर बैठ गया। दुकानदार ने उसकी तरफ कोई ध्यान नहीं दिया। मुनी ने कई बार खाँस-खखार कर और नाक से लम्बी साँस खींचकर उसका ध्यान अपनी ओर आकृष्ट करने का प्रयत्न किया, और अंत में इससे परेशान होकर दुकानदार ने उससे पूछ ही लिया, 'क्या परेशानी है तुम्हें? जवान आदमी, इतनी ज़ोर से साँस भरोगे तो उस बक्से से लुढ़ककर नाले में जा गिरोगे।' मुनी बड़े ज़ोर से हँसा, जैसे अपने को जवान कहे जाने की प्रसन्नता व्यक्त कर रहा हो, जबकि यह दुकानदार को खुश करने के लिए था। दुकानदार मुलायम पड़ गया और बोला, 'तुममें काफी दम है कि दूसरी बीवी को भी चलाये रहते हो, और बुढ़िया अब तक ज़िंदा है।' इस मज़ाक पर भी मुनी ने उचित प्रसन्नता व्यक्त की। अब तो दुकानदार चारों खाने चित्त हो गया और उसे अपने मज़ाक

पर गर्व हुआ। मुनी ने कुछ मिनट तक इधर-उधर की गपशप की, जिसके अंत में हमेशा की तरह पोस्टमैन की बीवी का जिक्र किया, जो कुछ महीने पहले किसी के साथ भाग गई थी।

पोस्टमैन की कहानी सुनकर दुकानदार को अच्छा लगा क्योंकि उसने उसे धोखा दिया था। घूमने-फिरने का काम करने वाला पोस्टमैन दस दिन में एक दफ़ा यहाँ आता था और हर दफ़ा तीसरी सड़क पर इस दुकान तक आये बिना चला जाता था। इस तरह दुकानदार को खुश करके मुनी उससे एक-दो खाने-पीने की चीज़ें बाद में पैसा देने के वादे पर प्राप्त कर लिया करता था। कई दफ़ा तो दुकानदार का मूड अच्छा होता और वह मान जाता, और कई दफा अचानक फूट पड़ता था और पिछले कर्ज़े का तकाज़ा कर बैठता था। आज का दिन ऐसा ही था। और मुनी दो चीज़ों से ज़्यादा माँग नहीं सका। पुराने तथ्यों और लेनदेनों के बारे में दुकानदार की याददाश्त भी बहुत तेज़ थी और उसके समर्थन में उसने एक लम्बा-सा मोटा बहीखाता भी पेश कर दिया। मुनी की इच्छा हुई कि उठ खड़ा हो और भाग ले लेकिन आत्मसम्मान बनाये रखने के लिए वह बैठा रहा और अपने खिलाफ बातें सुनता रहा। दुकानदार ने अंत में कहा, 'अगर तुम सवा पाँच हज़ार रुपये लाकर यह कर्ज़ अदा कर दो तो यह कर्ज़ चुक जायेगा और इसके बाद तुम स्वर्ग जा सकोगे, तुम अब कितने मोटे हो गये हो?'

'मैं अगले महीने की पहली तारीख को सब चुका दूँगा।'

'यह तो तुम हमेशा कहते हो, और इसके लिए किसको मूँड़ने जाओगे?'

मुनी उसके जाल में फँसा हुआ कहने लगा, 'मेरी बेटी ने कहलाया है कि वह पैसा भेजेगी।'

'कोई बेटी भी है तुम्हारी?' दुकानदार ने ताना कसा। 'और वह तुम्हें पैसा भेजेगी। यह किस खुशी में, ज़रा मुझे भी बताओ।'

'जन्मदिन पर, पचासवें जन्मदिन पर,' मुनी ने धीरे से कहा।

'जन्मदिन। तुम्हारी उम्र क्या है?'

मुनी ने अपनी बात दोहराई, हालाँकि इसका उसे भरोसा नहीं था। 'पचास!' वह अपनी उम्र हमेशा उस अकाल के समय से गिना करता था, जब वह गाँव के कुएँ की दीवार के बराबर ऊँचा था—लेकिन अब कोई अपनी उम्र कैसे जान पाता क्योंकि इस बीच कई अकाल पड़ चुके थे। दुकानदार को अच्छा लगा क्योंकि ये बातें सुनने के लिए और भी लोग इकट्ठा हो गये थे। मुनी को बुरा लग रहा था। क्योंकि उसकी गरीबी का प्रचार हो रहा था, लेकिन वह कर भी क्या सकता था?

दुकानदार ने टिप्पणी की, 'तुम्हारी उम्र सत्तर की लगती है। तुम यह भी भूल गये कि पाँच हफ्ते पहले तुमने अपनी उम्र बताई थी, जब तुम नहाने के लिए तेल लेने आये थे।'

'नहाने के लिए...ऐसा सोच भी कौन सकता है? जब एक लोटा पानी के लिए तालाब की तली खुरचनी पड़ती है। बड़े घर के लोगों के अलावा और सब प्यासे रहकर मर जायेंगे, उसी में कुआँ है जिससे वे कभी-कभी हमें पानी लेने देते हैं।' यह कहकर मुनी चुपचाप उठा और चल पड़ा।

उसने अपनी बीवी से कहा, 'उस शैतान ने कुछ नहीं दिया। इसलिए बाहर निकलो और ये फल जितने में भी बिकें, बेच आओ।'

यह कहकर वह दुकान से आने-जाने की थकान मिटाने के लिए एक कोने में लेट गया। बीवी बोली, 'अब तुम्हें चटनी वगैरह कुछ नहीं मिलने वाली। और आज तो घर में खाने के लिए कुछ भी नहीं है। शाम तक उपवास करो, सेहत ठीक हो जायेगी। बकरियाँ लो और बाहर निकलो, शाम होने से पहले वापस मत लौटना।' वह जानता था कि उसकी बात मानेगा तो शाम तक वह कुछ-न-कुछ खाने का जुगाड़ कर ही लेगी। बस, बहस करके उसे परेशान करने की ज़रूरत नहीं है। सवेरे के वक्त उसका मूड खराब रहता था पर शाम तक ठीक हो जाता था। वह बाहर जायेगी और कुछ काम करेगी—बड़े घर में अनाज कूटेगी, किसी के यहाँ झाड़ू लगायेगी और शाम को दोनों के लिए खाने लायक पैसा ज़रूर कमा लायेगी।

मुनी ने एरंड के पेड़ से बकरियाँ खोलीं, एक छड़ी हाथ में ली और अजीब-गरीब आवाज़ें लगाते हुए उन्हें चराने ले चला। सिर झुकाये कुछ सोचता वह गाँव से बाहर निकल आया। वह किसी की तरफ न देखना चाहता था और न यह चाहता था कि दूसरे उसे देखें। मन्दिर के वरांडे में लेटे हुए कुछ परिचितों ने उसे देखकर आवाज़ लगायी। लेकिन उसने कोई जवाब नहीं दिया। वे उसे उन अच्छे दिनों से जानते थे जब उसके पास लम्बे बालों वाली भेड़-बकरियों का समूह था, और आज जैसी, दो हड्डियों वाली बकरियाँ बची थीं। उसके पास अच्छी बकरियाँ भी कई थीं, लेकिन पैसा तो बालों वाली भेड़ों में ही था। इनके बच्चे भी ज़्यादा होते थे और बाल भी तेजी से बढ़ते थे जिन्हें काटकर ऊन के रूप में बेचा जाता था; और हफ़्ता बाज़ार के दिन शहर से वह मशहूर कसाई उसके लिए पान, तंबाकू और कभी-कभी भंग भी लेकर आता था, जिसे वे नारियल से घिरी एक कोठरी में, जहाँ बीवी-बच्चे और पड़ोसी उन्हें तंग करने के लिए नहीं होते थे, हँसी-मज़ाक करते और ठट्ठे लगाते खाते-पीते भी थे। दो-चार कश लगाने के बाद उन्हें बहुत हल्कापन महसूस होता और वे हर किसी को माफ़ करने के लिए तैयार हो जाते थे—जिनमें उसका वह बहनोई भी था जिसने एक दफ़ा उसके घर में आग लगाने की कोशिश भी की थी। पर अब ये सब पुराने जन्म की यादें रह गई थीं।

उसके रेवड़ को अचानक कुछ बीमारी लग गई—हालाँकि वह जानता था कि जिसने यह काम किया है—और कसाई भी उन्हें आधी कीमत पर भी हाथ लगाने

को तैयार नहीं होता था, जिसके कारण दो को छोड़कर सब पशु मर गये। अब वह सोचता था कि किसी तरह ये भी खत्म हो जायें। दुकानदार ने कहा कि वह सत्तर साल का है। इस उम्र में हर कोई ऊपर वाले का ही बुलावा चाहता है। लेकिन उसके बाद उसकी बीवी का क्या होगा? वे दोनों अपने बचपन से एक साथ रहे थे। शादी के दिन उससे कहा गया कि वह दस साल का है और उसकी बीवी आठ की। इस दिन उन्हें अपने नाम और उम्र बताना ज़रूरी था। उसने अपनी बीवी को दो-चार दफ़ा मारा-पीटा भी था, लेकिन इसके बाद बीवी की ही चलने लगी थी। बच्चा एक भी नहीं हुआ। ज़्यादा बच्चे होते तो शायद उन्हें समृद्धि मिलती और देवताओं का आशीर्वाद। संतान से पुण्य प्राप्त होता है। चौदह लड़कों वाले माँ-बाप बहुत समृद्ध होते थे और शांति से जीवन बिताते थे। उसने जब दुकानदार से कहा कि उसके एक बेटी है, तो उसे कितना सुख मिला था, हालाँकि इस बात पर विश्वास नहीं किया जा सकता था, खैर, बेटी न हुई तो कोई बात नहीं!—पड़ोस के गाँव में उसके चचेरे भाई की कई बेटियाँ थीं, और अगर वह पाल सकता तो उनमें से एक ले लेता! उनको वह बहुत प्यार करता था और जब कभी उसके पास पैसा होता, उन्हें खाने-पीने की चीज़ें दिया करता था। फिर भी गाँव के लोग उनके बारे में कहते कि ये तो बाँझ हैं। वह किसी पर भी नज़र डालने से बचता और सब लोग अपने को उससे ऊँचा मानते थे क्योंकि वह गाँव में सबसे गरीब था। वह खुद कहता था कि अपनी जाति में वह सबसे गरीब है, इसलिए लोग उससे दूर रहते हैं—पर मैं भी उनकी परवाह नहीं करता। वह सड़क के किनारे-किनारे आँखें झुकाकर निकल जाता—दूसरे लोग भी उसे अकेला छोड़ देते, उसे निकलते देखकर वे यही टिप्पणी करते, 'वह देखो, दो बकरियों वाला जा रहा है। अगर वह इनकी भी गर्दन काट दे तो उसे ज़्यादा चैन मिलेगा' या 'उसे फिक्र ही किस बात की है? कुछ है ही नहीं जिसकी वह फिक्र करे।' वह गाँव से गुज़रता तब लोग उसके बारे में इसी तरह की बातें करते। जब गाँव का छोर आता, तभी वह सिर उठा कर ऊपर देखता। अब वह फिर अपनी बकरियों को हाँक लगाता और उन्हें घास चरने के लिए छोड़ देता, और खुद घोड़े की मूर्ति वाले चबूतरे पर बैठ जाता। फिर दिन भर यहीं बैठा रहता। इसका लाभ यह था कि वह सड़क से गुज़रने वाली लारियों और बसों को देखता रहता कि वे पहाड़ियों पर चढ़ी जा रही हैं—और इस तरह उसे महसूस होता कि वह इसी दुनिया का हिस्सा है। चबूतरा काफ़ी बड़ा था और सूरज के चक्कर लगाने के साथ वह भी साया के लिए अपनी जगह बदलता रहता, और ज़रूरत पड़ने पर घोड़े के पेट के नीचे भी बैठ जाता।

घोड़ा काफी बड़ा पूरे आकार का था, मिट्टी का बना, आग में पकाया, रंगों से पुता, जिसकी सामने की टाँगें हवा में ऊपर उठी थीं और पूँछ पीछे गोल घूमी हुई थी; उसकी बगल में लम्बी तलवार जैसी नुकीली मूँछोंवाला एक योद्धा जिसकी

आँखें बाहर निकली पड़ रही थीं और नाक खूब बड़ी थी। उसके सीने पर हार लटक रहे थे जिनके दाने अब हवा, पानी—जब कभी यह बरसता—और मौसम की मार से प्रभावित मिट्टी के टुकड़े से रह गये थे—लेकिन मुनी ज़ोर देकर कहता कि किसी ज़माने में उसने इन्हें नौलखा हार की तरह चमकते देखा था। घोड़े के बारे में कहा जाता था कि वह भी कभी धोबी से धुले कपड़ों की तरह सफेद था, और इसकी पीठ पर लाल और काले रंग की किनारी वाला वस्त्र भी था, जो सिपाही की कमर से बँधी पट्टी से मेल खाता था। लेकिन गाँव के लोग इस पर नज़र नहीं डालते थे और इसके अस्तित्व से भी बेखबर थे। मुनी भी, जो इसी के नीचे घंटों बिताता, ऊपर आँखें नहीं उठाता था। गाँव के शैतान लड़कों से भी यह सुरक्षित था, जो पेड़ के तनों को चाकू से खुरचकर और घरों की दीवारों पर गंदी बातें लिखते घूमते रहते थे। किसी समय यह घोड़ा गाँव के ज़्यादा नज़दीक था, जब यही उसकी सीमा थी, लेकिन जब यह सड़क बनाई गई, या जब तालाब और कुओं का पानी पूरी तरह सूख गया, तब गाँव यहाँ से दो मील भीतर सरक गया।

मुनी मूर्ति के पैरों तले बैठा ऊजड़ और कैक्टस की कँटीली झाड़ियों में अपनी बकरियों को ढूँढ़-ढूँढ़कर घास चरते देखता रहा। उसने सूरज की तरफ नज़र डाली, तो वह पश्चिम की तरफ़ झुकने तो लगा था, लेकिन अभी घर वापस लौटने का समय नहीं हुआ था—अगर वह जल्दी पहुँच जाता तो उसे खाने के लिए कुछ न मिलता। उसे अपना गुस्सा शांत करने और सहानुभूति पैदा होने के लिए समय दिया जाना भी ज़रूरी था; तभी वह कुछ काम करके खाना बना सकती है। समय की सूचना पाने के लिए वह सड़क की तरफ देखता रहा। सामने के मोड़ पर जब हरी बस आयेगी तब उसके जाने का वक्त होगा और उसकी पत्नी को भी खुशी होगी कि उसने बकरियों को देर तक चरने दिया।

तभी उसने देखा कि एक नये किस्म की गाड़ी सामने से आ रही है। उसकी चाल बहुत तेज़ थी। यह गाड़ी मोटरकार भी लग रही थी और बस भी। नई तरह के दृश्य उसे अच्छे लगते थे, लेकिन पिछले कुछ दिनों से सड़क पर काम चल रहा था और पहाड़ पर नदी के मुहाने पर खुदाई की जा रही थी, जिसके कारण तरह-तरह के लोग और चीज़ें वहाँ से गुज़र रही थीं—वह इनको देखता और शाम को घर लौटने पर पत्नी को बताता। आज जब उसे यह पीले रंग की गाड़ी आती हुई दिखाई दी, तब वह सोचने लगा कि पत्नी से इसका वर्णन किस प्रकार करेगा—कि तभी गाड़ी फटफटाकर उसके ही सामने आकर रुक गई। लाल चेहरे वाला एक विदेशी गाड़ी चला रहा था। वह उतरा और गाड़ी के चारों तरफ घूम-घूमकर उसे देखने लगा। कुछ देर बाद उसने मुनी की तरफ नज़र डाली और उसकी तरफ आने लगा। उसने अंग्रेज़ी में पूछा, 'माफ़ कीजिये यहाँ आसपास कोई गैस-स्टेशन है? या मुझे अगली गाड़ी के आने तक इन्तज़ार करना पड़ेगा?'

फिर अचानक उसने मिट्टी के घोड़े को देखा तो एकदम बोल पड़ा, 'वाह, कितना शानदार है!'

मुनी को लगा कि उसे उठ बैठना चाहिए और यहाँ से भाग जाना चाहिए। लेकिन उसकी उम्र सत्तर की थी, और वह एकदम अपना बदन सीधा नहीं कर सकता था और भाग भी नहीं सकता था–हालाँकि कुछ साल पहले वह चीते को भी पछाड़ सकता था–जो एक बार हुआ भी था : वह जलाने को लकड़ी काटने जंगल में गया और चीते ने उसकी दो भेड़ों को मार डाला था–आज यह सूचना थी कि बुरा वक्त आ गया है, वह अपनी जगह से उठ भी नहीं पा रहा था, और फिर बकरियों की समस्या भी थी, जिन्हें वह पीछे छोड़ नहीं सकता था।

लाल मुँह वाला आदमी खाकी कपड़े पहने था–यानी वह सिपाही था या सैनिक। मुनी ने सोचा कि अगर मैं भागा तो यह या तो मेरा पीछा करेगा या मुझे गोली मार देगा। कुछ कुत्ते भागने वालों का ही पीछा करते हैं–शिवजी, मेरी रक्षा करो। पता नहीं यह ललमुँहा मेरा पीछा क्यों कर रहा है। इसी बीच विदेशी ने फिर ज़ोर से कहा, 'वाह, शानदार है!' और अपना सिर भी हिलाया। फिर घोड़े को देखते हुए उसके चक्कर लगाने लगा। मुनी थोड़ी देर जड़ बना वहीं खड़ा रहा, फिर वहाँ से खिसकने का जुगाड़ करने लगा। तभी विदेशी ने अपने हाथ जोड़े और कहा, 'नमस्ते! आप कैसे हैं?'

यह सुनकर मुनी ठिठका और जितनी अंग्रेज़ी उसे आती थी, वह बोल पड़ा, 'यस, नो!' इसके बाद उसने तमिल में कहना शुरू कि, 'मेरा नाम मुनी है। ये दोनों बकरियाँ मेरी हैं और यह बात सही भी है, हालाँकि हमारे गाँव में बुरा चाहने वालों की कमी नहीं है, जो यह कह सकते है कि आपकी चीज़ आपकी नहीं है।' यह कहते हुए उसने अपनी आँखें घुमाईं और गाँव के बुरे स्त्री-पुरुषों के प्रति अपना भाव व्यक्त किया।

विदेशी ने बकरियों की तरफ इशारा किये जाने के कारण उस तरफ नज़र डाली, कुछ देर उधर देखता रहा, फिर जेब में हाथ डालकर चाँदी का अपना सिगरेट का डिब्बा निकाला और एक सिगरेट सुलगाई। फिर अचानक उसे व्यवहार की याद आई और वह पूछने लगा, 'आप पियेंगे?'

मुनी ने जवाब दिया, 'यस, नो!' यह सुनकर गोरे ने एक सिगरेट निकालकर उसकी तरफ बढ़ाई। मुनि ने ताज़्जुब करते हुए उसे ले लिया, क्योंकि अब तक उसे किसी ने कुछ नहीं दिया था। तम्बाकू खाये भी उसे कई साल गुज़र गये थे। भेड़ों के साथ कसाई से बातें करते भंग पीने के दिन भी बहुत पीछे रह गये थे। आजकल तो उसे दियासलाई भी नसीब नहीं होती थी, भंग वगैरह तो दूर की बात थी। उसकी बीवी किसी के घर जाकर आग माँग लाती थी। वह हमेशा सिगरेट पीना चाहता था पर मिलती ही नहीं थी। एक दिन दुकानदार ने ज़रूर उधार के तौर पर एक दी थी,

और उसे अब तक याद है कि उसका स्वाद कितना अच्छा था! एक कश लेते ही उसकी खाँसी शुरू हो गई, जिससे परेशानी तो हुई लेकिन उसका स्वाद लाजवाब था!

गोरे ने लाइटर जलाकर उसकी सिगरेट भी जला दी। मुनी की समझ में नहीं आया कि इसे कैसे पियें, उसने फूँक मारी जिससे वह बुझ गई। गोरे को ताज़्जुब तो हुआ लेकिन उसने आगे बढ़कर दोबारा उसे जला दिया। इस बार मुनी ने सही ढंग से लंबा कश खींचा, जिससे खाँसी तो हुई लेकिन मज़ा भी आने लगा । जब खाँसी रुकी तब आँखों में आये आँसू पोंछकर उसने गोरे की तरफ देखा और सोचा कि आदमी यह बुरा नहीं है। फिर भी, निश्चय करने के लिए वह शंकित ही रहा। सोचता रहा कि जिस आदमी ने इतने मज़े की चीज़ दी है, उससे भागने की ज़रूरत नहीं है। तंबाकू भूनकर बनाई गई यह अमेरिकी सिगरेट इतनी तेज़ थी कि उसका सिर चकराने लगा। गोरा बोला, 'मैं न्यूयार्क से आया हूँ।' उसने जेब से बटुआ निकालकर अपना कार्ड उसे दिया।

कार्ड से मुनी को डर सा लगा। कहीं यह उसकी गिरफ्तारी का वारंट तो नहीं है? उसके दिमाग के एक हिस्से ने कहा, खाकी कपड़ों से सावधान! यह जो भी सिगरेट या भंग या कुछ दे, उसे ले लो, लेकिन पकड़े मत जाना। खाकी से सावधान! वह सोचने लगा कि दुकानदार के कथनानुसार वह सत्तर का न होता। इस उम्र में आदमी दौड़ भी नहीं सकता, जो होता है, उसे स्वीकार करना होता है। वह बातों के द्वारा ही इस संकट से मुक्त हो सकता है। इसलिए वह शुद्ध तमिल में बोलने लगा, जिसके लिए कृतम् मशहूर है—उसके ज़बरदस्त विरोधी भी यह मानते हैं कि प्रख्यात कवयित्री अव्वैयार यहीं पैदा हुई थीं—हालाँकि इसमें ज़रा-सा शक यह है कि वे कृतम् में हुई थी या पास के ही गाँव कुप्पम् में। यह सोचकर मुनी के मुँह से तमिल भाषा धाराधार बहने लगी—यह उसकी विरासत जो थी!

वह बोला, 'मैं गॉड की कसम खाकर कहता हूँ, भगवान की कसम, जो सब कुछ देखता है, कि सर, इस केस के बारे में हम कुछ नहीं जानते। यदि हत्या की गई, तो जिस किसी ने की हो, उसे सज़ा मिलेगी। भगवान सब देखता है। आप मुझसे कुछ न पूछें। मुझे कुछ पता नहीं। कुछ हफ्ते पहले एक इमली के पेड़ के नीचे एक कुचला हुआ मृत शरीर पाया गया था, जिसकी बहुत दिन तक चर्चा होती रही थी।' मुनी को लगा कि उसी के बारे में यह छानबीन कर रहा है। उसने कहा, 'वहाँ सब कुछ संभव है, सर। ये लोग कुछ भी कर सकते हैं।' गोरा कुछ नहीं समझा लेकिन वह सिर हिलाने लगा।

'यह घोड़ा कब बना था, यह तुम ज़रूर जानते हो?' उसने मुस्कराकर सवाल किया।

उसे मुस्कराता देखकर मुनी भी मुस्कराया और मिन्नत के स्वर में बोला, 'मैं कुछ नहीं जानता, सर, आप मुझे माफ़ करें और आगे जायें। मैं वादा करता हूँ

कि किसी के बारे में पता चला तो मैं उसे आपके लिए पकड़ लूँगा, और अगर उसने भागने की कोशिश की तो हम सब उसे नारियल के गड्ढे में गर्दन तक गाढ़ देंगे; हमारे गाँव वाले ऐसे काम कभी नहीं करते। यह आदमी ज़रूर दूसरे गाँव का होगा।'

गोरे ने अब ज़ोर देकर कहा, 'प्लीज़, प्लीज़, अब मैं धीरे-धीरे बोलूँगा। मुझे समझने की कोशिश करो। इसी अंग्रेज़ी से मेरा सब जगह काम चल जाता है, पर तुम हो कि समझते ही नहीं। क्या तुम्हें अंग्रेज़ी के खिलाफ़ कोई धार्मिक बाध्यता है?'

मुनी ने कुछ अस्पष्ट आवाज़ें निकाली और सिर हिलाया। इससे उत्साहित होकर अंग्रेज़ ने बहुत धीरे-धीरे स्पष्ट शब्दों में बोलना शुरू किया। फिर वह बूढ़े की बगल में आकर बैठ गया और कहने लगा, 'देखो, पिछले अगस्त, शायद अब तक की सबसे ज़्यादा गर्मी पड़ी थी, और मैं एम्पायर स्टेट बिल्डिंग की चालीसवीं मंज़िल पर एक बिना बाहों की कमीज़ पहने अपने दफ्तर में काम कर रहा था। तभी बिजली भी फ़ेल हो गई और चार घंटे मुझे इसी में तपना पड़ा। न कोई एयर कंडिशनर था, न कुछ और। ट्रेन में सारे रास्ते मैं सोचता रहा और जैसे ही मैं कनेक्टिकर में अपने घर पहुँचा, अपनी बीवी, रूथ से मैंने कहा, "इन सर्दियों में हम हिन्दुस्तान जायेंगे, हमें दूसरी सभ्यताओं को भी देखना-समझना चाहिए।" दूसरे ही दिन उसने ट्रेवल एजेंट को बुलाया और इन्तज़ाम करने को कहा। इस तरह हम अब यहाँ हैं। रूथ भी मेरे साथ आई लेकिन वह श्रीनगर में ही रुक गई, और मैं घूमता फिर रहा हूँ।'

मुनी ने ध्यान से उसका भाषण सुना और कुछ सोचने लगा। फिर अंग्रेज़ी में बोला, 'यस, नो,' और इसके बाद तमिल में कहने लगा, 'जब मैं इतना बड़ा था—' उसने पैर उठाकर एक फीट का इशारा किया, 'तब मेरे चाचा ने कहा था—'

चाचा ने क्या कहा, यह बताना तो मुश्किल है, क्योंकि गोरे ने उससे सवाल किया, 'बॉय, तुम्हारे सफेद दाँतों का क्या राज़ है? क्या उम्र है तुम्हारी?'

बूढ़ा भूल गया कि वह क्या कहना चाहता था, और कहने लगा, 'कई दफ़ा हमारे जानवर भी गायब हो जाते हैं। भेड़िये या चीते उन्हें उठा ले जाते हैं लेकिन कभी-कभी यह पड़ोसी गाँव के किसी आदमी की चोरी भी होती है, जिसका पता भी चल जाता है। मन्दिर का हमारा पुजारी कपूर जलाकर उसकी लौ में चोर का चेहरा देख लेता है, और जब वह पकड़ा जाता है...' इसके बाद उसका क्या किया जाता है, यह उसने हाथ चला-चलाकर बताया कि कैसे उसको मारा-पीटा जाता है।

अमेरिकन ने उसका हाथ ध्यान से देखा और कहा, 'मैं समझ गया, तुमने उसे माँस की तरह काटा होगा। तुम शायद अब लकड़ी काटना चाहते हो, मैं तुम्हारा समय बर्बाद कर रहा हूँ। तुम्हारी कुल्हाड़ी कहाँ है? मुझे दे दो और बताओ कि क्या काटना है। मुझे यह काम अच्छा लगता है, शौक है यह मेरा। मेरे घर के

पीछे बहते पानी में बहुत सी लकड़ियाँ बहकर आती हैं, और इतवार को मैं और कुछ न करके उसी को काटने का कार्य करता हूँ। फिर जब अँगीठी में आग जलती है तो मुझे उसे देखना अच्छा लगता है, हालाँकि उतनी आग जलाने के लिए *न्यूयार्क टाइम्स* का उस दिन का बड़ा मोटा अखबार पूरा जलाना पड़ता है।' यह बात कहकर वह मुस्कराया।

मुनी कुछ समझ नहीं पाया और यही सोचता रहा कि इस स्थिति से मुक्ति पाने के लिए यहाँ से खिसक लेना ही सही रहेगा। उसने चलने को पैर उठाये, कहा, 'अब घर जाना चाहिए।' गोरे ने उसे कंधा पकड़कर रोक लिया और पूछा, 'यहाँ क्या कोई भी ऐसा नहीं है जो मेरी बातों का अनुवाद कर सके?' यह कह कर उसने सड़क पर नज़र दौड़ाई, जो इस समय एकदम खाली पड़ी थी। इस वक्त काफ़ी गर्मी थी और लू का एक झोंका अपने साथ घास-पत्ते लेकर इनके ऊपर से होता हुआ पहाड़ी की तरफ बढ़ने लगा। गोरे ने उसका कंधा पकड़कर घोड़े से लगाया और पूछा, 'यह मूर्ति तुम्हारी ही है? इसे मुझे बेच क्यों नहीं देते?'

बूढ़े को उसकी बात कुछ समझ में आई, कुछ नहीं, और वह कहने लगा, 'मैं बहुत छोटा था जब मेरे बाबा ने इस घोड़े और इसके सवार की कहानी सुनाई थी, वह खुद इतने ही बड़े थे जब उनके बाबा ने उन्हें कहानी सुनाई थी, और उन्होंने भी अपने बाबा से...'

अंग्रेज़ ने बात काटी, 'मैं यहाँ बेकार नहीं ठहरा हूँ। मैं तुम्हें इसकी अच्छी कीमत दूँगा।' यह कहकर उसने फिर घोड़े की तरफ़ इशारा किया। उसे जैसे इस बात का निश्चय हो गया था कि यह बूढ़ा ही घोड़े का मालिक है।

मुनी जो तमिल बोल रहा था, वह बहुत अच्छी थी और भाषा की ध्वनि उसे पसन्द आ रही थी। वह मुख पर प्रसन्नता का भाव लाकर कहने लगा, 'मेरे पास टेपरिकार्डर नहीं है, नहीं तो...तुम्हारी भाषा बड़ी मीठी है, तुम जो भी शब्द बोलते हो उसमें मेरी भावनाएँ जाग उठती हैं।' यह कहकर उसने अपने काम की तरफ़ इशारा करके कहा, 'बातों में वक्त बर्बाद मत करो, मुझे यह बहुत पसन्द है। तुम्हें इसके बारे में बताने की ज़रूरत नहीं है।'

'तब मैं स्कूल नहीं जाता था—ब्राह्मण ही स्कूल जाते थे। हमें खेतों में जाकर सुबह से शाम तक काम करना पड़ता था, बोना, उगाना, काटना... और जब पोंगल आता, हम फसल काट लेते, फिर पिता हमें खेलने जाने देते थे। तालाब के किनारे हम खेलते रहते। और जो फिरंगी भाषा तुम बोल रहे हो, उसे मैं नहीं जानता। तुम्हारे यहाँ तो छोटे बच्चे भी फिरंगी जानते हैं, लेकिन हमारे यहाँ बड़े आदमी और पढ़े-लिखे लोग ही इसे जानते और बोलते हैं। हमारे यहाँ एक पोस्टमैन था जो तुमसे इस भाषा में बात कर सकता था, लेकिन उसकी बीवी किसी के साथ भाग गई जिसके बाद अब वह किसी से भी बात नहीं करता। किसी की बीवी

ऐसा काम करे तो वह कैसे बात कर सकता है? औरतों पर कड़ी निगरानी रखनी चाहिए, नहीं तो वे घर भी बेच देंगी।' यह कहकर वह हँसा।

विदेशी भी उसके साथ हँसने लगा, उसने पैकेट से एक और सिगरेट निकाला और उसे दिया। मुनी सिगरेट पीना सीख गया था, उसने निश्चय किया कि इसी तरह वह सिगरेट पिलाता रहे तो वह यहीं ठहरेगा।

अमेरिकी अब उठकर खड़ा हो गया और घोड़े की नक्काशी पर उँगली फेरते हुए, प्रोफेसर या वक्ता की तरह कहने लगा, धीरे-धीरे बोलता हर ध्वनि पर बल देता वह बोला, 'इस घोड़े को बेचने के लिए मैं दूसरों से अच्छा भाषण दे सकता हूँ।...इसका पीले और नीले रंग का मिश्रण बहुत अच्छा है, हालाँकि अब यह धुँधला पड़ गया है।...यहाँ तुम लोग ऐसे चमकते रंग कैसे बना लेते हो?'

मुनी की समझ में आ गया कि वह घोड़े की बात कर रहा है, मृत व्यक्ति की नहीं। वह बोला, 'यह हमारा रक्षक है। इसका मतलब है हमारे दुश्मनों की मौत। कलियुग के अंत में यह सारी दुनिया नष्ट हो जायेगी, और हमारा रक्षक घोड़े पर सवार होकर आयेगा, कल्कि उसका नाम होगा...वह घोड़े पर सवार सब बुरे लोगों को रौंदता फिरेगा।' जब वह बुरे लोगों के बारे में कह रहा था, तब उसके मन में दुकानदार और अपने बहनोई के चेहरे घूम रहे थे और वह देख रहा था कि घोड़ा उसका घर जलाने वाले को किस तरह रौंदता चला जा रहा है।

जब वह कल्पना में यह मज़ा लूट रहा था, विदेशी उसके चुप रहने का लाभ उठाकर बोला, 'मैं तुम्हें विश्वास दिलाता हूँ कि अमेरिका में इसे रहने के लिए सबसे बढ़िया घर दिया जायेगा। मैं किताबों की अलमारी एक तरफ़ सरका दूँगा—मैं किताबों का बड़ा प्रेमी हूँ और पाँच बुक क्लबों का मेंबर हूँ, और मेरे घर में किताबों का ढेर इस घोड़े के बराबर ही ऊँचा है। लेकिन मैं वे सब हटा दूँगा। रूथ इसका विरोध करेगी। लेकिन मैं उसे समझा लूँगा। टी.वी. भी शायद हटाना पड़े। रहाइश के कमरे में सब कुछ रखा नहीं जा सकता। रूथ शायद कहे कि पार्टी करेंगे तो क्या होगा। मैं तो इसे कमरे के बीचोंबीच ही रखूँगा। इससे पार्टी में क्या खलल पड़ेगा, यह मेरी समझ में नहीं आता। हम इसके इर्द-गिर्द खड़े होंगे और शराब पीयेंगे।'

मुनी दुनिया के नाश की अपनी कहानी कहता रहा। 'हमारे पंडित जी एक दिन मन्दिर में भाषण दे रहे थे कि किस तरह समुद्र एक दिन दुनिया को निगल लेगा और यह घोड़ा बड़ा होने लगेगा, और समुद्र की सबसे बड़ी लहर से भी बड़ा होकर अच्छे आदमियों को अपने ऊपर बिठा लेगा और बुरों को समुद्र के भीतर डुबो देगा—जिनकी संख्या बहुत ज़्यादा है,' यह कहकर वह कुछ देर सोचता रहा, फिर पूछ बैठा, 'आप जानते हैं यह कब होगा?'

विदेशी उसके लहज़े से समझ गया कि कोई प्रश्न पूछा जा रहा है, इसलिए

बोला, 'मैं इसे ले कैसे जाऊँगा? मैं गाड़ी की सीट हटा दूँगा जिससे पीछे जगह निकल आयेगी? इसमें तो हाथी भी जा सकता है'—यह कहकर उसने पीछे की तरफ इशारा किया।

मुनी अभी भी अवतारों के सपने देखने में लगा था, और कहता रहा, 'उन दिनों रोशनीवाले महीने के पंद्रह दिनों में मैं मन्दिर में होने वाले पंडित के व्याख्यानों को हमेशा सुनने जाता था, और उन्होंने बताया कि विष्णुजी सबसे बड़े देवता हैं। जब कभी बुरे लोग दुनिया पर अत्याचार करते हैं, वे हमें बचाने के लिए अवतार लेते हैं। उन्होंने बहुत दफ़ा अवतार लिए हैं। पहली दफ़ा वे बहुत बड़ी मछली बनकर प्रकट हुए, और तब समुद्र ने सारी धरती को घेर लिया, शास्त्रों और पुराणों को अपने कंधे पर उठाकर...'

'मैं कोई करोड़पति नहीं हूँ, औसत व्यापारी हूँ। मैं कॉफ़ी का व्यापार करता हूँ।'

इन शब्दों के बीच मुनी को 'कॉफ़ी' शब्द समझ में आ गया और वह कहने लगा, 'अगर आप "कॉफ़ी" पीना चाहते हैं तो और आगे चले जाइये, कस्बा आ जायेगा जहाँ शुक्र के दिन बाज़ार लगता है—उसमें कॉफ़ी की दुकानें रहती हैं—राह चलतों से मैंने सुना है। मैं खुद घूमता-फिरता हूँ, यह मत समझना, मैं कहीं नहीं जाता।' इसके बाद उसका दिमाग फिर अवतारों की तरफ लौट आया। 'पहला अवतार एक छोटी-सी मछली का था जो एक पानी के बर्तन में पैदा हुई पर हर घंटे वह बड़ी होती चली गई और अंत में ह्वेल के बराबर हो गई जो समुद्र में नहीं समा सकती, और इस ह्वेल की पीठ पर हमारे धर्मग्रंथ उठाकर सुरक्षित स्थान पर पहुँचा दिये गये।' पहले अवतार के बारे में बता देने के बाद उसके लिए ज़रूरी था कि वह दूसरे अवतार के बारे में बताता—'दूसरा अवतार वराह का था जिसके दाँतों पर यह धरती उठाकर ले जाई गई—एक राक्षस उसे खींचकर ले गया था और समुद्र के भीतर उसे छिपा दिया था।' यह कहानी पूरी करने के बाद उसने अंत किया, 'बुरे लोग जब भी हमें परेशान करते हैं, भगवान हमेशा हमारी रक्षा करता है। जब हम लोग छोटे थे, चाँदनी रात में अवतारों के नाटक करते थे। इसीलिए हमें यह सब पता है, सारी रात हम ये नाटक करते और सूरज निकलने पर खत्म करते। कभी-कभी यूरोपियन कलक्टर भी इन्हें देखने आता और अपनी कुर्सी लाकर उस पर बैठता था। मेरी आवाज़ अच्छी थी, इसलिए मुझसे गाने गवाये जाते और औरतों का रोल दिया जाता था। मैं हमेशा लक्ष्मी माता का रोल करता और मुझे अच्छे कपड़े पहनाकर सिर पर मुकुट लगा दिया जाता था। मेरे लिए साड़ी बड़े घर से लाई जाती थी।'

विदेशी बोला, 'मैं बताता हूँ कि मैं अमीर नहीं हूँ। मेरा व्यापार भी औसत किस्म का है, बात यह है कि टी. वी. पर महीने भर में 60 मिनट से ज़्यादा का समय नहीं मिलता, यानी हर दिन सिर्फ दो मिनट, हो सकता है, कुछ समय बाद

हम पूरे घंटे का प्रोग्राम कर सकें, बशर्ते हमारी बिक्री भी बढ़ती चली जाय...।'

मुनी नाटक वाले दिनों की यादों में मस्त हो रहा था और वह बताने ही जा रहा था कि किस तरह वह साड़ी पहनता और हीरे के बूंदे पहनता, कि गोरा कह उठा, 'अच्छा, यह बताओ कि तुम घोड़े के लिए सौ रुपये ले लोगे? मैं तो मूँछोंवाले सिपाही को भी ले जाना चाहता हूँ पर उसके लिए इस साल जगह नहीं होगी। मुझे हवाई जहाज़ का टिकट वापस करके जहाज़ लेना पड़ेगा। रूथ तो हवाई जहाज़ से जा सकती है लेकिन मुझे घोड़ा अपने साथ केबिन में रखकर ले जाना पड़ेगा।' यह कहकर वह हँसा और कल्पना करने लगा कि किस तरह घोड़े को अपने साथ लिए सफ़र कर रहा है। फिर बोला, 'इसे चारों तरफ पैड लगाकर बाँधना पड़ेगा जिससे यह टूट न जाय।'

'जब रामायण खेलते थे तब मुझे सीता बनाया जाता था।' मुनी कह रहा था। 'एक गुरु जी आये और उन्होंने हमें गाने सिखाये—हमने उन्हें पचास रुपये दिये थे। वह खुद राम बना था, जिसने दस सिर वाले रावण का नाश कर दिया था—आपको रामायण की कहानी मालूम है?'

'मेरी गाड़ी स्टेशन वैगन है, तुम देख रहे हो। तुम ज़रा सा हाथ लगवा दो तो मैं उसकी सीट पीछे सरका दूँगा जिससे घोड़े के लिए जगह बन जायेगी।'

'आपने महाभारत के बारे में सुना है? वे विष्णु जी के आठवें अवतार थे जो पाँच भाइयों को उनका राज्य दिलाने में सहायता करने के लिए पैदा हुए थे। कृष्ण जी जब बच्चे थे तब वे सैकड़ों सिर वाले साँप के ऊपर खड़े होकर नाचे थे और उसे दबाकर मार दिया था; उन्होंने पूतना राक्षसी के बहुत बड़े स्तनों को चूसकर एकदम बेकार कर दिया था, ये स्तन पहाड़ों की तरह बड़े थे।' यह कहकर उसने हाथ फैलाकर दो पहाड़ों का आकार जताया।

अजनबी यह देखकर चकित रह गया। वह इसका अर्थ समझ नहीं रहा था। पहली दफ़ा उसने कहा, 'तुम्हारा उत्तर मेरी समझ में नहीं आया। बात यह है कि तुम्हारा उत्तर जानना बहुत ज़रूरी है। हम व्यापार की बात कर रहे हैं इसलिए।'

'जब दसवाँ अवतार होगा, मैं और आप तब कहाँ होंगे, यह आप जानते हैं?' बूढ़े ने पूछा।

'मेरी मदद करो तो मैं घोड़े के जोड़ों से सीमेंट हटाकर उसे ऊपर उठाऊँ। बात तय हो जाय तो हम जो चाहे, कर सकते हैं।'

इस स्थिति में एक-दूसरे का भाषायी रहस्य पूरा हो गया और शब्दों का अर्थ समझने की आवश्यकता नहीं रही। बूढ़े ने बातचीत के लाभ तथा हानि दोनों पक्षों का सन्तुलन बनाने की आवश्यकता भी खत्म कर दी और लाभ में रहने के लिए तेज़ी से बोलना जारी रखा। वह बोला, 'मैं समझता हूँ, मान्य महोदय, कि ईश्वर ने आपको अनेक संतानें दी होंगी। यह मैं इसलिए कहता हूँ कि आप मुझे अच्छे

आदमी लगते हैं जो एक बूढ़े के साथ बातचीत करने से गुरेज़ नहीं करते, जबकि सारा दिन मुझसे कोई बात ही नहीं करता, सिवाय उसके जिसे मुझसे तम्बाकू माँगनी होती है। लेकिन मेरे पास वह भी नहीं होता, क्योंकि तंबाकू अब वैसी नहीं होती जैसी पहले होती थी, अैर मैंने तम्बाकू खाना बन्द कर दिया है। अब मैं उसे खरीद नहीं सकता।'

भाषण में उसकी रुचि देखकर वह पूछ बैठा, 'आपके कितने बच्चे हैं?' और हाथों से इशारे करके उसे समझाने की कोशिश की।

गोरा समझ गया कि कोई प्रश्न पूछा जा रहा है, इसलिए उसने उत्तर दिया, 'ये सौ हैं।' इससे उत्साहित होकर बूढ़े ने आगे प्रश्न किया, 'आपके बच्चों में कितने लड़के हैं और कितनी लड़कियाँ? और ये सब कहाँ हैं? लड़की की शादी हो गई है? क्या आपके मुल्क में भी दामाद की तलाश कर पाना कठिन होता है?'

इन सवालों के जवाब में गोरे ने जेब में अपना हाथ डाला और बटुआ निकालकर बाज़ार के अच्छे समय का तुरन्त लाभ उठाना चाहा। उसने सौ रुपये का नोट निकाला और उसे लहराते हुए कहा, 'यह रहा मेरा मतलब।'

बूढ़े को महसूस हुआ कि बातचीत में कुछ आर्थिक पहलू भी शामिल हो गया है। उसने नोट को ध्यान से देखा क्योंकि इससे पहले उसने यह कभी नहीं देखा था, वह सिर्फ रंग से पाँच और दस के नोट जानता था, हालाँकि ये हमेशा उसने दूसरों के हाथों में ही देखे थे, क्योंकि उसकी आमदनी तांबे और निकेल के सिक्कों में ही होती थी। यह आदमी नोट लहरा क्यों रहा है? शायद तुड़वाना चाहता हो। उसे यह सोच कर हँसी आने लगी कि कोई आदमी हज़ार या दस हज़ार का नोट तुड़वाने उसके पास आये। उसने दाँत निकालकर कहा; 'इसके लिए गाँव के मुखिया के पास जाइये। वह लेन-देन का काम भी करता है और आप चाहें तो एक लाख रुपये भी सोने के सिक्कों में दे सकता है—वह सोचता है कि किसी को पता नहीं—पर उसके पूजा के कमरे की खुदाई कीजिए और उसमें रखा धन देखकर आपकी आँखें फट जायेंगी। पर लोगों को धोखा देने के लिए वह फटे-पुराने कपड़े पहनता है। आपको ही उससे बात करनी होगी क्योंकि मुझे देखकर वह पागल हो उठता है। कोई उसके कद्दू चुरा ले गया, लेकिन वह समझता है कि मैंने और मेरी बकरियों ने यह काम किया था...इसलिए मैं अपनी बकरियों को उसके खेतों के पास फटकने भी नहीं देता।' यह कहकर उसने अपनी बकरियों पर नज़र डाली जो सूखी पहाड़ियों की धरती से हरी घास ढूँढ़ पाने में जी जान से लगी हुई थीं।

विदेशी ने भी बकरियों पर नज़र डाली क्योंकि उसने सोचा कि इनमें रुचि लेने से उसे प्रसन्नता होगी। वह उठा और बकरियों के पास जाकर उन्हें छूने और सहलाने लगा। अब बूढ़े पर सच्चाई उजागर होने लगी। उसका जीवन भर का सपना पूरा होने जा रहा था। वह सोचने लगा कि यह आदमी उसकी बकरियाँ खरीदना

चाहता है। उसने इन्हें बड़े लाड़-प्यार से इसीलिए पाला था कि कोई इन्हें खरीद लेगा और उस पैसे से वह उसी जगह एक छोटी-सी दुकान खोल देगा। यहीं बैठा वह अक्सर सोचता रहता था, कि उसकी छत वह कैसी बनायेगा, नीचे ज़मीन पर एक बोरा बिछायेगा, और उस पर रास्ते से गुजरने वाले लोगों की भूख-प्यास मिटाने के लिए भुनी हुई मूँगफली, रंग-बिरंगी मीठी गोलियाँ और हरे ताज़े नारियल रखकर बेचेगा—यह सड़क कई दफ़ा बड़ी भीड़भाड़ वाली हो जाती थी। उसके जानवर नुमायश में रखने लायक तो नहीं थे, लेकिन वह अपनी आमदनी का कुछ हिस्सा अक्सर उन्हें अच्छी चीज़ें खिलाने में भी खर्च करता था, जिसके कारण उनमें कुछ रौनक ज़रूर पैदा हो गई थी।

वह यही सब सोच रहा था कि अंग्रेज़ ने दस-दस रुपये के दस नोट उसके हाथ में पकड़ा दिये और बोला, 'यह सब तुम्हारे लिए है, अगर कोई साझेदार हो तो उसके लिए भी।'

बूढ़े ने स्टेशन वैगन की तरफ इशारा करके पूछा, 'इन्हें इसमें ही ले जाओगे?'

'हाँ, हाँ इसी में ले जाऊँगा,' वह कुछ-कुछ समझकर बोला।

बूढ़े ने कहा, 'मोटरकार में यह इनका पहला सफर होगा। जब मैं यहाँ से चला जाऊँ, तब इन्हें ले जाना, मेरे सामने ये हरगिज़ नहीं जायेंगी, मैं यमलोक गया तो भी ये मेरा ही पीछा करेंगी।' इस मज़ाक पर खुद हँसा, अपने दोनों हाथ जोड़कर नमस्कार किया और पीछे लौटकर चल पड़ा। बड़ी तेज़ी से वह उनकी आँखों से ओझल हो गया।

गोरे ने घास चरती बकरियों पर नज़र डाली। फिर उसने चबूतरे पर खड़े घोड़े को देखा, जो शान्ति से रोशनी में चमकता खड़ा था। 'अब मदद के लिए किसी को लाना होगा।' बैठकर वह इन्तज़ार करने लगा। कुछ देर बाद एक ट्रक नीचे आया, तो उसे रोका और घोड़ा वहाँ से उखाड़ने के लिए दो मज़दूरों को साथ लिया। उनकी सहायता से घोड़ा गाड़ी में रखवाया, उन्हें पाँच-पाँच हज़ार रुपये दिये। इसके बाद ट्रक से गैस निकालकर वैगन में डाली, इसके भी पैसे दिए और गाड़ी चल पड़ी।

मुनी धोती के छोर में नोट बंद करके तेज़ी से घर वापस आया। उसने चुपचाप सड़क का दरवाज़ा बन्द किया और धीरे से पत्नी के सामने आ खड़ा हुआ, जो बैठी सोच रही थी कि खाने का बन्दोबस्त किस प्रकार करे। मुनी ने पैसा उसे दिखाया। उसने झपटकर नोट अपने हाथ में ले लिए और चूल्हे की आग की रोशनी में उन्हें गिना! फिर चीखकर बोली, 'सौ रुपये! इतने कहाँ से आये? चोरी तो नहीं की?'

'मैंने अंग्रेज़ को बकरियाँ बेच दीं। वह उनके लिए पागल हो रहा था, उन्हें

गाड़ी में बिठाकर चला गया। यह पैसा मुझे दे गया।'

उसकी बात पूरी भी नहीं हुई थी कि बाहर बकरियों की आवाज़ सुनाई दी। पत्नी ने दरवाज़ा खोला तो दोनों सामने खड़ी थीं। 'यह क्या है? इसका क्या मतलब है?'

बूढ़े ने गुस्से में भरकर एक बकरी को पकड़ लिया, और चीखा, 'वह आदमी कहाँ गया? तुम नहीं जानतीं कि अब तुम उनकी हो? तुम वापस क्यों आईं?' बकरियाँ उसकी पकड़ से छूटने की कोशिश करती रहीं। बीवी ने घूरकर देखा और कहा, 'अगर चोरी की है तो पुलिस आकर तुम्हारी हड्डी-पसली तोड़ देगी। इसमें मैं शामिल नहीं हूँ। मैं अपने घर चली जाऊँगी।'

रोमन मूर्ति

गप्पी आदमी ने कहना शुरू किया :

एक दफ़ा मैं आर्कियालॉजी के सहायक के रूप में काम कर रहा था। मैं देश भर में पता लगाता, खोजबीन करता, ज़मीन खोदता, पुरानी चीज़ों की तलाश में लगा रहता था, जो मुझे बहुत पसन्द था, हालाँकि झक्की लोग हमें कई दफ़ा 'क़ब्रें खोदने वाले' भी कहते थे। मुझे इस काम में ज़बरदस्त रुचि थी। मेरा एक गुरु था जो अपने नाम में किसी चीज़ का डॉक्टर या कुछ लगाता था। वह बड़ा विलक्षण, कालातीत व्यक्ति था जो अपने समय से हज़ार साल पहले रहता था, और फिर उसे किसी पुराने सिक्के या खुदाई में मिले बर्तन के टुकड़े पर ध्यान लगाने का अवसर मिल जाता, तो उसे न खाने की ज़रूरत होती थी, न छत की और न धन-सम्पत्ति की। उसने हिन्दुस्तान के हर हिस्से की ज़मीन को खोदकर उलट-पलट कर डाला था, और सदियों पहले यहाँ के लोग कैसे रहते और ज़िंदगी बिताते थे, इस पर गहरी रोशनी डाली थी। हर खुदाई पर लिखे उसके अनेक विवरण सब महत्त्वपूर्ण पुस्तकालयों में भरे पड़े थे। इसके बाद हमारे सौभाग्य से उसे प्रेरणा हुई कि मालगुडी की खुदाई भी की जानी चाहिए।

यह विचार उसे कैसे प्राप्त हुआ, इस बारे में कुछ बताने की मुझमें योग्यता नहीं है, लेकिन उसे इसका भरोसा था। मेरे पास संदेश आया कि यह महापुरुष डाकबंगले में ठहरा हुआ है और उसे एक सहायक ही ज़रूरत है। घंटे भर के भीतर मैं उसके सामने जाकर खड़ा हो गया। वह खाली ज़मीन पर बैठा था और उसके सामने कई तरह की अजीब-अजीब चीज़ें बिखरी पड़ी थीं; मिट्टी के टूटे हुए बर्तन, रंगीन दाने, बेकार ज़ंग लगे सिक्के और ताड़ के पत्ते, जो सब सूखे-साखे, और बिखरे हुए। उसकी बगल में एक लेन्स रखा था जिससे इन्हें देख-देखकर वह कुछ लिखता जाता था। उसने मुझसे पूछा, 'अपने ज़िले की आर्कियालॉजी के बारे में क्या जानते हैं?'

मैंने आँखें मिचकाईं। दरअसल मुझे यह अंदाज़ भी नहीं था कि यहाँ भी

कुछ वैसा हो सकता है। उसने चश्मे के भीतर से मुझे घूरा, तो मैंने सोचा कि इसके ऊपर मेरी ज़िंदगी की रोज़ी-रोटी लगी है। मेरे जवाब से इसका फैसला होगा। मैंने बचपन में जो भी इतिहास पढ़ा था, वह सब याद करके मैंने जवाब दिया, 'देखिये, इस बारे में अब तक ढंग से कुछ भी नहीं किया गया है, यद्यपि कभी-कभी अज्ञानी गाँववाले ज़मीन की जुताई करते हुए कुछ टुकड़े और धातु की वस्तुएँ ज़रूर प्राप्त करते हैं।'

'सचमुच?' उसने चौंककर कहा, 'और फिर इन चीज़ों का वे क्या करते हैं?'

मैंने कहा, 'फेंक देते हैं या अपने बच्चों को खेलने के लिए दे देते हैं।'

'अच्छा, यह तो बुरी बात है,' वह बुड़बुड़ाया, 'आपने इन सबको एक जगह इकट्ठा क्यों नहीं किया?'

'सर, अब मैं यही करूँगा,' मैंने जवाब दिया, और मेरा नाम पक्का हो गया। उसने मुझे पचास रुपये महीना वेतन पर तुरंत रख लिया, और मेरा काम अब उसके साथ रहना और उसकी मदद करना हो गया।

मेरी बुद्धि जाग उठी और महीने भर के भीतर मैं उससे आगे पहुँच गया। मेरी नज़र से छोटी-से-छोटी चीज़ भी नहीं बचती थी। मैं हर चीज़ उठा लेता, उसे साफ़ करता और पॉलिश करके उसके सामने पेश कर देता। मुझे यह कहते हुए दुःख होता है कि ये चीज़ें ज़्यादातर आधुनिक काल की ही साबित होतीं—लेकिन एक बार ऐसा हुआ कि एक ज़बरदस्त चीज़ मेरे हाथ लग गई।

हम सिरल गाँव में डेरा डाले हुए थे—जो शहर से साठ मील दूर था। काफ़ी पुरानी बस्ती है, सौ के करीब घर हैं। गाँव के उत्तर की तरफ से सरयू नदी बहती है। यहाँ नदी की धारा दूसरी जगह से ज़्यादा चौड़ी है। दूसरी तरफ के किनारे से जंगल और पहाड़ियाँ शुरू हो जाती हैं। इलाके का सबसे अच्छा घर दो कमरे का एक इन्सपेक्शन लॉज है। इसके एक कमरे में डॉक्टर ने कब्जा कर लिया और दूसरे पर मैंने। हम एक टीले की जाँच में लगे थे, जिसके नीचे कहा जाता था कि एक शहर था। इसकी खुदाई करने से इस स्थान की सभ्यता तीन सदी पीछे जा सकती थी। तब यह मशहूर मोहनजोदड़ो के समकक्ष हो जाती। हमने अपना कार्य बड़ी गम्भीरता से शुरू किया, जिसके लिए हमें माफ़ किया जाना चाहिए। दरअसल हमारा डॉक्टर मोहनजोदड़ो जैसे नामी स्थानों से प्रतियोगिता जैसी महसूस करता था। उसकी इच्छा थी कि प्राचीनतम किसी सभ्यता की खोज का पूरा श्रेय उसे मिल जाय और वह उसे हर जगह प्रस्तुत कर सके। मुझे यह उसके चरित्र की कमज़ोरी लगती थी, लेकिन इस बड़े आदमी के लिए, जिसने अपनी ज़िंदगी में और भी बहुत कुछ किया और दिया था, यह क्षमा योग्य है।

लेकिन यह विषय से बाहर की बात है। मैं अपनी कहानी बताता हूँ। एक दिन मैं नदी पर नहाने के लिए गया। शानदार शाम थी। मैंने दिन भर अच्छा

काम किया था, और गाँव के बाहर से मिले शीशे के एक रंगीन टुकड़े को साफ़ करके उसके अध्ययन में डॉक्टर की मदद की थी। डॉक्टर दिन भर उसे घूर-घूरकर देखता रहा था और बार-बार सिर हिलाकर कहता, 'इतने महत्त्व का काम मैंने आज तक कभी नहीं किया। शीशे का यह टुकड़ा जो तुम देख रहे हो, मामूली आर्कियालॉजिकल शीशा नहीं है, यह प्राचीन काल की एक महत्त्वपूर्ण कड़ी है। यह वास्तव में फ्लोरेंस का शीशा है जिसका उपयोग पाँचवीं सदी में समाप्त हो गया था। यह यहाँ कैसे आया? दुनिया में और कहीं नहीं पाया गया है। अगर निश्चित हो जाय कि यह कहाँ का है, तो हमें रोमन साम्राज्य और भारत के इस भाग के सम्बन्ध में बहुत कुछ ज्ञात हो सकेगा। इससे हमारे ज्ञान में क्रांतिकारी परिवर्तन हो जायेगा।'

सारे दिन वह यही बात करता रहता, कभी-कभी वह उत्तेजित होकर काँपने लगता और खाना-पीना सब भूल जाता। हर वक्त बड़बड़ाता रहता। 'हमें ध्यान से सारा काम करना चाहिए। ज़रा सा प्रमाण भी नज़रंदाज़ नहीं करना चाहिए। अपनी आँखें खुली रखो। हम महान नये ज्ञान के दरवाज़े पर खड़े हैं...।' इसका मुझ पर भी असर पड़ा और मेरी नज़र हमेशा के लिए खोजी नज़र हो गई। उस शाम जब मैं सरयू नदी में कूदा, तब यही धुन मुझ पर सवार थी। मैं अच्छा तैराक हूँ। नदी के तल पर पहुँचा तो मेरा हाथ किसी बड़ी चीज़ से टकराया। उँगलियों से उसे टटोला, तो वह पत्थर की मूर्ति लगी। उसे पकड़कर मैं ऊपर आ पहुँचा। पानी से चूता मैं नदी की सीढ़ियों पर बैठ गया और अपना शरीर पोंछे बिना उसकी परीक्षा करने लगा।

डॉक्टर ने उसे देखकर प्रसन्नता से कहा, 'इससे बिल्कुल नई संभावनाओं के द्वार खुल जायेंगे।' उसने हमारी टीन की लालटेन से उसे परखना शुरू किया। मूर्ति एक फीट ऊँची थी, शीशे की तरह चिकनी क्योंकि पानी के भीतर वह सालों से पड़ी थी। उसकी एक ही बाँह और आँख भी एक ही थी, नाक और चेहरा गायब थे। शरीर पर जेवर और कपड़े के निशान भी थे, जिन्हें डॉक्टर ने विशेष रूप से जाँचा-परखा। सवेरे तीन बजे वह सोने गया। घंटे भर बाद वह फिर उठा और मेरे कमरे में आकर बोला, 'यह रोमन प्रतिमा है। यह इस देश में यहाँ कैसे आई, इसका हमें खोजबीन करके अध्ययन करना है। इससे भारत के इतिहास को एक बिल्कुल नया मोड़ मिलेगा।'

अगले दो महीनों में दुनिया के सभी अखबारों और पत्र-पत्रिकाओं में इसके बारे में लेख और चित्र वगैरह छपे। इतिहास की संस्थाओं और सम्मेलनों में निबन्ध पढ़े गये। मुझे भारतीय इतिहास के विशिष्ट अध्ययनकर्ता के रूप में जाना जाने लगा, क्योंकि डॉक्टर ने ज़ोर देकर इस खोज का श्रेय मुझे भी देने का प्रबन्ध किया था। मुझे यूनिवर्सिटियों ने अनेक सम्मान दिये। कई जगह अच्छे वेतन पर नौकरियाँ देने के वादे भी किये गये। अन्त में यह तय पाया गया कि यह मूर्ति रोमन सम्राट

टायबेरियस द्वितीय की है। यहाँ यह बताने की ज़रूरत नहीं है कि इस निर्णय के आधार क्या थे, लेकिन विश्वास करें कि ये सब बहुत मज़बूत थे। मूर्ति के अलावा कुछ रोमन ग्रंथों में भी दक्षिण भारत में उनके प्रभाव का विवरण सामने लाया गया।

हमारे अगले कई महीने जगह-जगह का दौरा करते और भाषण देते हुए बीते। मैं डॉक्टर के साथ मद्रास गया और इस विषय पर किताब लिखने के काम में हिस्सा बँटाना शुरू किया। यह हज़ार पृष्ठों का विस्तृत अध्ययन होना था, जिसमें नक्शे और अनेक चित्र भी होते। यह इतना बड़ा काम इसलिए होता क्योंकि इसमें दोनों देशों के इतिहास, कला और सम्पर्कों का पूरी तरह विस्तार से विवेचन किया जाना था। लेखक के नाम में मेरा नाम भी शामिल किया जाना था। मैं सोचने लगा कि यही मेरा भविष्य है—शोहरत, बड़ी नौकरी, और शायद कुछ पैसा भी। डॉक्टर पूरा काम मुझे सौंपकर उत्तर भारत की यात्रा पर चले गये और एक दूसरे प्रोजेक्ट पर काम करना शुरू कर दिया जिसकी योजना उन्होंने पहले ही बना ली थी। मैं दिन भर लायब्रेरी में बैठा किताबें उलटता और आँकड़े जमा करता रहा—फिर लिखना शुरू कर दिया। शिक्षित व्यक्तियों के बीच में मेरी प्रतिष्ठा बढ़ने लगी। मैं सवेरे सात बजे से रात को ग्यारह बजे तक लगातार काम करता रहता। इस अध्ययन में रुचि रखने वाले मुझसे मिलने आते। पत्रिकाओं और निबन्धों में मेरे नाम के साथ लिखा होता—पुस्तक पर काम कर रहे आर्कियालॉजिकल असिस्टेंट। योजना की प्रगति पर आये दिन लेख छपते। फिर वह समय आ गया जब अखबारों में घोषणा की जाने लगी, निबन्ध जिस पर—कई महीनों से काम कर रहे हैं, दस दिन में प्रकाशन के लिए तैयार हो जायेगा। आशा की जाती है कि यह भारतीय इतिहास का सबसे महत्त्वपूर्ण पक्ष सिद्ध होगा। लिखते-लिखते मेरी उँगलियों में दर्द होने लगा। मेरी आँखें भी बेकार हो चली थीं। मैं इन्तज़ार करने लगा कि कब यह काम खत्म होता है, कि तभी डॉक्टर का पत्र मुझे मिला! 'आपको किसी भी हिल स्टेशन पर जाकर तीन महीने रहने और सैर-सपाटा करने की छुट्टी दी जाती है।' मेरी मेज़ पर अब तक पांडुलिपियों का अम्बार लग गया था।

इसी समय मुझे सिरल फिर जाना पड़ा, जिस स्थान पर मूर्ति मिली थी, उसे नापना था। उसका काम छोड़कर मैं गाँव पहुँच गया। नदी में गोता लगाया और ऊपर आ गया। फिर उसकी सीढ़ियों पर बैठकर लिखने लगा कि तभी एक आदमी आकर मेरे पास बैठ गया। हम बातें करने लगे और मैंने उसे अपने काम के बारे में बताया। मुझे आशा थी कि वह मुझे इसके बारे में कुछ और बतायेगा। वह साधारण आदमी था और भावहीन मुद्रा से मेरी बातें सुनता रहा। मेरी कहानी खत्म हो जाने के बाद वह विचार में डूब गया और मुझसे सब बातें दोहराने को कहा। उसने ओंठ दबाकर पूछा, 'आपने क्या बताया, यह मूर्ति कहाँ से आई?'

'रोम से–'

'यह कहाँ है?'

'यूरोप में,' मैंने बताया। वह आश्चर्य से देखने लगा तो मैंने समझाया, 'जहाँ से यूरोप के लोग आते हैं।'

'वह तो मैं नहीं जानता, परन्तु अगर यह मूर्ति वही है तो इसके बारे में मैं तुम्हें कुछ बता सकता हूँ। उसकी एक बाँह टूटी है और नाक भी नहीं है, है न?' वह मुझे एक पगडंडी से ले गया जो जंगल में खत्म होती थी। मील भर चलकर वह एक बस्ती में रुका जहाँ एक छोटा-सा मन्दिर था। फिर उसकी तरफ इशारा करके बोला, 'वह मूर्ति इस मन्दिर की है।' फिर वह मुझे भीतर ले गया। हमें सिर झुकाकर धीरे-धीरे जाना पड़ा क्योंकि दरवाज़ा छोटा था और छतें नीची थीं। अन्दर नारी की मूर्ति थी जिसके गले में फूलों की माला पड़ी थी और सामने छोटा-सा दिया जल रहा था। दरवाज़े के एक ओर एक द्वारपालक खड़ा था–एक फीट ऊँचा पंख वाला प्राणी। मेरे साथी ने उसकी तरफ़ इशारा करके कहा, 'इसी तरह की मूर्ति दरवाज़े के दूसरी तरफ लगी थी।' मैंने देखा तो एक खाली चबूतरा दिखाई दिया। मुझे सन्देह हुआ और मैंने कहा, 'यह मूर्ति मैं ध्यान से देखना चाहता हूँ।' उसने दीया उठाया और सामने रख दिया। उसकी हलकी रोशनी में मैंने द्वारपालक को ध्यान से देखा, 'दूसरी तरफ जो मूर्ति थी, वह बिल्कुल इसी तरह की थी?' मैंने प्रश्न किया। मेरा सवाल बेकार था–यह मूर्ति वैसी ही थी जैसी मुझे प्राप्त हुई थी–बस, इसके अंग पूरे थे।

'यह बनी कहाँ थी?'

'मैंने इसे दूसरे गाँव में एक पत्थर की मूर्तियाँ बनाने वाले से बनवाया था। वह पहाड़ी दिखाई दे रही है? इसी के पत्थर से दुनिया भर में मूर्तियाँ बनाई जाती हैं, और इसी के पास वह गाँव है जहाँ मूर्तिकार रहते हैं।'

'यह कब बनी, तुम सही जानते हो?'

'हाँ, मैंने उसे बीस रुपये पेशगी भी दिए थे और उस आदमी ने काफ़ी देर भी लगाई। मैं खुद उस गाँव में जाकर रहा और रात-दिन सामने बैठकर मूर्तियाँ बनवाईं। पूरे दो महीने लगे। मेरी आँखों के सामने यह काम हुआ। इसके बाद हमने पचास रुपये जमा करके उसे दिये। हम इस मन्दिर को अच्छा बनाना चाहते थे।' दीया नीचे रखकर मैं वहाँ से बाहर निकला। मन्दिर की सीढ़ियों पर बैठ गया। 'आप यह सुनकर उदास क्यों हो गये? मै तो सोचता था कि यह जानकारी पाकर आप खुश होंगे।' वह मेरी तरफ देख रहा था।

'मैं खुश हूँ, खुश हूँ...बस, ज़रा तबियत खराब है,' मैंने धीरे से कहा। 'अच्छा, तुम बता सकते हो कि यह नदी में कैसे पहुँच गई।'

'हाँ, हाँ, क्यों नहीं?' उसने कहा, 'हम ही तो उसे वहाँ ले गये थे, यह अपने

पैरों चलकर तो वहाँ नहीं पहुँची।'

'अच्छा, हाँ,' मैं बोला।

'इसकी भी एक कहानी है। इसके लिए हमें कोर्ट-कचहरी भी करनी पड़ी और पुजारी को निकलवाना पड़ा। उस पर जुर्माना भी हुआ। अब वह मन्दिर के पास भी नहीं आ सकता। हमने वकील की फीस में से ही एक हज़ार रुपये खर्च किये, पुजारी को हटाने के लिए और भी खर्च होता, तो करते। मालगुडी में मुकदमा चला, वकील मद्रास से आया था।'

'पुजारी में क्या बुराई थी?'

'उसका बाप पहले पुजारी था, जिसके मरने के बाद उसने काम सँभाल लिया, लेकिन वह जैसे शैतान था, शराब का दीवाना। सवेरे से शाम तक पीता रहता। और उसी हालत में पूजा करता था। हमारी समझ में ही नहीं आया कि क्या करें? हम उसे बरदाश्त करते थे और सोचते थे कि किसी दिन देवता ही उसे सज़ा देगा। हम उसे ज़्यादा परेशान भी नहीं करना चाहते थे क्योंकि वह गरीब था, और चुपचाप अपना काम करता रहता था। लेकिन जब ये द्वारपालक दरवाज़े पर लगाये गये तब एक विचित्र विचार उसके मन में घर कर गया। वह कहने लगा कि वह जहाँ भी जाता है, ये द्वारपालक उसे ही घूरता हुए उसे परेशान करते रहते हैं। उनकी नज़र से उसकी गर्दन में घाव हो जाते हैं। कई दफ़ा वह भीतर से इन्हें देखता कि ये किधर देख रहे हैं, और चिल्लाने लगता, 'ये तो अब भी मुझे ही घूरे जा रहे हैं।' फिर वह उन्हें फटकारने लगता। महीनों यह चला। कुछ समय बाद वह यहाँ से निकलता तो काँपने लगता। इनके बीच से होकर मन्दिर के भीतर जाना उसके लिए एक कठिन कार्य हो गया। फिर उसने शिकायत करना शुरू किया कि जब भी वह इनकी तरफ नज़र नहीं डालता, तब दोनों उसे लात-घूँसे से मारने पीटने लगते हैं, बाल खींचते हैं और तरह-तरह से परेशान करते हैं। वह भी इन्हीं पर नज़र डालता सावधानी से आगे बढ़ने और भीतर जाने की कोशिश करने लगा। लेकिन उसकी नज़र एक समय में एक पर ही ठहरती, तो दूसरा उसे मारने लगता था, उसे धक्का देकर नीचे गिरा देता। इससे बने घाव भी वह हमें दिखाता। हम इस नतीजे पर पहुँचे कि जब वह शराब की एक बूँद भी पेट में डाले बिना भीतर जायेगा और शिकायत करेगा, तभी हम उसकी शिकायत को गम्भीरता से लेंगे। इसके बाद उसने अपनी रक्षा का खुद इन्तज़ाम किया और अपने हाथ में एक हथौड़ी लेकर चलने लगा। जब कभी उस पर हमला होता, वह मूर्ति पर हथौड़ी चलाता और इस तरह एक दिन उसने मूर्ति की नाक तोड़ दी, एक दिन हाथ और एक दिन कान तोड़ दिया। महीनों तक हमें पता ही नहीं चला कि वह यह सब कर रहा है। मूर्ति को देखने से पता चलता है कि ज़्यादातर तोड़-फोड़ उसकी बायीं तरफ हुई है।

अंत तब आया जब उसने मूर्ति को अपनी जगह से ही तोड़कर हटा दिया और उसे नदी के किनारे ले आया। दूसरे दिन उसने घोषणा की कि उसने मूर्ति को खुद चलकर नदी जाते और वहाँ डूबते हुए देखा। उसने सोचा होगा कि इससे दूसरी मूर्ति को शिक्षा मिलेगी। और वह अपना व्यवहार बदलेगी। लेकिन यह नहीं हुआ क्योंकि हम पुजारी को कचहरी घसीट ले गये और उसे वहाँ से हटवाया।'

ग्रामीण की कहानी समाप्त हुई। मुझे सँभलने में समय लगा। मैंने पूछा, 'तुमने मूर्ति नदी में से निकालकर जज को नहीं दिखाई?'

'नहीं, क्योंकि उसने यह बताया ही नहीं कि मूर्ति किस जगह डुबाई है। मुझे तो आपसे ही पता लगा कि वह कहाँ डाली गयी थी।'

मैं मद्रास लौटा तो एकदम बदल चुका था। डॉक्टर भी कुछ समय के लिए वहाँ आया हुआ था! मैंने उसे सब कुछ बताया। वह तो जैसे पागल हो उठा। चीखकर बोला, 'हम सारी दुनिया के सामने बड़े बेवकूफ साबित हुए हैं।'

क्या कहूँ, मैं समझ नहीं पाया। धीरे से कहा, 'सर, मैं बहुत शर्मिन्दा हूँ।' उसने मेज़ पर रखी पांडुलिपियों के ढेर की तरफ इशारा करके कहा, 'इन सब में अब आग लगा दो। लोग हमें पागल समझेंगे।' मैंने सब कागज़ ज़मीन पर डाल दिये और उसमें दियासलाई लगा दी। क्षण भर में आग भभक कर जल उठी। उसके बाद उसने मूर्ति की तरफ इशारा किया, 'अब इसका क्या करना है?'

'मैं क्या बताऊँ।' मेरा जवाब था।

'पानी में ही फेंक दो। तुमने ही तो इसे निकाला था। वाहियात पत्थर का टुकड़ा!'

इससे पहले मैंने डॉक्टर को इतने गुस्से में कभी नहीं देखा था। मैंने उसे भूरे रंग के कागज़ में लपेटा और खींचकर समुद्र के किनारे ले गया, फिर पानी के भीतर फेंक दिया। मेरा ख्याल है, यह अब भी बंगाल की खाड़ी में नीचे कहीं पड़ी होगी। मैं सोचता हूँ कि अब फिर यह किसी और के पल्ले न पड़ जाय और फिर उसकी मेज़ पर आकर बैठ जाय।

कुछ दिन बाद मुख्य अखबारों में छपा, 'जिस पांडुलिपि पर डॉक्टर—और उनके सहायक काम कर रहे थे, नष्ट कर दी गई है और यह काम खत्म कर दिया गया है।'

डॉक्टर ने मुझे दो महीने का वेतन दिया और मेरी नौकरी खत्म हो गई।

पहरेदार

पश्चिमी क्षितिज पर अभी तक लालिमा की रेखा थी। पहरेदार ने तालाब के बाँध पर खड़े होकर स्थिति का जायज़ा लिया। शाम को वहाँ घूमने जो लोग आये थे, सब अपने घर वापस जा चुके थे। कहीं कोई दिखाई नहीं पड़ रहा था—सिर्फ उस ज़िद्दी मछलीमार के जो उत्तर दिशा के अंत में पानी में पैर लटकाये बैठा अपनी कटिया के डंडे को ताक रहा था। उसकी चिंता करने की ज़रूरत नहीं थी, वह आधी रात तक इस उम्मीद में बैठा रहेगा कि कोई मछली जाल में फँस जाय।

तालुका दफ्तर के घंटे ने नौ बजाये। पहरेदार सन्तुष्ट था कि तार की सीमा तोड़कर कोई जानवर भीतर नहीं जा सका है। जब वह जाने के लिए मुड़ा, उसने देखा कि करीब सौ गज़ दूर सीढ़ियों के ऊपर एक छाया पानी की तरफ बढ़ रही है। पहले तो उसे लगा कि कहीं यह भूत न हो। फिर उसने यह विचार छोड़ दिया और देखने के लिए उस तरफ बढ़ा। कोई आदमी इस वक्त नहाने आया होगा। ऊपर की सीढ़ी से उसने देखा कि यह कोई औरत है। वह आखिरी सीढ़ी पर जाकर झुकी और उस पर कुछ रखा—शायद कोई खत। फिर वह घुटनों तक पानी में उतर गई और खड़े होकर प्रार्थना की मुद्रा में दोनों हाथ जोड़ लिए। यह निश्चित चिह्न था, जिसके पीछे पुलिस लगती है और कठोर सच्चाईयाँ सामने आती हैं—इन बातों के कारण तालाब का नाम बदनाम होता है।

वह चिल्लाया, 'बाहर आओ, सुनो, पानी से बाहर निकलो।' छाया ने पानी के भीतर से सिर उठाकर ऊपर देखा। 'यहाँ खड़ी होकर घूरो मत। ठंड लग जायेगी, तुम जो भी हो...।' वह दौड़कर नीचे गया और पत्र उठाया। फिर उसने जल्दी से अपना लैंप जलाया और उसकी बत्ती ऊँची की, कि वह तेज़ रोशनी देने लगी, और उसे ऊपर उठाया। 'मुझे यह पसन्द नहीं है। सब लोग इसी तालाब पर क्यों आते हैं? अगर तुम्हें मरना ही है, इंजन के सामने क्यों नहीं आ जातीं?'

रोशनी उसके चेहरे पर पड़ रही थी। युवा लड़की थी, उसकी आँखों में आँसू भरे थे। यह देखकर उसे तरस आने लगा। वह बोला, 'बैठ जाओ, बैठ जाओ, आराम

करो...नहीं, नहीं...। दो सीढ़ियाँ ऊपर चढ़ आओ और बैठ जाओ। पानी के इतने पास मत बैठो...।'

उसने आज्ञा का पालन किया। वह पानी और लड़की के बीच की सीढ़ी पर बैठ गया, लालटेन नीचे रखकर और जेब से तम्बाकू निकालकर मुँह में रखा। लड़की ने मुँह हाथों में छिपा लिया और सुबकने लगी। उसे यह देखकर तरस आया और बोला, 'तुम उठो और घर चली जाओ।'

उसने सुबकते हुए कहा, 'इस दुनिया में मेरा कोई घर नहीं है।'

'ऐसा क्यों? घर के बिना तुम इतने दिन ज़िन्दा कैसे रहीं?' पहरेदार ने पूछा।

'जब मैं पाँच साल की थी, मेरी माँ मर गई,' लड़की ने कहा।

'मैं भी यही सोचता था'—पहरेदार ने कहा, 'फिर तुम्हारे पिता ने दूसरी शादी कर ली और तुम सौतेली माँ के साथ रहीं।'

'हाँ, हाँ, लेकिन तुम्हें कैसे पता?' लड़की ने पूछा।

'मैं पैंसठ साल का हो गया हूँ,' उसने कहा। 'क्या सौतेली माँ तुम्हें परेशान करती थी?'

'नहीं, तुम्हारी बात गलत है,' लड़की बोली। 'वह मेरे साथ बहुत अच्छा व्यवहार करती है। कुछ साल पहले पिताजी के गुज़र जाने के बाद से वह मेरी बहुत सहायता करती है। पिताजी बहुत कम पैसा छोड़ गये, जिसे वह हमारे ऊपर ही खर्च करती है।'

पहरेदार ने ऊपर निकल रहे सितारों की तरफ देखा और सोचा कि खाना कब मिलेगा—उसे भूख लग आई थी। 'बहुत देर हो गई है देवी जी, अब आप घर जाइये।'

'मैंने कहा न कि मेरा कोई घर नहीं है,' उसने गुस्से से भरकर कहा।

'तुम्हारी सौतेली माँ का घर ही तुम्हारा घर है—जैसा तुम मुझे बता रही हो।'

'लेकिन मैं उसके ऊपर भार क्यों बनूँ? आखिर मैं हूँ कौन?'

'आप उसके पति की बेटी हैं,' उसने कहा, 'यह काफी है आपके दावे के लिए।'

'नहीं, नहीं, मैं उसकी दया पर नहीं रहूँगी।'

'तो तब तक आपको इन्तज़ार करना पड़ेगा जब तक आपके पति का इन्तज़ाम नहीं हो जाता।'

अँधेरे में उसने पहरेदार को घूरा। 'मैं यह नहीं करना चाहती, मैं पढ़ना चाहती हूँ। मैं पढ़कर डॉक्टर बनना चाहती हूँ और अपनी रोटी खुद कमाना चाहती हूँ। मैं अक्सर माँ को अपने बड़े बेटे के साथ रात में देर तक मेरी पढ़ाई और शादी के बारे में बातें करते सुनती हूँ। मैं जानती हूँ अब वे मुझे ज़्यादा दिन कॉलेज में नहीं पढ़ा सकते। हर महीने बीस रुपये का खर्च आता है।'

'बीस रुपये?' पहरेदार चौंका, यह उसका महीने भर का वेतन था। 'कोई हर महीने किताबों पर इतना खर्च कैसे कर सकता है?'

'आज तक मुझे उम्मीद थी कि मुझे वजीफ़ा मिल जायेगा। उससे मेरा काम चल जाता। लेकिन इस शाम उसका फैसला हो गया—दूसरों को मिला है, मुझे नहीं मिला। मेरा नाम उनमें नहीं है'—यह कहकर वह रोने लगी। पहरेदार ने उसे आश्चर्य से देखा। यह स्थिति उसकी समझ में ठीक से नहीं आ रही थी। लड़की बोली, 'उन्हें जब यह पता चलेगा तब वे मेरी शादी तय करने लगेंगे। कल मुझे कोई देखने आ रहा है।'

'उससे शादी कर लो और भगवान तुम्हें दस बच्चे दे!'

'नहीं, नहीं,' वह पागल की तरह चीखी, 'मैं शादी नहीं करना चाहती, पढ़ना चाहती हूँ।'

रात्रि की शान्ति में उसका रोना-सुबकना काँटों की तरह चुभ रहा था, किसी रात के पक्षी ने जल में गोता मारा और समुद्र में हलका सा कम्पन हुआ। उसका दुःख देखकर पहरेदार को अपने जीवन के कठिन दिन याद आने लगे कि किस तरह जब वह छोटा था, बस्ती में हैजा फैला और उसके माता-पिता, भाई तीनों एक साथ चल बसे, अकेला वही परिवार में शेष रह गया; फिर उसके पिता के सम्बन्धियों ने किस तरह चालबाजी से उसे पुश्तैनी घर से निकाल दिया, वह अनाथ की तरह इधर-उधर भटकता रहा, भूखा-प्यासा और किसी ने उसकी सहायता नहीं की।

'हरेक के अपने दुःख होते हैं,' उसने कहा, 'अगर हर कोई हर बात के लिए डूबने लगे तो पता नहीं कितनी दफा उसे डूबना पड़ेगा।' उसे और भी बातें याद आईं और उसका गला सूखने लगा। 'तुम अभी छोटी हो और दुःख क्या होता है, जानती नहीं हो...।' वह चुप हो गया, फिर रोते हुए कहने लगा, 'मैंने एक बेटा पाने के लिए दुनिया के सब देवी-देवताओं से प्रार्थना की। मेरी बीवी के आठ बच्चे हुए जिनमें से सिर्फ एक लड़की ज़िन्दा है, और कोई भी दस साल से ज़्यादा नहीं जिया।' लड़की आश्चर्य से उसे देख रही थी।

तालुका दफ्तर का घंटा फिर बजा। 'देर हो रही है, तुम उठो और घर लौट जाओ,' वह बोला।

'मेरा कोई घर नहीं है,' जवाब आया।

अब उसे चिढ़ पैदा हुई, 'तुम तिल का ताड़ बना रही हो। इतनी ज़िद नहीं करनी चाहिए।'

'तुम्हें मेरी समस्या पता नहीं है,' उसने कहा।

पहरेदार ने लालटेन उठाई और खड़ा हो गया। चिट्ठी जहाँ पड़ी थी, वहीं रख दी।

'तुम इतनी ज़िद कर रही हो तो अब मैं तुम्हें छोड़ देता हूँ। अब मेरा कोई दोष नहीं है।' यह कहकर वह क्षण भर रुका, लड़की पर नज़र डाली और बिना कुछ बोले सीढ़ियों पर ऊपर चढ़ गया।

दूसरे दिन सवेरे जब वह यहाँ आया, सबसे पहले वह सीढ़ियाँ उतरकर नीचे

गया। पत्र वहीं पड़ा था जहाँ वह उसे छोड़ गया था। उसने उसे उठा लिया और उसे इस तरह देखने लगा जैसे उससे यह पता चल जायेगा कि लड़की ने उसके जाने के बाद क्या किया। फिर उसे फाड़कर पानी में फेंक दिया। पत्र के टुकड़े तैरकर ऊपर उठे तो उसने अपने को दोष देना शुरू किया कि वह लड़की को इस तरह क्यों छोड़ गया। 'इस तालाब की आत्महत्याओं में मैं कम से कम एक का ज़िम्मेदार हूँ।' यह बात वह बार-बार कहता था। इसके बाद वह कभी जल के नीले विस्तार को शांति से नहीं देख सका। कई महीने तक उसे खटका लगा रहा कि लड़की की लाश अचानक ऊपर आयेगी। 'कौन जानता है,' वह सोचता था, 'लाश कई दफ़ा नीचे किसी चीज़ में अटक जाती है।'

कई साल बाद एक शाम जब वह बाँध पर खड़ा था और जाँच-पड़ताल करके घर जाने की सोच रहा था, उसने देखा कि नीचे सड़क पर एक कार आकर रुक गई है। उसमें से एक पुरुष, एक स्त्री और तीन बच्चे उतरे और बाँध की तरफ बढ़े। पहरेदार स्त्री को देखकर एकदम चौंक गया, उसका चेहरा पहचाना लग रहा था। यद्यपि उसकी उम्र काफी थी, वस्त्र और गहने भी कई थे, लेकिन उसे लगा कि वह उसे पहचान रहा है। उस रात लालटेन की रोशनी में उसका चेहरा देखा था, लेकिन यह वही थी। यह सोचकर वह उत्तेजित हो उठा। उसे इच्छा हुई कि उससे बहुत से सवाल पूछे। उसने दोनों हाथ जोड़कर उसे नमस्कार किया। उसे आशा थी कि वह रुक जायेगी और बात करेगी। लेकिन वह उस पर एक नज़र डालकर आगे बढ़ गई। वह पीछे खड़ा देर तक उसे देखता रहा। फिर बुदबुदाया, 'शायद यह कोई और है'—और यह बात दिमाग से निकाल देने की सोचकर वह घर चला आया।

सेवक

गप्पी आदमी ने कहना शुरू किया :

बहुत साल पहले मेरी एक दुकान थी। यह तब की बात है जब लॉले एक्सटेंशन आज की तरह नहीं था। तब यहाँ सौ से कम ही घर थे। मार्केट रोड कम-से-कम मील भर दूर थी, और जब मैंने यहाँ एक छोटी सी इमारत खरीदी तो एक्सटेंशन के लोगों ने मेरा बहुत आभार माना। जब एक शुभ दिन उस पर मैंने एक बोर्ड लटका दिया जिस पर लिखा था : नेशनल प्राविज़न स्टोर्स। मैंने घर-घर जाकर ऑर्डर इकट्ठे किये। खाने-पीने की हर जगह जाकर मैंने जानकारी ली और अपनी दुकान को हर चीज़ से भर लिया। एक्सटेंशन में बच्चों के स्कूल की इन्टरवल (आधी छुट्टी) की घंटी बजती, तब बच्चों की भीड़ की भीड़ मेरी दुकान में घुस पड़ती, और मिठाई, रंग-बिरंगी गोलियाँ, रिबन, कापी-कलम वगैरह अपने काम का जो कुछ मिलता, उसे ले लेते। मैं हर रोज़ पच्चीस रुपये का उधार और दस रुपये का सामान नगद बेचता था। इस तरह मुझे हर महीने पचास रुपये की आमदनी हो जाती जो मेरे लिए काफी थी। मैंने कबीर स्ट्रीट पर पाँच रुपये महीने किराये का एक घर लिया—वह दुकान से मील भर दूर था। मैं सबेरे सात बजे घर से निकलता और नौ बजे रात में हिसाब-किताब पूरा करके लौटता।

इस तरह डेढ़ साल गुज़र गया। एक दिन एक लड़का दुकान पर आया। वह बीस का लगता था, गोरा-चिट्टा और साफ-सुथरे कपड़े पहने।

मैंने उसे खरीददार समझकर पूछा, 'तुम्हें क्या दूँ?'

जवाब में उसने हाथ जोड़कर मुझे नमस्कार किया और बोला, 'मुझे आपकी मदद चाहिए। आप जो कहेंगे वह मैं करूँगा, बस बदले में मुझे दो वक्त का खाना, कपड़े और सोने की जगह चाहिए।'

लड़के के व्यक्तित्व में कुछ ऐसी चमक थी कि वह मुझे एकदम भा गया। इसके अलावा उसके माथे पर तीन लाइन का भस्म का तिलक था और भौंहों के बीच सिंदूर की लाल बिन्दी लगी थी। लगता था कि वह अभी-अभी मन्दिर से

आ रहा है।

'मैं भगवान का भक्त हूँ और धार्मिक विश्वासों को मानता हूँ।'

मैं घंटा भर उससे बात करता रहा। उसने बताया कि वह त्रिचनापल्ली के एक गाँव के धनी परिवार का लड़का है। कुछ साल पहले उसकी माँ का देहान्त हो गया और पिता ने एक रखैल रख ली, जो उसके साथ दुर्व्यवहार करती थी और वह बार-बार घर से भाग जाता है।

उसकी कहानी से मैं काफी परेशान हुआ।

मैंने उसे अपने घर भेज दिया। शाम को जब मैं वापस लौटा तब मैंने पाया कि उसे सब लोग बहुत चाहने लगे हैं। मेरी पत्नी को उसकी कहानी ने बहुत दुःखी किया था।

'कितना छोटा है!' पत्नी बोली, 'और इस उम्र में माता-पिता दोनों छूट जायें, कितनी बुरी बात है।' यह कहकर उसने लम्बी साँस भरी। दसियों ढंग से उसने घरवालों का मन मोह लिया था। वह मेरे छोटे बच्चे को घुमाने ले गया था। वह घर आया तो उसने पहली बात यही कही, 'रामू को यहीं रहने दो। बहुत अच्छा है वह—जादू जानता है, शेर-चीते और हाथी पाल सकता है।' रामू किचन में भी चला गया और काम करने लगा। पहले मेरी पत्नी ने विरोध किया तो वह बोला, 'माँ, मुझे चूल्हे के पास क्यों नहीं जाने देतीं? आप सोचती हैं कि मैं खाना नहीं बना सकता? एक बार बनवाकर देखिये तो?'

यह कहकर वह बाथरूम में घुस गया, नहाया और बाहर आया। फिर माथे पर भस्म लगाई। इससे पत्नी बहुत प्रभावित हुई। उसने उसे खाना बनाने दिया।

उसका बनाया खाना बहुत स्वादिष्ट था, हम सब बहुत खुश हुए। इसके बाद उसने बर्तन वगैरह साफ़ करने में पत्नी की मदद की। रात को वह खुली ज़मीन पर सोया और बिस्तर लेना स्वीकार नहीं किया।

सवेरे वह सबसे पहले जागा। स्टोव जलाकर पत्नी को जगाया। दोपहर को मेरा खाना लेकर आया। जब मैं खा रहा था, स्कूल के बच्चों की खरीदारी से निबटता रहा। उनको चीज़ें दीं और किस्से-कहानियाँ सुनकर हँसाया। और जब उनकी ज़रूरत की कोई चीज़ दुकान में न होती, तो समझाकर कोई दूसरी चीज़ दे देता।

इसका परिणाम हुआ कि वह दुकान के काम में मेरा हाथ बँटाने लगा। उसका व्यवहार बहुत आकर्षक था। ग्राहकों को उससे बात करना अच्छा लगता था। बहुत कम समय में वह एक्सटेंशन के हर घर के साथ इतना घनिष्ठ हो गया कि सब उसे घर का सदस्य मानने लगे। वह हर घर की भीतरी कहानी जान गया। वह हरेक की हर ज़रूरत पूरी करने लगा। कहीं वह किसी के बगीचे में काम करता, कहीं किसी के लिए मकान का सौदा तय करता, लोगों के लड़ाई-झगड़े निबटाता। जिद्दी बच्चों को समझा-बुझाकर स्कूल भेजता। एक्सटेंशन में एलीमेन्टरी स्कूल की

सब कार्यवाहियों में हिस्सा लेता। क्लब के आन्दोलन में रुचि लेता। इन्सपेक्टर जब स्कूल का मुआयना करने आता, तब वह साफ-सुथरे कपड़े पहनकर उसके लिए फूल-माला का प्रबन्ध करता। इस सबके साथ वह दुकान का काम भी करता था। रोज़ वह बाज़ार जाता और थोक की दुकानों से अपनी दुकान के लिए माल खरीदकर लाता था। घंटों दुकान पर बैठता और ग्राहकों को चीज़ें बेचने के साथ हिसाब-किताब की लिखा-पढ़ी भी करता था।

रामू की मेहनत का फल यह हुआ कि मेरा व्यापार दस गुना बढ़ गया। अब मुझे आराम भी बहुत मिलने लगा। मैंने दुकान पूरी तरह उसके हाथों में छोड़ दी। दोपहर को मैं खाना खाने घर जाने लगा। इसके बाद मैं तीन बजे तक सोता। फिर मैं दुकान जाता और वहाँ पाँच बजे तक रहता, जिसके बाद मैं बगल के क्लब में दोस्तों के साथ बैडमिन्टन खेलने चला जाता। फिर रात को सात बजे दुकान बन्द करने वहाँ जाता।

एक-दो बार मैं और पत्नी ने बातचीत की कि इसे मासिक वेतन देना चाहिए। हमें लगने लगा था कि हम रामू की भलमनसाहत का फायदा उठा रहे हैं। लेकिन जब उससे बात की तो उसका चेहरा लाल पड़ गया और वह बोला, 'फिर यह बात की तो मैं आपको छोड़कर चला जाऊँगा।'

इस तरह पाँच साल गुज़र गये। हमारे साथ उसकी उम्र भी बढ़ी। वह हमारे अच्छे-बुरे दिनों में हमारे साथ रहा। अब मेरे चार बच्चे थे। मेरा व्यापार उन्नति करता जा रहा था। उसी सड़क पर हमने बड़ा घर ले लिया था। दुकान की लीज़ भी लम्बी कर ली। हर तरह का सामान हमारे यहाँ भरा रहता था।

मैंने अपना व्यापार भी बढ़ा लिया। अब मैं पास के गाँव से ढेर सारा मक्खन खरीदता और उसे मद्रास के मक्खन और घी-व्यापारियों को बेचने लगा था। इससे बहुत लाभ होता था। मैं गाँवों और मद्रास के बीच घूमता ही रहता था। दुकान पूरी तरह रामू के हाथों में थी।

मद्रास में जार्जटाउन के एक व्यापारी के यहाँ ठहरता था। एक दफ़ा मुझे ज़्यादा दिन रुकना पड़ गया। एक दिन मैं रामू के लिए चिट्ठी डाक में डालने जा रहा था, तारवाला मेरे पास आकर रुका और उसने मुझे एक तार पकड़ाया। मैंने खोला तो रामू का तार था, उसमें लिखा था, 'पिताजी हैज़ा से मर रहे हैं। मुझे तुरन्त जाना है। आप वापस आ जायें।—रामू।'

दूसरे दिन मैं सवेरे पाँच बजे मालगुडी आ पहुँचा। रामू स्टेशन पर था। उसी गाड़ी से वह त्रिचनापल्ली जा रहा था। गाड़ी कुछ मिनट ही रुकती थी। रामू आँखों में आँसू भरे बोला, 'पिताजी...कभी नहीं सोचा था कि उन्हें हैज़ा...।' मैंने उसे धीरज बँधाया—वह जैसे टूटा पड़ रहा था। मैंने कहा, 'पिताजी ठीक हो जायेंगे। ज़्यादा चिंता मत करो...।' दुकान के बारे में पूछताछ करने का मेरा मन ही नहीं हुआ। उसने खुद

ही कहा, 'मैंने चाभी और हिसाब-किताब सब माँ को दे दिया है।'

'ठीक है, ठीक है, मैं देख लूँगा। तुम जाओ, फ़िक्र मत करो।'

गाड़ी ने सीटी बजायी रामू उछलकर तीसरे दर्जे के डिब्बे में चढ़ गया। गाड़ी आगे बढ़ी। उसने खिड़की से सिर बाहर निकाला और कहने लगा, 'कल रात की गाड़ी से मैं वापस आ जाऊँगा, अगर पिताजी ठीक हुए तो...जो हो, मैं पन्द्रह दिन से ज़्यादा नहीं लगाऊँगा। किट्टू ने कहा है कि मेरे लिए लकड़ी का पहियेवाला हाथी लाना। उससे कहियेगा, ज़रूर लाऊँगा। माँ को मेरा नमस्कार... ।' उसकी आँखों से आँसू झर रहे थे। ट्रेन चलने लगी तब भी वह देर तक खिड़की से झाँकता, कहता नज़र आया, 'मैं जल्द लौटूँगा...'

मद्रास का कुछ ज़रूरी काम था, इसलिए मैं हफ्ते भर तक दुकान जा ही नहीं सका। फिर जब मैंने दुकान खोली तो पहली चीज़ यह देखी कि दुकान खाली पड़ी थी। सिर्फ एक थैले में मोटा चावल था और सस्ते साबुन के दो-चार बार थे, सब अलमारियाँ और बर्तन खाली थे। मैंने रजिस्टर खोले और जाँच की सब हिसाब-किताब गड़बड़ था। उन्हें एक तरफ रखकर मैंने पहले सामान भरने का फैसला किया। ज़रूरी चीज़ों की सूची बनाई और बाज़ार गया।

मेरा थोक का दुकानदार सादिक सेठ आराम से गद्दी पर बैठा था। उसने मेरा स्वागत किया। मैंने उसकी सहायता से ही काम शुरू किया था, वह मुझे उधार पर जितना मैं चाहूँ, दे दिया करता था। इधर-उधर की बातें करने के बाद मैंने उसे सामान की सूची पकड़ाई। वह बोला, 'तुम्हें तीन सौ रुपये का सामान चाहिए। मेरी राय है कि अपना कर्ज़ा मत बढ़ाओ, अभी सिर्फ पचास रुपये का सामान ले जाओ।

उसने इस तरह मुझसे पहली दफ़ा बात की थी। वह कह रहा था, 'मुझे गलत मत समझना, तुम मेरे दोस्त हो। तुम व्यापार करते हो, मैं भी व्यापारी हूँ। इसलिए जो बात है, वह सही-सही बताता हूँ। इस वक्त तुम्हारे खाते में 3500 रुपये बाकी हैं, और अगर पिछले तीन महीने में तुमने एक भी किश्त चुकाई होती तो बहुत अच्छा होता...'

'लेकिन सेठ, पिछले महीने मैंने तुम्हें देने के लिए चार सौ रुपये भेजे थे, इससे पिछले महीने साढ़े तीन सौ, और इससे पहले...इससे कुल मिलाकर...' यह सुनकर उसने अपना खाता खोला। पिछले चार महीने में सिर्फ एक किश्त दी है, जब हज़ार रुपये का बिल था। इसके बाद हर रोज़ करीब चालीस रुपये की खरीदारी की गई है।

'लड़के ने कहा था कि जब आप मद्रास से लौटेंगे तब सारा पैसा चुका देंगे।'

यह सुनकर मेरा सिर चकरा गया। 'मैं फिर आऊँगा,' यह कहकर मैं दुकान लौट आया।

मैंने सारी किताबों की फिर जाँच की। बहुत सा पैसा बकाया था। यह पैसा इकट्ठा करने मैं दूसरे दिन लोगों से मिलने गया। उन्हें मेरी बात सुनकर आश्चर्य हुआ। 'ज़रूर कोई गलती हुई है। हमने पन्द्रह दिन पहले ही सब बिलों का भुगतान कर दिया था। नहीं तो रामू हमें ज़िन्दा रहने देता!'

मेरी पत्नी ने कहा, 'तुम्हारे पीछे रामू रात को बारह बजे घर आता था। मुझसे कहता था कि हिसाब-किताब ठीक करने में देर हो जाती है। मैं हर रोज़ पूछती, 'आज व्यापार कैसा रहा?' वह हमेशा जबाब देता, 'अच्छा भी है, खराब भी। लेकिन चिन्ता की बात नहीं है, मैं सब ठीक कर दूँगा।'

लॉले एक्सटेंशन के एक बुज़ुर्ग ने मुझसे पूछा, 'तुम्हारा वह लड़का कहाँ है?' मैंने उसे बताया।

फिर वह कहने लगा, 'सुनो मेरी बात, इसे अपने तक ही रखना। तुम्हें याद है, हमारे बगल में वे हैदराबाद के लोग रहते थे।'

'हाँ, हाँ...'

'तुम्हारा लड़का उनके साथ ज़रा ज़्यादा ही घुलता-मिलता था। उनकी एक लम्बी, सुन्दर सी लड़की भी थी। लड़का हर शाम उसे टैक्सी पर घुमाने ले जाता था। शाम को छह बजे वह दुकान बन्द कर देता था। कुछ ही दिन पहले वे लोग हैदराबाद वापस चले गये हैं।'

बाद में जब मैंने मार्केट रोड में पता लगाया तो रामू ने चार ट्वीड के सूट सिलवाये थे, अठारह सिल्क की कमीज़ें और करीब सौ रुपये के और कपड़े और चमड़े के सूटकेस खरीदे थे, चार जोड़ी जूते, दो जोड़ी मखमल के स्लीपर, एक हाथ की घड़ी, दो अँगूठियाँ, सिल्क की साड़ियाँ, ब्लाउज़ के कपड़े और दूसरी चीज़ें...। मैंने रामू के एक रिश्तेदार से सम्पर्क किया जो मद्रास के एक बैंक में काम करता था। उसने बताया उसका पिता ठीक-ठाक है, उसे कोई हैज़ा वगैरह नहीं हुआ। इसके अलावा रामू कभी त्रिचनापल्ली गया ही नहीं। वह कहाँ गया, यह पता ही नहीं है। उसके खत के अंत में लिखा था, 'एक आदमी जब घूमकर लौटा तो उसने बताया कि उसने एक संगीत सम्मेलन में रामू जैसी शक्ल के एक आदमी को देखा था। लेकिन इस बारे में निश्चय से कुछ नहीं कहा जा सकता...'

मैंने अपनी दुकान और बचा-खुचा सब सामान बेच दिया और मालगुडी भी छोड़ दी। अब मैं दिवालिया हो चुका था और एक बीवी तथा चार बच्चे पालने के लिए हम जगह-जगह घूमते। कभी यहाँ, कभी वहाँ, सम्बन्धियों और दोस्तों के यहाँ खाते-पीते ज़िन्दगी गुज़ारते रहे। कई दफ़ा कुछ खाने को न होता तो हम किसी धर्मशाला के एक कोने में पड़े रहते और मेरे बच्चे भूख से तड़पते-बिलखते रहते। मैं अपनी तकलीफ़ों से आपको और ज़्यादा परेशान नहीं करूँगा—यह एक अलग कहानी है। मैं रामू का क्या हुआ, यह बताऊँगा। अपने बारे में सिर्फ यह कि चार साल पहले

मेम्पी हिल्स में एक कॉफ़ी-बागान के मालिक से मेरा सम्बन्ध बना और ईश्वर को धन्यवाद, कि उसकी कृपा से कॉफ़ी के व्यवसाय में मुझे बहुत सफलता मिली और मेरी स्थिति सुधर गई।

अब रामू की कहानी। साल भर पहले मैं तिरुपति की पहाड़ियों पर हाँफता हुआ चढ़ रहा था, क्योंकि मुझे अपना एक व्रत पूरा करना था। दो हजार सीढ़ियाँ चढ़ने के बाद मुझे किनारे-किनारे बैठे साधुओं और भिखारियों में से एक परिचित सी आवाज़ सुनाई दी। मैं समझ गया और मुड़कर उधर देखा। यह तो वही था, दस साल पहले मालगुडी के स्टेशन पर उसे आखिरी बार देखा था, और पहचानना मुश्किल हो रहा था। उसका चेहरा एकदम काला पड़ चुका था और उस पर दाग-धब्बे और गड्ढे भी थे। उसकी आँखें एक ही तरफ देख रही थीं। अगर उसने भीख के लिए आवाज़ न लगाई होती तो मैं उसे पहचान ही न पाता। आवाज़ उसकी वही थी। मैं रुक गया और बोला, 'मेरी तरफ देखो।'

'मैं तो अन्धा हूँ।'

'कौन हो तुम? कहाँ से आये हो?' मैंने अपनी आवाज़ बदलने की कोशिश करते हुए पूछा।

'अपने रास्ते जाओ। मेरे बारे में सब कुछ क्यों जानना चाहते हो?' उसने जवाब दिया।

मैं अक्सर लोगों से कहता था कि अगर मुझे रामू मिल गया, तो सबसे पहले मैं उसकी हड्डी-पसली तोड़ दूँगा। लेकिन उसे इस रूप में देखकर मैं परेशान हो गया। मैंने उसके कटोरे में एक पैसा डाला और आगे बढ़ा। लेकिन फिर मैं रुक गया और उसकी बगल में बैठे भिखारी से बात करने लगा। 'मैं तुम्हें एक आना दूँगा अगर तुम इस अन्धे के बारे में मुझे कुछ बताओगे!'

'मैं इसे जानता हूँ,' भिखारी बोला, उसकी बाँहें नहीं थीं। 'हम साथ रहते हैं। उसकी आँखें नहीं हैं, पर हाथ हैं। इस तरह हम एक दूसरे की मदद करते हैं। दोनों एक साथ घूमते हैं। वह मेरी तरह भिखारी नहीं है, बल्कि संन्यासी है। दो साल पहले यहाँ आया था, इससे पहले हैदराबाद, दिल्ली, बनारस या और कहीं से, जहाँ उसके पास काफी पैसा था। चेचक से उसकी आँखें चली गईं। उसकी बीवी अच्छी औरत नहीं थी, वह उसे छोड़ कर चली गई। वह सारी दुनिया को बुरा समझता है। उत्तर से आने वाले कुछ तीर्थयात्री उसे यहाँ ले आये। ...लेकिन उसे यह सब मत बताना कि मैंने तुम्हें ये बातें बताईं। पिछले दिनों की बातें सुनकर वह पागल हो उठता है...।'

मैं रामू के पास वापस आया, उसके सामने खड़े होकर उसे ध्यान से देखा। मन हुआ कि चिल्लाकर कहूँ, 'रामू तुम्हें भगवान ने बहुत सज़ा दे दी है। अब मेरे साथ चलो। तुम्हारी प्रेमिका कहाँ रह गई! मेरा पैसा कहाँ है? तुम्हारे ऊपर

कौन सा राक्षस सवार हो गया?' लेकिन मुझसे बोला नहीं गया, मुझे लगा कि इसके ऊपर दया करना यही होगा कि अकेला छोड़ दूँ। मैंने उसके फैले हुए हाथ पर धीरे से एक रुपया रखा और तेज़ी से ऊपर की सीढ़ियाँ चढ़ने लगा। अगले मोड़ पर रुककर मैंने उसकी ओर फिर नज़र डाली। यह उस पर मेरी आखिरी नज़र थी। चार दिन बाद जब मैं वहाँ से वापस लौटा तब वह वहाँ नहीं था। शायद अपने साथी भिखारी के साथ वह कहीं और चला गया था।

मन्दिर वाला बूढ़ा

गप्पी आदमी ने कहना शुरू किया :

यह घटना कुछ साल पहले हुई थी। मैं नहीं जानता, आप इससे कुछ समझ पायें। अगर समझ पायें तो आपको क्या कहना है, यह मैं जानना चाहूँगा, लेकिन मैं खुद कुछ नहीं समझ पाता। यह हमेशा मेरे लिए एक रहस्य बना रहा है, शायद ड्राइवर पिये हुए था, या शायद नहीं था।

मैंने कुमबुम जाने के लिए एक टैक्सी की, जो आप जानते ही होंगे, मालगुडी से पचास मील दूर है। एक दिन सुबह मैं वहाँ पहुँचा और रात को नौ बजे के करीब अपना काम समाप्त करके वापस लौटने लगा। ड्राइवर दास युवक था और उसकी उम्र करीब पच्चीस साल की थी। वह अक्सर मेरे लिए अपनी गाड़ी लेकर आता था, और मुझे वह पसन्द था। उसका व्यवहार अच्छा था, वह आज्ञाकारी था और उसे गाड़ी में देर तक बैठे रहकर प्रतीक्षा करने की आदत थी, जो ड्राइवर का आवश्यक गुण होता है। शान्ति से गाड़ी चलाता था। रास्ता भटकने वालों को बुरा-भला नहीं कहता था, सही निर्णय करता था, और गम्भीर और शान्त स्वभाव का था, इसलिए जब कभी मैं किसी कारोबारी कार्य के लिए बाहर जाता तो अन्य ड्राइवरों की अपेक्षा उसी को साथ ले जाना पसन्द करता था।

ग्यारह बजे के करीब हम गाँव के अस्पताल से होकर गुज़रे, जो रास्ते में पड़ता था। यह महीने का अँधेरा पक्ष था, और चारों तरफ गहरा अन्धकार छाया था। गाँव की सड़कें सूनी थीं। सब लोग सोने चले गये थे, कहीं कोई दिखाई नहीं देता था। आसमान में तारे चमक रहे थे। पिछली सीट पर बैठा पहियों की धड़धड़ाहट सुनता मैं ऊँघने लगा था।

अचानक दास ने गाड़ी झटके से मोड़ी और चिल्लाकर बोला, 'बुड्ढे बेवकूफ! मरने के लिए आये हो?'

मेरी आँख खुल गई और मैं पूछने लगा, 'क्या हुआ?'

दास ने गाड़ी रोक दी और बोला, 'उस बुड्ढे को देख रहे हैं। अपने को

मार डालने की कोशिश कर रहा है। पता नहीं क्या बात है?'

मैंने सामने देखा और पूछा, 'कौन-सा बूढ़ा?'

'उधर देखिये। फिर आ रहा है हमारी तरफ। मैंने उसे मन्दिर का दरवाज़ा खोलकर बाहर आते देखा, पता नहीं क्यों मुझे लगा कि इस आदमी पर नज़र रखनी चाहिए।'

मैंने टॉर्च निकाली, नीचे उतरा और इधर-उधर देखा, मगर कोई दिखाई नहीं दिया। सड़क के किनारे एक पुराना मन्दिर था। यह बिल्कुल टूटा-फूटा था, ज़्यादातर हिस्से ईंटों के ढेर थे। दीवारें उखड़ी पड़ रही थीं, सब दरवाज़े और मुख्य द्वार बन्द थे और उन सब पर मिट्टी और घास बिखरी पड़ी थी। टॉर्च की रोशनी में यह जान पाना मुश्किल था कि यह किस देवता का मन्दिर था और किस समय का था।

मैं बोला, 'दरवाज़े सब बन्द और जड़े हुए हैं और लगता है सदियों से खोले ही नहीं गये हैं।'

'जी नहीं,' दास ने पास आते हुए कहा, 'मैंने बूढ़े को दरवाज़ा खोलकर बाहर आते देखा है। वह अभी भी वहीं खड़ा है। आप भीतर जाना चाहें तो उससे हम कहें कि फिर दरवाज़ा खोल दे?'

मैंने दास से कहा, 'वापस ही चलते हैं। यहाँ समय बरबाद करने की क्या ज़रूरत है?'

हम गाड़ी में वापस लौट आये। दास अपनी सीट पर जा बैठा, बटन दबाया और सिर मोड़े बिना पूछने लगा, 'सर, यह आदमी हमारे साथ चलना चाहता है। कहता है, अगले मोड़ पर उतर जायेगा। उसे ले चलें?'

'कौन आदमी?' मैंने पूछा।

दास ने अपनी बगल की तरफ़ इशारा किया।

'तुम्हें क्या हो गया है, दास? आज कुछ पी-पा तो नहीं रखी है?'

'मैंने आज तक चखी भी नहीं है, साहब,' वह बोला और कहने लगा, 'मालिक नहीं चाहते कि आप को ले चलें, उतर जाइये।'

'तुम क्या अपने से बात कर रहे हो?'

वह बोला, 'मैं भी किसी अनजान आदमी को ले जाने के खिलाफ़ हूँ।'

'दास,' मैं बोला, 'तुम ड्राइव करने लायक हो या नहीं? अगर दिमाग चक्कर खा रहा हो तो रुक जाओ।'

'ठीक है, सर,' वह बोला, 'मैं गाड़ी नहीं चलाता, मेरा सिर कुछ भन्ना रहा है।' मैंने उसे चिन्तित होकर देखा। उसने आँखें बन्द कर लीं, साँस तेज़ चलने लगी और फिर सिर भी लुढ़क गया।

'दास, दास,' मैं तेज़ी से नीचे उतरा, आगे पहुँचा, कार का दरवाज़ा खोला और उसे ज़ोर से हिलाया। उसने आँखें खोलीं, उकड़ूँ बैठ गया और आँखें मलने

लगा, उसके हाथ बूढ़े आदमी के हाथों की तरह काँप रहे थे।

'अब ठीक लग रहा है?' मैंने पूछा।

'ठीक, ठीक! ही, ही' उसने पतली सी आवाज़ में कहा।

'तुम्हारी आवाज़ को क्या हुआ? किसी और की लग रही है,' मैं बोला।

'कुछ नहीं हुआ। हमेशा जैसी है। आदमी जब अस्सी का हो जाता है तब कुछ फर्क पड़ जाता है।'

'तुम अस्सी के तो नहीं हो,' मैं बोला।

'एक दिन भी कम नहीं हूँ,' उसने कहा, 'गाड़ी चलाने के लिए और कोई नहीं है क्या? नहीं है तो यहाँ बैठे रहने का कोई मतलब नहीं है। मैं मन्दिर वापस चला जाता हूँ।'

'मैं गाड़ी चलाना नहीं जानता,' मैं बोला। 'और तुम नहीं चलाओगे तो फिर यह कैसे चलेगी!'

'मैं!' दास बोला। 'ये नये रथ! ईश्वर ही जानता है, इन्हें कौन खींचता है। मेरी तो समझ में ही नहीं आता, हालाँकि अपने वक्त में मैं दो बैलों की गाड़ी खींचता था। आपसे एक सवाल पूछूँ?'

'हाँ, पूछो,' मैं बोला।

'और सब कहाँ हैं?'

'कौन?'

'बहुत से लोग अब दिखाई ही नहीं देते, जिन्हें मैं जानता था। अब तरह-तरह के नये लोग आ गये हैं, पर कोई परवाह ही नहीं करता। मन्दिर में तो कोई आता ही नहीं। सब तरह के लोग यहाँ से होकर गुज़रते हैं लेकिन कोई यहाँ रुककर बातचीत नहीं करता। राजा साहब भी यहाँ अब नहीं आते। पहले वे हर साल कम-से-कम एक दफ़ा यहाँ से ज़रूर गुज़रते थे।'

'कौन से राजा?' मैंने पूछा।

'तुम मूरख हो, मुझे जाने दो,' दास बोला और जिस दरवाज़े का सहारा लेकर मैं खड़ा था, उसकी तरफ बढ़ा। 'तुम्हें तो कुछ भी पता नहीं है,' वह बोला। उसने मुझे धक्का दिया और गाड़ी से नीचे उतर गया। वह झुककर चल रहा था जैसे पीठ में कोई हड्डी निकली हो, और उछलता-सा मंदिर की तरफ चला गया। मैं समझ नहीं पा रहा था कि क्या करूँ, इसलिए उनके पीछे चलता गया। वह मुड़ा और मेरी तरफ देखकर गुर्राया, 'यहाँ से जाओ, मुझे अकेला छोड़ दो। तुमसे बहुत बात कर ली।'

'दास, तुम्हें यह क्या हुआ है?' मैंने पूछा?

'यह दास कौन है? दास, दास, दास...। कैसा वाहियात नाम है। मुझे मेरे नाम से बुलाओ या अकेला छोड़ दो। मुझे दास कहकर मत बुलाओ।'

'तुम्हारा नाम क्या है?' मैंने पूछा।

'कृष्ण बत्तर! यह नाम लोगे तो सौ मील तक लोग पहचान लेंगे। जहाँ सिर्फ काँटे उगते थे वहाँ मैंने मन्दिर बनवाया। मैंने ज़मीन खोदी, ईंटें पकाईं, और एक के ऊपर दूसरी रखकर, सब कुछ अकेले बनाया। और जिस दिन इसका शिखर उठा, कितनी भीड़ इकट्ठी हुई! राजा साहब ने अपना मंत्री भेजा।'

'कौन राजा था उस समय?'

'तुम आये कहाँ से हो?' उसने प्रश्न किया।

'मैं यहीं का रहने वाला हूँ, लेकिन मैं यही जानता हूँ कि इस ज़िले का सबसे बड़ा अफ़सर कलेक्टर है। मैंने तो किसी राजा के बारे में कभी नहीं सुना।'

'ही, ही, ही!' वह ज़ोर से हँसा और उसकी आवाज़ सारी घाटी में गूँज उठी। 'देखो, तुम्हें पता ही नहीं। वह सुन लेगा तो सिर कलम करवा देगा!'

'उसका नाम क्या है?' मैंने पूछा।

यह सुनकर उसे इतनी हँसी आई कि वह बेदम होकर ज़मीन पर बैठ गया। हँसने के बाद उसने खाँसना शुरू कर दिया।

'मुझे बड़ा अफसोस है कि मेरे माँ-बाप ने मुझे ऐसे अज्ञान में पाला है कि मैं अपने राजा के बारे में भी नहीं जानता। आप बताकर मेरा उपकार नहीं करेंगे? उसका क्या नाम है?'

'विष्णु वर्मा, राजाओं का राजा...'

मैं अपने दिमाग़ में ऊपर से नीचे तक नज़र दौड़ाने लगा लेकिन इस नाम का कोई भी राजा मुझे याद नहीं आया। शायद अंग्रेज़ों से पहले कोई स्थानीय राजा होगा, मैंने सोचा।

'कैसा शानदार राजा था! वह खुद मन्दिर आता था, नहीं तो अपने मंत्री को सालाना उत्सव के लिए ज़रूर भेजता था। लेकिन अब कोई परवाह नहीं करता।'

'लोगों में धर्म अब कम होता जा रहा है,' मैं बोला। कुछ देर शांति रही। फिर अचानक पता नहीं क्यों, मेरे मन में एक विचार आया और मैंने कहा, 'सुनो, तुमको भी यहाँ नहीं होना चाहिए था।'

'क्यों, तुम्हारा क्या मतलब है?' यह कहकर वह गर्व से उठ खड़ा हुआ।

'बुरा न मानें, मैं यह इसलिए कह रहा हूँ क्योंकि आपकी मृत्यु हो चुकी है।'

'मृत्यु! कैसी मृत्यु।' वह बोला, 'तुम बकवास कर रहे हो। तुम मुझे देख रहे हो, तो मैं मृत कैसे हो सकता हूँ। तब मैं ये बातें कैसे कर रहा हूँ?'

'यह तो मैं नहीं जानता,' मैं बोला। मैंने तर्क किया और कहा कि आपके ही कहने के अनुसार आपकी उम्र पाँच सौ साल की होनी चाहिए, और क्या आप नहीं जानते कि आदमी की उम्र सौ साल से ज़्यादा नहीं होती। वह मेरे विरुद्ध तर्क देता रहा लेकिन मेरी बात पर विचार करने लगा।

फिर वह कहने लगा, 'बात यह है...एक रात मैं पड़ोस के गाँव में अपनी बहिन से मिलकर जंगल होता हुआ घर लौट रहा था। मेरे पास कुछ पैसे और सोने के गहने थे। डाकुओं का एक दल मेरे ऊपर टूट पड़ा। मैं उनसे खूब लड़ा लेकिन वे कई थे। उन्होंने मुझे नीचे गिरा कर चाकू भोंक दिया और सब कुछ लूटकर चल पड़े लेकिन मैं मरा नहीं था। थोड़ी देर बाद मैं उठकर बैठ गया और उनकी तलाश करने लगा, लेकिन वे जा चुके थे। मैं मन्दिर लौट आया और तब से यहीं हूँ...'

'कृष्ण बत्तर, तुम मर चुके हो, बिल्कुल मर चुके हो। कोशिश करो और यहाँ से जाओ।'

'मेरे बाद मन्दिर का क्या होगा?' उसने पूछा।

'इसकी और लोग देखभाल करेंगे।'

'लेकिन मैं जाऊँ कहाँ? कहाँ जाऊँ?'

'तुम्हारी देखभाल करने वाला कोई नहीं है?' मैंने पूछा?

'सिर्फ पत्नी है मेरी। उसे मैं बहुत चाहता था।'

'उसके पास जा सकते हो।'

'वह तो चार साल पहले मर गई...।'

'चार साल!' यह अद्‌भुत बात थी। 'तुम्हारा मतलब है, आज से चार साल पहले?' मैंने पूछा।

'हाँ, आज से चार साल पहले।' उसे समय का सही ज्ञान नहीं लगता था।

मैंने पूछा, 'जब तुम पर चोरों ने हमला किया, तब वह ज़िंदा थी?'

'नहीं। अगर होती तो वह मुझे रात में जंगल होकर नहीं जाने देती। वह मेरी पूरी देखभाल करती थी।'

'सुनो,' मैंने कहा, 'यह ज़रूरी है कि तुम यहाँ से चले जाओ। अगर वह आकर तुम्हें बुलाये, तो चले जाओगे?'

'आयेगी कैसे, मैंने कहा न कि वह मर चुकी है।'

मैं सोचने लगा। फिर बोला, 'उसके बारे में सोचो, अब उसी का विचार करो थोड़ी देर तक, और देखो कि क्या होता है। उसका नाम क्या था?'

'सीता, बहुत अच्छी लड़की थी।'

'सुनो, उसी का विचार करो कुछ देर।' वह चुप हो गया और देर तक आँखें बन्द किये रहा। फिर अचानक चीख कर बोला, 'सीता आ रही है! अरे, मैं सपना तो नहीं देख रहा! मैं उसके साथ चला जाऊँगा...।' वह उठकर खड़ा हो गया और अकड़कर इधर-उधर देखने लगा, उसकी अपनी चोटें और घाव सब जैसे खत्म हो गये थे। वह आगे बढ़ने लगा, फिर ज़मीन पर गिर पड़ा।

दास ज़मीन पर औंधा पड़ा था। बस, धीरे-धीरे साँस चल रही थी। मैंने उसे

हिलाया और नाम लेकर पुकारा। वह आँखें नहीं खोल रहा था। मैं आगे बढ़ा और पहली कोठरी के दरवाज़े को खड़खड़ाने लगा।

भीतर से कोई कराहा, 'आह! वह आ गया है।'

कोई और फुसफुसाया, 'तुम कान बन्द करके सो जाओ और वह दरवाज़ा खटखटाकर, कुछ देर बाद चला जायेगा।' लेकिन मैं दरवाज़ा भड़भड़ाकर बताता रहा कि मैं कौन हूँ, और कहाँ से आया हूँ।

फिर गाड़ी पर वापस लौटकर हार्न बजाने लगा। तब दरवाज़ा खुला और एक पूरा परिवार लैंप लेकर बाहर निकला। 'हम सोच रहे थे कि हमेशा की खटखटाने की आवाज़ें हैं और अगर तुम नाम वगैरह न बताते, तो हम बाहर नहीं निकलते।'

'सबसे पहले यह खड़खड़ाहट कब सुनाई दी थी?' मैंने प्रश्न किया।

उनमें से एक बोला, 'यह तो मैं कह नहीं सकता। पहली दफ़ा शायद तब सुनी थी जब मेरे बाबा ज़िन्दा थे, उनका कहना था कि एक-दो बार उन्होंने उसे देखा भी था लेकिन मेरा ख्याल है, वह किसी को नुकसान नहीं पहुँचाता, सिर्फ मन्दिर से गुज़रने वाली बैलगाड़ियों को तंग करता है और रात को दरवाज़े खड़खड़ाता है...'

मैंने हिम्मत करके कहा, 'अब आपको कोई तंग नहीं करेगा।'

मेरी बात सही निकली। जब मैं कई महीने बाद यहाँ से फिर गुज़रा, मुझे बताया गया कि शाम के बाद जब यहाँ से दो बैल निकलते हैं, तब उन्हें कोई परेशानी नहीं होती, और न दरवाज़े खड़खड़ाते हैं; इसलिए मैंने मान लिया कि बूढ़ा अपनी प्यारी बीवी को लेकर सचमुच चला गया है।

हीरो

स्वामी के लिए घटनाएँ अचानक ही घटित हुईं। हॉल में लगे लैंप के नीचे पिता अखबार पढ़ रहे थे, उन्होंने सिर उठाकर कहा, 'स्वामी, यह खबर सुनो : गाँव का एक लड़का जब घर लौट रहा था, जंगल में एक चीता उसके सामने आ गया...।' आगे बताया गया था कि किस तरह पहले तो चीते से लड़ा, फिर एक पेड़ पर चढ़ गया, जहाँ वह घंटों तक बैठा रहा जब तक कुछ लोगों ने वहाँ आकर चीते को मार नहीं डाला।

कहानी सुनाकर पिता ने उसकी तरफ देखकर पूछा, 'बच्चे, क्या कहते हो इस बारे में?'

स्वामी बोला, 'मेरा ख्याल है, यह बच्चा नहीं होगा बल्कि कोई ताकतवर आदमी होगा। बच्चा चीते से कैसे लड़ सकता है?'

'तुम अपने को अखबार से ज़्यादा समझदार समझते हो?' पिता ने घुड़ककर कहा। 'किसी आदमी में हाथी जैसी ताकत हो सकती है लेकिन वह डरपोक हो सकता है। किसी और में ताकत बहुत कम हो सकती है लेकिन हिम्मत ज़्यादा, कि वह जो चाहे कर सकता है। हिम्मत सबसे बड़ी चीज़ है, ताकत और उम्र का कोई महत्त्व नहीं है।'

स्वामी ने इस विचार का विरोध किया, 'पप्पा, यह कैसे हो सकता है? मान लीजिए, मुझमें बड़ी हिम्मत है। लेकिन मैं ताकत के बिना चीते से कैसे लड़ सकता हूँ?'

'अच्छा, ताकत की बात छोड़ो, तुम साबित कर सकते हो कि तुममें हिम्मत है? मेरे दफ्तर के कमरे में आज रात अकेले सोकर दिखाओ।'

स्वामी को प्रस्ताव बहुत डरावना लगा। वह हमेशा दादी के साथ गलियारे में सोता था, और इसमें परिवर्तन होने पर वह सारी रात काँप-काँपकर गुज़ारता और सारी रात जागता रहता। पहले तो उसे यही लगा कि पापा मज़ाक कर रहे हैं, इसलिए उसने धीरे से 'हाँ' कहा और विषय बदलने की कोशिश की—ज़ोर से कहा, 'हम अब से अपने क्रिकेट क्लब में बड़ों को भी शामिल करना शुरू कर

रहे हैं। हम नये बैट और बल्ले भी खरीद रहे हैं। कैप्टेन ने कहा कि आपको यह बताऊँ...'

'यह बात बाद में करेंगे,' पिताजी ने उसकी बात काटकर कहा। 'आज से तुम अकेले सोओगे।' स्वामी समझ गया कि बात उसके काबू से बाहर जा चुकी है, पहले यह चुनौती थी, अब आज्ञा बन गई है। वह जानता था कि इन मामलों में पिता कितने कठोर हैं।

'अगले महीने की पहली तारीख से मैं अकेला सोऊँगा, पापा!'

'नहीं, अभी से सोओगे। बेबी की तरह माँ या दादी की बगल में सोना अच्छी बात नहीं है। अब तुम दूसरे दर्जे में पढ़ रहे हो और जिस तरह तुम्हें पाला जा रहा है, मुझे पसन्द नहीं है।' यह कहकर उन्होंने पत्नी की तरफ देखा जो पालना झुला रही थी। 'यह कहते हुए मेरी तरफ़ क्यों देख रहे हो?' वह बोली, 'मैं बेटे के बारे में ज़्यादा नहीं जानती।'

'नहीं, मैं तुम्हारे बारे में नहीं कह रहा था।'

'अगर तुम्हें लगता है कि तुम्हारी माँ उसे बिगाड़ रही हैं, तो उनसे कहो और मेरी तरफ़ मत देखो।' यह कहकर वह अपने कमरे में चली गई।

स्वामी के पिता मुँह लटकाये गोद में पड़े अखबार की तरफ़ देखते रहे। स्वामी धीरे से उठा और अँगूठों के बल चलता हुआ गलियारे में अपने बिस्तर के पास चला गया। दादी बिस्तर पर बैठी थी, उसे देखकर बोली, 'बेटा, अभी से नींद आ रही है। कहानी नहीं सुननी है?' स्वामी ने इशारा करके दादी से चुप रहने को कहा, लेकिन उसे कुछ समझ में नहीं आया। इसलिए स्वामी ने बिस्तर पर लेटकर कम्बल से मुँह ढक लिया।

दादी बोली, 'मुँह मत ढको, बड़ी नींद आ रही है?' स्वामी ने उसके कान पर मुँह लगाकर धीरे से कहा, 'दादी, प्लीज़ चुप हो जाओ। मुझसे बात मत करो और किसी को मुझे बुलाने मत दो, भले ही घर में आग लग जाये। अगर मैं एकदम नहीं सो गया, तो शायद मर जाऊँगा'—उसने करवट ली, गुड़ी-मुड़ी हुआ और कम्बल के भीतर सोने की कोशिश करने लगा—कि तभी किसी ने कंबल खींच कर ऊपर कर लिया।

पिता उसके ऊपर खड़े कह रहे थे, 'स्वामी, उठो।' वे हलके अँधेरे में भूत की तरह लग रहे थे, और हॉल से आती हल्की रोशनी में उनकी छाया नीचे फैल रही थी। स्वामी ने करवट ली और इस तरह खुर्राटा भरा जैसे सो रहा है। पिता फिर बोले, 'स्वामी उठो।' दादी उनसे बोली, 'बच्चे को क्यों तंग कर रहे हो?'

'स्वामी, उठ बैठो,' उन्होंने चौथी दफ़ा कहा और वह उठकर बैठ गया। पिता ने उसका बिस्तर लपेटा, बगल में रखा और बोले, 'मेरे साथ आओ।' स्वामी ने दादी की तरफ देखा, क्षण भर ठिठका, और फिर पिता के साथ हो लिया। दोनों

दफ्तर के कमरे में पहुँचे। रास्ते में उसने माँ पर अपील करती नज़र डाली, तो वह बोली, 'उसे दफ्तर के कमरे में क्यों लिए जा रहे हो, वह हॉल में सो सकता है।'

'मैं नहीं चाहता।' और स्वामी सिर झुकाये पिता के साथ चला। 'मुझे हॉल में सोने दें।' उसने कहा। 'आपका ऑफिस बहुत गन्दा है और उसमें बड़ी-बड़ी किताबों के नीचे साँप हो सकता है।'

'कोई साँप-वाँप नहीं है कहीं। तुम चाहो तो बेंच पर सो जाओ।'

'कमरे में लैंप जला लूँगा,' बच्चे ने कहा।

'नहीं। तुम्हें अँधेरे से न डरने की आदत डालनी होगी। सिर्फ आदत की बात है। तुम्हें अच्छी आदतें डालनी होंगी।'

'कम-से-कम दरवाज़ा तो खोल देना, पापा।'

'ठीक है, पर वादा करो कि रात को बिस्तर समेट कर दादी के पास तो नहीं चले जाओगे। अगर यह करोगे तो याद रखना, स्कूल में यह बात फैला दूँगा। सब तुम्हारा मज़ाक उड़ायेंगे।'

स्वामी को लगा कि वह ज़िन्दगी से कट गया है। उसे दुःख हुआ और गुस्सा भी आया। पिता के व्यवहार में क्रूरता की यह लहर उसे अच्छी न लगी। उसे अखबार से नफ़रत हुई जिसमें चीते की कहानी छपी थी। अच्छा होता, चीता लड़के को खा जाता, जो लड़का तो लगता ही नहीं था, वह ज़रूर राक्षस रहा होगा।

रात बढ़ने लगी और घर में शांति बढ़ने लगी, तो स्वामी का दिल तेज़ी से धड़कने लगा। उसे भूत-प्रेतों की वे कहानियाँ याद आने लगीं, जिन्हें वह सुना करता था। उसके दोस्त मणि ने सड़क के अंत में खड़े बरगद के पेड़ पर भूत कई दफ़ा देखा था। और बेचारे मुनि स्वामी के पिता की कहानी, जो एक रात जब घर आ रहे थे, तब नदी के किनारे भूत ने उन्हें चाँटा मार दिया था जिससे उनके गालों से खून बहने लगा था। ये सब विचार उसके दिमाग में चलने लगे। डर के मारे वह काँपने लगा। सड़क पर लगी बत्ती से रोशनी की एक किरण भीतर आ रही थी, जिससे दीवार पर अजीब-अजीब परछाइयाँ बन रही थीं। निस्तब्ध वातावरण के बीच कोई भी आवाज़ बिखरकर डरावनी बन जाती थी। घड़ी की टिकटिक, पेड़ों से गुज़रती हवाएँ, रात के कीड़े इधर-उधर घूमते हुए, ये सब आवाज़ें मिल-जुलकर डरावना माहौल पैदा करती थीं। उसने कम्बल से मुँह कसकर बंद कर लिया, कि साँस ही घुटने लगी। हर क्षण उसे लगता कि कोई राक्षस आयेगा और उसे उठा ले जायेगा। उसके दोस्त चौथी क्लास के लड़के के बारे में कहा जाता था कि वह अचानक कहीं गायब हो गया और बाद में स्याम या नेपाल में मिला था। शायद कोई भूत उसे उठा ले गया था।

स्वामी उठ बैठा और बिस्तर बेंच के ऊपर से उठाकर उसके नीचे बिछा लिया और उस पर गुड़ी-मुड़ी होकर लेट गया। यह जगह उसे ज़्यादा सुरक्षित और विश्वसनीय

लगी। उसने कसकर आँखें बन्द कर लीं और बिस्तर में छिप गया और उसे अजाने ही नींद भी आ गई—और उसे भयानक सपने दिखाई पड़ने लगे। एक शेर उसका पीछा कर रहा था। उसके पैर ज़मीन से चिपक गये थे। वह भागने की कोशिश कर रहा था लेकिन पैर आगे ही नहीं बढ़ पा रहे थे।—शेर उसके पीछे था, वह पैरों से ज़मीन खुरच रहा था, जो आवाज़ उसे सुनाई पड़ रही थी...खर्र, खर्र, खर्र और अन्त में भड़की आवाज़...स्वामी ने आँखें खोलने की कोशिश की लेकिन पलकें जैसे चिपक सी गई थीं...और स्वप्न चलता रहा। लगता था, कभी खत्म नहीं होगा। स्वामी कराह भरता ज़मीन पर लुढ़कता रहा।

बहुत ज़ोर लगाकर उसने आँखें खोलीं। फिर हाथ बढ़ाकर हमेशा की तरह दादी को पकड़ने की कोशिश की लेकिन आज तो वह थी ही नहीं, उसके हाथ बेंच के पैर की लकड़ी छूकर रह गये। इससे उसे अपना अकेलापन महसूस हुआ। डर के मारे उसे पसीना छूटने लगा। और वह सर-सर की आवाज़ क्या है? वह बेंच के कोने तक सरक गया और अँधेरे में घूरने लगा। कोई चीज़ नीचे जा रही थी। वह डर के मारे उससे बचने की कोशिश करने लगा, लेकिन उसे लगा कि उसका अंत आ गया था। उसे लगा कि राक्षस उसे घसीट लेगा और फाड़कर खा जायेगा—तो वह भी इन्तज़ार क्यों करे? वह बेंच से खिसककर बाहर आया, जो भी सामने था उसे कसकर पकड़ा और दाँत गढ़ाकर काट खाया।

'अइयो? किसी ने मुझे काट लिया हैः एक तीखी, लम्बी आवाज़ निकली, और क्षण भर में फर्नीचर के बीच से दौड़ने-भागने की आवाज़ें आने लगीं, पिता, रसोइया और नौकर रोशनी लेकर आ गये थे।

तीनों ने चोर को पकड़ लिया, जिसका घुटना खून से लथपथ था और जो मेज़-कुर्सी से नीचे पड़ा था।

दूसरे दिन स्वामी को बधाइयाँ मिलने लगीं। उसके स्कूल के साथियों ने उसको इज़्ज़त से देखा और शिक्षक ने उसकी पीठ ठोंकी। हेडमास्टर ने उसे सच्चा स्काउट बताया। स्वामी ने इलाके के एक सबसे बदमाश चोर को धर दबोचा था और पुलिस ने भी उसे धन्यवाद दिया।

इन्सपेक्टर ने कहा, 'बड़े होकर तुम पुलिस में शामिल हो जाना।'

स्वामी ने नम्रता दिखाने के उद्देश्य से कहा, 'हाँ, हाँ, ज़रूर!' हालाँकि उसने निर्णय कर लिया था कि वह या तो इंजन ड्राइवर बनेगा या रेलवे का गार्ड या बस कंडक्टर।

रात को पिता जब क्लब से वापस लौटे, उन्होंने प्रश्न किया, 'बेटा कहाँ है?'

'सो रहा है।'

'अभी से सो गया!'

'पिछली रात एक क्षण के लिए भी नहीं सो पाया था,' उसकी माँ ने जवाब दिया।

'कहाँ सो रहा है?'

'हमेशा की जगह,' उसकी माँ ने हलके ढंग से जवाब दिया।

'साढ़े सात बजे ही सोने चला गया था।'

'फिर दादी के पास जा सोया!' पिता बोले! 'इसीलिए वह मेरे लौटने से पहले ही जाकर सो गया। चालाक लड़का है!'

माँ गुस्से से फूट पड़ी, 'वह जहाँ भी सोना चाहे, सोने दो। फिर उसकी जान खतरे में डालने की ज़रूरत नहीं है...।' पिता कपड़े बदलने गये तो बुड़बुड़ाते रहे। 'ठीक है, जितना चाहो उसे बरबाद कर दो, तारीफ कर-करके। फिर मुझसे मत कहना।'

स्वामी तकिये के नीचे से यह सुनता रहा और खुश हुआ कि पिता ने उस पर बंधन लगाना छोड़ दिया है।

डोडू

डोडू आठ साल का था, और उसे पैसे की सख्त ज़रूरत थी। लेकिन छोटा होने के कारण कोई उसकी पैसे की ज़रूरत पर ध्यान नहीं देता था। –उसे बहुत सी चीज़ों के लिए पैसे चाहिए थे : दिवाली आ रही थी और छुड़ाने के लिए बहुत से चीनी पटाखे लाने थे, एक बढ़िया-सा कलमदान लाना था, जिसके लिए स्कूल में मास्टर साहब छड़ी उठाकर बार-बार कहते रहते थे। डोडू को अपने बड़ों पर विश्वास नहीं था। वे उसकी माँगों पर ध्यान ही नहीं देते थे। उनकी अपनी जेबें पैसों से खनकती रहती थीं, फिर भी वे देने के मामले में बेहद कंजूस थे। उनका बस चलता तो एक-भी पैसा जेब से न निकालते।

डोडू का दफ्तर वह लकड़ी का बड़ा सा बक्सा था जो हमेशा खुला पड़ा रहता था। किसी भी वक्त जब उसका मन करता, वह दफ्तर में काम करने लगता, और जब उसे कोई गंभीर बात सोचनी होती तो वह बक्से के भीतर घुसकर बैठ जाता। उसमें रखी चीज़ें इतनी कमज़ोर नहीं होती थीं कि इस बच्चे की वजह से टूट-फूट जातीं। घर की सब बेकार हुई चीज़ें इस बक्से में डाल दी जाती थीं। हर शाम डोडू घर का चक्कर लगाता और इस तरह की चीज़ें इकट्ठी करता। उसके पिता के कमरे में जो कूड़ादान था, उसमें इस तरह की चीज़ें बहुत मिलती थीं : आकर्षक किताबों के कवर, ज़िल्द चढ़ाने वाला भूरे रंग का कागज़, बड़े लिफाफे, चमकते हुए सूचीपत्र, भूरे रंग के धागों के टुकड़े। अपने बड़े भाई की खिड़की के नीचे गोल्ड फ्लेक सिगरेट के डिब्बे, चमकते हुए उनके भीतर रखे कागज़, रेज़र ब्लेड, कार्डबोर्ड के डिब्बे मिलते थे। जब उसकी बहन घर पर न होती, वह उसका बक्सा खोलता और रंग-बिरंगे धागे निकाल लेता।

इस तरह बक्से का सामान दिनोंदिन बढ़ता चला जाता था। सप्ताह के अंत में बक्सा ऊपर तक भर जाता और चीज़ें ऊपर तैरने लगतीं, हालाँकि यह घर का सबसे बड़ा बक्सा था। जब यह ठसाठस हो जाता और चीज़ें बाहर निकलकर दीवार तक फैल जातीं और पास में ही रखे कोट के स्टैंड तक उनकी लाइन लग जाती,

तब पिता की उस तरफ़ नज़र जाती। डोडू कुछ-कुछ समय बाद आने वाले पिता के इस ध्यान देने से डरता रहता था, क्योंकि तब वे इसकी सारी चीज़ें बगल की गली में बने कूड़ाघर में उलटवा देते। फिर पिता की नज़र इस काम से हटते ही डोडू गली में जाता और अपनी पसन्द की बहुत सी चीज़ें निकालकर ले आता। था। घंटे भर तक इसलिए उसका दिल टूटता रहता। लेकिन पिता की डाक हर रोज़ आती थी और बहन भी रंगीन धागे खरीदती ही रहती थी, और उसका भाई तो हमेशा सिगरेट पीता रहता था।

डोडू बक्से में बैठा सोच रहा था कि पैसे का इन्तज़ाम कैसे किया जाये। उसे ख्याल आया कि एक दफ़ा पहले उसने जो धंधा किया था पैसे इकट्ठा करने के लिए, क्या उसे दोबारा शुरू किया जाय। मद्रास वाले उसके चाचा ने उसे एक रुपया दिया था। उसे लेकर डोडू फौरन पोस्ट ऑफिस चला गया था और वहाँ से उसने बारह भूरे स्टांप, चार हरे स्टांप, और चार पोस्ट कार्ड खरीदे थे : फिर उसने एक तुड़े-मुड़े मोटे कागज़ पर अन्त में लिखा : 'स्टांप की दुकान' और उसे अपने कमरे की खिड़की पर लटका दिया था, जो सड़क की तरफ़ खुलती थी। उसके खास खरीददार घर के ही बड़े-बूढ़े थे, पिता को छोड़कर। और उन्होंने सब चीज़ें इतनी तेज़ी से खरीद लीं कि उसे बड़ा आश्चर्य हुआ। इन पर वह तीन पैसे प्रति स्टांप मुनाफ़ा लेता था। अन्त में एक कार्ड रह गया, जिसे खरीदने एक पड़ोसी आ गया, पर उसे जब डोडू ने कीमत बताई, तब वह आपे से बाहर हो गया। वह पागल की तरह चिल्लाने लगा और बोला कि वह पुलिस में रिपोर्ट करेगा। डोडू यह सुनकर डर गया। लेकिन फिर भी उसमें इतनी हिम्मत थी कि वह पूछने लगा कि बिना किसी फायदे के कोई क्यों कहीं से खरीदकर कोई चीज़ बेचेगा? लेकिन अंत में उसने इस खतरनाक पड़ोसी से पीछा छुड़ाने के लिए कार्ड उसे बेच ही दिया। नतीजा यह हुआ कि लाभ से मिली रकम को बार-बार इसी तरह बिक्री करने का उसका सपना चकनाचूर हो गया। उसे लाभ नहीं हुआ और वह लगाई गई पूँजी भी गँवा बैठा। उसे कोई ऐसा छेद भी नहीं दिखाई देता था जिससे उसका पैसा बहकर बाहर निकल गया हो, वह अपने आप ही खत्म हो गया था। बड़ों ने उधार पर खरीदारी की कि बाद में चुका देंगे। कई के पास 'रेज़गारी' की भी कमी थी। फिर डोडू इस व्यापार के बारे में भूल-भाल गया था—कि एक शाम एक आदमी घर आया और दस अधन्ने के स्टांप और सोलह पोस्ट कार्ड माँगने लगा। पिता ने उसे वापस कर दिया। पर उसने कहा कि खिड़की पर लिखा है, इसलिए वह ये लेकर ही रहेगा। पिता ने बोर्ड उतारकर फाड़ डाला और डोडू को फटकारा। डोडू बोर्ड उतारना भूल गया था, हालाँकि उसने तय कर लिया था कि यह काम बन्द कर देगा।

इस समय बक्से के भीतर बैठा वह मन-ही-मन अपने अनुभवों से प्राप्त शिक्षाओं का आकलन कर रहा था। पहली शिक्षा यह थी कि अपने बड़ों से वह किसी प्रकार

की सहायता या सहानुभूति की आशा नहीं कर सकता। दूसरी शिक्षा यह थी कि अगर चाचा उसे फिर एक रुपया दें तो वह उसे पहले की तरह व्यापार में नहीं लगायेगा, ये बेवकूफी की योजनाएँ हैं। टिकट वगैरह खरीदना और बेचना एक बेकार सा काम था। खरीदने का हिस्सा तो शायद सही था, लेकिन बेचने का पहलू इस परिभाषा में ही नहीं आता था—एक तरह से यह बिना कुछ कमाये उन्हें फेंक देना था।

खिड़की के बाहर नज़र डाली तो उसने नारियल के पेड़ पर एक आदमी को चढ़े देखा जो उनके कीड़े साफ कर रहा था। डोडू बक्से से कूदकर बाहर निकला और उसके पास जा पहुँचा।

'ही!' उसने ऊपर देखकर आवाज़ लगाई। 'तुम रोज़ इससे कितना कमाते हो?'

'करीब दो रुपये,' उसने पेड़ के ऊपर से जवाब दिया।

'दो रुपये!' यह तो काफ़ी ज़्यादा कमाई है! तुम्हें नहीं लगता कि और कामों से यह ज़्यादा है?' डोडू ने पूछा।

आदमी हँसा और जवाब में अपने बीवी-बच्चों के बारे में कुछ कहा। डोडू को इस आमदनी पर आश्चर्य हो रहा था। इतने पैसे से तो वह पता नहीं क्या-क्या खरीद सकता है—ढेर सारे चीनी पटाखे, आसमान तक ऊँचा ढेर, और मिठाइयों और पेंसिलों से भरे बक्से।

'क्या मैं भी यह कर सकता हूँ?' उसने पूछा।

'हाँ, हाँ, क्यों नहीं!' जवाब मिला।

लेकिन नारियल का पेड़ तो बहुत बड़ा होता है। वहाँ तक पहुँचने पर ही दो रुपये मिलेंगे। वहाँ तक पहुँचा कैसे जायेगा?

'अच्छा, सुनो,' डोडू चिल्लाकर बोला। 'ये कीड़े इससे ज़्यादा पास नहीं मिल सकते?'

'नहीं,' नारियल वाले आदमी ने कहा, 'ये पेड़ के ऊपर ही छिपते हैं और नारियल के भीतर घुस जाते हैं। मैं उन्हें निकालकर नीचे डाल देता हूँ और मुझे हर पेड़ के तीन आने मिलते हैं।' उसने कुछ मुलायम पत्ते उखाड़े और उन्हें नीचे फेंक दिया। डोडू ने एक पत्ता उठाया।

यह बहुत आकर्षक था, लम्बा, मुलायम, पीला? उसने अपने अंगूठे से उसे खुरचा। उसका निशान पड़ गया, वह फिर लाल हो गया। उसने एक और पत्ता उठाया और उस पर अपना नाम कुरेद दिया। वह भी बहुत सुन्दर था। उसे एक विचार सूझा। उसे एक घटना याद आई जो उसके भाई ने माँ को सुनाई थी। उसके एक भाई के दोस्त ने एक पत्ते को लाइब्रेरी में बेचा था जिस पर कुछ लिखा था। यानी इससे पैसा कमाया जा सकता है।

दूसरे दिन सवेरे उसने सामान्य ढंग से बात छेड़ी और भाई से यह कहानी

फिर सुनी। भाई ने बताया कि स्थापत्य विभाग के डायरेक्टर डॉ. आयंगर ने मैसूर ऑरियन्टल लाइब्रेरी के लिए एक पत्ता खरीदा था जिस पर एक ऐतिहासिक विवरण लिखा था। डोडू ने बड़े ध्यान से लाइब्रेरी और डायरेक्टर का नाम सुना।

उसी शाम वह लाइब्रेरी के लिए चल पड़ा। मन में वह सपने देख रहा था कि इस दिवाली पर वह ढेर सारे पटाखे चलायेगा।

बड़े से गुम्बद वाली लाइब्रेरी की इमारत को देखकर वह डर गया। उसे लगा कि उसे इसमें जाने भी दिया जायेगा या नहीं। एक दरवाज़े के बाहर चपरासी बैठा था जो घुटने ऊपर किये ऊँघ रहा था। उसने बड़ी इज़्ज़त से उससे कहा, 'मैं इस इमारत के दफ्तर में उसके सबसे बड़े अफ़सर से एक ज़रूरी काम से मिलना चाहता हूँ।' चपरासी ने उसकी बात पर कोई ध्यान नहीं दिया, वह बैठा उसी तरह सोता रहा।

डोडू इमारत में घुसा और इसके बड़े-बड़े कमरों और गैलरियों को देखकर खुद को बहुत छोटा महसूस करने लगा। चारों तरफ पत्थर की मूर्तियाँ रखी थीं जिनके साथ लगे पत्थरों पर काफी कुछ लिखा हुआ था। बहुत से पंडित रंगीन शाल पहने लम्बे-लम्बे ताड़पत्रों को पढ़कर कुछ काम करने में लगे थे। सब कुछ इतना विशाल और शानदार था कि डोडू ने वहाँ से भाग जाने का विचार करना शुरू कर दिया। हॉल बहुत बड़ा था जहाँ की निस्तब्ध शान्ति में उसे अपने दिल की धड़कनें सुनाई पड़ने लगीं।

लेकिन अपनी सारी हिम्मत बटोरकर वह एक बहुत बड़ी मेज़ के सामने खड़ा हो गया जिस पर पगड़ी बाँधे और चश्मा लगाये एक पहलवान-सा आदमी बैठा था।

'सर,' डोडू ने बहुत ही धीमी आवाज़ में उसके सामने खड़े होकर कहा। पहलवान ने सुना तक नहीं।

'सर,' डोडू ने फिर कहा। इस बार उसकी आवाज़ जैसे चिल्लाकर बोलने की थी।

पहलवान इस बार चौंक पड़ा और सिर उठाकर देखने लगा। लेकिन उसे कुछ दिखाई नहीं दिया।

'क्या आप डॉक्टर हैं?' आवाज़ ने प्रश्न किया। आदमी आवाज़ के खरखरेपन के कारण आश्चर्य में पड़ गया था। उसने आँखें इधर-उधर दौड़ाईं तो उसे मेज़ की सतह के पास काले बालों का एक टुकड़ा दिखाई दिया। कुर्सी पीछे सरकाकर वह उठा। उसने देखा कि मेज़ के उस पार गंदी सी निकर और कोट पहने एक छोटा-सा बच्चा खड़ा है। उसे अच्छे व्यक्तित्व वाले विद्वानों और छात्रों से ही मिलने की आदत थी।

'तुम यहाँ क्या कर रहे हो?' उसने पूछा।

'मैं एक डॉक्टर से मिलने आया हूँ,' डोडू ने जवाब दिया। 'आप डॉक्टर हैं?'

'हाँ, तुम कौन हो?'

डोडू एक कुर्सी पर चढ़कर खड़ा हो गया।

'अगर आप डॉक्टर हैं तो मेरे पास आपके लिए बड़ी अच्छी चीज़ है। मैंने सुना है कि आप ताड़ के पत्तों के लिए, जिन पर कुछ लिखा होता है, काफी पैसे देते हैं। ऐसी चीज़ों के लिए आप सौ रुपये भी देते हैं।' यह कहकर उसने जेब से कुछ तुड़े-मुड़े पत्ते निकाले और उसे दिये।

डॉक्टर के लिए यह मनोरंजक परिवर्तन की तरह था। उसने मुस्कराकर उन पत्तों को देखा। एक पर जग, नाक और घोड़ा बना था, और लड़के का कन्नड में 'डोडू' नाम लिखा हुआ था। दूसरे पत्ते पर ये वाक्य लिखे थे; 'गाय एक पालतू जानवर है। यह राम की किताब है। तीसरे पर अंग्रेज़ी में 'कॉट, ऑक्स, फिग, फियर, बेबी और ए ए ए ए बी सी एफ जी' लिखे थे।

डॉक्टर को पढ़ने में कोई दिक्कत नहीं हुई। उसने पत्थरों और ताँबे की प्लेटों पर राजाओं द्वारा लिखाये गये कठिन लेख पढ़ने में सफलता प्राप्त की थी। उसकी तुलना में डोडू द्वारा लिखी भाषा, टेढ़ी-मेढ़ी और छोटी-बड़ी होते हुए भी बहुत आसान थी।

पढ़ने के बाद वह सीधा होकर बैठ गया और ज़ोर-ज़ोर से हँसने लगा।

डोडू को यह बुरा लगा। उसने अपने से कहा कि डॉक्टर को इस पर हँसने की ज़रूरत नहीं है। अगर उसे पत्ते नहीं चाहिए तो वह उन्हें वापस कर दे। डोडू उन्हें ले लेता और किसी और डॉक्टर से बात करता लेकिन उसने मुँह से कुछ नहीं कहा।

डॉक्टर ने पूछा, 'तुम्हें किसने बताया कि मैं ऐसी चीज़ों के लिए पैसे देता हूँ?'

डोडू ने वह सब बता दिया जो उसे भाई से पता चला था।

डॉक्टर का चेहरा मनोरंजन से खिल रहा था। 'तुम बड़े अच्छे लड़के हो,' वह बोला 'तुम वही चीज़ लाये हो जिसकी मुझे ज़रूरत थी। मैं इसे खरीद लूँगा।'

उसने पत्ते रख लिए और जो भी सिक्के उसकी जेब में थे, निकालकर डोडू को दे दिये। यह चार आने थे। सिक्कों में चार आने काफ़ी ज़्यादा लगते थे। डोडू ने खुशी से वे रख लिए।

'तुम किसके बेटे हो?' डॉक्टर ने पूछा।

डोडू इसका जवाब नहीं देना चाहता था। यह सौदा गुप्त था।

'मुझे पता नहीं,' उसने अबोध भाव से कहा। 'मेरे पिता किसी दफ़्तर में काम करने जाते हैं।'

'तुम्हारा नाम क्या है?' डॉक्टर ने फिर पूछा।

'रामस्वामी,' डोडू ने कुछ रुककर जवाब दिया।

यह नाम गलत था। घर पर उसका नाम 'डोडू' और स्कूल में 'लक्ष्मण' था।

'अच्छा, रामस्वामी,' डॉक्टर कहने लगा, 'तुम घर ठीक से जा सकते हो? तुम फुटपाथ पर चलना। सड़क पर बहुत सी गाड़ियाँ चलती हैं, उस पर चलना खतरनाक है।'

डोडू एक बुढ़िया के सामने जाकर खड़ा हो गया जो मूंगफलियाँ बेच रही थी। तीन पैसे में उसने उसकी जेब भर दी। मूंगफली खाते हुए उसने सामने के मैदान में घास चरती गायों को देखा, सूरज चमक रहा था, और वह बहुत खुश और संतुष्ट महसूस कर रहा था।

दूसरा समुदाय

मैं इस कहानी में जाति या समुदाय की चर्चा नहीं करूँगा। पिछले महीनों के अखबारों ने इसका निर्देश कर दिया है—यानी इसे नाम दे दिया है; 'एक समुदाय' और 'दूसरा समुदाय'। इसी नियम का पालन करते हुए मैं कहानी के नायक को भी कोई नाम नहीं दे रहा हूँ। मैं चाहता हूँ कि, आप चाहें तो खुद ही पता करें कि वह इन दोनों में से किस समुदाय का था। मैं जानता हूँ कि आप भी उसी तरह यह पता नहीं कर सकेंगे, कि अपनी कमीज़ के नीचे वह किस तरह की बनियान पहने है, और हमारे उद्देश्य के लिए भी इसका कोई महत्त्व नहीं होगा।

वह एक बीमा के दफ्तर में काम करता था। एक मेज़ पर बैठकर दोपहर से शाम के पाँच बजे तक हर रोज़ कागज़ और आँकड़े देखता था, और महीने के अंत में उसे वेतन का लिफ़ाफ़ा प्राप्त होता था जिसमें सौ रुपये रखे होते थे। अब वह प्रौढ़ उम्र का था, युवावस्था से यहाँ तक पहुँचने का उसका सारा समय इसी मेज़ पर काम करते बीता था। वह एक गली में एक छोटे से मकान में रहता था, जिसमें दो छोटे कमरे और एक हॉल था, जो उसकी पत्नी और चार बच्चों के लिए काफी थे, हालाँकि मेहमान आने पर उसे शर्मिंदगी होती थी। पास में ही दुकानें थीं, बच्चों का स्कूल भी दूर नहीं था, और पत्नी की मित्रता दूर तक फैली थी।

कुल मिलाकर उसकी ज़िन्दगी शान्त और खुशहाल थी—लेकिन अक्टूबर, 1947 के बाद उसे लगने लगा था कि चारों तरफ के लोग वहशियों की तरह बात और व्यवहार करने लगे हैं। यहाँ से एक हज़ार मील दूर एक समुदाय के लोगों या उनमें से किसी एक ने दूसरे समुदाय के लोगों पर हमला करके उन्हें मार डाला था, जिसका परिणाम यह हुआ कि वही सब यहाँ भी और ज़्यादा उग्रता से किया और कराया गया। स्थिति बहुत वाहियात बन गई थी। परन्तु यह हुआ था—कहीं दूर कोई अच्छी बात हो तो वह दोहराई नहीं जाती, परन्तु बुरी बात हो तो उसमें यह शक्ति होती है। हमारे मित्र ने देखा कि हर रोज़ अखबार पढ़ने के बाद उसके पड़ोसियों का पारा गर्म हो उठता था। वे गुस्से से बात करने लगते। 'हम उन्हें

खत्म कर देंगे...वे होते कौन हैं?' वे चीखकर कहते, 'उन्होंने औरतों और बच्चों को भी नहीं छोड़ा। ठीक है, हम भी उन्हें सबक सिखा देंगे। यहाँ भी वही सब किया जायेगा—यही भाषा उनकी समझ में आती है।'

लेकिन वह कहने की कोशिश करता, 'देखिये, मेरी बात सुनिए...।' वह दफ़्तर के अपनी बगल में बैठने वाले साथी की कल्पना करता। अपना पोस्टमैन, पानवाला और बैंक में उसका दोस्त—ये सब दूसरे समुदाय के थे। आज तक उसने इस समुदाय के लोगों की चिंता नहीं की थी; वे सिर्फ दोस्त थे, लोग जो मुस्कराते, मदद करते और बातचीत करते थे। लेकिन आज वे एक नई रोशनी में दिखाई दे रहे थे : वे दूसरे समुदाय के लोग थे। अब तक वह अपने लोगों को खतरनाक ढंग से बोलते सुनता, तो वह पोस्टमैन को सड़क पर मारा जाते देखता, या जब वह अपने साथी कर्मचारी से मिलने उसके घर जाता तो उसकी छोटी सी बच्ची उसके लिए लेमन सोडा लेकर आती और जो थोड़ा-सा नाच-गाना उसे आता, उसे करके दिखाती थी,—उसे कल्पना में दिखाई देता कि जब वह कार्डबोर्ड के डिब्बे में पेंसिल और किताबों को लिए स्कूल जा रही थी, उसके समुदाय के गुंडों ने उस पर हमला किया...? यह दृश्य उसे विचलित करने के लिए काफी था और वह सोचता, भगवान ख़ैर करे?

वह अपने साथियों को यह कहकर समझाने की कोशिश करता, 'देखो... लेकिन ऐसी बातें यहाँ नहीं होंगी।'

लेकिन वह जानता था कि सोच निरर्थक है। वह जानता था कि उसके लोग चाकू और छुरियाँ इकट्ठी कर रहे हैं। वह जानता था कि वे अपने को बाकायदा संगठित कर रहे हैं...उन्होंने पूरी योजना बना ली है, जो सब उसके भावपूर्ण हृदय को बड़ी खतरनाक और जंगली लगती है। आग, तलवार और लूट, और सब लफंगे जो चाचा के यहाँ आदेश और बाद में पैसा लाने के लिए इकट्ठे होते हैं—जो अक्सर कहता था : 'अब भी हम अपने आपसे कुछ नहीं करेंगे। लेकिन उन्होंने अगर पूँछ भी हिलायी तो हम देख लेंगे। हम उनसे उसी भाषा में बात करेंगे जिसे वे समझते हैं और उन्हें खत्म कर देंगे।' ज़िन्दगी जैसे असह्य होती जा रही थी। लोग चुप्पे और चालाक होते जा रहे थे। उसे हर आदमी कल का हत्यारा लगने लगा था। लोग एक दूसरे को संदेह और नफरत से देखने लगे थे। उसे यह शर्म की बात लगती थी कि सड़क से गुज़रते हुए लोग अपने चारों तरफ और पीछे देखते सावधानी से चल रहे थे। वातावरण में डर समा गया था। वह दूसरों से मिलने में संकोच करने लगा। कोई न कोई हमेशा यह कहता था : 'पता है, क्या हुआ? कल शाम —की सड़क पर एक साइकिलवाला मारा गया और पुलिस मामले को दबाने की कोशिश कर रही है।' या कोई कहता, 'आज एक औरत पर हमला हुआ।' या 'पता है वे लड़कियों के स्कूल में घुस गये और चार लड़कियाँ गायब हैं! और

पुलिस कुछ नहीं करती, हमें ही सब कुछ करना पड़ेगा।' यह सब सुनकर उसका दिल धड़कने लगता और गला रुँध जाता, ज़बान पर खाना कड़ुवा लगने लगता। इन बातों से परेशान हुए बिना वह अपनी बीवी और बच्चों की तरफ नहीं देख पाता। इन बेकसूर लोगों का पता नहीं कौन क्या करेगा—ईश्वर ही जानता है।

रात को उसे नींद आनी बन्द हो गई, वह चौकन्ना होकर कान लगाये बिस्तर पर लेटा रहता, कि कहीं अचानक भीड़ के हमले की आवाज़ सुनाई दे। मान लो कोई दरवाज़ा तोड़कर भीतर घुस आये। उसे सपने में बच्चों की चीखें सुनाई देतीं। सारी रात वह तड़पता हुआ बिस्तर पर ऊँघता हुआ, इधर-उधर करवट बदलता रहता, आधी नींद में उसे लोगों की चीख-पुकार सुनाई देती। दूर कहीं कुत्ते के भूँकने की आवाज़ आती तो वह चौंककर उठ बैठता और देखता कि कहीं कोई आग तो नहीं लग रही है। उसकी बीवी सोते हुए ही पूछती, 'क्या हुआ?' तो वह जवाब देता, 'कुछ नहीं, तुम सो जाओ।' और लौटकर बिस्तर पर आकर लेट जाता। फिर संतोष से सोचता कि कोई बात नहीं, कुछ हुआ नहीं है। उसने मन में तय किया कि स्टोर से कुल्हाड़ी लायेगा और अपने पास रखेगा, शायद कभी ज़रूरत पड़ जाय। कई दफा लारी या गाड़ी की आवाज़ सुनकर वह जाग जाता और खिड़की पर जाकर बाहर झाँकने लगता। वह यह जानने की कोशिश करता कि कहीं यह पुलिस की गाड़ी तो नहीं है जो दंगाइयों की खबर सुनकर कहीं जा रही हो। हर रात उसकी यही स्थिति रहती और सवेरा होने पर उसे चैन मिलता।

हर कोई कहता था कि आने वाला बुधवार, जिस दिन 29 तारीख है, महत्त्वपूर्ण है, उस दिन कुछ हो सकता है। हो सकता है, आर-पार की लड़ाई हो जाय। पता नहीं यह तारीख क्यों चुनी गई, लेकिन यह हर किसी की ज़बान पर थी। दफ्तर में लोग इसके अलावा और कोई बात नहीं करते थे। उसके चाचा के घर में तैयारियाँ बढ़ गई थीं। वे कहते, 'अच्छी बात है कि इस दिन सब कुछ हो-हवा जायेगा। यह हमेशा का तनाव खत्म हो जायेगा। हम सारा शहर साफ़ कर देंगे। आखिरकार कुल जनसंख्या में वे सिर्फ डेढ़ लाख हैं और हम हैं...।' वे चकित कर देनेवाले आँकड़े देते।

वह समय पास आ रहा था। इस व्यापक भय के सामने वह सोचता कि वे शुरुआत कैसे करेंगे, क्या एक समुदाय का कोई आदमी निश्चित समय पर निश्चित ढंग से दूसरे समुदाय के किसी आदमी को चाँटा मारेगा? 'मान लो कुछ नहीं होता, तो?' उसने पूछा और चाचा ने जवाब दिया, 'यह कैसे हो सकता है? हमें पता है, वे क्या कर रहे हैं। वे करीब-करीब हर रात गुप्त बैठकें करते हैं। आधी रात को मिलने का क्या मतलब है?'

'क्योंकि उसी वक्त हर कोई इकट्ठा हो सकता है,' जवाब आया।

'हम नहीं चाहते कि उस वक्त मीटिंग हो। हम दंगे नहीं चाहते लेकिन कुछ होता है तो उन्हें खत्म करना ही होगा। कुछ घंटों में ही सब निबट जायेगा—जैसे

एक बटन दबाकर काम किया जाता है। लेकिन जहाँ तक सम्भव होगा, हम पहल नहीं करेंगें।'

29 तारीख को ज़्यादातर दुकानें सावधानी के तौर पर बंद कर दी गई हैं। बच्चे स्कूल नहीं गये, और खुशी से बोले, 'आज स्कूल बंद है। पापा, आपको पता है, क्यों? कहते हैं, आज कोई लड़ाई होगी।' जिस शान्ति और भरोसे से उन्होंने यह बात कही, उससे मेरे दोस्त चकित रह गये। उनकी बीवियों ने कहा कि आप भी दफ्तर न जायें। मेरी पत्नी ने कहा, 'पड़ोसियों में भी बात हो रही थी।' मैंने हँसकर टाले जाने की कोशिश की और बाहर निकलते हुए हँसते हुए कहा, 'तुम भीतर ही रहना, अगर डर लगे तो।' पत्नी ने जवाब दिया, 'डरता कौन है! जब तक तुम्हारे चाचा यहाँ हैं, डर की कोई बात नहीं है।'

दफ्तर में बॉस तो आया था, लेकिन उसके ज़्यादातर साथी गायब थे। लगता था कि अचानक सबको 'ज़रूरी काम' पड़ गया है। जो इक्का-दुक्का आये थे, वे दिन भर यही बातें करते रहे। मेरे दोस्त के सिर में यही बातें ठसाठस भर गई थीं और डर से वह सराबोर था। वह किसी से बात नहीं कर रहा था, बस काम में ही लगा रहा। जब रोज़ का काम खत्म हो गया, तब उसने अलमारी खोलकर पुरानी फाइलें निकाल लीं और उन्हें चेक करने में लग गया। इसका नतीजा यह हुआ कि साढ़े सात बजे उसका काम खत्म हुआ और तब उसने दफ्तर बंद किया।

पुरानी फाइलों का असर बहुत कुछ आदमी को जड़ बना देता है। लेकिन अब वह तुरन्त घर पहुँचने की इच्छा करने लगा—पता नहीं, उसके पीछे घरवालों को क्या हुआ होगा! रोज़ का रास्ता आज अचानक उसे बहुत दूर और कठिन लगने लगा। उसे लगने लगा कि घर पहुँचने में घंटों लग जायेंगे। सबसे अच्छा यह होगा कि दफ्तर के सामने वाली पतली-सी गली से होकर वह छोटे रास्ते से निकल जाये। जब कभी उसे जल्दी होती तब वह इसी रास्ते से जाता था, हालाँकि सामान्य दिनों में वह इससे दूर रहता क्योंकि यह गली बहुत गंदी, कुत्तों से भरी और टेढ़ी-मेढ़ी थी। उसने घड़ी पर एक नज़र डाली और इसी गली से होता दौड़ पड़ा। वह कुछ ही गज़ आगे गया होगा कि एक साइकिल-सवार ने उसका रास्ता रोक लिया। वह साइकिलवाले के सामने आ गया और दोनों कुछ ऐसे घबरा गये कि उन्होंने कभी दायें कभी बायें झटके लेना शुरू कर दिया, और आखिरकार पैदल जा रहा हमारा साथी उसको लेकर ज़मीन पर गिर पड़ा। और दोनों धूल से भर गये।

हमारे दोस्त का दिमाग खराब हो गया और वह चिल्ला कर बोला, 'अन्धे हो क्या? देखकर नहीं चलते!'

दूसरा लँगड़ाता हुआ उठ खड़ा हुआ और जवाब दिया, 'अन्धे तुम होगे! दिखाई नहीं दिया कि सामने साइकिल आ रही है?'

'इसमें रोशनी कहाँ है?'

'तुम कौन होते हो यह पूछने वाले?' दूसरे ने जवाब दिया और हाथ आगे बढ़ाकर उसे तमाचा जड़ दिया। इससे वह पागल हो उठा और उसके पेट में ज़ोर से लात मारी। भीड़ इकट्ठी हो गई, कोई चिल्लाया, 'देखो ज़रा, हमारे ही यहाँ हमारे ऊपर हमला कर रहा है! इन लोगों को सबक सिखाना ही पड़ेगा। तुम सोचते होगे हम डरपोक हैं?'

आवाज़ें और चीखें बढ़ने लगीं। कान बहरे होने लगे। किसी ने हमारे दोस्त को डंडे से मारा, किसी ने घूँसा लगाया; उसने देखा कोई चाकू निकाल रहा है। वह सोचने लगा उसका अन्त आ गया है।

अचानक उसके मन में एक विचार आया। वह इस घटना को निरपेक्ष भाव से देखने लगा। वह सोचने लगा कि भीड़ को इस तरह के कामों की बेवकूफी समझाये, उनसे कहे कि इसे एकदम खत्म कर दें।

लेकिन उसके मुँह से आवाज़ ही नहीं निकल रही थी। वह चारों तरफ से घिर गया लगता था। असह्य भीड़ हो रही थी, लगता था हर आदमी उसके शरीर के किसी-न-किसी हिस्से को अपने वज़न से दबाये हुए है। उसकी आँखें बन्द होने लगीं, शरीर हल्का पड़ने लगा। वह पास में खड़े किसी से कहने लगा; 'लेकिन मैं अपने चाचा को यह बात नहीं बताऊँगा। मैं दंगा शुरू करने का जिम्मेवार नहीं बनूँगा। हमारा शहर सुरक्षित रहना चाहिए। मैं ऐसा कोई शब्द नहीं बोलूँगा, जिससे झगड़ा बढ़े; जिसे बटन दबाना कहते हैं, वैसा कुछ नहीं करूँगा। ऐसा हुआ तो सब खत्म हो जायेंगे, हम और आप सब एक साथ। इसका क्या फायदा है? हमारा समुदाय और आपका समुदाय जैसी कोई चीज़ नहीं है। हम इसी मुल्क में रहते हैं। मैं, मेरी बीवी और बच्चे, आप, आपकी बीवियाँ और बच्चे। हमें एक दूसरे की गर्दन नहीं काटनी चाहिए। कौन किसकी गर्दन काटता है, इसका कोई मतलब नहीं है। मेरे लिए दोनों एक ही बात है। लेकिन हमें यह नहीं करना चाहिए, हरगिज़ नहीं करना चाहिए। मैं चाचा से कहूँगा कि मैं दफ़्तर की सीढ़ियों से गिर पड़ा, इसलिए चोट लग गई। उन्हें असलियत का पता नहीं लगेगा। उन्हें बटन नहीं दबाना चाहिए।'

लेकिन बटन दबा दिया गया। उस गली की घटना दो घंटे में सारे शहर के लोगों को पता चल गई। और मेरे चाचा तथा दूसरे चाचाओं ने बटन दबा दिया। जिसका नतीज़ा ऐसा हुआ, जिसे यहाँ बताया नहीं जा सकता। अगर उसे फिर बोलने का मौका मिलता, तो हमारा दोस्त एक झूठ बोल देता और शहर को बचा लेता। लेकिन दुर्भाग्य से यह झूठ बोला नहीं जा सका।

पुलिस को उसका शरीर उस अभागी गली के एक नाले में दूसरे दिन शाम को पड़ा मिला, और उसकी जेब में रखे मिट्टी के तेल के राशन कार्ड से उसके नाम का पता चला।

सूरज जैसा

सत्य, शेखर सोच रहा था, सूरज की तरह है। मेरा ख्याल है कि कोई भी आदमी बिना आँखें झपकाये या चौंधियाये हुए इसे सामने से देख नहीं सकता। वह महसूस करता था कि, सुबह से शाम तक, मानवी संबंधों का तत्व सत्य को कम करने में लगा रहता है, जिससे उसका धक्का सहना पड़े। उसने यह दिन विशेष दिन के रूप में ज़्यों का त्यों रहने देने का निश्चय किया—कि साल में कम-से-कम एक दिन ऐसा रहे जब जो भी होता है, उसे वैसे ही होने दिया जाय। नहीं तो जीवन जीये जाने योग्य नहीं रहेगा। यह दिन बहुत सी संभावनाएँ लेकर आ सकता है। लेकिन इस प्रयोग के बारे में उसने किसी को कुछ नहीं बताया। यह शान्त प्रस्ताव था, गुप्त समझौता उसके और अनन्त के बीच।

पहली परीक्षा सवेरे ही आई जब उसकी पत्नी ने खाना खाने को दिया। उसने एक पदार्थ पर नाक सिकोड़ी जो पत्नी ने खास तौर पर उसके लिए बनाया था। उसने पूछा, 'क्यों, अच्छा नहीं लगा?' और समय होता तो वह उसकी भावनाओं का ख्याल करके कहता, 'नहीं, दरअसल आज मुझे भूख नहीं है। और कोई बात नहीं है।' लेकिन आज उसने कहा, 'यह अच्छा नहीं लग रहा, मेरे गले से नीचे नहीं उतर रहा।' सुनकर पत्नी चुप हो गई, जिसे देखकर उसने सोचा, मैं कुछ नहीं कर सकता। सत्य सूरज जैसा होता है।

दूसरी परीक्षा दफ्तर के कॉमन रूम में हुई जब उसके एक साथी ने आकर कहा, 'फलाने आदमी की मौत हो गई, यह खबर नहीं सुनी। कितना बुरा हुआ।' 'नहीं,' शेखर बोला। 'कितना अच्छा आदमी था...' दोस्त ने कहना शुरू किया। शेखर ने फौरन उसकी बात काटी, 'बिलकुल नहीं। वह हमेशा मुझे कमीना और स्वार्थी इनसान लगा।'

स्कूल के आखिरी घंटे में जब वह तीसरी कक्षा के सेक्शन 'ए' को भूगोल पढ़ा रहा था, उसे हेडमास्टर का आदेश मिला, 'घर जाने से पहले मुझसे मिलो।' शेखर सोचने लगा, ज़रूर यह इन इम्तहानों की कॉपियों के बारे में होगा। सौ लड़कों

की उलटे-सीधे ढंग से लिखी कापियाँ, वह हफ्तों से यह काम टाल रहा था, जैसे उसकी गर्दन पर तलवार लटक रही हो।

घंटी बजी और बच्चे क्लास छोड़कर भागने लगे।

शेखर हेडमास्टर के कमरे के आगे क्षण भर के लिए रुका और कोट का बटन ठीक किया—इस विषय पर भी हेडमास्टर कई दफ़ा उसे टोक चुका था।

वह बड़ी नम्रता से भीतर घुसा और बोला, 'गुड इवनिंग, सर!'

हेडमास्टर ने सिर उठाकर हलकेपन से उसकी तरफ देखा और पूछा, 'आज की शाम आप खाली हो?'

'बस ज़रा बच्चों को बाहर लेकर जाना है। उनसे मैंने वादा किया हुआ है।'

'उन्हें किसी और दिन ले जाना। आज मेरे साथ घर चलो।'

'अच्छा...जी, सर, ज़रूर...' वह बोला, फिर धीरे से पूछा, 'कोई खास बात है, सर?'

'हाँ,' हेडमास्टर मुस्कराते हुए बोला, 'तुम्हें मेरे संगीत के शौक के बारे में पता नहीं है?'

'जी, हाँ सर!'

'मैं चुपचाप सीखता और अभ्यास करता रहा हूँ, और आज शाम तुम उसे सुनो, यह चाहता हूँ। मेरे साथ एक बाजा और एक वायलिन बजाने वाला भी रहेगा—पहली दफ़ा मैं सार्वजनिक रूप से इसे प्रदर्शित कर रहा हूँ और तुम्हारी राय चाहता हूँ। मैं जानता हूँ, तुम्हारी राय मेरे लिए कीमती होगी।'

संगीत में शेखर की रुचि सबको पता थी। संगीत वह ऐसा समीक्षक था जिससे शहर के संगीतज्ञ घबराते थे। लेकिन वह नहीं सोचता था कि इस कारण उसे यह काम करना पड़ेगा।

'तुम्हें ताज्जुब हो रहा होगा,' हेडमास्टर ने कहा 'मैंने इस पर काफी पैसा खर्च किया है...।'

दोनों हेडमास्टर के घर की तरफ चले। 'ईश्वर ने मुझे बेटा तो नहीं बख्शा, मैंने सोचा कि संगीत से ही संतोष कर लूँ?' उन्होंने दर्द भरी आवाज़ में कहा। वे बताते रहे कि किस तरह एक दिन बोरियत से तंग आकर उन्होंने यह फैसला लिया, कैसे उसका गुरु पहले उस पर हँसता था, फिर उसे आशा बँधाने लगा, कैसे वह इसमें सुकून पाना चाहता है।

घर पर हेडमास्टर ने शेखर की बड़ी खातिर-तवज्जो की। उसे लाल सिल्क की दरी पर बिठाया, उसके सामने तश्तरियों में खाने-पीने की चीज़ें रखीं और घर में दामाद की तरह उसका सेवा-सत्कार किया। उसने यह भी कहा, 'तुम स्वतंत्र भाव से सुनना। उस इम्तहान की कापियों को भूल जाना।...मैं तुम्हें उनके लिए एक हफ्ते का समय देता हूँ।'

‘इसे दस दिन कर दीजिए,’ शेखर ने कहा, ‘ठीक है, दस सही,’ हेडमास्टर ने उदारता से कहा। यह सुनकर शेखर खुश हो गया; वह दस कापियाँ हर रोज़ जाँचेगा और दस दिन में खत्म कर देगा।

हेडमास्टर ने धूप जलाई। बोला, ‘इससे सही वातावरण बनेगा।’ तबला और वायलिन वादक रंगून की दरी पर बैठे इन्तज़ार कर रहे थे। हेड मास्टर उन दोनों के बीच में पेशेवर गायक की तरह बैठ गया। गला साफ किया और पहले एक आलाप लिया। फिर रुककर पूछा, ‘यह शुद्ध कल्याणी है न?’ शेखर ने सवाल न सुनने का नाटक किया। फिर हेडमास्टर ने पूरा गाना गाया—त्यागराज का गाना, फिर दो और गाने सुनाये।

हेडमास्टर गा रहा था और शेखर अपने मन में कह रहा था : आवाज़ ऐसी है जैसे दर्जन भर मेंढक बोल रहे हों। फिर बैल की तरह गरजने लगता है। कई दफ़ा लगता है जैसे तूफान में खिड़कियाँ खड़कती हैं।

धूपबत्तियाँ धीरे-धीरे जल रही थीं। दो घंटे तक शेखर के कान इन ऊबड़-खाबड़ आवाज़ों से बजते रहे और उसका सिर चकराने लगा। हेडमास्टर की आवाज़, एकदम कर्कश हो चली थी। फिर अचानक वह रुककर पूछने लगा, ‘गाता रहूँ?’

शेखर ने जवाब दिया, ‘जी नहीं सर, आप रुक जाइये...मेरा ख्याल है यह काफी है।’

हेडमास्टर यह सुनकर स्तब्ध रह गया। उसके चेहरे पर पसीना उतर आया। शेखर को उस पर तरस आ रहा था। लेकिन उसे लगा कि वह कुछ कर नहीं सकता। कचहरी में बैठे किसी जज को इतनी तकलीफ़ नहीं हुई होगी। शेखर ने देखा कि हेडमास्टर की बीवी किचन से झाँक रही है। तबला और वायलिन वादकों ने चैन की साँस लेकर अपने वाद्य रख लिए। हेडमास्टर ने चश्मा उतारा, माथे का पसीना पोंछा और पूछा, ‘अब बताओ तुम्हारा मत क्या है?’

शेखर ने टालने की कोशिश की, ‘कल बताऊँ तो कैसा रहे?’

‘नहीं, आज और अभी मुझे तुम्हारा मत जानना है। सही राय देना—मैंने अच्छा गाया?’

‘जी नहीं, सर।’ जवाब आया।

‘ओह!...तो मैं अभ्यास जारी रखूँ?’

‘बिल्कुल नहीं, सर...,’ शेखर ने जवाब दिया। उसकी आवाज़ काँप रही थी। उसे दुःख हो रहा था कि वह ज़्यादा मीठी बात नहीं कर सका।

वह इस नतीजे पर पहुँचा कि सत्य को सुनने के लिए जितनी शक्ति की ज़रूरत होती है, उससे ज़्यादा शक्ति उसे बताने में लग जाती है।

वह परेशान होकर घर लौटकर सोचने लगा कि इससे उसकी नौकरी प्रभावित होगी। नौकरी में वेतन वृद्धि, उसके स्थायी होने और इस तरह की कई समस्याएँ

थीं जो हेडमास्टर की इच्छा पर निर्भर हैं। उसे इस तरह की अनेक चिन्ताएँ घेरने लगीं...राजा हरिश्चन्द्र ने प्राचीन काल में सत्य बोलने के कारण अपना राज्य, पत्नी, परिवार, सबकुछ खो दिया था। अब क्या होगा?

घर पर पत्नी ने उदास चेहरा लेकर खाना खिलाया। वह जानता था कि पत्नी उसकी सवेरे की टिप्पणी के कारण अब तक उससे नाराज़ है। आज दो दुर्घटनाएँ हुईं मेरे साथ। अगर इसी तरह मैं सत्य का आग्रह करता रहा तो कुछ दिन में मेरा एक भी मित्र नहीं रह जायेगा।

दूसरे दिन क्लास में उसे हेडमास्टर का आदेश मिला कि आकर मिलो। वह चिन्तित होकर कमरे में घुसा।

'तुम्हारा सुझाव उपयोगी रहा। मैंने संगीत शिक्षक का हिसाब कर दिया है। आज तक किसी ने यह सत्य मुझे नहीं बताया। इस उम्र में यह सब नाटक गलत है। धन्यवाद! अच्छा, उन कापियों का क्या करना है?'

'आपने उन्हें देखने के लिए दस दिन दिये हैं।'

'ओह, लेकिन मैंने उस पर फिर सोचा...मुझे कल सब कापियाँ चाहिए...' एक दिन में सौ कापियाँ! यानी सारी रात बैठना पड़ेगा।

'सर, मुझे दो दिन तो दीजिए!'

'नहीं, कल सवेरे मुझे ज़रूर चाहिए और याद रखना, हर कापी ध्यान से जाँचनी है।'

'यस, सर,' शेखर बोला—और सोचता रहा कि रात भर बैठकर सौ कापियाँ जाँचना सत्य बोलने की ज़्यादा कीमत नहीं है।

चिप्पी

चिप्पी के आरम्भिक जीवन के बारे में मैं ज़्यादा नहीं बता सकता। ज़्यादा-से-ज़्यादा इतना ही बता सकता हूँ कि वह लंदन में पैदा हुआ, अपने पिल्लेपन के कुछ महीने उसने स्काटलैंड में गुज़ारे, फिर एक मेजर के साथ वह भारत आ गया और एक पूरी गर्मियाँ उसने बड़ी हँसी-खुशी के साथ एक हिल स्टेशन पर बितायीं। वह मेजर के साथ ही बना रहता और पेशावर, क्वेटा और दिल्ली में भी उस भले आदमी के साथ रह लेता, लेकिन एक बेवकूफ़-सी छोटी पेकिनीज़ कुतिया के कारण यह नहीं हो सका। यह मेजर की बीवी को बहुत प्रिय थी परन्तु चिप्पी को बिलकुल पसन्द नहीं थी। एक दिन जब वहाँ कोई नहीं था, चिप्पी ने उस ज़रा-सी बच्ची को यह महसूस करा दिया कि लेडी की गोद में बैठकर विशेष बिस्कुट खानेवाली को वह कुछ नहीं समझता—और इसमें उस बेचारी की जान चली गई। वैसे सच बात तो यह है कि चिप्पी का इरादा उसे खत्म कर देने का नहीं था, वह सिर्फ उसे ज़रा-सा धकियाना चाहता था—जिससे वह क्या, चुहिया भी नहीं मर सकती। उसी को सबसे ज़्यादा आश्चर्य हुआ जब उसने देखा कि बेचारी एकदम गिर पड़ी और फिर उठी ही नहीं। यह देखकर मेजर की बीवी तो जैसे पागल हो उठी, और पत्नी के ज़बरदस्त भक्त मेजर ने नतीजा निकाला कि चिप्पी को रेबीज़ की बीमारी है। उसने फैसला किया कि कल सुबह उसे गोली मार कर उसका भेजा उड़ा देगा। यह सुनकर मेजर के एक दोस्त ने उसे ले जाने का इरादा जताया, क्योंकि वह रेबीज़ का मतलब ही नहीं समझता था। चिप्पी इस भले आदमी के साथ कुछ समय रहा, फिर मेजर के भाई के दोस्त स्वामी के साथ घूमता-फिरता मैसूर आ गया था। किसी और कुत्ते को इतना अच्छा मालिक नहीं मिला होगा।

स्वामी और चिप्पी घर के एक ही कमरे में रहते थे। दोनों एक साथ ही बाहर जाते। चिप्पी चैंपियन टेनिस क्लब का एक तरह से सदस्य ही बन गया। हर शाम वह अपने मालिक के साथ क्लब जाता, जब तक उसका मालिक आराम से खेलने न लगता, तब तक इन्तज़ार करता, फिर चुपचाप वहाँ से निकलकर

आस-पास की गलियों की खोजबीन में लग जाता। वहाँ भूरे कुत्तों और काले कुत्तों और दूसरे रंगों के अनेक दल थे, जो हर मैदान और चौराहे पर जमे रहते और नए आने वाले कुत्तों को चुनौती देते थे। चिप्पी को जहाँ चाहे घूमने का अधिकार प्राप्त करने के लिए दूसरों को काटना और उनसे अपने को कटवाना पड़ा। फिर उसे यह सुविधा प्राप्त हुई। अब वह चाहे जहाँ घूम-फिर सकता था, लेकिन शहर के इस हिस्से में उसके आकर्षण योग्य कोई जगह नहीं थी, वह सिर्फ यह चाहता था कि जब उसका मालिक खेल में लगा हो, उसे आराम करने की थोड़ी सी जगह मिल जाय। यह खेल उसे ज़्यादा पसन्द नहीं था। इसमें उसे यह आज़ादी नहीं थी कि गेंद के पीछे दौड़ सके और उसे पकड़ सके और इस सड़क के ये लोफ़र उस जैसे संस्कृत कुत्ते की गतिविधि पर सवाल उठाने वाले कौन होते थे? चिप्पी को यहाँ की गलियों की नागरिकता प्राप्त करने के लिए कई कुत्तों का खून बहाना और शरीर का फर उख़ाड़ना ज़रूरी था।

टेनिस खेलने के बाद स्वामी कॉलेज में कोई भाषण या सेमिनार सुनना भी पसन्द करता था। चिप्पी भी हर मीटिंग में शामिल होता। वह लेक्चर हॉल की गैलरी में चढ़ जाता और स्वामी के बगल की कुर्सी पर जम जाता, जब तक धन्यवाद का प्रस्ताव पास नहीं हो जाता, तब तक अपनी जगह से हिलता भी नहीं था। इसके बाद वह घर आता, प्लेट भरकर हड्डियाँ और भात खाता फिर घंटे-दो-घंटे अपने दोस्तों और प्रेमिकाओं से मिलने बाहर चला जाता। रात को वापस लौटता, अपने मालिक की खाट के नीचे सो जाता और सवेरा होने पर उसके गालों में अपनी ठंडी नाक छुआकर उसे जगा देता।

कुल मिलाकर चिप्पी का जीवन बड़ी शान्ति और सन्तोष के साथ बीत रहा था, फिर एक दिन स्वामी एक और कुत्ता घर ले आया। चिप्पी को इससे कुत्ता होने के कारण एतराज़ नहीं था, सिवाय इसके कि वह छोटा था।

यूँ तो चिप्पी को अनुदार स्वभाव का नहीं कहा जा सकता, पर उसे छोटे कद के कुत्ते पसन्द नहीं थे। इनसे वह नफरत करता था। इस आदत का इशारा पहले पेकिनीज़ कुतिया के मामले में भी मिल चुका था। उसकी आदत थी कि जब भी वह बाहर जाता, अपने से छोटे कुत्तों को काटता, मारता और तंग करता था। और अब वह एक-दो महीने के बच्चे की ऊँचाई वाले कुत्ते को अपने ही घर में देख रहा था। यह भुच्च काला था और पूँछ भी काफी लम्बी थी। एक शाम हॉल में आने पर उसने देखा कि वह मालिक की दोनों टाँगों के बीच खड़ा है। यह देखकर वह उस पर लपका और भौंकने लगा। इस नवागन्तुक का भी पेकिनीज़ जैसा ही हाल होता, लेकिन स्वामी ने उसे रोकने के लिए लात मारी। वह लुढ़ककर दूसरी तरफ जा गिरा। इसके बाद वह उठा और बाहर निकल गया। बगीचे के नल से थोड़ा सा पानी खींचा, फूलों वाले पेड़ के नीचे से हड्डी खोदकर निकाली

और गराज के पीछे वाली सायादार जगह में जाकर लेट गया। हड्डी मुँह में रख उसे चूसते हुए वह वर्तमान स्थिति पर विचार करने लगा। ज़ाहिर था कि उसे नवागन्तुक को डराने की आज्ञा नहीं है। इसी समय उसे अपने मालिक की पुकार सुनाई दी, 'चिप्पी, चिप्पी।' चिप्पी उठा और उससे मिलने के लिए चला। वहाँ पहुँचकर उसने देखा कि नया कुत्ता स्वामी के साथ खड़ा है, तो उसने चाल धीमी कर दी।

'चिप्पी, यहाँ आओ, मेरे पास आओ,' मालिक ने प्यार से उसे बुलाया। चिप्पी उसकी तरफ बढ़ा और जितनी नम्रता से सम्भव था, अपने व्यवहार से उसे यह बताने की कोशिश करता रहा कि उसके पैरों के नीचे खड़े कुत्ते के साथ उसे सड़क के कुत्ते जैसा व्यवहार नहीं करना चाहिए था। मास्टर ने उसका माफीनामा स्वीकार कर लिया, उसकी पीठ थपथपाई, और नवागन्तुक के पास ले गया, जो ज़ंजीर से बँधा छटपटा रहा था। कितनी खतरनाक स्थिति थी। मालिक दोनों को मिलाने की कोशिश कर रहा था, और कह रहा था, 'अब दोस्ती कर लो, अच्छे बच्चे बन जाओ।' आखिरकार चिप्पी को पूँछ हिलाकर सिर उठाना पड़ा।

बहुत जल्द नवागन्तुक घर में अपनापन महसूस करने लगा। वह चिप्पी के हर प्रिय स्थान पर आने-जाने लगा, कमरे में मालिक के पैरों पर बैठने लगा, खाने के वक्त चिप्पी के पास उसी से सटकर बैठ जाता, और रात को भी मालिक की खाट के नीचे सोने लगा। वह चिप्पी से अलग नहीं होता था। चिप्पी ने कुछ दिन इसे बरदाश्त किया, फिर उसने घर में आना बन्द कर दिया। जब कभी वह घर में होता, तब गराज के बगल की साया में ही अपना वक्त बिताता। छोटा कुत्ता घर में चाहे कितना घूमे-फिरे, खेले-कूदे, लेकिन चिप्पी अब उससे दूर रहने लगा।

अब चिप्पी को अकेली आज़ादी यह थी कि वही मालिक के साथ बाहर जाता, क्योंकि दूसरा कुत्ता इतना ज़्यादा छोटा था कि वह मालिक की साइकिल के साथ कूदता नहीं जा पाता था।

छोटे कुत्ते ने एक दिन यह हिम्मत दिखाई कि चिप्पी के साथ लग लिया, जिससे यह घर बाहर दोनों चक्कर लगा सके। क्योंकि आस-पास कोई नहीं था, इसलिए चिप्पी ने उसे हलके से काट लिया। इससे उसे समझ जाना चाहिए था कि यह नहीं होगा। इससे छोटे को अपने महत्त्व का पता चल गया, लेकिन उसने घटियापन यह किया कि मालिक के सामने वह यही दिखाने की कोशिश करता रहा कि दोनों अच्छे दोस्त हैं। इस स्थिति में चिप्पी न अपने दाँत निकाल सकता था और न गुर्रा सकता था। अब जब कभी वह चिप्पी के कानों से खेलता था। उसकी पूँछ खींचता था, चिप्पी अपना सिर हटाने की कोशिश करता और नई बातें सोचने लगता, या वहाँ से हटकर कहीं और चला जाता।

नवागन्तुक के आने के पन्द्रह-बीस दिन बाद चिप्पी गराज के पीछे लेटा अपनी हड्डी चूस रहा था, तब वह नए कुत्ते को अपने सामने खड़ा देखकर चौंक

उठा। नये कुत्ते को अब तक इस जगह का पता नहीं चला था, और अब उसने इस पर भी हमला कर दिया था। चिप्पी गुस्से और निराशा से भर उठा। अगर वह पास आकर उससे लिपटने की कोशिश करता तो चिप्पी को उसकी गर्दन दबा देने का सही बहाना मिल सकता था। लेकिन दूसरे ने, समय और स्थान की अच्छी समझ दिखाते हुए चिप्पी की तरफ एक क्षण के लिए नज़र डाली और व्यवहार कुशलता दिखाते हुए आगे बढ़ गया और अपनी आँखें बन्द कर लीं। चिप्पी चकित रह गया। वह सिर्फ वहाँ आने के लिए तो उससे कुछ नहीं कह सकता था। यह अवसर भी उसके हाथ से निकल गया।

चिप्पी उठा और धीरे-धीरे घर से बाहर निकल गया। वह सिर्फ क्षणभर के लिए पुलिस स्टेशन के सामने के तालाब के स्थिर जल में कूदने से पहले रुका।

वह किसी उद्देश्य या योजना के बिना शहर में रात होने पर घूमता रहा, फिर किसी ऐसी जगह की तलाश में निकला जहाँ उसे थोड़ा-सा खाना और आराम की जगह मिल सके। अपना भाग्य आज़माने के लिए पहले वह मार्केट गया। लेकिन बच्चों ने उसे पत्थर मारे और उसे वे कई पुराने कुत्ते मिल गये जो उसे देखते ही भौंकने और उसका पीछा करने लगते थे। इससे वह बहुत परेशान हुआ। फिर पश्चिम के फाटक से बाहर निकल आया और पीछे की पागलों जैसी गली में आ पहुँचा। जहाँ चाय और शराब की बहुत सी दुकानें हैं, जहाँ रात भर ग्रामोफोन चीखते रहते हैं। और लोहे के बड़े-बड़े तवों पर मीट के भूने जाने की टन-टन सुनाई देती रहती है। गली में बिजली नहीं है, उसे जो रोशनी मिलती है, वह इधर-उधर कुर्सियों पर बैठे लोगों के पेट्रोल के हंडों से मिलती है जो अपने बड़े-बड़े लकड़ी के बक्सों में मीट के बंडल बना-बनाकर बंद करते रहते हैं। मैसूर के सामान्य नागरिकों को शहर के इस इलाके का पता नहीं है, लेकिन चिप्पी को अंगीठियों पर सिंकते मीट की बू से इसका ज्ञान आसानी से हो गया।

वह पहली दुकान पर रुका। किसी ने उसके सामने स्वादिष्ट मांस का एक टुकड़ा फेंका–फिर और भी उसे मिला। सारी रात वह दावत खाता रहा। यहाँ के लोग ज़रूरत से ज़्यादा उदार थे। यहाँ दर्जनों दूसरे कुत्ते भी थे। लेकिन किसी एक दल का इलाके पर अधिकार न होने के कारण झगड़ा नहीं होता था।

चिप्पी को यह माहौल इतना संतोषजनक लगा कि उसने सारा जीवन यहीं बिताने का फैसला कर लिया। यहाँ वह छोटे कुत्ते से अलग रहेगा। हफ्ते भर में वह यहाँ सबका प्रिय हो गया।

लेकिन यह मज़ा सिर्फ एक सप्ताह चला। दूसरा सप्ताह खत्म होने पर उसकी भूख ही खत्म हो गई। अब उसने भुने माँस के स्वादिष्ट टुकड़ों को छूना भी बन्द कर दिया। अब वह खाने के बिना ही रहना चाहता था। अब उसे मालिक के साथ की इच्छा होने लगी।

एक दिन सवेरे स्वामी गणित की एक कठिन समस्या को हल करने में लगा था, कि उसे अपने पैरों पर एक ठंडा स्पर्श महसूस हुआ। उसने मेज़ के नीचे नज़र डाली और चिल्लाकर बोला, 'बदमाश, अभी तक तुम कहाँ थे?' चिप्पी ने अपनी पीठ मोड़ी, पूँछ भीतर दबाई, और सिर झुकाकर उसके सामने खड़ा हो गया। उसका सफेद रंग धुँधला पड़ गया था, कोट में सड़कों की धूल भरी हुई थी, और जहाँ-तहाँ चाय के धब्बे पड़े हुए थे। गले में चमड़े की पट्टी गायब थी। इस सबके बिना वह एकदम नंगा दिखाई दे रहा था।

स्वामी उसे खींचकर बाहर ले गया और बागीचे का नल उसके ऊपर खोल दिया। फिर साबुन का टुकड़ा उसके बदन पर मलते हुए बोला, 'मैं जानता हूँ, तुम्हें यह जानकर अफसोस होगा कि तुम्हारा छोटा साथी अब यहाँ नहीं है। लगता है, किसी ने उसे चुराकर हमें बेच दिया था। उसके मालिक उसे ढूँढ़ते हुए यहाँ आये और कल ही उसे ले गये...लेकिन चिन्ता मत करना। मैं जल्द ही तुम्हें दूसरा साथी ला दूँगा।'

चाचाजी की चिट्ठियाँ

नन्हे-मुन्ने मानव, मेरे नवजात भतीजे, इस संसार में तुम्हारा स्वागत करते हुए यह एक पंक्ति। यहाँ तुम्हें कैसा लग रहा है? ज़रा ज़्यादा चमक है, है न? तुम्हें इसकी आदत डालनी पड़ेगी। मुझे बताया गया कि इस दुनिया में प्रवेश करते ही तुम ज़ोर से रोये, जो एक अच्छा संकेत है, कि तुम हमारी स्थितियों को सही ढंग से ले रहे हो। लेकिन अभी तुम बड़े अबोध हो। मेरा ख्याल है कि अभी तुम्हारी रुचि केवल उस मीठे शरबत में है जिसे वे एक-एक बूँद करके थोड़ी-थोड़ी देर बाद तुम्हारी जीभ पर टपकाते रहते हैं। अभी यही ठीक है, मेरे प्रिय, इसके बाद दूसरी चीज़ें दी जायेंगी।

~

अरे वाह, तुमने तो कमाल कर दिया। तुम्हारे पिता बहुत उत्तेजित हुए मेरे पास आये। लगता है, सवेरे पाँच बजे तुम उनको देखकर मुस्कराये। उन्होंने तुम्हारे पालने पर पड़ा छोटा-सा परदा खिसकाया क्योंकि उसके ज़रा से हिलने की आवाज़-सी सुनी थी। और हुआ क्या? तुमने अपना छोटा-सा शरीर हिलाया, उनकी तरफ़ नज़र डाली और दंतहीन चेहरे से मुस्कराये। वे खुशी से कूद पड़े और तुम्हारी माँ को जगाया कि देखो तो यह चमत्कार! लेकिन जब तक वह तुम्हारे पास पहुँची, तुमने अपना इरादा बदल दिया और पैर पटक कर रोने लगे। तुम्हारे पिता ज़ोर देकर कहते हैं कि तुमने यह इसलिए किया क्योंकि उन्होंने तभी तुम्हें गोद में नहीं उठा लिया। माता-पिता छोटी-छोटी बातों में भी बहुत गहरा अर्थ ढूँढ़ लेते हैं।

~

हाँ, पहला दाँत निकलना बहुत तकलीफ़दायक होता है; हममें से ज़्यादातर लोग इससे बेहाल हो जाते हैं, लेकिन कोई बहुत नुकसान नहीं होता और हम ज़िन्दा बने रहते हैं। इससे ज़्यादा दुःखी मत होना। मर्द की तरह इसे सहन करना। तुम सोचते होगे कि तुमने दो साल क्या जी लिया, तुम्हें जैसा चाहो वैसा सोचने और करने की आज़ादी मिल गई है। लेकिन इस आज़ादी का उपयोग तुम्हें सबसे पहले सीढ़ियों पर नहीं करना चाहिए था। सीढ़ियाँ बहुत खतरनाक होती हैं। तुम्हारे पैर अभी-अभी आधी

ऊँचाई से ज़्यादा नहीं ले जायेंगे, इसीलिए तुम लुढ़कते हुए नीचे आ गये। इस उम्र में, तुम अपनी क्षमताओं को चाहे जितना बड़ा मानो, पृथ्वी की आकर्षण शक्ति के खिलाफ तुम जाने योग्य नहीं हो। अगली दफ़ा जब घर में घुटनों के बल घूमना, तब इस बात का ध्यान रखना। मुझे तुम्हारी नाक एकदम लाल और फूली हुई देखकर बड़ी तकलीफ हुई। मैं पहले तो तुम्हें पहचान ही नहीं सका। और तुम्हारी माँ तो सोचती है कि तुम्हारे गिरने से ज़मीनपर जो धड़ की जोरदार आवाज़ हुई, उससे तुम्हारी खोपड़ी में ज़रूर चोट पहुँची होगी।

~

तुम्हारी माँ ने कुछ महीने पहले खोपड़ी की जिस चोट का ज़िक्र किया था, वह आज सही साबित हो गई। आज तुम्हारे व्यवहार से यह सामने आया। पड़ोस के घर की छोटी-सी लड़की के साथ तुमने ऐसा व्यवहार क्यों किया? इसका कारण शायद यह था कि उसके हाथ में जो आधा संतरा था, वह उसने तुम्हें क्यों नहीं दिया जबकि तुम अपना हिस्सा खत्म कर चुके थे। मुझे बताया गया है कि उसके इस स्वार्थ का विरोध करने के लिए तुमने उसकी बाँह में काट खाया। मनुष्यों के इस समाज में हम अपने झगड़ों का इस तरह फैसला नहीं करते। मैं तुमसे कहता हूँ कि इस व्यवहार को एकदम छोड़ देना।

~

स्कूल? यह ऐसी चीज़ है जिससे बचा नहीं जा सकता। तुम्हें इसे सहन करना ही होगा, करीब-करीब बारह साल तक, अगर और ज़्यादा बढ़ाना न चाहो तो। स्कूल न जाने के लिए तुम्हें दुनिया में किसी से समर्थन नहीं मिलेगा। हर सवेरे घर के बड़ों के व्यवहार से तुम बहुत परेशान होते हो—मुझे यह भी पता चला है कि घर पर तुम्हारे पिता तुमसे काफी कठोर बर्ताव करते हैं जिससे तुम्हें लगता है कि घर से तो स्कूल ही बेहतर है। मुझे तुमसे सहानुभूति है, लेकिन मैं कुछ कर नहीं सकता। तुम्हें अपने शिक्षकों की डाँट-फटकार बरदाश्त करनी होगी, और गणित के डरावने हमले भी—विशेष रूप से इसलिए कि तुम्हें भी अपने चाचा की ही योग्यता प्राप्त हुई है—कक्षा में बनने-बिगड़ने वाले रिश्तों की ऊँच-नीच, बदलती दोस्तियाँ, संधियाँ और लड़ाइयाँ, सब झेलनी होंगी। इसके बाद परीक्षा भवन और नतीजों का कष्ट—इस सबसे डरना मत। इन सबसे अच्छी तरह बाहर निकल आओगे।

~

तुम्हें हक है कि मोर की तरह शान से सिर हिलाते, कंधे पर गाउन पहने डिगरी लेने आगे बढ़ो। मेरा ख्याल है, हाथ में अपना गोल किया कागज़ पकड़े तुम स्टूडियो जाकर अपना फोटो भी खिंचवाओगे। कन्वोकेशन के समय तुम्हारी खूब प्रशंसा की गई होगी। इस अवसर पर दिया गया लम्बा भाषण सुनकर तुम बोर भी नहीं हुए होगे। यह आवश्यक है कि उस समय जो विशेष व्यक्ति समारोह की अध्यक्षता करे, वह बताये

कि तुम्हें अब क्या करना है, जीवन में क्या प्राप्त करने की कामना करनी चाहिए, और सफलता तथा यश प्राप्त करने के लिए क्या करना ज़रूरी है। यह भी है कि तुम खुद अपने विचारों से इस समय सराबोर हो, इसलिए उसकी बातों पर ज़्यादा ध्यान नहीं देते। आज तुम्हारे कानों में जो उपदेश वगैरह गूँज रहे होंगे, उनमें एक और जोड़कर मैं यह अध्याय समाप्त करता हूँ : जीवन की कठिनाइयाँ अब आरंभ होंगी।

~

तुम्हारी माँ अब पहले जैसी नहीं रही है, और अब उसके सहायक तथा निर्देशक केवल तुम्हीं हो। उसकी ज़िंदगी तकलीफ़देह यादों से भरी है, और वह नए घर में, जिसे तुम अपनी पत्नी के साथ बनाओगे और विकसित करोगे, उसे भूल सकती है। तुम अच्छा कमा रहे हो। इस प्रस्ताव पर गहराई से विचार करना।

~

पचास नीले रंग के लिफ़ाफे और उनसे मैच करते हुए चिट्ठियाँ लिखने के कागज़ सबसे अच्छी क्वालिटी का, सबसे ऊपर तुम्हारा पता लिखा, और सब पर टिकट लगे हुए, तुम्हारी पत्नी को दिये। तुम्हें आशा है कि जितने दिन वह अपने पिता के घर रहेगी, हर रोज़ इन पर तुम्हें खत लिख कर भेजेगी। मुझे डर है और मैं तुम्हें चेतावनी दूँ कि इसके दसवें हिस्से से ज़्यादा दूसरी पार्टी खर्च नहीं करेगी। तुम हमेशा तार देने की तैयारी करते नज़र आओगे कि पत्र क्यों नहीं आ रहे। लेकिन मेरा ख्याल है कि जो कार्य अच्छे पत्रकार ही नियमित रूप से कर सकते हैं, उसकी एक युवा पत्नी से आशा करना उचित नहीं है।

~

हमेशा इसी तरह होता है। सही वर समय आने पर अचानक आकर्षक वेशभूषा में स्वयं प्रकट हो जाता है। उस दिन जब तुम अपनी बेटियों को लेकर इस समस्या से जूझ रहे थे, मैं जानता था कि ज़िंदगी अचानक आश्चर्यजनक ढंग से इसका हल पेश कर देगी। मैं कहना चाहूँगा कि तुम अपनी बेटी के चेहरे पर यह लिखा पढ़ सके होंगे कि वह इस लड़के के बारे में क्या सोचती है। मैं लड़के के पिता और चाचाओं को जानता था। वे मेरे सहपाठी थे, जो अब लगता है कि सदियों पहले की बात है। अच्छे लोग थे वे, हालाँकि मैं मजिस्ट्रेट के सामने ऐसा कुछ कहने को तैयार नहीं हूँ। मुझे शायद यह संदेह है कि वे पैसे को ज़्यादा प्यार करते हैं। इस और उस चीज़ की माँग कर सकते हैं। तुम निश्चित रूप से इसके लिए तैयार लगते हो। इसलिए चिंता की कोई ज़रूरत नहीं है। तैयारी करो।

~

इस स्थिति में बैंक की पासबुक को लेकर आहें भरने की ज़रूरत नहीं है। तुमने शादी के समारोह और दावत वगैरह पर जिस तरह खर्च किया, उसके बिल चुकाने के बाद इसका कमजोर दिखाई देना लाज़मी बात है। इसके अलावा, समारोह में दूल्हे के संगी-साथियों ने जो उत्पात मचाया, प्रबंध की, उपहारों और अन्य बातों

की जो आलोचना की, उस सबको लेकर तुम्हें बहुत शिकायत है। लेकिन ये सब बातें सामाजिक जीवन का हिस्सा हैं और इन पर ज़्यादा परेशान होने की ज़रूरत नहीं है। वर पक्ष के लोगों का कन्या पक्ष के लोगों से झगड़ने के अलावा और काम भी क्या है? यह ऐसी लड़ाई है जिसके अपने नियम हैं। जो हो, तुम्हारे संतोष के लिए एक बात कहता हूँ। तुम अपना बदला अपने तीन बेटों की शादियों के समय ले लेना—या चार बेटे हो गये हैं। अगर मैं गलती नहीं करता तो तुम्हारा बड़ा बेटा शादी बाज़ार में खड़े होने के लिए तैयार हो गया होगा। उसका व्यक्तित्व बड़ा आकर्षक है और बहुत से लोग उस पर नज़र लगाये हैं।

~

ज़्यादा परेशान होने की ज़रूरत नहीं है। यह तुम्हें लगता है कि तुम्हारा बड़ा बेटा खर्च ज़्यादा करता है और बचाता कम है। दूसरा बेटा हर दूसरे महीने अपनी पत्नी को उसके घर ले जाता है। सबसे छोटा लड़का बम्बई में घूमने-फिरने का ज़रा ज़्यादा ही शौकीन है। सबसे बड़ा दामाद अपनी बेटियों की शादी और लड़कों की पढ़ाई पर ज़्यादा ध्यान नहीं देता। वह दूसरी चीज़ों में ही उलझा रहता है। दूसरे दामाद ने कभी उन्नति न करने वालों में अपना स्थान बना लिया है। तुम से कोई भी किसी विषय में सलाह लेने नहीं आता। तुम्हारी सबसे बड़ी शिकायत यही लगती है कि लोग अपने आप में ही मशरूफ़ हैं। तुम उन्हें अकेला क्यों नहीं छोड़ देते? तुम पाओगे कि ज़िन्दगी में कितनी शान्ति आ गई है। और मुझे डर है कि इन सब परेशानियों को तुम अपनी पत्नी पर उतारते हो। लेकिन मुझे विश्वास है कि वह इन सब बातों को झेल सकने योग्य है।

~

मुझे यह जानकर खुशी हुई कि लोग तुम्हारा अस्सीवाँ जन्मदिवस मनाने की तैयारी कर रहे हैं। मेरे बच्चे, अस्सी की यह उम्र योग्यता और सफलता का बहुत महत्त्वपूर्ण अवसर है। अपनी पत्नी जैसी उस अद्भुत महिला को मेरी शुभकामनाएँ देना, उसे इस अवसर पर यह गर्व महसूस होना चाहिए, जिसकी वह हकदार है। मैं तुम्हें बताऊँ कि इस दिन जब बाजे और तुरहियाँ बजेंगी, अग्निहोम का पवित्र धुआँ आसमान में उठेगा, फूलों और धूप-दीप की खुशबू हवा में फैलेगी, और तुम्हारे बच्चे और उनके बच्चों की आवाज़ें हवा में तैरेंगी, तब तुम एक बार फिर से युवा हो जाओगे। इस पृथ्वी पर इससे ज़्यादा आनन्द का अन्य कोई अवसर संभव नहीं है।

~

मेरा ख्याल है, इसी के साथ मैं पत्र लिखने का अन्त कर दूँ। पहली बात यह कि मैं यह समझता हूँ कि अब तुम जीवन की बातें समझ सकने की योग्यता प्राप्त कर चुके हो, तुम्हारी उम्र उस अवस्था तक पहुँच गई है। दूसरी बात यह कि तुम जानते हो कि अब मुझे कलम पकड़ने और साफ-सही लिखने में कठिनाई होने लगी है—क्योंकि अपना हज़ारवाँ चंद्र-दिवस मैं अठारह साल पहले ही मना चुका हूँ।

ग़ैर-ज़रूरी बात

उससे कहा गया कि उस दिन कोई झगड़ा न करे। सितारे उसे परेशान करने को तैयार हैं, और उसकी मामूली सी टिप्पणी भी दूसरे को आहत कर सकती है, जिससे झगड़ा हो सकता है। ग्रह उसके खिलाफ़ लामबंद हैं और इससे उसके लिए बहुत खतरा है। पिछले दिनों उसके बारे में जो भविष्यवाणियाँ की गईं, वे सच निकलीं। वह एक ज़ेवरात की बड़ी सी दुकान पर एक कोने में बैठा हिसाब-किताब लिख रहा था। दिन खत्म होने पर उसने काम बन्द कर दिया और घर वापस लौटते हुए क्षण भर के लिए पास ही रहने वाले एक मित्र के यहाँ कुछ देर गप-शप करने रुक गया—इसे सितारों का बड़ा ज्ञान था। मित्र कई दफ़ा बिना कुछ लिए भविष्यवाणी करता था। उसने जो भी कहा, उनमें से कई बातें सही निकलीं। 'तुम्हें पैसों के मामले में दिक्कत होगी...करीब पन्द्रह दिन। तुम्हारे वाजिब पैसे भी सही समय पर तुम्हें नहीं मिलेंगे।' बिल्कुल सही निकली यह बात। अपने गाँव से उसे जो मासिक किराया मनीऑडर से मिलता था, वह इस बार पते में कुछ गलती के कारण सारे देश में चक्कर लगाता रहा। इसके बाद उसके मित्र ने बताया, 'शनि भी तुम्हारा वक्री है, इसलिए परिवार में छोटी-मोटी बीमारियाँ लगी रहेंगी।' अगले हफ्ते बूढ़ी माँ से लेकर चार महीने के बच्चे तक सभी सर्दी और बुखार से पीड़ित रहे। उसे खुद बिस्तर पर लेटने की ज़रूरत महसूस हुई, लेकिन उसका स्वर्णकार मालिक उसे छुट्टी देने को तैयार नहीं हुआ। और अब पिछली शाम उसके मित्र ने बताया कि 'तुम्हारा बुरा समय अब खत्म हो रहा लगता है। फिर भी कल ग़ैर-ज़रूरी बात करने से बचना—पूरे सोमवार के दिन।

जैसे ही उसकी नींद खुली, बिस्तर पर लेटे-लेटे ही उसने अपने से कहा : आज किसी से बात नहीं करना है—क्या पता कौन सा शब्द गलत निकल जाय। उसने सबसे छोटे बच्चे के गाल पर हाथ लगाया, दूसरे की पीठ थपथपाई, सात साल का बेटा स्कूल जाने को तैयार नहीं हो रहा था; उसे डाँटने की ज़रूरत महसूस हुई, लेकिन चुप रहने का फैसला किया, जो उसके लिए वरदान जैसा था। लेकिन

बीवी ने टिप्पणी की, 'तुम इसकी आदत खराब कर रहे हो।' इस पर उसने ज़रा सा सिर हिलाया और बाथरूम की तरफ बढ़ा। लेकिन उसकी बेटी भीतर थी—जिसका मतलब था कि वह घंटे भर से पहले बाथरूम में बाहर नहीं निकलेगी—इस बार फिर उसने परिवार का नियम तोड़ा था कि दफ्तर जाने के समय वह बाथरूम में नहीं जायेगी। उसने दो-तीन दफ़ा खटखट की, और सामने वाले बगीचे में लगे नल के नीचे बैठने चल पड़ा। भोजन के समय वह पूरी देर सिर झुकाये बैठा खाना खाता रहा, पत्नी के प्रश्नों के जवाब सिर्फ 'हाँ' या 'ना' में देता रहा। दफ्तर जाते समय उसकी आदत थी कि क्षणभर के लिए वरांडे में रुके और पान की माँग करे, पर इस बार वह ज़रा देर रुका और सोचता रहा कि उसे कोई खुद ही पान लाकर दे जाय, कोई नहीं आया, तो उसने सोचा ज़रूर कि इन्हें अपने कर्तव्य का ज्ञान ही नहीं है, उसे समय पर ट्राम भी पकड़नी है। वह यह सोचता हुआ आगे बढ़ गया कि एक दिन पान नहीं खायेगा, तो क्या हो जायेगा।

ट्राम हमेशा की तरह खचाखच भरी थी। एक आदमी उसके अँगूठे पर आकर खड़ा हो गया, दर्द हुआ लेकिन उसने चुपचाप सह लिया। ट्राम के कंडक्टर ने उसे बीच रास्ते में खड़े होने के लिए डाँटा और पीछे कर दिया। वह चुप रहा। टिकट चैकर चलती ट्राम पर ही कूदकर भीतर आ धमका और जादुई शब्द 'पास' है, कहने पर भी आगे नहीं बढ़ा और पास दिखाने को कहता रहा। शास्त्री ने जेबों में हाथ डाल-डालकर पास की तलाश की तो उसने कुछ कहा, लेकिन शास्त्री ने शहीद की तरह इसे भी बरदाश्त कर लिया।

दफ्तर में वह सिर्फ दो मिनट लेट हुआ, लेकिन सामने गद्दी पर बैठे मालिक ने उसे घूरकर देखा और इस तरह व्यवहार किया जैसे दो घंटे लेट आया हो। शास्त्री गूँगे की तरह उसके सामने खड़ा हुआ सब कुछ सुनता रहा। 'अब पत्थर की तरह क्या खड़े हो, जैसे मुँह में ज़बान ही नहीं है। मेरा ख्याल है, यही ठीक समझते हो...।' शास्त्री की ज़बान पर आया कि पूछे, 'आज यह आपको हुआ क्या है...,' लेकिन वह 'आज आपको...' कहकर चुप हो गया।

'तो?' मालिक ने पूछा।

'क्या...क्या बजा है सर?' वह बोला।

'टाइम पूछ रहे हो, मुझसे? सीट पर जाओ, नहीं तो मेरा गुस्सा बढ़ जायेगा।' शास्त्री चुपचाप वहाँ से खिसक लिया। दफ्तर का काम शुरू हो गया। सेवक झाड़ पोंछ करके अलमारियाँ ठीक कर रहा था। ग्राहक खरीदने और अपनी छोटी-मोटी चीज़ें बेचने आने लगे थे, ऊपर लगा छोटा सा पंखा झर्र-झर्र करके चलने लगा था, उसकी ठंडी हवा मालिक के चेहरे पर पड़ रही थी। दूसरा भागीदार दोपहर के वक्त आया। और अपनी जगह आराम से बैठ गया। मालिक का छोटा बेटा कुछ बेकार की चीज़ खरीदने के लिए पैसा माँगने आया और लेकर चला गया, शास्त्री

कोने में अपनी जगह भारी रजिस्टरों से घिरा काम करता रहा।

एक ग्राहक उसके सामने रुका और पूछने लगा, 'देखिये, यह हीरा क्या इसमें से निकलकर प्लेटिनम में जड़ा जा सकता है?'

शास्त्री ने गहने पर हल्की-सी नज़र डाली और कहा, 'यह वहाँ उनसे जाकर पूछिये।'

'अच्छा, यह मैं जानता हूँ,' ग्राहक ने अकड़कर कहा, 'आप जवाब नहीं दे सकते?'

शास्त्री ने सिर हिला दिया।

'ज़ाहिर है, आप इस बारे में कुछ नहीं जानते।'

'नहीं जानता,' शास्त्री बोला।

'तो ऐसी दुकान से निकल जाइए,' ग्राहक बोला और मालिक के सामने जाकर बैठ गया।

मालिक ने आवाज़ लगाई, 'शास्त्री, यहाँ आओ।'

'जी, साब,' शास्त्री बिना सिर उठाये बोला। पन्ने का जोड़ पूरा करने में तीन लाइनें बाकी थीं। अगर वह उठता, तो बीच में खलल पड़ता और उसे दोबारा ऊपर से गिनना पड़ता—बहुत लम्बा खाता चल रहा था। इसलिए उसे मालिक को जवाब देने में कुछ देर हुई। तब मालिक आपा खो बैठा और चिल्लाया, 'कलम वहीं रखो और जब मैं बुलाऊँ, फौरन मेरे सामने आओ।'

लेकिन अभी भी एक लाइन जोड़ना बाकी था। अगर यह नहीं हुआ तो शाम को पूरा समय इसी में फिर से लगाना पड़ेगा। लेकिन मालिक का आदेश आ गया था, शास्त्री ने लेजर से सिर उठाकर क्षणभर के लिए सामने देखा—मालिक का चेहरा गुस्से से लाल पड़ गया था। लेकिन उसने तय किया कि काम पूरा करके ही सीट से उठेगा, नहीं तो बड़ी दिक्कत हो जायेगी। वह बहरे की तरह अनसुनी करके काम में लगा रहा। फिर जब वह मालिक के सामने पहुँचा, उसने देखा कि उसने हाथ में पेपरवेट उठा लिया है। शास्त्री ने सोचा, शायद वह इससे मुझे मारना चाहता था। उसके मन में चिढ़ पैदा हुई। ग्राहक उसके सामने मुस्कराता हुआ बैठा था और संतुष्ट भाव से यह नाटक देख रहा था। उसके चेहरे पर संतुष्ट भाव से नज़र डालने के बाद शास्त्री को और भी ज़्यादा अपमान महसूस हुआ। मुझे पचास रुपये इसी के लिए दिये जाते हैं। गुलामी करनी पड़ती है...लेकिन उन्हें इसका अधिकार क्या है? उसने चेहरा सिकोड़कर मालिक की तरफ देखा और पूछा, 'यह किसलिए है?'

'बेवकूफ़! अपने काम से काम रखो,' मालिक ने झिड़ककर कहा, 'बुलाने पर तुम आ क्यों नहीं पाते?'

शास्त्री ने तब तक, अपने ऊपर काबू पा लिया था—दरअसल वह फूट पड़ने की स्थिति में पहुँच गया था। 'सर, मैं आँकड़े जोड़ रहा था,' वह शान्त होकर बोला।

'बुलाने पर आने की आदत डालो,' मालिक बोला। 'अच्छा, तुमने इनका अपमान क्यों किया?'

'मैंने कुछ नहीं किया, साब,' शास्त्री ने जवाब दिया।

'तो मैं झूठ बोल रहा हूँ?' ग्राहक तमक कर कहने लगा। शास्त्री ने इसका जवाब गले से ही नीचे गटक लिया, क्योंकि उसे आज का निश्चय याद आया। अब ग्राहक पर हाथ उठाना चाहता था, पर उसे याद आया–जो बात कहे बिना काम चल जाय, उसे मत कहो।

मालिक ने ऊपर देखा और बोला, 'शास्त्री, मैं तुम्हें आखिरी बार चेतावनी दे रहा हूँ। तुम्हें मेरे सब ग्राहकों से सही व्यवहार करना पड़ेगा, नहीं तो यह दुकान तुम्हारे लिए नहीं है।'

'मैंने सिर्फ यह कहा कि प्लेटिनम के बारे में मैं कुछ नहीं जानता।'

'यह भी गलत बात है। दुकान के हर आदमी को सब जानकारी होनी चाहिए। नहीं तो उसे यहाँ जगह नहीं है। समझ में आया न?'

शास्त्री जाने के लिए मुड़ा। ग्राहक बोला, 'मैंने तो सिर्फ इतना पूछा था कि यह नग प्लेटिनम में जड़ा जा सकता है या नहीं। यह तो एक मामूली सवाल है।'

'अच्छा, इतनी सी बात थी? इसका जवाब तो बच्चा भी दे सकता है,' मालिक ने ग्राहक की हाँ-में-हाँ मिलाई। 'शास्त्री, सुनो, प्लेटिनम में जड़ाई के बारे में क्या जानते हो?'

'कुछ नहीं।'

'अच्छा...खैर, अपनी सीट पर जाओ। तुमसे, मैं बाद में निबटूँगा। अभी मेरी नज़रों से दूर हो जाओ।'

शास्त्री ने आह भरी और मुड़कर चला गया। उसने ग्राहक को यह कहते सुना, 'आजकल ये लोग बड़े झगड़ालू हो गये हैं।'

'यह यूनियन वगैरह का नतीजा है...मैं कहता हूँ। इसका इन्तज़ाम कर लिया है मैंने! फिर भी–सावधान रहने की ज़रूरत है।'

कोने में बैठा शास्त्री आँकड़ों में अपने को डुबाने की कोशिश करता रहा। इसमें उसे आधी सफलता ही प्राप्त हुई, उसके दिमाग का एक हिस्सा चटकता ही रहा। एक मूरख आता है, और मुझे अपमान सहना पड़ता है। मैं बीस साल से काम कर रहा हूँ। यहाँ ग्राहक अपना काम खत्म करके निकल रहा था, वह उसकी तरफ से ही उसके ऊपर जीत की नज़र डालते हुए आगे बढ़ा। शास्त्री ने फौरन आँख फेर ली और रजिस्टर की तरफ देखने लगा। यह आदमी मुझे तकलीफ़ देने के लिए पैदा हुआ है...मैं तो इसे जानता भी नहीं।

रोशनी की एक नीले रंग की लहर रंगीन शीशे के भीतर से होकर छत पर पड़ने

लगी—जिसका मतलब था कि शाम हो रही है। मालिक उठा और बाहर निकल गया। जब सड़क पर गाड़ी चलने की आवाज़ हुई, दफ्तर के और लोग भी जाने के लिए उठने लगे, अंत में शास्त्री और चौकीदार ही रह गये। मालिक के हस्तक्षेप के कारण उसके काम में बाधा पड़ गई थी, और अब संख्याएँ एक-दूसरे के गले पर कूद-कूदकर हमला कर रही थीं, जिससे उत्पन्न उलझनें हल होने में नहीं आ रही थीं—इसके लिए लेजरों की नए सिरे से जाँच करनी पड़ेगी; शास्त्री ने बत्ती जला दी और रात के नौ बजे तक काम में लगा रहा। इसके बाद वह उठा, उँगलियाँ चटखाईं और धीरे-धीरे सीढ़ियों से उतरकर सड़क पर आ गया।

आज मुझे गालियाँ सुननी पड़ीं। सबके सामने अपमानित किया गया—बाहर वाले और मालिक दोनों ने किया। प्लेटिनम! प्लेटिनम! बीस साल तक यहाँ पचास रुपल्ली पर काम किया है। वह सोचता रहा कि क्या यहीं उसके लिए नौकरी करना ज़रूरी है, कहीं और मुझे काम नहीं मिल सकता? क्या मैं इतना गया-गुज़रा हूँ? ...आज मैं मालिक से माफ़ी मँगवाये बिना खाना नहीं खाऊँगा! नहीं तो यह काम छोड़ दूँगा...। जो होगा, देखा जायेगा...यह विचार आते ही उसके मन में भूख से तड़पते बच्चों और पत्नी की तस्वीरें दौड़ने लगी। लेकिन अब वह नहीं मानेगा। किसी तरह जो हो, उसे सह लेगा। छोटी-सी दुकान खोल लेगा, उसके लिए कहीं से कर्ज़ा ले लेगा या...। देखा जायेगा! इस वक्त उसे अपने अपमान से ज़्यादा महत्त्वपूर्ण और कुछ नहीं लग रहा था, मनुष्य के नाते सम्मान बनाये रखना ज़रूरी है। वह एकाउंटेण्ट है और एक परिवार का स्वामी है...उसे सीसे का पेपरवेट याद आया, यह देखकर उसे बहुत चोट लगी थी।

वह ट्राम की पटरी पर यह सब सोचता आगे बढ़ता रहा। उसके पास रोया पेट्टा की ट्राम आकर रुकी। इसमें चढ़कर वह घर न जा सकता था लेकिन उसने इस विचार पर काबू पाया। वह किलपाक जाने वाली बस पर चढ़ गया।

रात के दस बज रहे थे जब मालिक के बंगले, अंबर गार्डन, आ पहुँचा। पहरेदार बोला 'इतनी देर से आ रहे हो?' 'हाँ, मालिक से ज़रूरी मिलना है', उसने जवाब दिया। 'अभी जग रहे हैं क्या?'

'जी, अभी खाना खाया है। सामने के कमरे में ही बैठे हैं। आप जायें।'

आधी दूर पहुँचकर स्वामी को अटपटा-सा लगा और उसे अपने मित्र की सलाह याद आई, 'गैर-ज़रूरी बात से बचो...' लेकिन अब वह वापस नहीं लौट सकता था। भाग्य उसे गर्दन से पकड़े था जिसके प्रभाव में वह आगे बढ़ रहा था।

वह हॉल में जाकर खड़ा हो गया। मालिक एक सोफ़े पर अधलेटा अखबार पढ़ रहा था। शास्त्री उसके सामने पहुँचकर मित्र की बात सोचे जा रहा था, 'ग़ैर-ज़रूरी बात...बचो...।' इससे ज़्यादा गैर-ज़रूरी और हो भी क्या सकता है? वह घर लौटने का फैसला भी नहीं कर पा रहा था—क्या करे दफ्तर में ही बात करें, यहाँ नहीं

...मालिक से घर पर बात करना आसान नहीं होता।

वह कुछ...कहता, इससे पहले मालिक ने अखबार का पन्ना पलटा, जिससे उसकी नज़र शास्त्री पर पड़ गई। वह दबा-दबा-सा खड़ा था। कुछ देर तक उसे देखते रहने के बाद मालिक बोला, 'शास्त्री! हाँ...मैं देख रहा हूँ कि तुममें काफी समझ है, और तुम अपने व्यवहार के लिए शर्मिन्दा हो रहे हो, मैं तुम्हारे बारे में ही सोच रहा था। अगर तुम फिर वैसा ही व्यवहार करोगे तो मैं तुम्हें फौरन बरखास्त कर सकता हूँ। तुम दूसरों के साथ भी अच्छा व्यवहार नहीं करते। वह आदमी प्लेटिनम में नग जड़वाने के बारे में जानने आया था।'

'जी, सर, प्लेटिनम में नग,' शास्त्री ने दोहराया।

'वह आदमी पागल था। तुमने देखा होगा कि मैंने पेपरवेट भी उठा लिया था... ।'

'जी, सर, देखा था।'

'इससे तुम्हारा कोई मतलब नहीं था। आदमी पागल हो या सामान्य, जो भी हो, हरेक के साथ अच्छा व्यवहार करना चाहिए। फिर चाहे वह प्लेटिनम के बारे में पूछे या। चाँदी, मिट्टी या कुछ और के... । मेरे दफ्तर में हरेक को हर विभाग की जानकारी रखना ज़रूरी है। मैं तुम्हें उस व्यवहार के लिए बरखास्त कर सकता था। लेकिन तुमने अपने को बचा लिया है। मेरा उसूल है कि जो भी आदमी ईमानदारी से अफसोस करे, उसे मैं माफ़ कर देता हूँ। अब तुम जा सकते हो।'

'बड़ी मेहरबानी है, आपकी, सर। गुड नाइट!' शास्त्री ने अत्यधिक नम्रता दिखाते हुए कहा। घर लौटते हुए वह बहुत हलकापन महसूस कर रहा था, क्योंकि उसने उस दिन के अपने सितारों को भी मात दे दी थी।

घास में छिपा साँप

एक दिन धूप से चमकती दोपहर के समय, जब बंगले के सब लोग आराम कर रहे थे, एक साइकिल सवार ने उसके फाटक पर ज़ोर-ज़ोर से घंटी बजाकर घोषणा की, 'एक बड़ा-सा कोबरा साँप आपके यहाँ घुस आया है। वह मेरे पहिये के सामने से निकला।' फिर फाटक के बगल से उसके रास्ते की ओर इशारा करके वहाँ से चला गया।

परिवार के सब सदस्य, माँ और उसके चारों बेटे उत्तेजित होकर फाटक के सामने इकट्ठे हो गये। बूढ़ा नौकर—दास, कोठरी में सो रहा था। सबने उसे हिला-हिला कर जगाया और कोबरा होने की बात बताई। 'कहीं नहीं है कोबरा,' उसने यह कहकर बात को नज़रअंदाज़ करने की कोशिश की, लेकिन सबने उस पर दबाव डालकर मनवाने की कोशिश की। 'वह यहीं कहीं है। शाम तक नहीं मिला, तो तुम्हें नौकरी से हटा दिया जायेगा। तुम अच्छी तरह देखभाल नहीं करते, इसलिए ये सब खतरनाक चीज़ें घुस आती हैं।' कुछ पड़ोसी भी इकट्ठे हो गये। उन्होंने भी दास को घूर-घूरकर देखा। 'सबसे आलसी नौकर है तुम्हारा,' वो कहने लगे। 'इसे सब कुछ साफ़-सुथरा रखना चाहिए।' 'मैं कई महीनों से कह रहा हूँ कि घास काटने के लिए औज़ार ला दें,' दास बोला। सबने एक स्वर में उसे उपदेश दिया कि जो है, उसी से काम चलाओ और नई-नई माँगों से परेशान मत करो। लेकिन वह अपनी बात पर अड़ा रहा तो लोगों ने अनुमान लगाना शुरू किया कि इसकी कीमत कितनी होगी। एक पड़ोसी ने बताया कि लड़ाई चलने के दिनों में लोहे की कोई चीज़ खरीदने की मुमानियत है। वह बताने लगा कि इन दिनों हर चीज़ की कीमत कितनी ज़्यादा बढ़ गई है। घर के दूसरे बेटे ने कहा कि वह जो चाहे, नियन्त्रित कीमत में खरीद सकता है। पड़ोसी ब्लैक मार्केट की निन्दा करने लगा। गर्मागर्म बहस होने लगी। काफी लोग चुपचाप खड़े रहे।

तभी कॉलेज में पढ़ने वाले परिवार के लड़कों ने बीच में ही कहा, 'मैंने एक अमेरिकी अखबार में पढ़ा है कि हर साल साँप के काटने से तीस हज़ार लोग मर

जाते हैं।' माँ ने डर के मारे हथियार डाल दिये और दास को समझाया। लड़के ने अपनी खबर को विस्तार से बताया, 'यानी हर दिन 83 लोग मरते हैं। इसका मतलब यह हुआ कि हर बीस मिनट में एक आदमी कोबरा के काटने से मरता है। हम जितनी देर से बात कर रहे हैं, उसमें एक आदमी मर चुका होगा।' यह सुनकर माँ चीखने को हो आई।

बंगले का मैदान डरावना लगने लगा। लड़के जहाँ-तहाँ से बाँस ले आये और एक नौकर को भी पकड़ा दिया। वह उसे लेकर धीरे-धीरे इधर-उधर उसे घुसा-घुसाकर देखने लगा। किसी ने कहा, 'यह तो खानापूर्ति कर रहा है।' कई लोग धोतियाँ कसकर, जो भी चाकू या औज़ार मिला, उसे लेकर बगीचे में हर तरफ खोद-खोद कर देखने लगे। पौधे, झाड़ियाँ और मैदान सबकी तलाशी ली जाने लगी। कुछ को तराशा गया, कुछ को जड़ से काट डाला गया। मकान के भीतर की दीवारें रोक-टोक हट जाने के कारण तेज़ रोशनी से दमकने लगीं। जब कुछ करने को नहीं रहा, दास ने विजयी भाव से कहा, 'कहाँ निकला कोबरा साँप?'

फाटक पर खड़ी एक बूढ़ी भिखारिन भीख माँग रही थी। उससे लोगों ने कहा कि जब तक साँप का काम खत्म न हो जाय, परेशान न करें।

भिखारिन साँप के बारे में सुनकर खुश हुई और बोली, 'आप लोग बड़े भाग्य वाले हैं। ये भगवान सुब्रमन्यन हैं जो आप के यहाँ आये हैं। साँप को मारना मत।'

माँ ने सहमति जताई। 'ठीक कहती हो तुम। मैं तो अभिषेकम के बारे में भूल ही गई थी। ये याद दिलाने आये हैं।' उसने बुढ़िया को पैसा दिया। वह जाते हुए कहती गई कि मैं सपेरे को भेजूँगी।

कुछ देर बाद एक बूढ़ा फाटक पर आ खड़ा हुआ और कहने लगा कि, 'मैं सपेरा हूँ।' सब उसके इर्द-गिर्द इकट्ठे हो गये। वह अपने बारे में बताने लगा कि किस तरह वह साँप पकड़ता है। लोगों ने आश्चर्य से पूछा, 'यह कहाँ से सीखा? करके दिखाओ।' वह एक काल्पनिक साँप की तरफ बढ़ा और उसे उठाकर बोला, 'ऐसे पकड़ता हूँ।' तब उन्होंने बताया कि कोबरा किस तरफ़ गया है, और उसे पकड़ने को कहा।

इस पर वह आँख झपकाकर बोला, 'पहले साँप मुझे दिखाओ। तब मैं उसे पकडूँगा। इसके बिना क्या पकडूँ? जब भी फिर दिखाई दे, मुझे बुला लेना। मैं पास ही रहता हूँ।' अपना नाम और पता देकर वह चला गया।

शाम को पाँच बजे सबने अपने हथियार फेंक दिये और आराम करने वरांडे में आ गये। उन्होंने बाग का हर पत्थर उठाकर देख लिया था, हर झाड़ी और घास का पत्ता खोद डाला, जिससे वहाँ आने वाले हर कीड़े-मकोड़े का सारा सहारा छिन गया था। अब वह यह बहस करने में लगे थे कि और क्या किया जाय, जो कोबरा साँप से सुरक्षा निश्चित की जा सके।

तभी दास उनके सामने पानी-भरा बर्तन लेकर आया, जिसका मुँह पत्थर से सीलबंद था। बर्तन ज़मीन पर रखकर वह बोला, 'मैंने इस बर्तन में उसे पकड़ लिया है। वह इसमें से बाहर झाँक रहा था...। वह मुझे देखे, इससे पहले मैंने उसे बंद कर दिया,' फिर उसने विस्तार से सारी बात बताई कि कहाँ वह बर्तन रखा था, वगैरह। सब बर्तन से दूर हटकर खड़े हो गये। और उसे ध्यान से देखने लगे। दास के चेहरे पर चमक थी। 'अब मुझे आलसी मत कहना कोई,' वह बोला मैंने उसे शाबासी दी और कहा कि पता होता तो इसमें साँप देवता के लिए दूध भर देती। दास सावधानी से बर्तन उठाकर वहाँ से यह कहता हुआ चला गया, कि इसे वह सपेरे को दे देगा। वह आज का हीरो बन गया था। सब उसे ध्यान से बाहर जाते देखते रहे, और सोचने लगे कि इसे इसका क्या इनाम दिया जाय।

दास को गये पाँच मिनट बीते होंगे कि छोटा बेटा चिल्लाकर बोला, 'इधर देखो।' मैदान के एक तरफ छेद में से कोबरा निकल रहा था। वह धीरे-धीरे फाटक की तरफ बढ़ा और वरांडे में एकत्र लोगों पर अधखुली आँखों से एक नज़र डाली। फाटक पर पहुँचकर वह नाली में गायब हो गया। इस दृश्य से जब लोग सचेत हुए, तब किसी ने कहा, 'तो शायद दो साँप हैं।'

कॉलेज का लड़का बुदबुदाया, 'मुझे चाहिए था कि खतरा मोल लेकर दास के बर्तन को लुढ़का देता और देखता कि भीतर क्या है!'

साँझ का तोहफ़ा

उसे जीवन में बहुत अद्‌भुत काम करने को मिला था। सब प्रयत्नों में असफल रहने के बाद उसने इसे बहुत कृतज्ञता से स्वीकार किया था। इसके लिए उसे तीस रुपये महीना मिलते थे। वह एक सस्ते से होटल में पन्द्रह रुपये महीना देकर रहता था, जहाँ उसे गलियारे में एक गोदाम मिला था, जिसके लट्ठे उसके सिर से टकराते रहते थे। बाकी पन्द्रह रुपये वह गाँव में पारिवारिक कर्ज़ चुकाने को देता था जो उसकी बहन की शादी के समय लिया गया था। इसमें एक-दो रुपये की वृद्धि वह पोस्ट ऑफिस में अनपढ़ लोगों की चिट्ठियाँ लिखने और मनीऑर्डर भेजने की कमाई से करता था। लेकिन उसका यह मुख्य कार्य बड़ा अनोखा था।

यह था एक मालदार शराबी को साथ देने का काम। यह आदमी एक ऐसा साथी चाहता था जो रात को नौ बजे के बाद उसकी शराब पर नियन्त्रण करे और उसे घर ले जाय। शंकर का हट्टा-कट्टा शरीर इसके लिए एकदम उपयुक्त था। उसकी हिदायत थी कि इसके लिए तुम्हें अगर बल का भी प्रयोग करना पड़े तो गुरेज़ मत करना। लेकिन यह उसने कभी नहीं किया। शंकर समझा-बुझाकर ही सब काम कर लेता था, और ओरिएन्टल कैफे बार में यह चिरपरिचित दृश्य था—मालिक और नौकर के बीच चलने वाली चख-चख। लेकिन शंकर मालिक के आखिरी पेग पीने के बाद पाँच मिनट के भीतर ही उसे गाड़ी में धकिया देने में सफल हो जाता था। दूसरे दिन सवेरे उससे प्रश्न किया जाता, 'कल रात किस समय तुम मुझे वापस ले आये?'

'सवा नौ बजे, साब!'

'कोई मुश्किल तो नहीं हुई?'

'नहीं, साब—'

'सवा नौ, सवा नौ, बहुत अच्छे, बहुत अच्छे। तुम्हें नौ बजे के बाद वहाँ मुझे कभी नहीं रहने देना है, भले ही मेरे साथ कोई और भी हो।'

'जी, साब!'

'अब जाओ, शाम को वक्त पर आ जाना।'

सवेरे की उसकी ड्यूटी समाप्त हो जाती। वह अपने गोदाम में वापस आ जाता, कुछ देर सोता, फिर पोस्ट ऑफिस और कचहरी वगैरह के चक्कर लगाता, और शाम को छह बजे अपने काम पर फिर हाज़िर हो जाता।

'आओ,' मालिक वरांडे में पहुँचकर उसे आवाज़ लगाता, शंकर आगे की सीट पर बैठता और वे ओरिएन्टल कैफ़े चले जाते।

आज वह कुछ अनमना था। उसे इस काम से चिढ़ हो रही थी, हर वक्त दूसरे को समझाना-बुझाना, शराबी का साथ। उसने इसे छोड़कर गाँव लौट जाने का मन बना लिया था। उसे घर की याद और साथियों का आकर्षण खींचने लगा। 'कुछ भी हो, मैं परवाह नहीं करता। मैं वापस जाऊँगा और पैसा कमाने के लिए कुछ और करूँगा।' इसी मूड में था कि घर से उसे एक पत्र प्राप्त हुआ, 'फौरन सौ रुपये भेज दो। गिरवी का पैसा देने की आखिरी तारीख आ रही है। नहीं तो घर छोड़ना पड़ेगा–।'

वह परेशान हो उठा। पैसा कहाँ से लाये? क्या किया जाय? वह अपने को बुरा-भला कहने लगा। बड़ी देर तक बैठा सोचता रहा। 'पुराना इतना बड़ा घर--जाय तो जाय?' दुनिया में यह उनकी आखिरी सम्पत्ति थी। अगर यह गया तो उसकी माँ, भाई, और छोटी-सी बहन इधर-उधर मारे-मारे फिरेंगे। सर पर छत तो चाहिए ही! इतना पैसा वह कहाँ से लायेगा? कितने अज़ीब लोग हैं कि आखिरी वक्त तक इन्तज़ार करते रहे। परिवार का सबसे बड़ा बेटा होने का नतीजा अब उसे भुगतना पड़ रहा है।

हमेशा की तरह वह काम में लग गया। उसने कोठरी का परदा सरकाया, जिसमें मालिक घुसने वाला था। उसने एक घंटी दबाई। वह मशीन बन गया, पिछले बारह महीनों में रोज़ वह यह काम करता आ रहा था। वेटर आया। किसी बातचीत की ज़रूरत नहीं थी। शंकर ने सिर हिलाया। वेटर चला गया और कुछ मिनट बाद एक बन्द चपटी बोतल, सोडा और गिलास लेकर वापस आया। ये सब मेज़ पर रखे और चला गया।

'आपके लिए एक लेमन स्क्वैश लाओ,' मालिक ने वेटर से कहा।

'नहीं, साब'–शंकर जवाब देता, रोज़ यह बात दोहराई जाती। अब शंकर का काम था बोतल से एक पेग गिलास में डालना, उसे मालिक के सामने करना, सोडा की बोतल भी उनकी तरफ करना, और बाहर वरांडे में निकल आना, वहाँ बैठ कर अखबार पढ़ना (अपनी जेब में बोतल रखे हुए), और तब तक इन्तज़ार

करना जब दुबारा भीतर से बुलाया जाये। नौ बजे से दस मिनट पहले तक बोतल का आखिरी पेग खत्म हो जाता, और अब वरांडे में जाने की जगह शंकर वहीं बैठकर इन्तज़ार करता। यह एक तरह की सूचना घंटी थी।

'तुम यहाँ क्यों बैठे हो, वरांडे में जाओ।'

'मुझे यह जगह पसन्द है, साब, इसलिए।'

'अभी भीतर आने का तुम्हारा समय नहीं आया।'

'सिर्फ दस मिनट बाकी हैं, साब।'

'गलत। अभी तो सात ही बजे हैं।'

'दो घंटे पहले–'

'तुम घड़ी को जैसे चाहो चलाते हो–मुझे दिखाओ, बोतल में कितनी बाकी है।'

'बिल्कुल नहीं,' बोतल उठाकर शंकर बोला। 'आखिरी बूँद भी खत्म है।' मालिक गुस्सा हो उठा। 'मेरा ख्याल है,' उसने शक करते हुए कहा, 'तुम लोगों में साँठ-गाँठ है। पता नहीं तुम वरांडे में बोतल के साथ क्या करते रहते हो।'– शंकर ने इन आरोपों का जवाब न देना सीख लिया था। जब नौ बजते, वह मालिक के कन्धों को छूता और कहता, 'अब खत्म करें' और–'इसका क्या मतलब है? मैं नहीं उठूँगा। तुम कौन होते हो मुझे हुक्म देने वाले?' शंकर को दृढ़ता से इसका सामना करना पड़ता।

'सुनो, तुम बेवकूफ़ मत बनो और यह मत सोचो कि मैं नशे में हूँ। मैं एकदम होश में हूँ–मुझे अकेला छोड़ दो–'

लेकिन शंकर लगा रहा।

'आज मैं तुम्हें बरखास्त करता हूँ। अब तुम मेरी सेवा में नहीं हो। मुझे तुम जैसे आज्ञा न मानने वाले बेवकूफ़ नहीं चाहिए, निकलो यहाँ से–।' सामान्यतया शंकर जवाब नहीं देता था। और सुनता रहता था, और शराब खत्म हो जाने पर उसे धीरे से उठाकर ले जाता और गाड़ी में लिटा देता। मालिक उसके साथ बड़बड़ाता और लाल आँखें लिए पागलों की तरह गाली बकता चला आता था–लेकिन आज जब उसने निकाल देने की बात की तो शंकर बोला, 'आप इस तरह मुझे एकदम निकाल कैसे सकते हैं? क्या मैं भूखा रहूँ?'

'नहीं, मैं तुम्हें चार महीने की तनख्वाह देता हूँ, बशर्ते तुम मुझे अभी छोड़ दो।' शंकर ने इस पर विचार किया।

'वहाँ बैठे मत रहो, फौरन मन बनाकर जवाब दो,' मालिक चिल्लाया। एक सौ बीस रुपये! कर्ज़ की रकम से बीस रुपये ज़्यादा। वह गाँव वापस जा सकता था। और खुद अपने हाथ से माँ को रुपये दे सकता था, और भविष्य भगवान के ऊपर छोड़ सकता था। लेकिन उसने सिर हिलाकर यह विचार छोड़ दिया और बोला, 'नहीं, साब, आप उठें और मेरे साथ चलें।'

'मेरी नौकरी से निकल जाओ,' मालिक चिल्लाया। उसने घंटी बजाई और पानी की माँग की। 'एक बोतल और लाओ।' शंकर ने वेटर को मना किया। 'निकल जाओ तुम,' मालिक फिर गरजा। 'तुम सोचते हो कि मैं नशे में बोल रहा हूँ? मुझे तुम्हारी ज़रूरत नहीं है। मैं खुद अपनी देखभाल कर सकता हूँ। अगर तुम नहीं जाओगे तो मैं वेटर से कहूँगा कि तुम्हें गला पकड़कर निकाल दे–' शंकर ताज्जुब से उसे देखने लगा। 'सुन रहे हो–'

उसने अपना बटुआ निकाला, 'कितनी तनख्वाह है तुम्हारी–'

'तीस रुपये साब।'

'यह है चार महीने की। इसे पकड़ो और दफ़ा हो जाओ। यहाँ मुझे कुछ काम है, और जब मैं चाहूँगा, घर चला जाऊँगा, गाड़ी बाहर खड़ी है–।' उसने एक सौ का और दो दस के नोट सामने किये। गिरवी का पैसा देना है। लूँ या न लूँ? शंकर के मन में उथल-पुथल होने लगी, अन्त में उसने पैसा लेकर कहा, 'शुक्रिया, साब!'

'ठीक है।'

'आप बहुत मेहरबान हैं।'

'मामूली बात है यह। मेरा उसूल है; दूसरों से वही व्यवहार करो जो तुम अपने साथ चाहते हो। दूसरों के–।' अब सवेरे आने की ज़रूरत नहीं है। मुझे तुम्हारी ज़रूरत नहीं है। मैंने तुम्हें कुछ ही वक्त के लिए रखा था। मैं अपने किसी दोस्त से कह दूँगा, वह तुम्हें क्लर्क या किसी और काम पर रखवा देगा--'

'सलाम, साब।'

'सलाम।' वह चला गया। मालिक उसे सन्तोष से देखता रहा और बड़बड़ाता रहा, 'मेरा उसूल है...जो दूसरे...'

दूसरे दिन सवेरे शंकर खरीदारी करने बाज़ार गया। अपनी बहन के लिए सिल्क के कपड़े खरीदे, और घर के बच्चों के लिए रंगीन खिलौने। फिर होटल लौटा, हिसाब देखा और उस महीने के पैसे चुका दिये। बोला 'आज मैं जा रहा हूँ...गाँव वापस जाऊँगा।' उसका दिल खुशी से उछल रहा था। नौकर को टिप में एक रुपया दिया। अपने बक्से में सामान रखा, बिस्तर लपेटा और कोठरी में आखिरी नज़र डालीः उसे यह जगह छोड़ने के कारण एक अजीब सी उदासी महसूस हो रही थी। ग्यारह बजे के करीब वह बस अड्डे पर पहुँच गया। बस चलने के लिए तैयार थी। वह अपनी सीट पर बैठ गया। शाम के छह बजे घर पहुँच जायेगा। माँ उसे देखकर चकित रह जाएगी। वह रात भर बातें करेगा और शराबी के बारे में बतायेगा।

पर अचानक उसकी शान्ति भंग हो गई। बस की सीढ़ी पर खड़ा एक पुलिस इन्सपेक्टर उसके बारे में पूछ रहा था।

'तुम शंकर हो?'

'जी।'

'उठो और मेरे साथ चलो।'

'मैं गाँव जा रहा हूँ।'

'अब नहीं जा सकते।' इन्सपेक्टर ने बक्सा और बिस्तर एक कुली के सिर पर रखवाया और पुलिस स्टेशन ले गया। वहाँ उससे बहुत से सवाल पूछे गये। सामान की तलाशी ली गई और पैसा पुलिस ने ले लिया। इन्सपेक्टर ने नोट को देखा-भाला और कहा, 'नम्बर वही है। यह तुम्हें कैसे मिला? सच-सच बताना।'

इसके बाद इन्सपेक्टर उठ खड़ा हुआ और मालिक के घर चला। उससे बोला, 'मेरे साथ आओ।' शंकर ने मालिक को वरांडे में एक कुर्सी पर बैठा पाया। उसके चेहरे पर थकान थी। उसने इन्सपेक्टर पर नज़र डाली और शंकर से बोला, 'तुम ऐसे निकलोगे, यह मैं नहीं जानता था। जब मैं नशे में था, तुमने मुझे लूट लिया। अगर मुझसे कहते तो जितना पैसा तुम्हें चाहिए था, मैं दे देता। इसके लिए मुझे बाँधने और ज़मीन पर धक्का देने की क्या ज़रूरत थी?' उसने बांहों में लगी चोटें दिखाईं, 'लूटने के साथ यह भी किया!'

शंकर चकित रह गया। वह काँपने लगा और बोल नहीं सका। उस शाम जो कुछ हुआ था, उसने बताया। उसका मालिक और इन्सपेक्टर शक की नज़र डालते हुए यह सब सुनते रहे। मालिक ने इन्सपेक्टर से प्रश्न किया, 'क्या आप इस कहानी पर विश्वास करते हैं?'

'नहीं, साब।' जवाब आया।

'मैं भी नहीं करता। अब यह फँस गया है, इसलिए कहानियाँ बना रहा है...' फिर कुछ सोचकर बोला, 'मैं नहीं जानता...मेरा ख्याल है...चूँकि आपने पैसा पा लिया है...कितना पैसा मिला?'

'एक सौ दस रुपये और कुछ रेज़गारी...', इन्सपेक्टर ने कहा।

'बाकी पैसे का क्या हुआ?' उसने शंकर की तरफ देखकर पूछा, 'क्या खर्च कर दिया?'

'जी मैंने कुछ खिलौने और कपड़े खरीदे।'

'अच्छा, ठीक है,' मालिक ने ज़ोर से कहा। 'अब इसे खत्म करें—बेचारा! मुझे तुम्हारे लिए अफसोस है। मुझसे ज़बरदस्ती करने की जगह माँग सकते थे।'

'पता है, इन्हें मैं कहाँ मिला?' यह कह कर उसने हाथ की चोटें दिखाईं। 'दूसरे दिन ये लोग मुझे घर लाये। तुम मुझे बेहोश छोड़ गये थे। लेकिन मैं शिकायत वापस लेता हूँ। मेरा उसूल है कि "जो तुम अपने साथ चाहते हो, वैसा ही दूसरो के साथ करो" तुमने हमेशा मेरी अच्छी तरह सेवा की है।...लेकिन अब मेरे सामने मत आना, तुम तो शैतान निकले। अब निकलो यहाँ से...।'

'इन्सपेक्टर, आपकी कार्यवाही पूरी हो जाय तो पैसा मुझे दे देना। तुम्हें बहुत धन्यवाद।'

शंकर दो दिन भूखा रहा और बिना किसी ठौर-ठिकाने इधर-उधर घूमता रहा। फिर पोस्ट ऑफिस जाकर एक दिन उसने कुछ पोस्टकार्ड और मनीऑर्डर लिखे, जिससे उसे एक रुपये की आमदनी हुई। इससे उसने खाना खाया, गाँव की बस पर सवार हुआ और ज़िंदगी की कभी न खत्म होने वाली तकलीफ़ों से उलझने में लग गया।

लुसिफ़र की साँस

पूर्वलेख

प्रकृति ने हमें कुछ इस प्रकार निर्मित किया है कि दिन के चौबीस घंटों में से कम से कम आठ हमें आँखें बन्द करके सोने या सोने का प्रयत्न करने में बिताने पड़ते हैं। यह क्षतिपूर्ति का उपाय है, शायद दृष्टि की हमारी क्षमता को जागने के समय में जो वज़न सहन करना पड़ता है, उन एक-के-ऊपर दूसरी गिरती-पड़ती अनगिनत छायाओं का जो सवेरे से रात तक लगातार जारी रहती है। जिसे गम्भीरता चाहिए, उसे, मेरा विचार है, स्वयं दृष्टि के प्रयोग को कम करना चाहिए। कारण यह है कि, आँख के ज़रिये ही ज़्यादातर मस्तिष्क को कम या ज़्यादा, प्रभाव प्राप्त होता है। मनुष्य के लिए जितना ज़रूरी या अच्छा है, उससे अधिक देखना पड़ता है। अगर कोई स्वयं अपनी दृष्टि को नियन्त्रित नहीं करता, तो प्रकृति आज नहीं तो कल, यह काम करती है।

पिछले एक या दो साल से मेरे बिना जाने मेरी दायीं आँख धीरे-धीरे कमज़ोर होती चली गई है। अपने चश्मे के शीशे पर मैं तेल का एक छोटा-सा धब्बा एक-एक मिनट बाद रूमाल से साफ़ करते रहकर परेशान हो उठा था। जब मैं पढ़ने की कोशिश करता, यह धब्बा पहली लाइन पर प्रकट होता, और एक-एक लाइन पार कर हर लाइन पर नीचे उतरता जाता, और जब मैं कोई फोटो देखता, तो मेरे मित्र और शत्रु दोनों के चेहरों पर समान भाव से प्रकट होकर, उन्हें प्रदर्शित करता। मैं आँखें उठाता तो धब्बा भी मेरी नज़र के साथ ऊपर उठता या नीचे गिरता। कभी यह बड़ा भी हो जाता। मैं सिनेमा देखता तो जाने-माने अभिनेताओं के शानदार-सुन्दर चेहरों को भी धब्बेदार शक्ल देकर मेरे लिए पेश करता। मैंने चश्मा बहुत साफ किया। लेकिन नतीजा कुछ नहीं निकला।

मेरे आँखों के डॉक्टर ने, अँधेरे बन्द कमरे में आँखों की जाँच करके

बताया कि यह धब्बा चश्मे के शीशे पर नहीं है, बल्कि ईश्वर द्वारा मुझे दिए गये आँखों के शीशे पर ही है, जो कमज़ोर हो गई हैं। मुझे दिलासा देने के लिए उसने इसका नाम 'लेन्टिल ओपेसिटी' घोषित किया, और बताया कि इसे ठीक करने का उपाय सही समय पर आँख का सादा-सा ऑपरेशन करना है।

ऑपरेशन को हर कोई हमेशा सादा सा ही बताता है। सादा यह आपरेशन इसी दृष्टि से है, कि इसे खून बहाये बिना किया जाता है और इसमें दर्द नहीं होता। लेकिन सर्जन के लिए यह बहुत ज़िम्मेदारी का और कठिन कार्य है, इसके लिए उसे बहुत धीरज और योग्यता की ज़रूरत होती है, और आँख के श्वेत आवरण से एकदम नन्हा-सा टुकड़ा हटाने के लिए उसे बहुत ध्यान से काम करना पड़ता है।

ऑपरेशन होने के बाद करीब एक हफ्ते तक बिल्कुल हिले-डुले बिना रहना पड़ता है, दोनों आँखों में पट्टी बँधी होती है, और उसमें से रोशनी की हल्की-से-हल्की लहर प्रवेश नहीं कर सकती। दुनिया का दृश्य उसके लिए एकदम समाप्त हो जाता है। पहले तो मुझे बहुत डर लगा। यह अस्तित्व की बहुत अमानवीय स्थिति लगी। लेकिन वास्तव में यह बिल्कुल नया अनुभव सिद्ध हुआ। कुछ भी न देखने का अनुभव। अपनी खिड़की के नीचे लोगों के आने-जाने वालों से बेखबर, और उनकी तरह-तरह की आवाज़ों से एकदम और पूरा अलगाव। मुझे लोगों की आवाज़ें तो सुनाई देती हैं, परन्तु उससे कोई परेशानी नहीं होती। परेशानियाँ शायद दृश्य की आवाज़ों से जितनी होती हैं, उससे ज़्यादा उसकी कल्पना से होती हैं। जब आप यातायात को देखना ही बंद कर देते हैं, तो आपकी कल्पना भी विराम करने लगती है। शान्ति के लिए कमरे की आवाज़ें बन्द कर देना ही उसका अकेला तरीका नहीं है, आँखों पर पट्टी बाँधने से भी यह काम किया जा सकता है। अब मैं मौसम को नहीं देखता, जो परेशानी का एक कारण होता है, और जिससे कभी निराशा और कष्ट भी होता है, परन्तु कभी जिससे गहरा सुख भी होता है। अब मुझे पता ही नहीं चलता कि मेरे कमरे के बाहर धूप निकली है, या बादल घिरे हुए हैं, या पानी बरस रहा है जिसकी बूँदों की टपटप और ठंडक मुझे बहुत पसन्द है, हालाँकि उसके कारण होने वाली कीचड़ और गंदगी तकलीफ़ देती है। मैं अब परेशानी और सुख दोनों से मुक्त हूँ। सुख का अतिरेक भी उतनी ही थकान पैदा करता है जितनी दुःख के कारण होती है। मुझे केवल शब्द सुनाई देते हैं जिन्हें मैं ज्यों का त्यों स्वीकार कर लेता हूँ, क्योंकि मैं जानता हूँ कि इनको बोले जाने से चेहरों की रेखाएँ किस तरह बन-बिगड़-बदल रही होंगी। इस स्थिति में,

जहाँ शब्द को जैसे—रास्ते सा स्वीकार किया जाता है, मानवी सम्बन्ध अकस्मात् सरल हो जाते हैं। इसी कारण मेरा विचार है, कि प्राचीन काल के योगी पहले कदम के रूप में—और अन्तिम कदम के रूप में—आत्म-विकास की उपलब्धि के लिए अपने नाक के सिरे पर ध्यान लगाना ही सबसे महत्त्वपूर्ण मानते थे। महात्मा गाँधी ने भी एक युवक को, जो स्त्री के दर्शन मात्र से बड़ी परेशानी महसूस करता था, यह सुझाव दिया था कि चलते समय वह अपनी आँखें या तो पैरों के अँगूठे पर लगाये या ऊपर आसमान के तारोंर।

इस प्रकार जब किसी की बाहरी दुनिया पर पर्दा पड़ जाता है, तो उसकी दृष्टि एकदम भीतर की ओर मुड़ जाती है।

व्यक्ति के भीतर की गहराइयों में—दार्शनिक और ध्यानी सिद्धांतों के अनुसार —या उसके मस्तिष्क की तहों के भीतर—शरीर-वैज्ञानिकों तथा मनोवैज्ञानिकों के अनुसार—प्रत्येक इन्द्रिय का एक स्मृति-बिन्दु होता है। प्रसिद्ध कवि शैली ने कहा है : 'संगीत की जब ध्वनियाँ बंद हो जाती हैं, स्मृतियों में गूँजता रहता है।' किसी फूल या इत्र की खुशबू या स्पर्श की कोमलता याद में बसी रहती है। इसी प्रकार दृष्टि की स्मृति भी होती है जो किसी बाह्य कारण से पुनः कई गुना होकर जाग सकती है। दृष्टि की स्मृति का जागरण देखे और अनुभूत कारणों से ही नहीं होता, इच्छित कारणों से भी होता है। मैं स्वीकार करूँ कि मेरी रुचियाँ सामान्य तौर पर भूगर्भ और स्थापत्य में हैं। सारे जीवन में पत्थरों, स्मारकों, और प्राचीन कलाकृतियों में गहरी रुचि लेता रहा हूँ। मैं किसी टेढ़ी-मेढ़ी चट्टान, पुराने मन्दिर या स्मारक के बगल से उसे देखे बिना नहीं जा सकता। इसलिए अब मैं पट्टी-बँधी अपनी आँखों से दिन-रात भव्य मूर्तियों, स्तंभों, भित्ति-चित्रों इत्यादि के अनगिनत दृश्य देखा करता हूँ, जैसे वे एक धीरे-धीरे आगे बढ़ते चबूतरे पर निकल रहे हों, और अनुभव करता हूँ कि मैं किसी प्रसिद्ध मूर्तिकार के ईंट-पत्थर से भरे स्टूडियो में उसके सामने ही यह सब देख रहा हूँ। कभी-कभी मैं एक कोने में कमल के पुष्प पर विराजमान किसी देवी की प्रतिमा देखता हूँ, जो समय के प्रवाह से प्रभावित टूट-फूट गई है, या किसी शिलाखंड पर किसी प्राचीन राजा का आलेख देखता हूँ जो अस्पष्ट होने पर भी—कुछ-कुछ पढ़ने में आता है। फिर ध्यान से देखने पर पता चलता है कि मेरे सामने कोई कोना नहीं है, न पूर्व, पश्चिम, उत्तर या दक्षिण, कोई दिशा है, यह सिर्फ एक धब्बा है जिस पर कोई सीमा रेखा नहीं है।

महत्त्व की बात यह है कि मेरी दृश्य-स्मृति मुझे सफेद दीवारें या चमकती छतें नहीं दिखाई देतीं। हर सतह भूरी और प्राचीन है, जैसे सदियों से जलते तेल से बनी धुएँ की परतें उन पर जम गई हैं। कई दफ़ा मैं

पट्टियों के जंगल में अपने को फँसा हुआ पाता हूँ, सिरों के बिना उन पर रखे ताज, हवा में घूमती गदाएँ, टूटे-फूटे सिंहासन मुझे दिखाई पड़ते हैं; फिर ये सब गायब होकर उनके स्थान पर एक महान राजकीय सम्राट आसमान में ऊपर उठता बनने लगता है। फिर यह दृश्य समाप्त हो जाता है। ज़मीन पर काटी और छीली लकड़ी का बुरादा भर जाता है, या किसी प्राचीन दंडित करने के आवासों से गिरे धातुओं के खंभे और अन्य सामग्री चारों तरफ बिखरी नज़र आती है। फिर एक अद्भुत विरोधी दृश्य प्रकट होता है—विशाल परदों के केनवास हवा में ऊँचाइयों तक उड़ते और गुब्बारों की तरह फूलते चारों तरफ फैल रहे हैं जिनसे मुझे डर लगने लगता है कि आगे कैसे बढ़ूँ, कहीं इनमें फँस न जाऊँ। फिर मैं एक अत्यन्त प्राचीन गुफ़ा मन्दिर के गलियारे में अपने को खड़ा पाता हूँ। यद्यपि मुझे घने अंधेरे में रहने की ज़रूरत है लेकिन मैं पाता हूँ कि कहीं से हल्की-सी रोशनी की एक किरण इन सब मूर्तियों और अन्य पदार्थों को मेरे लिए प्रज्वलित कर रही है। यहाँ का कुछ भी डरावना या अप्रिय नहीं प्रतीत होता। हर वस्तु दूसरी वस्तुओं के साथ समंजस है, और उसका अपना सुखद व्यक्तित्व है। कहीं-कहीं पशुजगत का कोई प्रतिनिधि—जैसे कोई चीता, परन्तु देवदूत के मुख वाला, खड़ा है—यह स्पष्ट नहीं होता कि कौन है यह देवता—मेरी बगल से मेरे ऊपर मित्रतापूर्ण मुस्कान बिखेरता गुज़र जाता है।

यथार्थ वह क्षण है और स्थान जहाँ हम हैं। उसी समय का वर्तमान एकदम ठोस होकर व्यक्त है, बाकी सब शुद्ध कल्पना और विचार है। यह बिस्तर ही जिस पर मैं रात-दिन पड़ा रहता हूँ, मेरे लिए संपूर्ण सत्य है, यथार्थ है, और जो कुछ मेरे सामने होता और गुज़रता है, स्वप्न की तरह मुझसे परे और बहुत दूर है। मेरे वर्तमान जीवन की लय सवेरे छह बजे से आरम्भ होकर—जिसका अनुमान मुझे सड़क पर अखबार बेचने वालों की आवाज़ों से होता है—जब मैं अपने सहायक को बुलाता हूँ—जिसके संपर्क और बातचीत से मुझे यह विवरण लिखने की प्रेरणा हुई है, और रात होने तक मुझे बिस्तर पर सोने के लिए सहायक हुई इस घोषणा के बाद लिटाया जाता है कि 'साब, रोशनी बुझाई जा रही है,' जिसके बीच में डॉक्टरों और मिलनेवालों के आने-जाने से उनकी मेरे लिए अयथार्थ दुनिया के समाचार मिलते रहते हैं। ये गतिविधियाँ मेरे लिए अत्यन्त महत्त्वपूर्ण हैं। इसमें मैं इतना रच-बस गया हूँ कि इसे छोड़ते समय मुझे कष्ट हो सकता है।

—आर. के. नारायण

मार्च, 1969

सैम मेरे लिए एक ध्वनि भर था, भरी-पूरी ज़ोरदार आवाज़। उसकी फुसफुसाहट में ही ठोस और थिरकने जैसा गुण था। मैं उसकी आवाज़ के कारण यह अक्सर सोचता कि ऐसी आवाज़ वाला आदमी ज़रूर मूर्ति की तरह भारी-भरकम होगा, घुँघराले लम्बे बाल गर्दन पर गिरते होंगे, रोमन ढंग की नाक और लंबे पैरों वाला, जो मेरे बिस्तर से बाथरूम तक का रास्ता तीन कदमों में पूरा कर लेता होगा, हालाँकि मेरे लिए जो एक अनन्त यात्रा जैसी लगती थी। मैंने पहले दिन ही उससे प्रश्न किया, 'तुम कैसे लगते हो?'

'यह मैं कैसे कह सकता हूँ? सालों से शीशा ही नहीं देखा।'

'अच्छा क्यों?'

'घर की औरतें किसी और को मौका ही नहीं देतीं, और क्या?' फिर कहने लगा, 'सिर्फ एक बार जब मैं दर्ज़ी की दुकान पर गया जहाँ सामने ही बड़ा सा शीशा लगा था—और अजाने ही चिल्ला उठा, "अरे वाह इरोलाफ्लिन यहाँ आई है!" '

'तुम्हें इरोलाफ्लिन अच्छी लगती है!'

'किसे नहीं लगती! रॉबिन हुड के रोल में उसे भूला नहीं जा सकता। मैंने यह फिल्म पचास दफ़ा देखी।'

'तो तुम कैसे लगते हो?'

वह क्षण भर ठहरा और फिर बोला, 'अगले हफ्ते इसी वक्त आप खुद देख लेंगे। ज़रा धीरज रखिये और पट्टियाँ खुलने दीजिए।'

जिस क्षण मैं मालगुड़ी आई क्लिनिक न्यू एक्सटेंशन के ऑपरेशन कक्ष से पट्टियाँ बाँधे और उन्हें सीलबन्द किये बाहर निकला, सैम ने मेरे शरीर की देखभाल और सुरक्षा का पूरा ज़िम्मा ले लिया था। उसे मेरी आँखें बनकर रहने के लिए आठ रुपये प्रतिदिन पर नियुक्त किया गया था।

सैम की ट्रेनिंग 'पुरुष नर्स' के रूप में हुई थी, हालाँकि यह शब्द उसे सख्त नापसन्द था; वह मानता था कि नर्सिंग पुरुष का ही काम है और इस कार्य में स्त्रियों का प्रवेश अनुचित दखलंदाज़ी है।

जब भी नर्सिंग होम की सिस्टर मेरे कमरे में आती, वह हथियारबंद सैनिक की तरह तनकर खड़ा हो जाता, और जब वह वापस जाती तो वह हमेशा यह टिप्पणी करता, 'इस महिला को खोपड़ी की चोट वाले मरीज़ की देखभाल करनी चाहिए, मुझे विश्वास है, वह कभी घर वापस नहीं जायेगा।'

सैम ने पुरुष नर्स के रूप में जीवन आरम्भ भी नहीं किया था, जैसा उसकी बातों से प्रकट होता था। वह हमेशा सैनिक जीवन की, युद्ध की, परेड की, आदेशों और आक्रमणों की बातें किया करता था, लेकिन वह सेना में क्या करता था, यह मुझे कभी स्पष्ट नहीं हुआ। अगर मेरी आँख सही होती और मैं उसके भावों और शारीरिक क्रियाओं को देख सकता, तो शायद मैं ज़्यादा सही अनुमान लगा पाता

कि वह क्या करता रहा होगा, जो मेरी वर्तमान स्थिति में सम्भव नहीं था। इसमें तो मुझे उसकी बातों से ही अनुमान लगाना पड़ता था। वह अक्सर एक कर्नल का ज़िक्र करता था जिसने उसके इस गुण को पहचाना और उसे नर्सिंग की ट्रेनिंग दी। यह कहीं बर्मा की सीमा, इंडो-चाइना या कहीं और उस जगह हुआ होगा, जहाँ उनकी कंपनी मुख्य धारा से अलग हो गई और उनकी मेडिकल इकाई एकदम नष्ट हो गई। कर्नल को बचे-खुचे थोड़े से लोगों से ही काम चलाना पड़ा जिनमें सैम बहुत आगे था, जिसने घायल सैनिकों का इलाज करके ठीक-ठाक किया और युद्ध समाप्त होने पर उन्हें सुरक्षित उनके घर भी वापस भिजवाया। यह कौन सी लड़ाई थी? कहाँ लड़ी गई थी यह? किसके खिलाफ थी? इन सवालों का जवाब मुझे कभी नहीं मिला, वह हमेशा 'दुश्मन' शब्द का ही प्रयोग करता था, परंतु वह दुश्मन कौन था, यह मैं कभी नहीं पूछ पाया, क्योंकि सैम इतनी तेज़ी से धारा-प्रवाह बोलता चला जाता था, कि बीच में कुछ पूछने का अवसर ही नहीं मिलता था। मुझे जो वह कहता, उसे ज्यों का त्यों स्वीकार करना पड़ता था। जब वे अलग हुए तो कर्नल ने उसे एक सर्टिफिकेट दिया जिसने उसे नौकरी पाने में सहायता दी। वह कहता था, 'मैंने उसे फ्रेम में लगवाकर ईसा की तस्वीर के साथ कमरे में लटका दिया है।

युद्ध के अन्य क्षेत्रों में भी—यह युद्ध कौन-सा था, यह भी मैं कभी नहीं जान पाया—उसकी बड़ी माँग होती थी, विशेषकर सर्जरी के मामलों में। डॉक्टरी के अन्य क्षेत्रों में उसे कोई रुचि नहीं थी, वह हमेशा इसी क्षेत्र में रहा। वह ऐसी ही दुर्घटनाओं का ज़िक्र करता था जिनमें उसे फटे हुए पेट की सर्जन के आने तक सँभाल कर रखना पड़ता था, या चिरी हुई गर्दन, कटे हुए हाथ, शरीर के जोड़ों के टूट-फूट कर इधर-उधर हो जाने या निरन्तर हो रहे दर्द को सम्भालने के काम करने होते थे। —इन्हें वह हमेशा एकदम सही होने तक अपने निरीक्षण में रखता था। वह गर्व से कहता, मेरे दो हाथ और दस उँगलियाँ हर उस आदमी की सेवा को समर्पित हैं जिसे युद्ध या शान्ति में उनकी आवश्यकता पड़ती है।

'इन सेवाओं से तुम्हें आमदनी क्या होती है?' मैंने पूछा।

उसने जवाब दिया, 'कभी-कभी दस रुपये रोज़, कभी पाँच, दो या एक, या कुछ भी नहीं। मेरे आठ बच्चे, एक पत्नी, दो बहनें और एक भतीजी, मेरे ऊपर निर्भर हैं, इन सबको खिलाना, कपड़े पहनाना, स्कूल भेजना, और किताबें, दवायें वगैरह खरीदना सब मुझे करना पड़ता है। गुज़र-बसर हो जाती है। ईश्वर ने मुझे काफ़ी दिया है। सबसे ज़्यादा सुख मुझे तब मिलता है जब कोई मेरी सहायता से ठीक हो जाता है।...अरे, इतनी तेज़ी से उठकर बैठने की कोशिश मत करो। यह अभी ठीक नहीं है, आपके लिए। कान पर जो मच्छर उड़ रहा है, उसे उड़ाने के लिए मत हिलो। आँख को नुकसान होगा। मच्छर के लिए मैं हूँ न! हाथ और नीचे करो, आँखों के पास मत ले जाओ,' इस तरह वह हमेशा मुझे रोकता रहता,

जिससे मैं आँखों को नुकसान न होने दूँ।

वह मेरे कमरे में ही मेरे बिस्तर से कुछ फीट दूर चटाई बिछाकर सोता था। वह कहता कि मैं पाँच बजे उठ जाता हूँ, हालाँकि घड़ी देखकर या रोशनी के ज़रिये इसकी जाँच करने का मेरे पास कोई उपाय नहीं था। रात और दिन और सप्ताह के सब दिन मेरे लिए एक समान थे। सैम बताता था कि जगने के बाद वह चुपचाप बिस्तर पर बिना आवाज़ किये लेटा रहता, और तभी उठता जब मेरी नींद खुलती और मैं उसे आवाज़ देता, 'सैम'।

'गुड मार्निंग, सर,' वह फुर्ती से जवाब देता, और पहली बात यही कहता, 'उठने की कोशिश मत करना।' फिर वह पास आता और सावधानी से मच्छरदानी खोलता, 'अभी भी लेटे रहना।' यह कहकर वह चला जाता। मैं उसकी आहट सुनता, वह सावधानी से बाथरूम का दरवाज़ा खोलता। मैं उसके कदम भीतर जाते सुनता जहाँ जाकर वह जाँच करता कि खिड़की वगैरह के दरवाज़े सही बन्द हैं और खुले या हिल-डुल तो नहीं रहे, जिससे मैं देखे बिना इधर-उधर होने में अपने को चोट न लगा लूँ। लौटकर मुझसे कहता, 'सब ठीक है, सर, अब आप जा सकते हैं। जल्दी की भी ज़रूरत नहीं है। धीरे-धीरे उठियेगा। बिस्तर के किनारे आराम से सरकिये, ज़मीन आपके पैरों से सिर्फ चार इंच नीचे है। अब मेरा हाथ पकड़िये, बस, आप पहुँच गये...।' मेरे दोनों हाथ पकड़कर वह मेरे पीछे हो लेता और वीर सैनिक की तरह मुझे बाथरूम तक ले जाता, कहता, 'निडर होकर चलिए, ज़मीन एकदम समतल है...'

इस समस्त आश्वासन और सहायता के बाद भी मेरी आँखों में अजीब-अजीब दृश्य दिखाई देते और मेरा हर कदम मुझे भयभीत करता था। मुझे महसूस होता कि मैं ऊँचे-नीचे पहाड़ों और खाई-खंदकों और केन्यान जैसी जगहों में, या रूई और केनवास के उड़ते हुए टुकड़ों, या लोहारखाने की ऊबड़-खाबड़ ज़मीन, या युद्ध के मैदान में एक-के-ऊपर खड़ी दीवारों के बीच चलने की कोशिश कर रहा हूँ। मुझे बड़ी सावधानी से आगे बढ़ना होता था। जब मैं बाथरूम के दरवाज़े पर सही-सलामत पहुँचता, सैम मुझे नए आदेश देता : 'अब ज़रा सा बायीं तरफ मुड़िये। दायाँ पैर उठाइये,..हाँ ठीक से पहुँच गये। यहाँ कुछ भी कर सकते हैं। बस, पीछे मत हटना। अगर ज़रूरत पड़े तो बायीं एड़ी पर मुड़ना। वही ठीक रहेगा।' शौच के बाद जब मैं आवाज़ लगाता, तो वह फिर भीतर आता और पहले मेरी प्रशंसा करता, 'वाह, कितनी सफाई है! मैं सोचता हूँ कि आँखवालों को भी इसी तरह डब्लू. सी. कमोड का इस्तेमाल करना चाहिए। कुछ लोग जिस तरह करते हैं, उसके बाद यहाँ आग लगा देने का मन करता है। खैर, मेरा काम आलोचना करना नहीं बल्कि सेवा करना है।' इसके बाद वह मुझे वाश बेसिन तक पहुँचाता और टूथब्रश पकड़ाता। कहता, 'आराम से ब्रश करना, तेज़ी से नहीं। आँखों को नुकसान हो

सकता है। ...बस करो, अब रुक जाओ। ब्रश मैं धो दूँगा। कुल्ला करने के लिए पानी यह रहा।...तैयार वापस चलने के लिए?'

'हाँ! सैम!'

वह मुझे घुमाता और बिस्तर पर ले जाता। फिर पूछता, 'कुर्सी पर बैठना चाहते हो या बिस्तर पर लेटना?' मैं निर्णय करने में कुछ समय लगाता, तो वह सलाह देता, 'कुछ देर कुर्सी पर बैठ लो। सारी रात लेटे रहे हो। मुझे कई दफ़ा स्ट्रैचर के आने तक घायलों को सँभालना पड़ता, मैं तो लड़कों से कहता, ''बिस्तर में पड़े रहने से आदमी बीमार पड़ता है, जब तक बरदाश्त कर सकते हो, बैठने की कोशिश करो।'' जंगल में सोफे तो मिलते नहीं, मैं उन्हें जो भी चीज़ मिलती, उस पर बिठाकर रखता, कई दफ़ा साँप के बिल को जूते से पाटकर उसके ऊपर भी।'

'यह कहाँ हुआ था? तुमने बर्मा कहा था न?' वह मुझे बेंत की कुर्सी पर बिठाने लगा, तो मैंने उससे पूछा।

वह एकदम चौकन्ना हो गया। 'बर्मा, क्या मैंने बर्मा कहा? अगर मैंने बर्मा कहा होगा तो यही रहा होगा, इसका मतलब रेगिस्तान तो नहीं है...'

'किस लड़ाई में?'

'लड़ाई? अरे, बहुत-सी लड़ाइयाँ हैं, ठीक से याद नहीं। जो हो, लड़ाई थी और हम वहाँ थे। कहें तो मैं कल अपनी डायरी ले आऊँ? जब आपकी आँखें ठीक हो जायें आप खुद ही देख सकते हैं। उसमें आपको सब जवाब मिल जायेंगे।'

'अच्छा! यह तो बड़ी अच्छी बात होगी।'

'कर्नल ने मुझे एक ख़ासी मोटी और अच्छी डायरी दी थी, जो उसने इंग्लैंड में सौ रुपये में खरीदी थी। जाने से पहले उसने यह मुझे दी थी और कहा था, ''सैम, इसमें तुम अपने विचार और जो भी देखते और सोचते हो, वह सब लिखना। बाद में तुम्हारे बच्चे इसे पढ़ेंगे और गर्व करेंगे कि उनके पापा यह सब करते-सोचते थे।'' लेकिन मैं कर्नल को कैसे यह बताता कि मैं ठीक से न पढ़ सकता हूँ, न लिख सकता हूँ। मेरे पिता ने मुझे बहुत छुटपन में ही स्कूल से हटा लिया था, और बाद में अच्छी और बुरी देसी शराब में ही भेद करना सिखाता रहा।'

'तो तुम पीते हो?' मैंने पूछा।

'अब नहीं पीता। एक दफ़ा कर्नल ने मुझे कोड़े लगाये, जब उसने मुझे नशे में देखा; उसके बाद मैंने कभी न पीने का अहद कर लिया।'

कुछ सोचने के बाद उसने यह कहा और मेरे लिए थरमस से कॉफ़ी उड़ेलता रहा, जिसे वह पड़ोस के कॉफ़ी हाउस से भरकर लाता था—यह काम जिस तेज़ी से करता वह ताज्जुब की बात थी, क्योंकि इसके लिए उसे पहले दरवाज़े पार करने पड़ते, सीढ़ियाँ उतरनी पड़तीं, निचली मंज़िल पर वरांडा पार करना पड़ता, फिर सड़क पर चलकर फाटक लाँघना पड़ता, और मैं समझ नहीं पाता कि यह सब काम वह

इतनी जल्दी कैसे कर पाता है क्योंकि वह हमेशा मेरे पास मौजूद लगता है। मैं जब भी आवाज़ लगाऊँ, हाज़िर हो जाता है, कॉफ़ी मागूँगा तो फौरन पिला देता है। वह बड़े ध्यान से प्याला मुझे पकड़ाता और मेरी उँगलियाँ उसके हैंडिल तक पहुँचाता। जब मैं धीरे-धीरे कॉफ़ी पीता, तब वह बिस्तर का चक्कर लगाते हुए उसे ठीक-ठाक करता सुनाई देता था। कहता, 'जब डॉक्टर आये उसे टिप-टॉप मिलना चाहिए, नहीं तो वह सोचेगा कि इस वार्ड में किसी गधे की ड्यूटी लगाई गई है।' वह सफाई करता और धूल पोंछता। फिर वह मेरे हाथ से कप ले जाता, उसे धोता और रखता, और कई बार टॉयलेट चलाकर उसे सूँ-सूँ फू-फू करके देर तक काम करने देता। इस तरह वह डॉक्टर के आगमन की तैयारी करता। जब दूर से बैंडेज-पट्टियों की ट्रॉली की आवाज़ सुनाई देती, वह मुझे वापस बिस्तर तक पहुँचाता और डॉक्टर का इन्तज़ार करने लगता। जब आहट सुनाई देती, वह कहता, 'गुड मार्निंग, डॉक्टर साब!'

डॉक्टर पूछते, 'आज ये कैसे हैं?'

'अच्छी नींद आई। खाना अच्छी तरह खाया।'

'बुखार नहीं आया। डॉक्टर साब, हालत ठीक है।'

डॉक्टर मेरी पट्टी खोलता तो मुझे अपने माथे पर उस स्पर्श का अनुभव होता, जिससे मुझे क्षण के दसवें भाग में सामने पड़े लोगों का बहुत धुँधला रूप देखने को मिल जाता, फिर वह आँख की जाँच करता, उसमें दवा डालता, फिर से पट्टी बाँधता और वापस जाता। सैम आदर व्यक्त करने के लिए उसके पीछे जाता, फिर लौटकर कहता, 'आपकी प्रगति से डॉक्टर साहब सन्तुष्ट हैं। मुझे भी इस बात की खुशी है।'

कभी-कभी मैं ट्रांजिस्टर में उँगली दबाकर कुछ संगीत सुनने की कोशिश करता, लेकिन जैसे ही उसमें फिल्मी गाने की आवाज़ आती, फौरन बंद कर देता। लेकिन किसी गाने की हल्की आवाज़ मुझे कुछ देर तक सुनाई देती रहती। मुझे समझ नहीं आता था कि आवाज़ किस दिशा से आ रही है, शुरू में तो मैं चकित हो जाता। जब समझ में आया तो मैंने पूछा, 'सैम, तुम गाते भी हो?'

आवाज़ रुक गई। 'आदत छूट गई है,' उसने कहा। 'जब मैं डॉन बॉस्को में था, फादर मुझे गाने के लिए उत्साहित करते थे। मैं चर्च के कॉयर में गाता था, और कन्सर्टों में हारमोनियम बजाता था। हमारा ड्रामा ग्रुप था जिसमें मैं लुसिफ़र का रोल करता था। मेरी आँखों के ऊपर रंग लगाया जाता, और भौंहें ऊपर उठाई जातीं, पीछे पूँछ होती, और बिशप मुझे देखकर अक्सर कहते कि इतना अच्छा लुसिफ़र मैंने नहीं देखा। दर्शकों को भी मेरा काम पसन्द आता। हमारी कहानी में राजा अच्छा आदमी था, और मुझे उसके भीतर घुसकर उसे ज़हर देना था। राजकुमारी भी अच्छी लड़की थी। लेकिन मुझे उसे बिगाड़कर पाप करवाने थे।' यह कहकर

वह पिछली यादों पर हँसने लगा।

उसे वह नर्स पसन्द नहीं थी जो हर तीसरे दिन मुझे स्पंज-स्नान कराने आती थी। सैम को यह सही नहीं लगता था। वह कहता, 'यह मैं क्यों नहीं कर सकता? मैंने 107 डिग्री के टायफायड मरीजों को स्नान कराया है।'

'अच्छा, यह तो बड़ी बात है,' मैं उसे खुश करने के लिए कहता। 'लेकिन आँखवाले को नहलाना कुछ अलग काम है, इसकी विशेष ट्रेनिंग दी जाती है।'

जब नर्स गर्म पानी और तौलिया लेकर आती, वह तब तक खड़ा रहता जब तक वह सख़्ती से यह न कहती, 'बाहर जाओ, मुझे जल्दी है।' वह बाहर निकल जाता। वह दरवाज़ा बन्द करती, कपड़े उतारने में मेरी सहायता करती, भाप-निकलता तौलिया मेरे बदन पर फेरती, और बराबर अपने ही बारे में बातें करती रहती, ईस्ट अफ्रीका में अपने भाई के पास जाने की इच्छा, अपने तीन बच्चों और इसी तरह की दूसरी बातें।

जब वह लौट जाती, मैं सैम से पूछता, 'देखने में यह कैसी लगती है?'

'जैसी है, ठीक-ठाक ही लगती है। उसके बारे में इतना क्यों सोचते हैं आप? उसे अपनी हालत पर छोड़ दीजिए, मैं ऐसे लोगों को अच्छी तरह जानता हूँ।'

'सुन्दर लगती है?' मैंने ज़िद की तरह पूछा और कहा, 'मैं इतना ज़रूर कह सकता हूँ कि आवाज़ उसकी मीठी है और स्पर्श सिल्क जैसा है।'

'अच्छा! वाह!' वह बोला, 'बस कीजिये।'

'उसकी साँस में लहसुन की हलकी गंध भी अच्छी लगती है, हालाँकि लहसुन से मुझे नफ़रत है।'

'ऐसी औरतों का समर्थन आपको नहीं करना चाहिए,' वह बोला, 'आपको पता ही नहीं चलेगा और कुछ हो जायेगा। जब मैं लुसिफ़र बनता था, राजा की बेटी का रोल करने वाली मेरी मुझे रिझाने की, जब भी वक्त मिलता, कोशिश करती। मैं उससे बचने की भरसक कोशिश करता, लेकिन एक दफ़ा, जब हमारा दल बाहर काम कर रहा था, वह रात को मेरे बिस्तर में घुस आई। मैंने उसे रोकने की कोशिश की लेकिन उसने धमकी दी कि वह चीख कर कहेगी कि मैं उसे घसीट कर लाया हूँ। ऐसी हालत में मैं कर भी क्या सकता था!' वह कुछ देर रुका, फिर कहने लगा, 'हम वापस आये तब तक वह मेरा पीछा करती रही, अंत में एक दिन मेरी पत्नी ने उसे मेरे साथ देख लिया और नाखूनों से उसका चेहरा नोंच डाला। इससे उसे सबक मिल गया।'

'मेरी अब कहाँ है?' मैंने पूछा।

वह बोला, 'वह एक आदमी के साथ शादी करके रहती है जो रैफिल में टिकट बेचता है। लेकिन जब कभी मार्केट के फाटक पर पति की मदद करते देखता हूँ तो उससे बचकर निकल जाता हूँ।'

मेरी कार की आवाज़ सुनाई दी, वह खिड़की की तरफ़ दौड़कर चिल्लाया। 'जी, साब, आ गये सब।' यह मेरा परिवार था जो शाम का खाना लाता था। 'आपके भाई साहब हैं और उनकी पत्नी। आपकी बेटी और उनका छोटा बेटा है। वह बड़ा शानदार आदमी बनेगा—मुझे अभी से दिखाई दे रहा है। मिनट भर में सब पहुँच जायेंगे। मैं दरवाज़ा खोलकर रखता हूँ।'

उसने कुर्सियाँ लगाईं। मेरे दरवाज़े के बाहर आवाज़ें, सब से ज़्यादा ऊँची सैम की, 'गुड ईवनिंग मैडम; गुड ईवनिंग सर, ओह, मुन्ना जी, अपने बाबा से मिलने आये हो! आओ, पास आओ, और हैलो बोलो उनको! शरमाने की ज़रूरत नहीं है।'

फिर मेरी तरफ़ मुड़कर बोला, 'साब, आपकी दाढ़ी से डर रहे हैं मुन्ना जी।' फिर बच्चे की तरफ होकर, 'पट्टी उतर जायेगी तो बाबाजी ठीक हो जायेंगे। फिर वे शेव करेंगे और नहायेंगे, स्पंज से बदन नहीं पोंछेंगे जैसे अब करते हैं, फिर देखना कैसे शानदार लगते हैं आपके बाबा साहब!' इसके बाद उसने आगन्तुकों को अब तक का पूरा विवरण दिया। फिर उसने हमेशा की तरह शिकायत भी की, 'सहयोग नहीं करते! बार-बार आँखों तक हाथ ले जाते हैं। मेरी बात नहीं मानते कि ज़्यादा ज़ोर न डालें।' इस पर श्रोता कुछ कहते, जिसके जवाब में ऊँची आवाज़ में वह भी कुछ कहता, और यह चिख-चिख जारी रहती, जब तक मैं यह नहीं कहता, 'अच्छा, सैम, अब तुम हमें कुछ देर के लिए अकेला छोड़ दो। मैं तुम्हें बाद में बुला लूँगा—' और अपने परिवार से बातचीत करने का अवसर प्राप्त करता। मुझे दिखाई तो नहीं देता लेकिन मैं मान लेता कि वह चला गया है। उसकी आवाज़ तब तक सुनाई न पड़ती जब तक परिवार वापस जाने को तैयार न हो जाता। तब उसकी आवाज़ आती, 'कल धुले कपड़े लाना मत भूलिएगा। डॉक्टर साब ने फल खाने के लिए भी कहा है। अगर सेब मिल जायँ—' वह खाली बर्तन गाड़ी तक ले जाता और उन्हें विदा करता।

उनके जाने के बाद वह आकर कहता, 'आपके भाई बहुत बड़े अफ़सर लगते हैं, साब। कोई उन्हें बेवकूफ़ नहीं बना सकता, बहुत सख्त होने चाहिए, मेरी तो बोलने की हिम्मत ही नहीं होती। आपकी बेटी आपसे बहुत जुड़ाव महसूस करती है, जो सही भी है, क्योंकि माँ नहीं थी तो आपने ही पाला-पोसा। और पोता आपका! मेरी बात याद रखें, किसी दिन वह नेहरू जी की तरह बनेगा। वही शान-बान है उसकी। जानते हैं, मैं घुमाने ले गया तो उन्होंने मुझसे क्या कहा, "अगर मेरे बाबा जल्द ठीक न हुए तो मैं तुम्हें गोली मार दूँगा।" ' और इस टिप्पणी पर वह देर तक हँसता रहा।

हम बड़ी बेताबी से उस दिन की प्रतीक्षा करते रहे जब मेरी आँखों की पट्टियाँ खोली जायेंगी। इससे पहली शाम को सैम ने कहा, 'अगर आप इजाज़त दें तो

मैं छोटा-सा समारोह करूँ? यह बिल्कुल नए साल की पूर्व संध्या की तरह होना है। आप इसके लिए कुछ पैसे की भी मंजूरी दें, दस रुपये के करीब, ज़्यादा नहीं।' यह कहकर उसने मेरे तकिये के नीचे हाथ डालकर मेरा बटुआ निकाला, पैसे लेकर घंटे भर के लिए बाहर चला गया। लौटा तो मैंने आवाज़ सुनी कि वह बोतलें मेज़ पर रख रहा है।

'यह क्या है, सैम?' मैंने पूछा।

'साफ्ट ड्रिंक्स, ऑरेन्ज, कोका कोला—आज मेरा जन्मदिन भी है, साब, इसलिए केक और मोमबत्तियाँ भी ले आया हूँ। यह मेरा अपना योगदान है, साब।'

'कितनी?'

'एक दर्जन से ज़्यादा मिली ही नहीं, पड़ोस वाली दुकान पर इतनी ही निकलीं।'

'तुम सिर्फ बारह साल के हो?'

वह हँसा, मुझे एक गिलास पकड़ाया, 'कोका कोला, आपकी सेहत के नाम! आपकी आँखें इस खूबसूरत दुनिया में खुलें।'

'तुम्हारी भी सेहत के नाम।' मैंने भी कहा। वह मेरा गिलास भरता रहा और सारी मानवता के लिए शुभकामनाएँ करता रहा। मैं उसके पीने की आवाज़ें सुनता रहा। 'तुम क्या पी रहे हो?'

'आरेन्ज या कोकाकोला, और क्या!'

'यह बू कैसी है?'

'अरे, हाँ, बगल वाले वार्ड में किसी ने 'स्पिरिट का लैंप तोड़ दिया है।'

'वे तो शाम को चले गये थे!'

'हाँ, हाँ, मगर जाने से पहले तोड़ गये।' मैंने उनसे कहा, ''आप फिक्र न करें, मैं सफ़ाई कर दूँगा उसी की बू मेरे हाथों में है। हमें एक-दूसरे की मदद करनी चाहिए—इसके बाद उसने केक खाने को दिया और गाना गाने लगा—

'ही इज़ जॉली गुड फेलो—' फिर दूसरा गाना गाया—

'दि मोर वी आर टुगेदर—'

मुझे उसके पैरों की टाँय-टाँय भी सुनाई देती रही।

कुछ देर बाद मुझे थकान महसूस हुई और मैंने कहा कि 'सैम, मुझे खाना दे दो। नींद आ रही है।'

आधी रात के करीब मेरी नींद टूट गई और मैंने पुकारा, 'सैम—'

'यस, सर,' उसने चुस्ती से जवाब दिया।

'मुझे बाथरूम ले चलो।'

'यस, सर।' वह तुरन्त मेरे बिस्तर पर आ गया और कहने लगा, 'उठ बैठिये, आगे खिसकिये, पैरों की तरफ दो इंच झुकिये, बायें, दायें, बायें, दायें चलिए, बायें, दायें, दायें मुड़िये।' पहले जब मैं अपनी आँखों में उतरने का काल्पनिक दृश्य उसे

बताता, तो वह कहता, 'नहीं, नहीं कोई दीवार नहीं है, खंभा भी नहीं है। कुछ भी नहीं है, आगे बढ़ते रहिये, भरोसे के साथ—' लेकिन आज जब मैंने कहा, 'जानते हो, मैं धीरे क्यों चल रहा हूँ?'

तो वह बोला, 'जानता हूँ, मैं जानता हूँ। लेकिन यह आपका दोष नहीं है। यहाँ बहुत सी चीज़ें भरी पड़ी हैं—'

'मुझे अपने सामने बड़ा-सा खंभा दिखाई दे रहा है,' मैंने कहा।

'जिस पर खुदाई की हुई है,' वह बोला। 'वही प्रेमी हैं। दो लोग। मैं देख रहा हूँ। लड़की अपने ओंठ निकाल रही है, दूसरा उन्हें चूसता लग रहा है, उसके हाथ लड़की की जाँघों पर हैं। माया का दृश्य है यह, इसीलिए मैंने मूर्तियां देखना बन्द कर दिया।'

मैंने हँसने की कोशिश की और कहा, 'बाथरूम ले चलो।'

'बाथरूम...बाथरूम...ठीक है, साब', फिर कुछ देर रुककर अचानक बोला, 'पर वहाँ तो आग लगी है।'

'क्या मतलब है तुम्हारा?'

'मैं अपनी आग को जानता हूँ। एक दफ़ा मैंने लुसिफ़र का रोल किया था। जब मैं नथुनों में आग भरे स्टेज पर आया, दर्शकों में बैठे बच्चे चीखने लगे और औरतें बेहोश हो गईं। लुसिफ़र ने अपनी साँस की आग चारों तरफ फैलती देखी है। आगे बैठें।' उसने मेरी बाँह कसकर पकड़ ली और एक तरफ ले चला।

वरांडे में मुझे ठंडी हवा लगी तो मैंने पूछा, 'क्या हम बाहर जा रहे हैं?'

उसने मुझे वाक्य पूरा नहीं करने दिया, 'यह जगह हमारे लिए नहीं है। जल्दी कीजिए। मेरी एक ज़िम्मेदारी है। आपको आग में जलने नहीं देना है।'

जब मैंने पहली बार अपने कमरे से बाहर कदम रखा तो मैं बहुत डर गया और मैं चिल्लाया, 'मुझे लग रहा है मैं किसी गड्ढे या खाई की सतह पर खड़ा हूँ, मैं चल नहीं पा रहा।'

वह बोला, 'धीरे-धीरे चलिए। शोर मत कीजिए। मुझे गुफा से बाहर निकलते चीते की पूँछ दिखाई दे रही है...।'

'तुम मज़ाक तो नहीं कर रहे?'

उसने जवाब नहीं दिया, कसकर मेरा कंधा पकड़ लिया और आगे बढ़ने लगा। मैं नहीं जानता था कि हम किधर जा रहे हैं। सीढ़ियों की ऊपरी सतह पर पहुँचकर उसने आज्ञा दी, 'रुक जाओ, अब हम नीचे उतर रहे हैं। अपना दाहिना पैर नीचे रखो, यहाँ, वहाँ, ठीक, अब बायाँ आगे बढ़ाओ, सिर्फ बीस कदम आगे जाना है।' मैंने बिना ठोकर खाये यह कदम रख लिये तो उसने मुझे खुलकर शाबासी दी।

मेरे चेहरे पर ठंडी हवा लग रही थी और मैं काँप रहा था। मैंने पूछा, 'हम भीतर हैं या बाहर?' मुझे पत्तियों की सरसराहट सुनाई दे रही थी। नंगे पैरों के

नीचे कंकड़ियाँ महसूस हो रही थीं। उसने मेरे सवालों का जवाब देने की कोशिश नहीं की। मैं बगीचे के रास्तों और सीढ़ियों से होकर जा रहा था। मैं परेशान हो उठा और थकान भी महसूस करने लगा। इसलिए मैं चलते-चलते एकदम रुक गया और सख्ती से पूछा, 'तुम मुझे कहाँ लिए जा रहे हो?' उसने फिर जवाब नहीं दिया। मैं बोला, 'वापस बिस्तर पर लौट चलना अच्छा नहीं होगा?'

वह कुछ देर मेरी बात पर विचार करता रहा। फिर तैयार हो गया। 'विचार अच्छा है, लेकिन इसमें खतरा है। उन्होंने सारे इलाके को खोद डाला है। जो भी दिखाई दे, उसे छूना मत, यहीं ठहरना, हिलना नहीं, मैं वापस आता हूँ।' यह कहकर वह चल पड़ा। मुझे उसके चलने की आवाज़ सुनाई पड़ रही थी। वह गाता जा रहा था, 'ही इज़ ए जॉली गुड फैलो...जॉली गुड फैलो,' इससे मुझे सन्तोष हो रहा था, क्योंकि लगता था कि वह कहीं पास में ही है।

'सैम,' मैंने आवाज़ लगाई।

दूर से आती उसकी आवाज़ सुनाई दी,

'आ रहा हूँ, लेकिन वहाँ से हटना मत।'

'सैम, सैम,' मैं विनती करने लगा, 'मुझे बिस्तर पर ले चलो। क्या सचमुच आग लग गई है?'

उसने जवाब दिया, 'अरे नहीं, आपके दिमाग में यह ख्याल कहाँ से आया? मैं आपको बिस्तर पर ले जाऊँगा, लेकिन ज़रा समय दीजिए, वापसी का रास्ता समझ में नहीं आ रहा। किसी ने कुछ किया है और हमारा रास्ता काट लिया है, लेकिन चुप रहिये, कोई आपको देख नहीं पायेगा।' उसकी आवाज़ फिर बड़ी दूर से आती लग रही थी।

मैंने फिर प्रार्थना की, 'जल्दी आओ।' मुझे लग रहा था कि हवा में लटका हूँ। फिर उसके कदमों की आवाज़ सुनाई दी।

'जी, साब, क्या हुक्म है?'

'तुम मुझे यहाँ क्यों लाये हो?' मैंने पूछा।

वह फुसफुसाया, 'मेरी है न, उसने वादा किया था कि यहाँ आयेगी। बस, आती ही होगी।' फिर वह चिल्लाकर बोला, 'मेरी, तुम कहाँ हो,' और फिर बुदबुदाया, 'वह पिछली रात आपके कमरे में आई थी, और उससे पिछली रात भी, और उससे ...वह हर रात आती रही है। आपको परेशान तो नहीं किया? नहीं, वह बहुत शान्त स्त्री है, आपको पता नहीं चलेगा। जब मैंने रोशनी बुझा दी, तब वह आई। सवेरे चली गई। आप अच्छे अफ़सर हैं, चाहें तो आप भी उसे...।'

मैंने टिप्पणी की, 'तुम्हारी पत्नी ने उसे भगाया नहीं?'

तुरन्त जवाब आया, 'उसका यह काम नहीं है। वह मेरे मामलों में कैसे दखल दे सकती है? अगर वह कोशिश करेगी...।' पत्नी के प्रति गुस्से ने उसे वाक्य

पूरा नहीं करने दिया। वह बोला, 'वह औरत एकदम बेकार है। मेरी मुसीबतों की जड़ है वह!'

मैंने निहोरे किये, 'सैम, मुझे वापस ले चलो।'

'जी, साब,' उसने चुस्ती से कहा, फिर मेरा हाथ पकड़ा और कुछ कदम आगे ले गया, फिर बोला, 'यह रहा आपका बिस्तर,' और यह कहकर मुझे धक्का दिया जिससे मैं ज़मीन पर जा गिरा। पत्थर मुझे चुभ रहे थे, लेकिन यह खड़े रहने से ज़्यादा आरामदेह लगे। वह बोला, 'यह है आपका कम्बल...अब आवाज़ दो, ''सैम''— मैं ज़्यादा दूर नहीं हूँ, न सो रहा हूँ...गुडनाइट, गुडनाइट, मैं पहले प्रार्थना करता हूँ, फिर सोता हूँ...नहीं, मैं नहीं सोऊंगा। ''सैम'' बस, एक शब्द काफी होगा, सिर्फ एक शब्द काफी होगा।' इसके बाद मैं उसके खर्राटे सुनने लगा। वह गहरी नींद में था और व्यापक आकाश में पता नहीं कहाँ था। मैंने अपने को नियति के भरोसे छोड़ दिया। हाथ आगे बढ़ाकर टटोला, तो पाया कि किसी झाड़ी के पास पड़ा हूँ। अब मैं सोचने लगा कि कोई ज़हरीला कीड़ा मुझे काट न ले। अब मुझे तरह-तरह के भय सताने लगे।

इस तरह मेरी रात बीती। मैं भी ऊँघने लगा होऊँगा, क्योंकि सवेरे चिड़ियों की चहक से मेरी नींद खुली। एक औरत ने मेरा हाथ पकड़ा और बोली, 'आप यहाँ कैसे?'

'मेरी?' मैंने पूछा।

'नहीं, मैं हर सवेरे आपका कमरा साफ करती हूँ, दूसरों के आने से पहले।'

मैंने सिर्फ यह कहा, 'मुझे बिस्तर पर ले चलो।'

उसने सवाल-जवाब में समय बरबाद नहीं किया। बहुत देर तक चलने के बाद बोली, 'यह रहा आपका बिस्तर, साब लेट जायें।'

मेरी हालत खराब थी, पट्टियाँ खुलने का काम भी आगे बढ़ा दिया गया। डॉक्टर मुझे ठीक करने में लग गया और जंगल में भटकने के कारण जो समस्याएँ उत्पन्न हो गई थीं, उन्हें भी ठीक करता रहा। पन्द्रह दिन बाद पट्टियाँ खोली गईं लेकिन सैम फिर दिखाई नहीं दिया। कुछ दिन बाद अस्पताल के मार्फत भेजा उसका यह पत्र प्राप्त हुआ :

'आपके जल्द स्वस्थ होने की शुभकामनाएँ! पता नहीं, उस दिन क्या हुआ! कहीं किसी ने कुछ किया था। जो बदमाश कोकाकोला लाया था, उसने उसमें कुछ मिला दिया लगता है। उससे निबटना बाकी है। आपके स्वस्थ होने की कामना कर रहा हूँ। जब आप घर वापस जायें तो कृपा करके मुझे 48 रुपये का मनीऑर्डर कर दें...मैं आपसे सिर्फ छह दिन के पैसे ले रहा हूँ, सातवें के नहीं। मैं चाहता था कि आपसे मिलूँ, लेकिन कर्नल ने मुझे अपने पैर की चोट का इलाज करने के लिए मद्रास बुला लिया है—सैम।'

अन्नामलाइ

आज की डाक से सिर्फ एक पोस्टकार्ड आया, जिसके पीछे बहुत छोटे अक्षरों में तमिल भाषा में संदेश लिखा था। मुझे उत्सुकता तो हुई। पर वह मिनट भर ही रही—हाथ की लिखावट, पते का ढंग, काली स्याही और इस सबसे ज़्यादा, भाषा का निश्चित रूप, सब मेरे परिचित थे। पिछले डेढ़ दशक से अपने माली, चौकीदार और मेरे खुद तथा मेरी न्यू एक्सटेंशन की संपत्ति के सामान्य रक्षक अन्नामलाइ को हर महीने आने वाले ये पत्र मैंने उसे लगातार पढ़कर सुनाये थे। ये पत्र इस प्रकार आरम्भ होते थे :

'अपने पुराने मालिक की पावन उपस्थिति में मैं यह छोटी-सी पत्री आपके विचार के लिए बड़े संकोचपूर्वक प्रस्तुत कर रहा हूँ। यह उस महान आत्मा के चरण-कमलों में रखता हूँ, जिन्होंने मुझे अपने जीवन में भोजन, आश्रय और धन प्रदान किया, और जिनकी कुशलता के लिए मैं परम शक्तिमान परमात्मा के समक्ष अपने जीवन भर प्रार्थना करता रहूँगा। आपकी और नभमंडल में विद्यमान सब देवी-देवताओं की अनन्त कृपा से, मेरा स्वास्थ्य तथा मेरी भावनाएँ, मेरे परिवार तथा इष्ट मित्रों, अर्थात् मेरा छोटा भाई, अमाबसइ, मेरी पुत्री, दामाद, दोनों पोते, और मेरी बहन जो चार दरवाज़े पार रहती है, मेरे मामा और उनके बच्चे, जो नारियल के बाग़ की देखभाल करते हैं, सब कुशल-मंगल हैं। इस वर्ष परमात्मा कृपालु रहा है, उसने समय पर हमारी ज़मीन, खेत तथा, बाग़-बगीचे फलने-फूलने के लिए वर्षा भेजी है...'

मुझे यह जानकर अच्छा लगा कि जिस व्यक्ति ने जीवनभर कठिनाइयों को झेला और उनका सामना किया है, उसके घर-गाँव में सुख है। परन्तु मेरा यह सुख ज़्यादा नहीं टिका, सुख की यह दस घनी-घनी लिखी लाइनों के बाद अचानक खत्म हो गया। मैंने जाना कि यह पारंपरिक पत्र-लेखन की औपचारिकता है, जिसे इसी ढंग से लिखा जाता है और जिसे गम्भीरता से नहीं लिया जाना चाहिए, न इसका कोई अंश और न यह पूरा आलेख क्योंकि इसके बाद वास्तविक पत्र इसके एकदम

विपरीत आरम्भ हो जाता है :

'आप माननीय महानुभाव को यह पत्र लिखने का मेरा उद्देश्य यह है कि मुझे इस समय पैसे की सख़्त ज़रूरत है। इस साल फसल एकदम बर्बाद हो गई है और मेरे पास खाना और पैसा कुछ भी नहीं है। मेरी तन्दुरुस्ती खराब हो गई है। मैं कमज़ोर हो गया हूँ और बिस्तर में पड़ा हूँ। मुझे पैसों और दवाओं की बहुत ज़रूरत है। मेरे घर-परिवार के लोग मुझे सहारा देने में समर्थ नहीं हैं, और मेरा भाई अमाबसई बहुत धार्मिक आदमी है लेकिन बहुत गरीब है, उसके दो बीवियाँ और नौ बच्चे हैं, इसलिए मैं आपसे प्रार्थना करता हूँ कि इस पत्र को तार समझें और मुझे फौरन रुपये भेज दें...।' उसने कितने रुपये भेजें, यह तो लिखा नहीं था, बल्कि इसे हमारी कल्पना पर छोड़ दिया था, कि जितना आसानी से दे सकें। पत्र के अंत में उसका नाम लिखा हुआ था, यद्यपि मैं जानता था कि वह दस्तखत नहीं कर सकता था, और नाम के साथ वह अपने अँगूठे का निशान लगाता था। मैं यह कैसे भरोसा करता कि पत्र उसी ने लिखाया है, उसके भाई अमाबसई ने नहीं जिसकी दो बीवियाँ और नौ बच्चे हैं, और अपने मृत भाई के नाम की पेंशन प्राप्त करने का उसे यह अच्छा उपाय मिल गया है। मुझे यह जानना मुश्किल था कि अन्नामलाइ अभी तक ज़िंदा है। रिटायर होने से पहले उसने मुझे जो पत्र लिखा था उसमें उसने कल्पना के सहारे अपने शव-दाह का विस्तृत वर्णन किया था जिसमें बहुत उत्साह व्यक्त होता था।

मैंने डाकखाने की मोहर चैक की कि वह सही जगह की है या नहीं, लेकिन वह हमेशा की तरह कालिख का एक धब्बा मात्र थी। अगर यह धब्बा न होकर साफ़ होती और गाँव का नाम पढ़ा जा सकता होता, तो भी उससे कोई अन्तर न पड़ता। दरअसल मुझे उसके गाँव का नाम भी सही-सही पता नहीं था, यद्यपि मैंने पिछले पन्द्रह सालों में बार-बार उसकी चिट्ठियों में लिखा था। वह मेरे सामने रखी डेस्क पर पोस्टकार्ड रखकर कुर्सी के पीछे खड़ा हो जाता और मैं उससे कहता। 'अब पता सही-सही बताओ।'

'अच्छा, साब,' वह कहता और मैं पोस्टकार्ड के ऊपर सिर झुकाये इन्तज़ार करता। 'मेरे भाई का नाम है अमाबसइ और यह पत्र उसके हाथ में दिया जाना चाहिए।'

'यह तो मैं जानता हूँ, अब तुम मुझे पता बिल्कुल सही-सही बताओ।' क्योंकि अब तक मुझे कभी यह एक पत्र सही नहीं मिला था।

उसने कुछ कहा जो 'मारा कोणम' जैसा सुनाई पड़ा, जो मुझे कभी समझ में नहीं आता था। तमिल में इसका अर्थ 'लकड़ी का कोना' होता है या 'एक-दूसरे को मारने वाला कोना'—जो दोनों शब्दों के आगे या पीछे इस्तेमाल पर निर्भर है। कलम हाथ में पकड़े मैं उसे फिर से दोहराने को कहता, तो वह इसे धीरे-धीरे बोलता

और अब इसका उच्चारण होता 'पेरमनल्लुर'।

मैं निराश होकर पूछता, 'अच्छा, यह है कहाँ?'

'यही तो मेरा गाँव है, साब,' और वह गर्व से सीना तान लेता, और मैं सोचने लगता कि इसका अर्थ क्या है। इसका गलत उच्चारण सही कर लिया जाय तो यह शब्द 'पेरूमलनल्लुर' बनता है जिसका मतलब है 'गर्व और अच्छाई का शहर' और उच्चारण को ज़रा सा बदल दिया जाय तो 'मोटापे और अच्छाई का शहर'। शब्दों के इस जंजाल में भटकते हुए, अगर मैं फिर दोहराने को कहता तो वह एक बिल्कुल नयी आवाज़ में इसे कहता। अपने घर से प्यार और समझ न पा रहे व्यक्ति के प्रति दयाभाव प्रदर्शित करते हुए वह कहता, 'साफ़-साफ़ लिखिये, 'नूमेथेड पोस्ट', और मैं फिर इसे समझने में लग जाता। लेकिन कोई लाभ नहीं, क्योंकि यह किसी पूर्ण ध्वनि का उदाहरण बन जाता, जिसका कोई अर्थ नहीं होता। जिसकी अक्षर ध्वनियों को आप चाहे जितना घुमा-फिराकर इस्तेमाल करें, या इसका अनुवाद किसी भी अन्य भाषा, तमिल, तेलुगु, कन्नड़ और भारतीय संविधान में उल्लिखित चौदह भाषाओं में से किसी भी भाषा में करें, लेकिन कोई भी अर्थ नहीं निकल पाता। इस समस्या पर गम्भीरता से विचार करते हुए मैं ध्यानमग्न बैठा रहता, तो अन्नामलाइ परम धैर्य के साथ, मुझे देखता रहता, फिर अन्त में कहता, 'अंग्रेज़ी में लिखिये।'

'अंग्रेज़ी में क्यों?'

'अगर मुझे तमिल में लिखवाना होता तो मैं कार्ड लिखने वाले से ही लिखवा लेता, आपको क्यों तकलीफ़ देता?'—उसका यह तर्क मुझे ज़रा जटिल ही प्रतीत होता। लेकिन मैंने ज़िद की, 'फिर भी तमिल में ही क्यों नहीं?'

'तमिल में लिखी चिट्ठियाँ पहुँचती ही नहीं हैं—हमारे स्कूलमास्टर यही कहते थे। जब मेरे चचा मरे तब उन लोगों ने उनके बेटे को कांजीवरम चिट्ठी भेजी, जिसमें पता तमिल में लिखा था—बेटा उनकी क्रिया पर पहुँचा ही नहीं। हमने दो दिन बेटे के आने का इन्तज़ार किया, फिर शवदाह कर दिया, और बेटा जी एक साल बाद आकर प्रकट हुए और पूछने लगे, "मेरे पिताजी कहाँ हैं? मुझे पैसे की ज़रूरत है।" ' यह कहानी सुनाकर अन्नामलाइ ज़ोर से हँसा। मैं समझ गया कि मुझे ज़्यादा सवाल नहीं करने चाहिए, और मैंने जो जैसा सुनाई दिया, वैसा ही लिख दिया। फिर कार्ड लेने से पहले उसने पूछा, 'क्या आपने "करपड़ी होकर" लिखा है?'

इस सब काम में काफी समय लगता। पता लिखने की जगह भरती चली जाती और मैं परेशान होता कि सब कुछ इतनी ही जगह में कैसे पूरा करूँ, लेकिन किसी तरह कलम की नोक का इस्तेमाल करके मैं कर ही देता। इस काम में पूरा एक घंटा लगता, लकिन अन्नामलाइ महीने में एक से ज़्यादा कार्ड घर नहीं भेजता था; वह अक्सर कहता—'साब, घर के लोगों को चिट्ठी पाकर बहुत अच्छा लगता

है, लेकिन अगर मैं हर परिचित को चिट्ठी लिखने लगूँगा तो मैं तो दिवालिया हो जाऊँगा और यह हालत हो जाने पर इन लोगों से क्या एक भी ऐसा निकलेगा जो मेरे भूखे मरने पर मुझे एक मुट्ठी चावल भी खाने को दे जायेगा?' इसलिए वह सम्भव सीमा के भीतर ही पत्र-व्यवहार करता, हालाँकि इन्हीं के कारण उसका अपने गाँव से सम्बन्ध बना रहता था।

'तुम्हारे गाँव कैसे पहुँचा जा सकता है?' मैंने पूछा।

'रेल का टिकट खरीदकर, और कैसे?' उसने जवाब दिया और अपने गाँव की बात करके खुश हुआ। 'अगर आप दो रुपये दस आने का टिकट लेकर पैसेन्जर से रात को चलें तो सवेरे त्रिची पहुँच जायेंगे। त्रिची से ग्यारह बजे दूसरी गाड़ी चलती है, और अब सवा सात रुपये में, जो पहले सिर्फ पाँच रुपये चौदह आने हुआ करते थे, आप विठापुरम पहुँच जायेंगे। आपको सारी रात जागना चाहिए, नहीं तो ट्रेन आपको आगे ले जायेगी, और एक दफ़ा उन्होंने दो रुपये और माँग लिए क्योंकि मैं आगे सो गया था। मैंने बहुत मिन्नतें कीं, तो उन्होंने मुझे छोड़ दिया, लेकिन दूसरे दिन मुझे कठपुदी आने के लिए दूसरा टिकट खरीदना पड़ा। यहाँ स्टेशन पर आप दोपहर तक सो सकते हैं। उस वक्त बस आती है और बारह आने में आप आगे जा सकते हैं। बस छोड़कर आपको छह आने देकर इक्का या बैलगाड़ी लेनी होती है, फिर पैदल चलकर अँधेरा होने से पहले घर पहुँच जाते हैं, ज़्यादा रात हो जाय तो डाकू घेर लेते हैं और मारपीट करते हैं। ज़्यादा लम्बा सफर नहीं है, अगर दोपहर बाद आप चल पड़ें तो सूरज ढलने से पहले आप मारकोनम! पहुँच जाते हैं। लेकिन गाड़ी सिर्फ नौ पैसे में पहुँचा देती है—है न यह मज़ेदार बात?' उसने सवाल पूछा।

एक दफ़ा मैंने उससे प्रश्न किया, 'तुम चिट्ठी से पहले पता क्यों लिखवाते हो?'

'इसलिए क्योंकि मैं निश्चय कर लेना चाहता हूँ कि वह मेरे कार्ड पर अपने रिश्तेदारों को तो चिट्ठी नहीं लिख देता है। नहीं तो मुझे कैसे पता चले?'

यह मुझे अच्छा लगा कि इससे उसकी चिट्ठी लिखे जाने का निश्चय हो जाता है, धोखा नहीं होता। इससे उसके एक मित्र का संकेत भी मिलता था, जिसकी वह अक्सर प्रशंसा करता था, जो हमेशा उसकी चिट्ठियाँ लिखता था, और शायद इस तरह के समझदारी के उपायों के कारण यह सम्बन्ध सही चल पाया था। मैं अक्सर इस मित्र के बारे में पूछता।

'उसका नाम भी वही था जो मेरा है,' उसने कहा।

'क्या नाम?' मैंने पूछा।

वह सिर झुकाकर बुदबुदाया, 'मेरा नाम... नाम है...' नाम बताना ज़रा मुश्किल काम था, क्योंकि बिना वजह नाम बताना अच्छा नहीं माना जाता, और यह बात मेरे लिए उस दिन तक अज्ञात रही, जब एक दिन उसने गेट पर लगा मेरे नाम

का साइन बोर्ड इंगित करते हुए कहा, 'मुझे माफ़ करें, लेकिन यह साइन बोर्ड हटवा दीजिए।'

'क्यों?'

'यहाँ से गुज़रता हर तरह का आदमी ज़ोर-ज़ोर से आपका नाम पढ़ता है, जो अच्छी बात नहीं है। कई दफ़ा ज़रा-ज़रा से बच्चे, जो अभी हिज्जे करना ही सीख रहे होते हैं, आपका नाम चिल्लाते हुए यहाँ से निकलते हैं, और जब मैं उन्हें पकड़ता हूँ तो भाग निकलते हैं। उस दिन कई औरतें आपका नाम पढ़-पढ़कर हँसती चली जा रही थीं। कितनी बुरी बात है? मुझे तो बरदाश्त नहीं है।' कितनी अलग थी उसकी दुनिया हमारी दुनिया से जिसमें आदमी का नाम छपाई में, ईश्वर की लहरों में और फिल्मों में ज़ोर-ज़ोर से प्रचारित करने का दस्तूर है।

'अब बोर्ड है तो उसे और कहाँ लगाऊँ?'

उसने कहा, 'घर के भीतर लगायें, जहाँ बहुत सी तस्वीरें लगी हैं।'

'मुझसे मिलने वालों को पता चलना चाहिए कि मैं कहाँ रहता हूँ।'

'हरेक को जानना चाहिए, नहीं तो वे यहाँ मिलने क्यों आयेंगे?'

बगीचे की गुड़ाई करने में वह माहिर था। हमारी सबसे बढ़िया बातचीत तभी होती जब वह यह काम कर रहा होता। वह खुदाई-गुड़ाई का काम सारे दिन करता रह सकता था। यह काम करते हुए वह अपने माथे पर लाल रंग की पट्टी बाँध लेता था जिसकी गाँठें खूबसूरत ढंग से कानों से बँधी रहती थीं। ख़ाकी निकर पहने खुली पीठ, सूरज की कड़क धूप में तपती, वह मिट्टी और हरियाली के भीतर पूरी तरह छिप जाता था। और अब केले के पेड़ों की कीचड़ में पैर धँसाये खड़ा होता तो उस सबके साथ एक रूप हो जाता। पत्थरों, ढलान और गड्ढे में वह आराम से चलता-फिरता, फिसलता, लेकिन घर के भीतर सीमेंट के फर्श पर उसके पैर भटकते से लगते और सीढ़ियाँ चढ़ते हुए टाँगें टूटती-सी नज़र आतीं। दीवारों, किताबों और कागज़ों की दुनिया में उसे सुकून नहीं मिलता था; उसे जैसे डर लगने लगता और मेरे सामने उँगलियाँ दबाकर कमज़ोर आवाज़ में बोलता आकर खड़ा हो जाता। वह चिट्ठी लिखवाने के लिए ही मेरे कमरे में आता था। मैं अपनी मेज़ पर बैठा होता, और वह कुर्सी के पीछे इस तरह खड़ा हो जाता और इस तरह अपनी साँस दबाकर बात करता कि मुझे परेशानी नहीं हो, लेकिन शान्त रहने की इस प्रक्रिया में उसके गले और मुँह से जो आवाज़ें निकलतीं, उन पर वह काबू नहीं रख पाता था। अगर मैं थोड़ी देर में उसकी उपस्थिति का अहसास न कर पाता, तो वह फाटक की तरफ़ नज़र डालता और गाय-बैल हाँकने वालों की 'हय, हय' आवाज़ करता जिसे सुनकर मेरे सिर उठाने पर सफ़ाई देता, 'साब, फिर आ गई ये गायें, किसी दिन ये ज़रूर हमारा फाटक तोड़ डालेंगी और हमारा बाग तहस-नहस कर डालेंगी, इस बूढ़े ने जो फूल-पत्तियाँ बड़ी मेहनत से लगाई हैं, उन्हें चर डालेंगी।

यहाँ से गुज़रते लोग अक्सर कहते हैं, "देखो तो ये लाल-लाल फूल कितने खूबसूरत लग रहे हैं। ये सब उस बूढ़े का इस उम्र में कमाल है!"

अन्नामलाइ को अपनी कमज़ोरियों का पता था लेकिन बागवानी के इस गुण के बारे में पूरा विश्वास था। कई परिस्थितियाँ भी उसकी इस भावना के लिए ज़िम्मेदार थीं। मैं उसे रोकता-टोकता भी नहीं था। मेरे घर की ज़मीन चौथाई एकड़ थी, जिसमें उसे पौधे सहेजने और नए-नए प्रयोग करने की पूरी आज़ादी मिलती थी। विनायक स्ट्रीट पर तब तक रहा जब तक एक लॉरी चलाने वाला मेरे पड़ोस में आकर नहीं बस गया। वह म्युनिसपेलिटी के चेयरमैन का कोई रिश्तेदार था, इसलिए शहर भर में वह अपना राज समझता था! उसकी लारियां सारा दिन धड़-धड़, धड़-धड़ करतीं और रात को सड़क की पटरी पर लाइन लगाकर खड़ी हो जातीं और उन्हें दूसरे दिन काम करने के लिए ठुकाई-पिटाई करके रात भर ठीक किया जाता। सड़क पर मेरे सिवा और किसी को यह कारगुज़ारी दिखाई भी नहीं पड़ती थी। कोई इसलिए भी शिकायत या विरोध न करता, क्योंकि चेयरमैन का रिश्तेदार इन बातों से परे होता है। मेरे लिए लिखने-पढ़ने का कोई काम करना यहाँ दुष्कर होता था। इसलिए मैंने यहाँ से भाग निकलने का फैसला किया। मैं समझ गया कि मुझ जैसे लोगों के लिए यह जगह उपयुक्त नहीं रही। इसलिए मैंने इधर-उधर नज़र दौड़ाना शुरू किया। मेरे दलाल ने न्यू एक्सटेंशन में जो जगह दिखाई, वह मुझे पसन्द आई, और उसी ने मेरी जगह लारीवालों को बिकवा भी दी। यह फैसला करने के छह महीने बाद मैं अपनी किताबें और कागज़-पत्तर लेकर नई जगह चला गया। पहाड़ की सड़क से थोड़ी सी ऊँचाई पर फैली, बायीं तरफ़ खुला बड़ा मैदान, पड़ोस में रेल की लाइन और उसका लाल रंग का फाटक, यह नज़ारा था मेरे नए घर का, यहाँ किसी ने कॉटेज बनाया हुआ था—ऊपर एक कमरा और नीचे दो छोटे कमरे, मेरे काम के लिए पर्याप्त, यहाँ मैं शांति से लिख-पढ़ सकता था।

जिस दिन मुझे घर बदलना था, मैंने लारी मालिक से प्रार्थना की कि नई जगह मुझे और मेरे सामान को ले जाने के लिए लारी दे दे, जो उसने बड़ी खुशी से स्वीकार कर ली। हम दोनों खुश थे क्योंकि अब लारीवालों को रात-दिन ठोक-पीट और घरड़-घरड़ करने की आज़ादी प्राप्त हो गयी थी, मुझे भी ऐसी जगह मिल गई थी जहाँ मेरा वास्ता चिड़ियों की आवाज़ और ठंडी हवा के अलावा और किसी से नहीं पड़ने वाला था। मैंने अपनी किताबें और बक्से एक खुले ट्रक में लदवाये, जिनके ऊपर चार मज़दूर जमकर बैठ गये। मैं ड्राइवर के बगल की सीट पर जा बैठा और विनायक स्ट्रीट को अलविदा कहा। मेरे जाने पर आह भरने वाला कोई न था। क्योंकि, समय बीतने के साथ, इस सड़क पर मेरे वंश-परिवार का मेरे सिवा

और कोई नुमायन्दा शेष नहीं रहा था, मेरे चाचा भी काफ़ी समय पहले गुज़र गये थे।

जब हम न्यू एक्सटेंशन पहुँचे, मज़दूरों ने फुर्ती से सारा सामान उठा-उठाकर बड़े कमरे में पटक दिया। उनमें से एक पीछे रह गया, बाकी सब लारी के पास लौटकर चिल्लाये, 'हे अन्नामलाइ, तुम आ रहे हो या नहीं?' उसने कोई परवाह नहीं की तो ड्राइवर ने हॉर्न बजाना शुरू कर दिया।

मैंने उससे कहा, 'ये तुम्हें बुला रहे हैं।'

उसका संक्षिप्त सा उत्तर था, 'बुलाने दीजिये।' वह सामान लगाने में मेरी मदद कर रहा था। उसने मेज़ की तरफ इशारा करके पूछा, 'क्या इसे आप ऊपर रखना चाहते हैं?' बाहर खड़ी लारी शोर मचाये जा रही थी। वह इस पर गुस्सा हो गया, दरवाज़े पर पहुँचा, उनकी तरफ देखा और हाथ हिलाकर कहने लगा, 'जाना चाहते हो तो जाओ, वहाँ खड़े होकर बेवजह गधे की आवाज़ें मत निकालो।'

'तुम वापस कैसे लौटोगे?'

'तुम्हें इससे मतलब?' वह बोला। 'जाना चाहते हो तो जाओ, ये गधे की आवाज़ें साब को परेशान करती हैं।'

अपने प्रति उसकी चिन्ता से मैं प्रभावित हुआ और किताबों से अपना सिर उठाया। मैं बंधे हुए गट्ठों से उन्हें अलग कर रहा था, और अब मैंने उसे पहली दफ़ा देखा। वह काफ़ी तगड़ा-सा आदमी था, चौड़े जबड़े, दाढ़ी शेव की हुई, सिर पर पगड़ी, मोटे भारी टाँगों पर खाकी रंग की निकर पहने, लम्बी बाँहें घुटनों को छूती, मोटी उँगलियाँ, चौड़ी नाक, पान के लाल रंग से रंगे बड़े-बड़े दाँत, और गालों के भीतर तंबाकू भरी हुई। उसमें कुछ भयानक और कुछ कोमल, दोनों का एक साथ सम्मिश्रण था।

लारी के चलने की आवाज़ आई तो मैंने कहा, 'जा रहे हैं ये लोग।'

'जाने दो,' वह बोला। 'मैं परवाह नहीं करता।'

'तो तुम कैसे जाओगे?' मैंने पूछा।

'मैं अभी क्यों जाऊँ?' वह बोला। 'आपका सब सामान इस तरह बिखरा पड़ा है और उनमें इतनी समझ नहीं है कि रुक कर मदद करें। साब, लोग आजकल कैसे हो गये हैं?'

इस तरह वह मेरे यहाँ काम करने लगा और यहीं रहा। उसने मेरे बक्से उठाने, किताबें सँभालकर रखने और बाद में सफाई करने में मेरा साथ दिया। इसे पूरा करके जब मैं बाग़ को देखने निकला तो वह भी मेरे पीछे हो लिया। मुझसे पहले जो इस घर में रहता था उसने इस तरफ़ कोई ध्यान नहीं दिया था। इसमें पीछे की तरफ़ एक दीवार-सी थी जो घर से उसे अलग करती थी, और बाकी ज़मीन पर तरह-तरह के पौधों के झाड़ थे। जब भी मैं किसी पौधे का ध्यान से निरीक्षण करने के लिए रुकता, तो वह भी मेरे पीछे खड़ा हो जाता। अगर मैं पूछता, 'यह

क्या है?' तो वह पौधे के ऊपर झुककर उसे देखता और कहता, 'यह ''पून छड़ी'' (फूलों का पौधा) है।' फिर और ध्यान से देखकर कहता, ''पीले फूलों वाला,'' जो मुझे भी दिखाई दे रहा था। समय बीतने पर मैंने पाया कि पौधों की जानकारी उसकी सामान्य थी जो देखने-सूँघने पर निर्भर थी। अगर कोई पौधा उसे पसन्द आता, तो वह उसे ''पून छड़ी'' कहता और उसे पनपने देता। अगर वह काँटेदार, खुरदरा और घटिया लगता, तो वह उसे ''पौन्डु'' (झंखाड़) कहकर उखाड़ देता और मेरे देखने से पहले ही गाली देकर दीवार से बाहर फेंक देता।

मैं कहता, 'तो तुम इसे गाली क्यों दे रहे हो?' वह जवाब देता, 'यह पापी पौधा है, साब।'

'कैसा पापी?'—तो वह जवाब देता, 'तरह-तरह के नुकसान पहुँचाने वाला। छोटे बच्चे अगर छू लें तो उनके पेट में दर्द हो जायेगा।'

'यहाँ तो मीलों दूर तक बच्चे नहीं हैं?'

'तो क्या? यह तो हवा में ज़हर फैला देता है।'

घर में एक अँधेरी-सी कोठरी थी, मैंने पूछा, 'तुम इसमें रह सकोगे?'

'मैं इसके बिना भी रह लूँगा,' उसने जवाब दिया और स्पष्ट किया, 'मैं भूत-प्रेत, किसी से भी नहीं डरता। हर जगह रह सकता हूँ। जंगल में रहता था, तो वहाँ कोई कमरा था?' यह कहकर उसने किसी तरफ़ अपना हाथ फैलाकर बताया। 'यह लारी वाला शैतान है, साब, मुझे माफ़ करें, आप जैसे बड़े आदमी से यह अब बात करने के लिए। पूरा बदमाश है? एक दफ़ा वह मुझे लारी पर बिठाकर पहाड़ी के ऊपर जंगलों में ले गया और वहाँ से मुझे वापस नहीं आने दिया। उसने वहाँ किसी से खाद इकट्ठा करने का ठेका लिया था, और मुझे ज़मीन खोद-खोदकर खाद इकट्ठी करके लारी में भरने के काम पर लगा दिया।'

'किस तरह की खाद?'

'चिड़ियों, शेर-चीतों ओर जंगली जानवरों की लीद, सूखे पत्तों का ढेर जो चारों तरफ बिखरे रहते थे, वह मुझे एक दिन के डेढ़ रुपये देता था, उस सबको खोदकर इकट्ठा करने और लारी आने पर उसमें भरने के लिए..। मैं वहीं आग जलाकर चावल उबालता और पेट भरता था, पेड़ों के नीचे रहता और सोता, और रात को शेर-चीतों को डराकर अपने पास से भगाने के लिए पत्तियाँ जलाकर आग पैदा करता था।'

'तुमने डेढ़ रुपये रोज़ के लिए यह नौकरी क्यों चुनी?'

वह कुछ देर तक खड़ा सोचता रहा, फिर बोला, 'पता नहीं साब! मैं गाड़ी में बैठा नौकरी ढूँढ़ने कहीं जा रहा था, टिकट भी नहीं था मेरे पास। एक आदमी भीतर आया और टिकट माँगने लगा। मैंने जेबें टटोलकर, टिकट निकालने का बहाना किया, फिर कहा, ''कोई बदमाश चुरा ले गया है मेरा टिकट''—तो वह समझ गया और बोला, ''हम उस बदमाश को ढूँढ़ निकालेंगे, पहले तुम ट्रेन से

उतरो।'' और वे मेरे कपड़ों की पुटलिया के साथ वहाँ से ले गये। ट्रेन चली तो हम अकेले रह गये। अब वह कहता है, ''तुम्हारे पास कितना क्या है?'' मैंने कहा, ''कुछ भी नहीं'', तो वह बोला, ''डेढ़ रुपये रोज़ पर काम करोगे?'' मैंने ख़ुश होकर उससे मिन्नत की कि मुझे दे दो यह काम। वह मुझे स्टेशन से बाहर खड़ी एक लारी के पास ले गया, और मुझे कुदाली वगैरह पकड़ाकर बोला, ''ठीक है, लारी में बैठ जाओ, ड्राइवर बतलायेगा कि क्या काम करना है।'' लारी ने मुझे दूसरे दिन पहाड़ पर ले जाकर छोड़ दिया। सारी रात मुझे आग जलाकर जागना पड़ता, नहीं तो जानवर आकर मुझे खा जाते।'

'तुम्हें डर नहीं लगता था?'

'जब जानवर आग देखते, तो भाग जाते, और कई दफ़ा मैं ज़ोर-ज़ोर से मन्त्र वगैरह बोलता, और तब तक बोलता रहता जब तक वे चले नहीं जाते...और ढेर सारी लीद वहाँ छोड़ जाते, जिसकी उस आदमी को ज़रूरत थी...वह उसे कॉफ़ी बागान के मालिकों को बेचकर बहुत सा पैसा कमाता...जब कभी मैं घर लौटना चाहता, वह रोक लेता, इसलिए मुझे रहना पड़ा। पिछली दफ़ा जब वे आये, मैं बुखार से तड़प रहा था, लेकिन भले आदमी लारी ड्राइवर ने मुझे उस पर चढ़ जाने दिया, और मैं जंगल से भाग आया। अब साब, मैं कभी वहाँ नहीं जाऊँगा, उस लारीवाले के पास मेरी तनख़ा जमा है, लेकिन वह कहता है कि वह चावल वगैरह में सब पैसा दे चुका है। मुझे ठीक पता नहीं, साब...किसी दिन आप सब हिसाब लगाना और मदद करना मेरी।'

दूसरे दिन सवेरे वह अपना सामान लाने के लिए तैयार हुआ। उसने मुझसे पाँच रुपये माँगे, तो मैं झिझका क्योंकि मैं उसे जानता ही नहीं था, अभी वह चौबीस घंटे से ही मेरे साथ था। मैंने कहा, 'अभी मेरे पास खुले नहीं हैं।'

वह पान से सने लाल दाँत निकालकर हँसा, 'आप मुझ पर भरोसा नहीं कर रहे हैं न? कर भी कैसे सकते हैं! दुनिया ऐसे लोगों से भरी पड़ी है जो बुरा ही करते हैं। आपको पैसे की हिफ़ाजत करनी ही चाहिए। अगर आप पैसे और पत्नी की रक्षा न करें तो...।' मैंने उसकी बात पूरी नहीं सुनी क्योंकि वह बुदबुदाता नीचे उतर गया। मैं अपनी मेज़ ठीक करने लगा था। क्योंकि मैं ज़ल्द से ज़ल्द अपना काम शुरू कर देना चाहता था। मैंने गेट खुलते हुए सुना, उसकी 'किर्र' की आवाज़ आई—जिसे मैंने बाद में उसी तरह रहने दिया क्योंकि तेल के बिना यह आवाज़ घंटी का काम करती थी। मैंने पश्चिमी खिड़की से झाँककर देखा, कि वह सड़क पर जा रहा था। मैंने सोचा कि वह वापस नहीं आयेगा क्योंकि जो उस पर पाँच रुपये के लिए विश्वास नहीं कर सका, उसकी नौकरी वह क्यों करेगा? मैं सोचने लगा कि उसे एक रुपया तो दे देता। मैंने देखा कि वह ज़मीन की ढलान पर उतरकर छोटे वाले रास्ते से निकलकर चला गया।

मैं अपने को दोष देता मेज़ पर बैठकर काम करने लगा। यह आदमी मेरी भरपूर मदद करता रहा लेकिन मैंने उसकी परवाह नहीं की। उस पूरे दिन वह बाहर रहा, दूसरे दिन दोपहर बाद मैंने फाटक के खुलने की 'किर्र' आवाज़ सुनी, जो खुलकर फिर उसी तरह बन्द हो गया, और सिर पर अपना टीन का बक्सा रखे जिसके ऊपर एक बोरा रखा था, वह भीतर आ गया। मैं उसका स्वागत करने नीचे उतरा। जब तक मैं उसके पास पहुँचा, वह सारा घर घूमकर पीछे की कोठरी तक पहुँच चुका था और अपना सामान उतार रहा था।

वह मेरी खिड़की के नीचे खड़ा होकर ऊपर हवा में आवाज़ मारता, 'साब, मैं पड़ोस के माली से बातें करने जा रहा हूँ और बहुत ज़ल्द लौट आऊँगा,' और मेरे जवाब का इन्तज़ार किये बिना चल पड़ता। कभी-कभी जब मैं उसकी बात सुन लेता तो उसूल के नाते उससे कहता, 'अपनी समस्याओं के बारे में दूसरे को क्यों परेशान कर रहे हो?'

वह मेरी बात सुनकर उदास हो जाता और कहता, 'अगर मुझे नहीं जाना चाहिए तो नहीं जाऊँगा, आपका हुक्म है तो...'

मैं या कोई और अन्नामलाइ को हुक्म कैसे दे सकता था? इसलिए मैं कहता, 'तुम तो सब कुछ जानते हो, तुमसे ज़्यादा वह कैसे जान सकता है?

इस पर वह सिर हिलाता, 'साब, ऐसी बात न करें? अगर आप नहीं चाहते कि मैं जाऊँ, तो मैं नहीं जाता, बस, और क्या! आप सोचते होंगे कि मैं गपशप करने या घूमने-फिरने जाता हूँ।'

इस सवाल का जवाब देना आसान नहीं था, मैं कहता, 'नहीं, यह बात नहीं है...'

वह बड़बड़ाता हुआ चला जाता, 'उसे सौ रुपये पगार मिलती है, कोई वजह तो होगी...मैं तो आपका अहाता इतना खूबसूरत बनाना चाहता हूँ कि राह चलते लोग तारीफ़ करते निकलें...। इतनी सी बात है, मैं तो उसकी तरह सौ रुपये नहीं माँगता।' रास्ते भर वह इसी तरह की बात करता रहता, कोई सुनने वाला हो या न हो। घंटे भर बाद वह हाथ में एक पौधा लटकाये, मरी हुई चिड़िया की तरह, लौटता और कहता, 'हम उनके पास जायें और माँगें तो वे पौधे दे देते हैं, नहीं तो उन्हें क्या पड़ी है, दूसरों को ये देने की!'

मैं कर्तव्य समझकर पूछता, 'क्या है यह?' तो वह जवाब देता, 'फूलों का पौधा'–जो मैं जानता था कि वह यही कहेगा।

कई दफ़ा वह अपनी धोती के छोर में बँधी हुई बीजों की पुड़िया मुझे दिखाता, तो मैं पूछता, 'यह क्या है?'

'बड़े दुर्लभ बीज हैं ये, इस एक्सटेंशन में किसी ने देखे भी नहीं होंगे। आप सोचेंगे कि मैं झूठ बोल रहा हूँ...।' फिर वह पूछता, 'इन्हें कहाँ बोऊँ?'

मैं अहाते में एक कोने की तरफ़ इशारा करता और कहता, 'यह हिस्सा एकदम उजाड़ पड़ा है...तुम नहीं सोचते कि यहाँ कुछ लगाया जाय?' जवाब देते हुए मैं सोचता रहता कि मेरे सुझाव की पता नहीं, कोई कीमत है या नहीं, वह मेरी बात मानेगा या अपने मन की करेगा...कहा नहीं जा सकता था। वह किसी कोने की डटकर खुदाई करता और अपनी उँगली मिट्टी में डाल-डालकर बीज भीतर लगाता और एक बिल्कुल नए किस्म की क्यारी तैयार कर लेता। हर रोज़ सवेरे वह इसकी देखभाल करता और परखता कि ठीक से पौधा उग रहा है या नहीं। जो भी बीज या पौधा उसे तेज़ी से उगता दिखाई देता, उसमें वह दिन में दो दफ़ा पानी लगाता, लेकिन अगर कोई उसकी मेहनत के अनुसार प्रगति न करता, तो वह गुस्सा हो जाता और बड़बड़ाता, 'इसे अच्छी तरह फलना चाहिए था लेकिन बुरी नज़र लग गई है...पर मैं जानता हूँ कि क्या करना है...।' वह कोई टूटा-फूटा गमला लेता, फिर सफेद चूने के घोल में अपनी उँगली डुबो-डुबोकर उसपर टेढ़ी-मेढ़ी डरावनी आकृतियाँ बनाता और उसे इस तरह क्यारी के ऊपर लगा देता कि आने वाले की नज़र पहले उस पर पड़े, फिर पौधे पर पड़े। इसका कारण बताते हुए वह कहता, 'जब कोई कहता है कि ''यह पौधा कितना सुन्दर लगता है'' तब वह यह बात ईर्ष्या की वजह से कहता है, असली प्यार नहीं होता यह, और इससे ही पौधे जल जाते हैं, पर वे ये भयंकर शक्लें देखते हैं तब उन्हें चिढ़ होती है और पौधे पनपने लगते हैं। यह ज़रूरी बात है।'

वह हर रोज़ बगीचे में नई-नई चीज़ें बोता, जहाँ चाहे उन्हें लगाता, और शीघ्र ही मैं समझ गया कि यह काम मेरी दखल से बाहर हो गया है। मुझे लगने लगा कि इन मामलों में वह सिर्फ मुझे बरदाश्त करता है, इज़्ज़त के साथ, पर मेरी बातों पर ध्यान नहीं देता क्योंकि उसे मुझ पर भरोसा नहीं है, इसलिए मैंने उसे पूरी आज़ादी दे दी। बाग में पौधे हर जगह अपने ढंग से उगते और सामान्यतया पनपते भी नज़र आते, हालाँकि वह इन्हें शायद ज़रूरत से ज़्यादा पानी देने का काम करता, सौ मीटर लंबे पाइप से वह एक-एक पत्ता पानी से डबडबा भर देता। इसी तरह वह हर पौधे की जड़ में हर तरह की गंध ऊपर से बिखेरता रहता और कहता कि यही वह खाद है जिसे पाकर ये पनपते और फलते-फूलते हैं। इस तरह लगातार मेहनत करके उसने मेरे घर के अहाते में भरा-पूरा बाग खड़ा कर दिया। गुलाब के बहुत से पौधे चारों तरफ़ फैल गये, जिनके नाम वगैरह हमें कभी पता नहीं लगे, और जिनके काँटे एक दूसरे में उलझ-पुलझ कर राहगीरों को परेशान भी करने लगे; कन्ना के पेड़ बड़ी-बड़ी ऊँचाई तक खड़े हो गये, चम्पा की झाड़ियाँ दूर-दूर तक फैल गईं जिसमें फूल चारों तरफ बिखरे नज़र आते, हालाँकि रात के इनकी खुशबू चारों दिशाओं में फैलती उड़ती रहती। डहलिया हर मानसून में खुद ज़मीन से निकलकर ऊपर उठती, खिलती और मुरझाकर सूखती गिरती गायब होती रहती।

यह पता नहीं चलता था कि उन्हें किसने लगाया, पर प्रकृति उन्हें हर मौसम में उछालती और फिर अपने आप में समेट लेती थी—अन्नामलाइ इसका पूरा श्रेय अपने ऊपर लेने में गुरेज़ नहीं करता था। कई दफ़ा मैं शिकायत करता क्योंकि टेकोमा की झाड़ियाँ चारों तरफ़ इस तरह फैल जातीं कि कुछ दिखाई देना भी बन्द हो जाता था। अन्नामलाइ मुझे कुछ जवाब तो न देता, सज्जनता के नाते चुप बना रहता, परंतु उधर देर तक देखते रहता, 'इसकी चिन्ता न करें, साब, मैं ठीक कर दूँगा।'

'कब?' मैं पूछता।

'जब बारिश शुरू हो जायेगी,' वह जवाब देता।

'इसमें तो बहुत वक्त है अभी!'

'क्योंकि गर्मी में पौधा काट दें तो वह जड़ से मर जाता है।'

'पर आजकल बारिश तो आती ही नहीं।'

वह आसमान की तरफ देखकर कहता, 'बारिश को दोष क्यों दें हम, आजकल लोग ही कितने बुरे हो गये हैं!'

'यह कैसे?'

'लोग एक रुपये सेर चावल बेचने लगे हैं। यह कैसा न्याय है? गरीब आदमी कैसे ज़िंदा रहेगा?'

फिर जब आखिरकार बारिश होती, तो उससे यह कहना मुश्किल होता कि पौधों की छटाई कर दें, क्योंकि उसका निश्चित रूप से जवाब यह होता, 'बारिश रुक जाये तो करूँगा क्योंकि बरसते पानी में कटाई-छंटाई की जाय तो पौधे सड़ने लगते हैं। पर अगर आप इन्हें पूरी तरह खत्म करना चाहते हैं तो बतायें यह दो मिनटों का काम है लेकिन फिर आप मेरे ऊपर यह इलज़ाम मत लगाना कि यहाँ से हर गुज़रने वाला हर वक्त घर के भीतर झाँकता चला जाता है।'

फिर अचानक एक दिन वह हँसिया हाथ में ले कर सारे झाड़ इस तरह काटना शुरू कर देता कि जिन्हें मैं कटवाना चाहता, उन्हें तो काट ही डालता, जिन्हें मैं बचाना चाहता, उन्हें भी काट-पीटकर खत्म कर देता। फिर जब मैं इसे गलत ठहराता तो वह कहता, 'साब, जितना ज़्यादा काटेंगे, उतनी ही ज़्यादा बढ़त होगी।' यह कारनामा पूरा होने के बाद सारा बगीचा एकदम ठूँठ और उजाड़ हो जाता और पौधों की कटी-पिटी डालियाँ दुबले-पतले भूतों की तरह आँखें दिखाती नज़र आतीं। सारी ज़मीन पत्तों से भर जाती। इसके अगले कदम के रूप में, वह चारों तरफ बेतरतीब फैली घास-फूस-हरियाली इकट्ठी करता, उसके गट्ठे बाँधता और उन्हें पीठ पर उठा कर अपने ही नाम वाले के यहाँ, जो बाँस बाज़ार में रहता था, ले जाता क्योंकि उसके यहाँ गाय-भैंसें पाली हुई थी जो इन्हें खाती थीं, और जो खुद इस सेवा के बदले में उसकी चिट्ठियाँ लिखने के लिए तैयार रहता था।

शाम को देर से उसका काम खत्म होता। अपनी कोठरी के एक कोने में वह खुरपी वगैरह रखता, ज़ोर लगाकर भारी-भरकम होज़पाइप लपेटता और बुड़बुड़ाता रहता? 'यही तो मेरी ज़िन्दगी है, नहीं तो मेरे जैसा बुड्ढा आदमी इन पेड़-पौधों को कैसे खिलाता-पिलाता और नाम कमाता? अगर कोई राक्षस इसको चुरा ले तो मुझे कोई देख नहीं पायेगा।' रबर होज़ लपेटने में उसे बहुत मेहनत लगती। और मैं सोचता कि इसकी सुरक्षा के लिए वह खुद भी इसी में लिपटना स्वीकार कर लेगा। उसे अपनी जगह रखने के बाद वह माथे की लाल पट्टी उतारता, सामने लगा नलका खोलकर ढेर सारा पानी अपने बदन पर उड़ेलता, नाक छिनकता, गला साफ़ करता, और ज़ोर-शोर से आवाज़ें करते अपनी सफ़ाई करता रहता, पैर धोता, ग्रेनाइट के पत्थर से रगड़कर ऐड़ी तब तक साफ़ करता जब तक वह लाल न पड़ जाती, अब माथे की पट्टी का तौलिए की तरह इस्तेमाल करके बदन सुखाता, फिर कोठरी में घुस जाता और कमीज़ तथा सफेद धोती पहनकर बाहर निकलता, यह उसकी छुट्टी का घंटा होता, और वह रेल क्रॉसिंग के साथ की दुकान पर जाकर तंबाकू का सुंटा लगाता और सामने पड़े लकड़ी के गट्ठे पर बैठकर अपने साथियों से गपशप करता। रेल फाटक का चौकीदार दुकान का मालिक था—हालाँकि नीति के तौर पर वह कहता कि उसका बहनोई उसका मालिक है—वह दुनिया भर की जानकारी रखता था, और उस दिन की खबरों का सारांश इस मज़मे को सत्य मुद्रणालय में छपे अखबार से पढ़कर सुनाता—प्रेस का मालिक रेडियो की खबरें और बाहर से आने वाले अखबारों की खबरें इकट्ठी करके उन सबको एक-एक पैरा में संक्षिप्त करके एक ही शीट पर छाप देता था, इसमें वह किसी के कॉपीराइट की परवाह नहीं करता था। उसका अखबार शाम को निकलता था, कीमत दो पैसा, जो शायद दुनिया का सबसे सस्ता अखबार रहा होगा। अन्नामलाइ इस समाचार वाचन पर पूरा ध्यान देता और इस प्रकार उस समय बन रहे इतिहास का हिस्सा बन जाता था। जब वह घर लौटता तब अपनी खिड़की से मैं उसे आधे मील की दूरी पर ही देख लेता, उसकी लाल पट्टी हवा में उड़ती नज़र आने लगती। अगर मैं उस रास्ते में मिल जाता तो वह तुरन्त उस दिन की खास खबर मुझे सुनाता। इसी तरह मुझे जॉन केनेडी की हत्या की खबर मिली थी। उस दिन मैंने रेडियो खोला ही नहीं था और पढ़ने में ही लगा रहा था। जब वह लौटा, मैं फाटक पर ही खड़ा था। मैंने यूँ ही पूछ लिया, 'आज की क्या खबर है?' तो उसने कहा, 'खबर? मैं खबर की तलाश में तो नहीं गया था, लेकिन किसी को मैंने कहते सुना कि अमेरिका के सबसे बड़ा राज करनेवाले की किसी ने हत्या कर दी। उसका नाम कुछ 'कनडिया' जैसा बताया। (तमिल में इसका अर्थ है शीशा)—क्या कोई ऐसा नाम रखता है?'

मैंने इसका अंदाज़ लगाया और पूछा, 'सुनो, यह नाम केनेडी तो नहीं था?'

'नहीं, उन्होंने कनडिया ही कहा, किसी ने उसे बंदूक से मार डाला और शायद

उसे दफ़ना भी दिया है।'

मैंने ज़्यादा जानकारी पाने की कोशिश की तो उसने मुझे झिड़क दिया, 'मैं गप्पों पर ध्यान नहीं देता! वही आपको बताता हूँ जो कानों से सुनता हूँ...। सब लोग यही बात कर रहे थे...'

'कौन लोग?' मैंने पूछा।

'यह तो पता नहीं, वे कौन थे—मैं उनके नाम-वाम क्यों पूछता? सब बैठे बातें करते रहते हैं क्योंकि करने को और कुछ है नहीं।'

वह हाथ में पोस्टकार्ड लिए मेरे कमरे में आता और घोषणा करता, 'आपका खत आया है, साब! पोस्टमैन देकर गया है।' वास्तव में यह खत उसी का हो सकता था, लेकिन बताये बिना वह जान नहीं पाता था, जिसे सुनकर वह सचेत हो जाता, और समाचार जानने के लिए मेरे पास और सरक आता।

'क्या लिखा है उसने?' वह चिड़चिड़ाकर पूछता, क्योंकि उसका भाई अमावसइ ही उसे चिट्ठी लिखता था। उसे उससे नफ़रत थी। उत्सुकता और दुविधा में फँसा वह मुझे पहले चिट्ठी पढ़ते देखता रहता। 'अब वह मुझसे क्या कहना चाहता है?' वह नफ़रत-भरे लहज़े में कहता, 'जैसे वह समझता है कि मैं उसके बिना जी नहीं सकता?'

मैं पोस्टकार्ड पढ़कर उसे सुनाता जिसके शुरू में पारम्परिक नम्रता की बातें कही जातीं। 'अपने ईश्वर-समान भाई अमावसई और संरक्षक के नाम, उसका यह अकिंचन छोटा भाई यह निवेदन करता है। इस समय हम सब कुशल मंगल से हैं और बड़े भाई के लिए भी यही कामना करते हैं।' इस भूमिका में ही कार्ड का आधा हिस्सा खत्म हो जाता। और इसके बाद काम की बात शुरू होती : 'हमारी ज़मीन के उत्तर में रखे पत्थर को किसी ने कल रात बिगाड़ दिया है। यह हम जानते हैं कि वह कौन है।'

ओठों में भरी तम्बाकू ज़बान से मुँह के भीतर करते हुए, जिससे वह ज़्यादा सफ़ाई से बोल सके, वह सवाल पूछता, 'जानते हो तो सिर क्यों नहीं फोड़ दिया? तुममें इतनी अक्ल भी नहीं है? पहले तो मुझे यह बताओ।' और मेरे हाथ में रखे पोस्टकार्ड को घूरकर देखता।

मैं इसके बाद उत्तर के रूप में लिखी लाइन पढ़ता, 'लेकिन ये लोग परवा नहीं करते।'

'नहीं करते? क्यों नहीं करते?' आगे की लाइनें उसे बहुत उत्तेजित करतीं, लेकिन मुझे वे पढ़कर सुनानी ही होतीं : 'जब तक तुम यहाँ नहीं आते और खुद उनसे बात नहीं करते, वे नहीं डरेंगे। अगर तुम दूर-दूर रहोगे तो ऐसे ही चलता

रहेगा। तुम तो दूर रहते हो और अपने भाई-बंदों की फिक्र नहीं करते, इसलिए हमें सब सहना पड़ता है। तुम मेरी बेटी के नामकरण पर भी नहीं आये। परिवार के मुखिया के लिए ऐसा व्यवहार करना ठीक नहीं है।'

खत का बाकी हिस्सा भी शिकवे-शिकायतों से भरा था, और अंत में फिर ईश्वर और कमल जैसे चरणों की बात कही गई थी। अगर मैं उसका मन बदलने के लिए कहता, 'तुम्हारा भाई लिखाता तो अच्छा है,' वह खुश होकर दाँत निपोर देता, लेकिन कहता, 'वह क्या लिखायेगा! वह तो एकदम गुंडा है। हमारे स्कूलमास्टर ने यह खत लिखा है। लोग उसे अपने मन की बातें बता देते हैं, जिन्हें वह लिख देता है। विद्वान आदमी है।' वह नीचे जाने की तैयारी करता, और कहता जाता, 'गाँव के लाग सब अनपढ़, लफंगे हैं। आप समझते हैं कि क्या मेरा भाई टेलीफोन पर बात कर सकता है?' शहर की ज़िंदगी से उसे एक फायदा यह हुआ था कि वह फोन पर बात करना सीख गया था। उसके बोलने और सुनने के हिस्से अलग-अलग करने का ज्ञान प्राप्त करके वह अपने को सितारों पर जाने वाला ही समझने लगा था। घंटी बजने पर वह दौड़कर आता और घोषणा करता, 'टेलेपून, साब जी, टेलेपून।' मैं अगर वहीं पास में होता तो भी वह यह पार्ट अदा करता। रात को मैं घर लौटता, तो वह हमेशा बताता, 'किसी को टेलेपून आया था। पूछ रहे थे कि आप घर पर हैं या नहीं।'

'कौन था वह?'

'कौन? मुझे क्या पता? उसका चेहरा तो दिखता नहीं।'

'तुमने नाम नहीं पूछा?'

'नाम पूछकर मैं क्या करूँगा?'

एक दिन सवेरे वह मेरे सोने के कमरे के बाहर खड़ा बताने लगा, 'पाँच बजे टेलेपून आया था। आप सो रहे थे, इसलिए मैंने नाम पूछ लिया तो उसने कहा, 'ट्रंक, ट्रंक'—जिस पर मैंने कहा, 'यहाँ कोई ट्रंक बिस्तर नहीं है, तुम बन्द करो। साब सो रहे हैं, उन्हें परेशान मत करो।' आजतक मुझे पता नहीं चला कि किसने ट्रंक काल किया था। वह कहता रहा, 'जब आप सो रहे थे, उसे ट्रंक चाहिए था। क्यों परवाह करें हम।' मैं चुप हो गया।

अन्नामलाइ के साथ सुखपूर्वक रहने का तरीका यही था कि जैसा भी वह था, उसी रूप में उसे स्वीकार कर लिया जाय, क्योंकि उसे बदलने या सुधारने का हर प्रयत्न सुधारक को ही थकाकर पस्त कर देना और प्रकृति के इस विशिष्ट नमूने के साथ दुर्व्यवहार करना ही होता। शुरू-शुरू में वह गड्ढेनुमा अपनी कोठरी में चारों तरफ की घास-फूस और कबाड़ इकट्ठा करके उसे आग जलाता, जिससे इतना ज़्यादा धुआँ निकलता कि कोठरी की दीवारें तो काली पड़ती ही थीं, वह खुद भी जलकर मर जाता, क्योंकि उसमें धुआँ बाहर निकलने की कोई जगह ही नहीं थी

और न बनाई जा सकती थी। एक दिन मैंने उसे डाँटा और समझाया कि कोयला इस्तेमाल किया करे, लेकिन उसने साफ़ इनकार कर दिया। कहा, 'यह तो बिलकुल गलत है, साब, कोयले पर पकाये खाने से आदमी की उम्र कम होती है। मैं घर के भीतर खाना बना ही नहीं सकता।' दूसरे दिन उसने अनार के पेड़ के नीचे तीन ईंटें रखकर चूल्हा बनाया, उसके ऊपर मिट्टी का बर्तन रखा, और तेज़ आग जलाई। उसमें पानी उबालकर, चावल उबाले, दाल बनाई और प्याज़, टमाटर, बगीचे से तोड़ी बहुत सी चीज़ें मिला-जुलाकर उनका सूप बनाया, जिसकी तीव्र गंध ऊपर आसमान में उड़कर मेरी खिड़की तक पहुँची, जिससे नीचे झाँकने में यह मेरी नाक में भी घुसने लगी।

जब मानसून शुरू हुआ तो मुझे चिंता हुई कि अब वह कैसे क्या करेगा, परंतु बादल गरजने और पानी बरसने पर भी वह किसी तरह पेड़ की छाँव में, चूल्हे को ढक-ढकाकर, अपना काम चला लेता। जब धाराधार वर्षा होती, तब भी वह लोहे के पतरे की छाँह बनाकर उससे आग को सँभालता, और खुद पानी में भीगता रहता। वह रात को खाता, बचा हुआ खाना सँभालकर रखता और दूसरे दिन कई बार उसमें उँगलियाँ डुबोकर मुँह में भरकर खाता, दीवार के सामने खड़े होकर वह अपना बर्तन इस तरह पकड़े रखता कि बाहर से गुज़रने वाले किसी आदमी की बुरी नज़र उसके खाने पर न पड़े।

हमारे अड़ोस-पड़ोस में उस जैसा मज़बूत आदमी दूसरा नहीं था। पहरा देते हुए जब वह बाहर का चक्कर लगाता, हाथ में लोहे की छड़ पकड़े कड़कती आवाज़ में वहाँ से गुजरने वालों को चुनौती देता, तो लोग सचमुच डर जाते और उससे बचकर निकल जाते। शुरू के दिनों में हमें वहाँ किसी की ज़रूरत ज़रूर थी, जो बाद में नहीं रही। लेकिन अन्नामलाइ यह समझ नहीं पाया कि अब उस तरह की पहरेदारी नहीं चाहिए। उसे यह दिखाई नहीं देता था कि जहाँ हम पहले एकदम अकेले रहते थे—यहाँ मैं खुद अपनी आँखों से अपने सोने के कमरे से सौ गज़ दूर एक गड्ढे में चोरों को बक्सा तोड़कर उसमें से सामान निकालते और बाँटते देखता था—यह बस्ती अब बहुत घनी बस गई थी; यही नहीं, हमारे एकदम बगल में व्यापार की जगहें भी बन गई थीं। अगर कोई आदमी रात होने पर सितारे चमकने के बाद हमारे फाटक के पास से भी निकलता, तो अन्नामलाइ उसे रोककर पूछता कि वह कहाँ जा रहा है। ऐसे लोग अब बड़ी तेज़ी से यहाँ से गुज़र जाते, यह एक तरह से उन्होंने अपनी नीति बना ली थी। पर जब कभी कोई उससे पूजा के लिए फूल माँगता तो वह नरम पड़ जाता। लेकिन अगर वह मुझे यह देखते हुए पाता तो चिल्लाकर कहता, 'जाओ, यहाँ से। तुम अपने को समझते क्या हो? क्या फूल अपने आप उगते हैं? यह बूढ़ा अपनी जान लगाकर पैदा करता है...।' इस तरह वह उसे वहाँ से भगा देता, लेकिन अगर मैं भीतर रहकर यह देखना चाहता

तो पाता कि वह अंजलि भरकर फूल उसे दे रहा है और कभी-कभी ऊपर नज़र डाल लेता है कि कहीं मैं देख तो नहीं रहा...।

मेरे पड़ोस में रहने वाली एक औरत का कहना था कि अन्नामलाइ फूल बेचकर पैसे कमाता है, वह उसकी जानी दुश्मन बन गई थी। लेकिन अन्नामलाइ कहता था कि जब मैं वहाँ नहीं रहता, तब यह औरत अपने मेहमानों को खाना खिलाने के लिए हमारे केले के पत्ते माँगती है, और वह हमेशा मना कर देता है, जिसका बदला वह इस तरह लेना चाहती है। जब भी मैं उसके अहाते की दीवार के पास से होकर निकलता, वह फुसफुसाकर कहती, 'आप इस आदमी पर ज़रूरत से ज़्यादा भरोसा कर रहे हैं, यह हमेशा गेट पर लोगों से बात करता रहता है और फूलों का सौदा करता रहता है।' एक दफ़ा उसने शिकायत की कि इसने उसकी मुर्गियाँ चुरा ली हैं, और मामला बहुत तूल पकड़ गया। वह मुर्गियाँ पालती थी जो तारों से बनी चौहद्दी में बने एक छेद से भीतर घुस आती थीं, और हर शाम अन्नामलाइ पत्थर हाथ में लिए उन्हें भगाता फिरता था। जब मैं हफ्तों के लिए कहीं बाहर चला जाता, तब हर दूसरे दिन उसकी एक मुर्गी गायब मिलती, रोज़ वह उन्हें गिनती थी। वह बताती कि अन्नामलाइ उसके ऊपर गीला कपड़ा फेंककर उठा ले जाता है, और दुकान जाकर बेच देता है या पकाकर खा जाता है।

एक दफ़ा जब म्युनिसिपल सीवेज फार्म का पहरेदार उधर आया तो उसे अन्नामलाइ की कोठरी के इर्द-गिर्द मुर्गी के पंख बिखरे हुए मिले। यह आदमी सिपाही की खाकी वर्दी पहनता था, इसलिए अन्नामलाइ बहुत डर गया। एक शाम अपने दौरे से लौटने के बाद मैंने उसे एक फुट ऊँचे पत्थर पर खड़े होकर पड़ोस वालों को धमकाते हुए देखा। वह कह रहा था, 'तुम मेरे पीछे पुलिस लगाओगे, क्योंकि तुम्हारी एक मुर्गी गायब हो गई है! अच्छा! लेकिन मुझे इससे क्या! अगर वह मेरे अहाते में आई तो मैं उसकी गर्दन दबा दूँगा, इसमें शक नहीं, पर यह मत सोचना कि मैं इतना गिरा हुआ बदमाश हूँ कि उसे चुराऊँगा। मैं मुर्गी-शुर्गी नहीं चुराता, न मैं पुलिस-वुलिस से डरता हूँ। ये लोग हमारे गाँव में बख्शीश माँगने आते हैं, पर बेवकूफ आदमी यह बात नहीं जानते कि मैं ईमानदार किसान हूँ, गाँव में मेरी एक एकड़ ज़मीन भी है। मैं चावल की खेती करता हूँ, अमावसई इसकी देखभाल करता है और मुझे पत्र लिखता रहता है। डाक से वे मेरे पास आते हैं। अगर मैं मुर्गी-चोर हूँ, तो जो लोग यह कहते हैं; वे क्या हैं? जो हो, तुम अपने को समझते क्या हो? जानते हो, तुम किससे बात कर रहे हो?' इस भाषा में वह आधे घंटे तक हवा और आसमान में बात करता रहा, लेकिन उसके हमलों का लक्ष्य साफ़ था। वह हर दिन इसी वक्त यह भाषण देता, खाना खाने के फौरन बाद, तम्बाकू चूसता हुआ और माथे पर लाल पट्टी बाँधे।

कई दफ़ा वह अपनी कहानी भी विस्तार से बयान करता। यद्यपि इसका

लक्ष्य पड़ोस में रहने वाली औरत था लेकिन इससे मुझे भी इसकी परम्परा और घरेलू स्थिति के बारे में बहुत सी बातें जानने का मौका मिला। अपने पत्थर के मंच पर चढ़ा वह कह रहा था, 'मैंने घर छोड़ा तब मैं इतना ऊँचा था। जो आदमी दस साल की उम्र में ही घर छोड़ने की हिम्मत रखता हो, वह मामूली चोर नहीं हो सकता। जिस दिन मेरे पिता ने कहा, "तुम चोर हो..." उसी शाम मैंने घर छोड़ दिया और चल पड़ा...मद्रास जाने वाली गाड़ी में बैठ गया...उसमें से मुझे निकाल दिया गया, तो मैं दूसरी ट्रेन में जा बैठा, और हालाँकि उन्होंने बार-बार मुझे मारा-पीटा और बाहर निकाला, लेकिन किसी तरह मैं बिना टिकट मद्रास पहुँच ही गया। मैं इस तरह का आदमी हूँ, मैडम, मुर्गी-चोर नहीं हूँ। मैंने कुली का काम किया है, बड़ी-बड़ी इमारतों के वरांडे में रात को सोया हूँ। मैडम, मैं आज़ाद आदमी दूसरों की बकवास सुनने का आदी नहीं हूँ, भले ही वह मेरे पिता ही हों। एक दिन किसी ने मुझे देखा और स्टीमर की डेक पर चढ़ा दिया, और मैं लंका के एक चाय बागान में पहुँच गया, जहाँ मैं तब तक रहा जब तक मैं बीमार न पड़ गया। आपका बेटा क्या इतनी हिम्मत से काम कर सकेगा?'

हर दिन इसी समय उसका भाषण सुन-सुनकर मुझे उसका जीवन और स्वभाव पता चलता रहा। 'जब मैं घर लौटा, तब मेरा बुखार उतर गया था। मैंने अपने पिता को सौ रुपये दिये और कहा कि कोई चोर अपने बाप को इतने रुपये कभी नहीं देगा। मुझे अपने गाँव से नफ़रत थी, वहाँ के सब लोग अनपढ़ और गंवार थे। मेरे पिता समझ गये कि मैं फिर भागने का प्लान बना रहा हूँ। एक दिन इन सब लोगों ने मुझे पकड़ लिया, घर सजाया और एक लड़की से मेरी शादी कर दी। मैं और अमावसइ खेतों में जाकर हल चलाने और बुआई करने लगे। बीवी मेरा खाना बनाती थी। जब हमारी बेटी पैदा हुई तब मैंने घर छोड़ा और पेनांग चला गया। मैं रबर के बागानों में काम करके पैसा कमाने लगा। घर भी पैसा भेजने लगा। ये लोग इसी की फ़िक्र करते हैं, जब तक आप कमाते हैं तब तक आपकी कद्र की जाती है, नहीं तो आप इनके लिए कुछ भी नहीं रहते। इन्हें सिर्फ पैसा चाहिए, बस सिर्फ पैसा। रबर के बागानों में मैं खुश रहा। फिर जापानी आये, उन्होंने लोगों के सिर काटने शुरू किये, बहुतों की हड्डियाँ बंदूकें मार-मारकर तोड़ डालीं। वे हमसे गड्ढे खुदवाकर उन्हीं में हमारी लाशें भर देते थे, फिर अन्त में हमें भी वे मार देते। मैं वहाँ से भाग निकला और कई दूसरे लोगों के साथ नाव पर बैठकर मद्रास आ गया। घर लौटा तो मेरी बीवी मर चुकी थी, और बेटी बड़ी हो गई थी। मेरा दामाद शहर के दफ्तर में सरकारी काम करता है। मैं मुर्गी-चोर नहीं हूँ...मेरी पोती हर रोज़ बस्ते में बहुत सी किताबें लेकर स्कूल पढ़ने जाती है, उसके सिर में फूल और पैरों में चाँदी का लॉकेट लटकता है। मैं उसके लिए मलाया से गहने लाया था।' अपने हर बयान के बाद वह यही कहता था, 'मैं गुंडा-मवाली

नहीं हूँ। अगर मैं मुर्गी-चोर होता तो सरकारी अफ़सर मेरा दामाद न होता।'

मैंने उससे कहा, 'कोई नहीं सुन रहा। तुम दीवारों से बात कर रहे हो।'

'सब इनके पीछे छिपकर बैठे हैं और एक-एक शब्द सुन रहे हैं।...अगर वह औरत बहुत बड़ी है, तो होगी, मैं उसकी परवाह नहीं करता। उसकी हिम्मत कैसे हुई कि मुझे मुर्गी-चोर बताये। उसकी मुर्गी लेकर मैं क्या करूँगा? उन्हें अपने बिस्तर में छिपाकर रखे! लेकिन अगर कोई मेरे अहाते में घुसेगा, तो मैं उनकी गर्दन ज़रूर मरोड़ दूँगा, यह तय है।'

'फिर उसका तुम क्या करोगे?'

'मुझे परवाह नहीं, क्या करूँगा। बिना गर्दन की मुर्गी पर तो मैं नज़र भी नहीं डालूँगा।'

जिस पोस्टकार्ड ने उसे बहुत परेशान किया, उसमें भूमिका के बाद कहा गया था : 'काली वाली भेड़ ने बच्चा दिया है। वह भी काला है, लेकिन गड़रिया रोज़ आता है और उसकी माँग करता है। हमने बच्चे को ताले में बंद कर दिया है, लेकिन वह धमकी देता है कि दरवाज़ा तोड़कर उसे ले जायेगा। वह सड़क पर खड़ा होकर गालियाँ बकता है, परिवार को बद्दुआएँ देता है, जो अच्छी बात नहीं है।' अन्नामलाइ ने यहाँ मुझे रोककर कहा, 'अरे बद्दुआ से डरता है! तू भी उसे बद्दुआ दे, तेरी ज़बान को क्या हुआ?' तीन दिन बाद आये पोस्टकार्ड में कहा गया था, 'वे कल आये और भेड़ ले गये...हम उस वक्त खेतों में थे।'

'साला...,' वह गाली पूरी करने में रुक गया, जो उसके दिल के भीतर से निकल रही थी, 'मैं जानता हूँ यह कैसे हुआ होगा। मेमने को तो बन्द कर दिया, पर उसकी माँ को बाँधकर छोड़ दिया होगा। इसका क्या मतलब हुआ?' यह कहकर उसने मुझे देखा।

मुझे लगा कि इससे पूछना चाहिए, 'भेड़ किसकी थी वह?'

'गड़रिये की ही थी, लेकिन उसने मुझसे दस रुपये कर्ज़ लेकर जमानत के तौर पर भेड़ हमें दी थी। अब रुपये दे जाओ और भेड़ ले जाओ, बात खत्म। फिर मेमने पर तुम्हारा क्या हक? जो हमारे घर में हुआ, वह हमारा।' लेकिन यह जटिल कानूनी मुद्दा था, मेरे ख्याल से दुनिया भर में अपनी तरह का अकेला, जिस पर पिछली मिसाल के आधार पर फैसला नहीं दिया जा सकता, यह एक नए ढंग की गिरवी का काम है, कि इस तरह कुछ रखने पर कीमत बढ़ती है या घटती है। वह बोला, 'ऐसे मूरख लोग ही हमारा घर चलाते हैं। भाई ने ही मुझे भागने की सलाह दी।'

यह घटना हमारी पड़ोसिन के लिए फायदेमंद साबित हुई क्योंकि अन्नामलाइ गेट वाली दुकान के मालिक और अपने दूसरे यार-दोस्तों के साथ इस समस्या पर सलाह-मशविरा करके यह फैसला करने चला गया, कि किस प्रकार इस स्थिति

में गड़रिये से निबटा जाय। दिन गुज़रने के साथ वह ज़्यादा गंभीर दिखाई पड़ने लगा। मुझे लगा कि कोई हल निकल आया है। उसने बताया कि गाँव से कोई आया था, उसने बताया कि एक दिन उन्होंने देखा कि भेड़ काटने के लिए ले जाई जा रही है, तो सबने मिलकर उसे छुड़ा लिया और मेमने के पास ले जाकर बाँध दिया। अब माँ-बेटे दोनों एक साथ सुरक्षित हैं और भाई तथा उसका परिवार घर के बाहर चबूतरे पर ही सोते हैं जिससे उनकी रक्षा भी होती है। मैं समझ नहीं पाया कि यह इन्तज़ाम कब तक चलेगा, और अन्नामलाइ ने यही बात दोहराई,

'रुपये दे जायें और भेड़ ले जायें।'

'और मेमने का क्या होगा?'

'वह तो हमारा है। हमारे घर आने से पहले भेड़ ने कुछ नहीं जना था, गड़रिये ने गाभिन भेड़ तो गिरवी रखी नहीं थी।'

इसके बाद दर्ज़ी वाली घटना हुई जिसके बाद हमारा सम्बन्ध खत्म हो गया। पोस्टकार्ड में लिखा आया : 'दर्ज़ी ने अपनी मशीन दूसरे दर्ज़ी को बेच दी और गाँव से भाग गया। यही होना है जब तुम अपने घर-परिवार से इतना दूर रहोगे। तुम्हारे सब मामले यहाँ बिगड़े जा रहे हैं।' अन्नामलाइ ने आँखें बन्द कर लीं, माथा दोनों हाथों से दबा लिया और वहीं बैठ गया। वह बरदाश्त नहीं कर पा रहा था। मैंने भी कोई प्रश्न नहीं किया, वह चुपचाप उठा और कुछ कहे बिना घर से बाहर निकल गया—कुछ देर बाद मैंने उसे रेल के फाटक से दूसरी तरफ निकलते देखा। फिर शाम के वक्त मैंने खिड़की से देखा कि केले की जड़ खोदते हुए वह रुका और हाथ में खुरपी पकड़े आसमान की तरफ देखते हुए कुछ सोचने लगा। मैं जानता था कि वह घर की समस्याओं के बारे में सोच रहा है। मैं नीचे उतरा, उसके पास धीरे-धीरे गया, और केले की जड़ की तरफ देखने का बहाना करने लगा। उससे असलियत जानने की, जिसके लिए मैं एक तरह से मरा जा रहा था, कोशिश करने लगा। पहले मैंने बागवानी के बारे में कुछ बातें कीं, फिर कहने लगा, 'पता नहीं आजकल के दर्ज़ी इस तरह कपड़ों में काटपीट क्यों करने लगे हैं, हमेशा कुछ कपड़ा अपने लिए निकाल लेते हैं।'

यह सुनकर वह मुलायम पड़ा और कहने लगा, 'दर्ज़ी हो या बढ़ई, या कोई और, मैं उनकी परवाह नहीं करता। मैं उनसे डरता भी नहीं। क्या कर लेंगे वे मेरा?'

'यह दर्ज़ी कौन है जिसका तुम्हारे भाई ने ज़िक्र किया है?

'अरे—वह! उसका नाम है रंगा, गाँव का सबसे निकम्मा आदमी, हर जगह दुत्कारा जाता है।' यह बात यहीं खत्म हो गई क्योंकि बीच में कोई व्यवधान पड़ गया।

दो दिन बाद फिर मैंने दर्ज़ी की बात छेड़ी। 'लोगों को आदमी पसन्द नहीं है, हालाँकि दर्ज़ी अच्छा है। रूमाल, बनियान, औरतों के कपड़े सब सी लेता है ...लेकिन उसके पास मशीन नहीं थी और कोई मदद भी नहीं करता था। कर्ज़

पर भी पैसा नहीं देता था। एक दिन मुझे लंका से सौ रुपये का मनीऑर्डर मिला—यह पैसा मैं वहाँ छोड़ आया था। जब पोस्टमैन ने मनीऑर्डर लाकर दिया, तो उसके साथ यह दर्ज़ी भी था। उसे पता कैसे चला कि मेरा पैसा आ रहा है? पोस्टमैन चला गया तो वह बोला, "मुझे दे सकते हो सौ रुपये? मैं मशीन खरीद लूँगा।" मैंने उससे सवाल किया, "तुम्हें कैसे पता चला कि मेरे सौ रुपये आ रहे हैं? तुम्हें यह किसने बताया?" यह कहकर मैंने उसे एक झापड़ मारा, उस पर थूका कि मेरी बातों की जासूसी करता है। वह रोने लगा। मैं आखिरकार उससे बड़ा ही था, और मुझे उस पर तरस आ गया, मैंने कहा, "रोना-धोना बन्द करो। चीखो-चिल्लाओगे तो मैं और ठोकूँगा तुम्हें।" फिर इस समस्या को लेकर गाँव की पंचायत बैठी और दोनों पक्षों की बात सुनी गई। फैसला हुआ कि मैं उसे रुपये उधार दे दूँ।'

मेरी समझ में नहीं आया, कि यह फैसला क्यों लिया गया। मैंने पूछा, 'पंचायत का इससे क्या लेना-देना?'

वह थोड़ी देर सोचता रहा, फिर बोला, 'गाँव में ऐसे ही होता है। पंचायत बैठती है, बुज़ुर्ग फैसला देते हैं।'

'लेकिन तुमने तो पंचायत बुलाई नहीं थी?'

'मैंने तो नहीं बुलाई थी लेकिन वह रोने लगा तो लोगों ने उसे देखा, और उसने कहा कि मैंने उसे मारा है, इसलिए पंचायत बैठ गई। उन्होंने सरकारी कागज़ पर बॉन्ड लिखवाया, उसपर दस्तखत कराये, स्टांप भी चिपकाये, जिस आदमी ने कागज़ दिया, वह भी वहाँ था, उसे हमने लिखाई के दो रुपये भी दिये।'

बाद में धीरे-धीरे यह घटना मेरे लिए साफ़ हुई। दर्ज़ी ने अन्नामलाइ के पैसे से सिलाई मशीन खरीदी। अन्नामलाइ के भाई ने घर के चबूतरे पर उसके बैठने और कार्य करने के लिए ज़मीन दी। दर्ज़ी हर साल बॉन्ड नया करता रहता था, उसका ब्याज भी देता और रोज़ वहाँ बैठकर काम करने के पैसे भी देता था। यह जैसे सोने से जड़ी सुरक्षा थी, और अन्नामलाइ टिन के एक डिब्बे में इसे संभालकर मेरे कमरे में रखता था। जब इसे नया करवाने का समय आता, वह इसे लेकर गाँव जाता और नए दस्तखत कराकर महीने भर बाद वापस लौटता था, इस पर गाँव के मुखिया के भी दस्तखत होते थे। लेकिन अब इस आर्थिक समझौते का सारा आधार ही हिल गया था। पहला दर्ज़ी भाग गया था, नया दर्ज़ी उसके समझौते को स्वीकार नहीं करता था, हालाँकि वह उसी चबूतरे पर बैठकर काम करता था और चुपचाप अपना काम करता रहता था।

'तुमने अपने सौ रुपये वापस नहीं मांगे?' मैंने उससे पूछा।

'मैं क्यों माँगता?' उसे मेरे प्रश्न पर ताज्जुब हुआ। 'वह हमेशा ब्याज देता रहता था और दस्तखत भी करता रहता था। अगर मैं न जाता तो शायद वह कोई चालाकी करता, इसलिए मैं हर साल जाता था।' यह सब बताने के बाद अन्नामलाइ

ने मुझसे पूछा, 'अब मैं क्या करूँ? वह बदमाश तो भाग गया है।'

'और मशीन कहाँ है?'

'वहीं पर है। नया दर्ज़ी रोज़मर्रा के कपड़े वहीं सीता है पर हमसे बात नहीं करता, न मशीन को छोड़कर कहीं जाता है। रात को सोता भी उसी के पास है।'

'तुम लोग उसे निकाल बाहर क्यों नहीं करते?'

अन्नामलाइ ने कुछ देर सोचा, फिर बोला, 'वह न हमसे बात करता है, न किराया देता है, और ज़ोर डालने पर कहता है कि उसने पहले दर्ज़ी को पूरे किराये समेत मशीन का भी पैसा चुका दिया है...। लेकिन क्या यह सम्भव है? जो कागज़ आपने पढ़ा, क्या उसमें यही लिखा है?'

बहुत ज़ल्द एक और पोस्टकार्ड आ गया। यह भी शुभकामना वगैरह से शुरू हुआ, पर इसके बाद इन शब्दों के साथ खत्म हो गया। 'हमें सोने की जगह भी नहीं बची। दर्ज़ी हटता ही नहीं है। घर के भीतर भेड़ और मेमना बंद है। घर के सबसे बड़े होने के कारण तुम बताओ, हम कहाँ सोयें। मेरी बीवियाँ धमकी दे रही हैं कि वे अपने घर चली जायेंगी। मैं सब बच्चों को लेकर सड़क पर सो रहा हूँ। हमारे घर में हमारे सोने के लिए जगह नहीं है। अगर तुम अपनों से इतनी दूर रहोगे, तो ये सब तो होना ही है। हम तकलीफ़ पा रहे हैं और तुम्हें परवाह भी नहीं है।'

'वे दर्ज़ी को वहाँ से भगा क्यों नहीं देते और मशीन को भेड़ों के साथ बन्द कर दें। फिर सब बाहर चबूतरे पर सो सकते हैं।'

'मेरा ख्याल है, वह हमारे पहलवान का बेटा है—यह नया दर्ज़ी, और आप जानते हैं कि मेरा भाई घास-फूस का बना है, हालाँकि उसने नौ बच्चे पैदा किये हैं।' यह कहकर वह थोड़ी देर चुपचाप कुछ सोचता रहा, फिर बोला; 'एक तरह से यह अच्छा भी है। जब तक उसे हटाया नहीं जाता, तब तक मशीन भी वहीं रहेगी...ईश्वर उसे हमारे कब्जे में रखकर हमारी मदद ही कर रहा है। अगर भाई के सोने की जगह नहीं है, तो वह जागता रहे।'

अगले तीन दिन मैंने महसूस किया कि काफ़ी सलाह-मशविरा किया जा रहा है, मैंने उसे कई बार पट्टी बाँधकर बाहर निकलते और लौटते देखा। बाँस बाज़ार के उसके सलाहकार और दोस्तों ने मिल-जुलकर ज़रूर कोई अचूक उपाय निकाल लिया होगा। एक शाम जब वह घर वापस आया, तब उसने गेट पर ही घोषणा की, 'मैं गाँव जा रहा हूँ।'

'अच्छा, इतनी जल्दी!'

'बॉन्ड बदलना है। अब यह नए दर्ज़ी के नाम पर बनेगा। आप मुझे जाने दें।'

'कब?'

'कब?...जब भी आप कहें मुझे जाना चाहिए।'

'मेरा ख़्याल है तुम्हें जाना ही नहीं चाहिए। और अभी तो मैं तुम्हें जाने ही नहीं दे सकता, मैं रामेश्वरम् तीर्थयात्रा पर जा रहा हूँ।'

'अच्छा, यह तो बड़ी पवित्र जगह है, ज़रूर जाना चाहिए,' उसने समर्थन करते हुए कहा। 'आपको बहुत पुण्य मिलेगा। आप लौटकर आयें तो मैं चला जाऊँगा।'

इस तरह उस दिन की हमारी बातचीत खत्म हो गई। उसकी समस्या के बारे में कोई बात नहीं हुई और दूसरे दिन वह फिर मेरी कुर्सी के पीछे आकर खड़ा हो गया। बिना भूमिका के कहने लगा, 'मुझे ज़रूर जाना है।'

'हाँ, मेरे तीर्थयात्रा से लौटने के बाद चले जाना।'

वह घूमा और आगे बढ़ा लेकिन आधी दूर चलकर वापस लौटा और पूछने लगा, 'आप कब जा रहे हैं?'

उसके सवालों से मैंने परेशानी महसूस की, लेकिन अपने भाव दबाकर जवाब दिया, 'मैं कुछ और लोगों के शामिल होने का इन्तज़ार कर रहा हूँ। शायद दस दिन बाद।'

वह मेरे जवाब से संतुष्ट लगा और नीचे चला गया। रात को मैं घर लौटा तो वहाँ फाटक पर ही मुझे मिला, और मेरे भीतर घुसने से पहले ही बोला, 'मैं दस दिन में लौट आऊँगा, आप मुझे कल जाने दें। आप जायेंगे तो मैं घर की हिफाज़त करूँगा?''

'सब सड़क पर ही तय कर लेना है? मुझे भीतर तो आने दो।'

उसने जवाब नहीं दिया, फाटक बन्द किया और अपनी कोठरी में चला गया। मुझे उस रात चैन नहीं मिला। कपड़े बदलते हुए, खाते हुए, और पढ़ते-लिखते समय मुझे यही विचार सताता रहा कि मैंने इस तरह बात करके अच्छा नहीं किया। मुझे सख्त नहीं होना चाहिए था। इसलिए सवेरे उठते ही मैं पीछे गया, जहाँ वह रहता था। वह नल के नीचे बैठा नहा रहा था, फिर उठकर गीले बदन ही अपनी कोठरी में चला गया। उसने दीवार पर लगे भगवान के चित्र पर एक फूल लगाया, अगरबत्ती जलाई, अपने कान में एक फूल खोंसा, और नेकर पहन कर काम के लिए तैयार हो बाहर निकला, लेकिन उसकी आँखों में मित्रता का भाव नहीं था। मैं आम के बौर को देखता हुआ समय बिता रहा था, बाग के रखरखाव की तारीफ़ की, और जैसे अचानक बोला, 'तुम सिर्फ दस दिन के लिए जाना चाहते हो?'

'हाँ, जी हाँ,' उसने उत्साह से कहा और उसका मूड नरम पड़ने लगा। 'मुझे बॉन्ड बदलवाना है और ज़रूरत पड़ी तो लोगों को इकट्ठा करके उसकी मशीन पर कब्ज़ा कर लेना है...। भले ही खून-खराबा हो जाय। झगड़े में किसी एक को तो मरना ही है। मैं दस दिन में वापस आ जाऊँगा।'

दस दिन के लिए मुझे यह सारा प्रोग्राम ज़रा ज़्यादा ही लगा। इसलिए मैंने फिर पूछा, 'तुम्हें विश्वास है कि दस दिन में लौट आओगे?'

'एक दो दिन कम या ज़्यादा हो सकता है, लेकिन मैं वादा करता हूँ कि लौट आऊँगा। इसके बाद मैं दो साल तक नहीं जाऊँगा, और तब भी तभी जाऊँगा ...अगली बार दस्तखत कराने का काम मैं भाई पर छोड़ आऊँगा।'

मुझे फिर चिढ़ हुई और मैंने कहा, 'अभी मैं तुम्हें नहीं जाने दूँगा।' मेरी ज़बान बहुत सख्त थी, जिसे सुनकर उसने दोनों हाथ जोड़े और मुझसे विनती करने लगा, 'मुझे अभी बॉन्ड बदलवाना है, नहीं तो देर हो जायेगी। मेरा सब कुछ खत्म हो जायेगा और गाँव वाले मुझ पर हँसेंगे।'

'मुझे अपना बॉन्ड दिखाओ, देखें क्या लिखा है,' मैंने अधिकारपूर्वक कहा।

उसने अपना काला बक्सा खोला, उसमें से एक कपड़े में लिपटा हुआ लंबा टुकड़ा लेकर आया, उसे बड़े प्यार से धीरे-धीरे खोला, और भीतर से पार्चमेंट कागज़ पर लिखा एक दस्तावेज़ निकाला। मैंने उसे पढ़ा, इसमें सौ रुपये का उल्लेख तो था परंतु, जिसने भी इसे लिखा था, उसने न दर्ज़ी, और न मशीन के बारे में कुछ लिखा था। सिर्फ यह लिखा था कि सौ रुपये का यह बॉन्ड है और इसका ब्याज समय-समय पर दिया जाता रहेगा, और चारों तरफ़ बहुत से दस्तखत थे, जिनके नीचे स्टाम्प चिपके हुए थे। मेरी समझ में नहीं आया कि यह उसकी सहायता कैसे करेगा। मैंने उसे पूरा लेख पढ़कर सुनाया और उँगली से उसे बजाता रहा, और अन्त में पूछा, 'इसमें दर्ज़ी और मशीन का जिक्र कहाँ है?'

'इसमें रंगा नाम ज़रूर लिखा है।'

'पर दर्ज़ी तो कहीं नहीं लिखा है। रंगा मेहतर भी हो सकता है।'

अन्नामलाइ डर से थर्रा उठा। उसने कागज़ पर एक जगह आँखें गड़ाईं, वहाँ उँगली रखी और पूछा, 'यहाँ क्या लिखा है?'

मैंने पूरा दस्तावेज़ दुबारा पढ़ा। वह निराश हो उठा। मैंने कहा, 'मैं तुम्हें सौ रुपये देता हूँ। अब इसको भूल जाओ। गाँव जाने में तुम्हारा कितना खर्चा लगेगा?'

वह बोलकर हिसाब लगाने लगा! 'पैसेन्जर से त्रिची जाने का किराया दस रुपये...'

'वापसी के दस रुपये। तुम कितनी बार गये और आये हो और इसी पर कितना खर्च कर दिया होगा...'

'लेकिन वह ब्याज तो देता है,' वह बोला।

'बॉन्ड मुझे दे दो। मैं सब पैसा दे दूँगा, तुम यहीं रहो।' उसके जाने से मैं बहुत बेसहारा महसूस करने लगा था। मुझे कई बार छोटे और लम्बे सफ़र पर जाना पड़ता था। मैं हफ्तों या महीनों बाद जब वापस लौटता तो मेरी हर चीज़ और कागज़ का एक-एक टुकड़ा हिफाज़त से अपनी जगह रखा मिलता था। इसलिए अब मैं चिंता में डूब गया।

उसने मेरे आर्थिक सुझाव एकदम ठुकरा दिये। बोला, 'आप ये बातें नहीं

समझते। बॉन्ड होगा तो मैं जब चाहे अदालत में जा सकूँगा।'

'और उस पर कितना खर्च करोगे? बॉन्ड को जला दो तो फायदे में रहोगे।' वह मुझे पक्का जाहिल लगा जिसकी आर्थिक समझ बहुत मामूली थी।

दूसरे दिन और उसके बाद हर दिन उसके कदम मेरे कमरे के बाहर सुनाई देते। 'मैं दस दिन में लौट आऊँगा।'

अन्त में मैंने कहा, 'ठीक है, ठीक है, तुम्हारे बहुत से झमेले हैं, और तुम्हारे मन में शान्ति नहीं है, तुम अपना कर्तव्य नहीं समझते, कि तुम्हारे पीछे मेरा क्या होगा। तुम्हारे लिए मुझे अपनी योजना बदलनी ही होगी, है न?'

इन सब बातों का उस पर कोई असर नहीं हुआ, उसके लिए ये सब कोरी बकवास थी। मैं साधारण, बेमतलब सोच से घिरा था, और उसके लिए पृथ्वी की चौकोर बोलती–चालती भेड़-बकरी, दर्ज़ी और दस्तावेज़ की सच्चाइयाँ ही सब कुछ और सबसे महत्त्वपूर्ण थीं। उसने मेरे ऊपर दयाभाव की नज़र डाली जो कुछ नहीं समझ पाता, और धीरे-धीरे नीचे चला गया। कई दिनों तक वह उदास बना रहा। मैं उससे कुछ बात कहता तो वह एकदम तीखा जवाब देता। पौधों में पानी डालना उसने बन्द कर दिया। पड़ोस की औरत की उपेक्षा करने लगा। और सबसे बड़ी बात यह कि अनार के पेड़ के नीचे, जैसी यहाँ परम्परा थी, उसने आग जलाना भी बन्द कर दिया। माथे पर लाल पट्टी बाँधना भी बन्द कर दिया, और एक पुराना कंबल ओढ़ कर, इसी से अपना सिर ढके, अपनी कोठरी के एक कोने में इस तरह बैठा रहता, जैसे मातम मना रहा हो। जब मैं बाहर जाता या बाहर से भीतर प्रवेश करता, तब वह कर्तव्य के नाते फाटक खोलता या बन्द करता। हमारी बातचीत भी बन्द हो गई। एक दिन मैंने उसे सामान्य जीवन में वापस लाने के लिए ज़रा उत्साह से उससे कहा, 'तुमने सुना कि हमारे बगल में एक नया स्टोर खुलने जा रहा है?'

'मैं बाहर नहीं जाता और न किसी से बात करता हूँ। मुझे नई दुकानों और ऐसी चीज़ों से क्या मतलब! यह सब मेरा काम नहीं है।'

एक दिन मैंने पूछा, 'कोई टेलीफोन तो नहीं आया?'

'कोई आता तो मैं आपको बताता नहीं?' यह कहकर उसने मुझे घूरा और बोला, 'मुझ पर विश्वास नहीं रहा तो निकाल दीजिये। मैं झूठ क्यों बोलूँगा कि टेलेपून नहीं आया? मैं शैतान नहीं हूँ, इज़्ज़तदार किसान हूँ। मुझे वापस भेज दीजिये।' अपने सफेद बालों में वह कोई और आदमी ही लग रहा था, उसकी आँखों में मेरे लिए दुश्मनी भरी थी। लगता था कि वह बड़ी ताकत से अपने को सम्भाले हुए है, परन्तु धीरे-धीरे बिखरता जा रहा है।

हफ्ते भर बाद एक दिन सवेरे मैंने गेट पर आवाज़ सुनी और देखा कि वह अपना बक्सा और बिस्तर में अपनी छोटी-मोटी चीज़ें भरे खड़ा है। वह एक काले

रंग का कोट पहने था जिसे उसने विशेष अवसरों के लिए सँभालकर रखा हुआ था, सफेद धोती और सिर पर पगड़ी बँधी थी। इस वेश में वह एकदम अपरिचित लग रहा था। मुझे देखकर बोला, 'मैं आठ बजे की गाड़ी से जा रहा हूँ। यह मेरे कमरे की चाबी है।' फिर अपना बक्सा खोल कर बोला, 'देख लीजिए, मैंने कुछ चुराया तो नहीं है। वह औरत मुझे मुर्गीचोर कहती है। मैं गुंडा-बदमाश नहीं हूँ।'

'तुम इस तरह क्यों चले जा रहे हो? पन्द्रह साल का साथ इस तरह क्यों खत्म कर रहे हो?' मैंने पूछा।

उसने इतना ही कहा, 'मैं अब बीमार हूँ। मैं नहीं चाहता कि यहाँ मरूँ, जिससे इस घर की बदनामी हो। मुझे घर जाकर मरने दीजिए। वहाँ लोग मुझे नहलाकर नए कपड़े पहनायेंगे, मेरे शव पर ताज़े फूल रखेंगे, और बैंड-बाजे के साथ जुलूस निकालकर मेरा शव-दाह करेंगे। नहीं तो आप जब कभी यहाँ नहीं होंगे, तो मैं इसी कोठरी में मर जाऊँगा, और मुनिस्पेलटी के भंगी कूड़ा-करकट के साथ मुझे भी गाड़ी पर लादकर ले जायेंगे। मैं इस घर की बदनामी नहीं चाहता। अपने घर जाकर मरना चाहता हूँ। बागवानी का सब सामान भीतर रखा है। आप चाहें तो गिन लें। मैं चोर नहीं हूँ।' यह कहकर वह इन्तज़ार करने लगा कि मैं उसके सन्दूक की जाँच करूँ।

मैंने कहा, 'बन्द करो इसे, मैं बक्सा नहीं देखता।' उसने बक्सा सिर पर रखा, उस पर बिस्तर टिकाया और चलने को हुआ।

'ज़रा ठहरो', मैंने कहा।

'क्यों?' वह चलते-चलते बोला।

'मैं कुछ देना चाहता हूँ–' मैं कहने लगा और तेज़ी से कुछ पैसा लाने के लिए लपका। दस रुपये लेकर लौटा, तब तक वह जा चुका था।

आश्रय

अचानक बरसात शुरू हो गई। उसे जो अकेली सुरक्षा प्राप्त हो सकती थी, वह था, सड़क के किनारे खड़ा, विशाल तने और ऊपर फैली शाखाओं वाला बरगद का पेड़। वह निरपेक्ष भाव से नीचे गिरते पानी को देखता रहा, जिसका झोंका कभी-कभी उसकी तरफ आ जाता था। वह एक पिल्ले को, जिसका शरीर एकदम भीग गया था, और दो बैलों को जो सड़क के किनारे पड़े केले के पत्ते खा रहे थे, चुपचाप देखता रहा। अचानक उसे यह महसूस हुआ कि पेड़ की अगली टेढ़ी हुई डाल के नीचे एक आदमी और खड़ा है। फूलों की हलकी-सी सुगंध उसकी तरफ आई, तो वह अपनी उत्सुकता नहीं दबा सका, और वह धीरे-धीरे उधर सरक कर, जहाँ वह खड़ी थी, एकदम उसी के सामने जा खड़ा हुआ। उसकी पहली प्रतिक्रिया, 'ओह' करने की हुई, पर वह यह न कर सका और चौंक-सा गया। स्त्री उसे देखकर घबरा गई और चीखने-चीखने को हो उठी। वह शान्त हुआ तो बोला, 'आप डरिये नहीं, मैं चला जाता हूँ।' लम्बी जुदाई के बाद अपनी पत्नी से मिलने पर यह प्रतिक्रिया मूर्खता की थी। वह वापस अपनी जगह चला गया। लेकिन कुछ देर बाद वह लौटा और पूछने लगा, 'तुम यहाँ कैसे?'

उसे लगता था कि वह जवाब नहीं देगी, लेकिन जवाब आया, 'बरसात के कारण।' 'अच्छा,' वह मज़ाक के तौर पर बोला और उसे खुश करने के लिए हँसा। फिर बोला, 'मैं भी इसी कारण यहाँ आया,' और जवाब की मूर्खता महसूस की। स्त्री चुप रही। मौसम की बात जब चाहे की जा सकती है, इसी का सहारा लेकर वह आगे बोला, 'अचानक होने लगी यह बारिश।' स्त्री ने उसकी उपेक्षा की और दूसरी तरफ देखने लगी। उसने विषय को आगे घसीटने की कोशिश की, कहा, 'अगर मुझे ज़रा भी अंदेशा होता, तो मैं या तो घर में ही रहता या छाता लेकर निकलता।' उसने इस वक्तव्य पर भी ध्यान नहीं दिया, यह लगा जैसे एकदम बहरी हो। वह पूछना चाहता था, क्या कानों में कुछ हो गया है? लेकिन चुप रहा, क्योंकि उसे लगा कि वह चिढ़ जायेगी। परेशानी की अवस्था में वह कुछ भी कर

सकती थी। संकट की उस आखिरी रात तक उसे उसकी तीव्रता का अनुमान ही नहीं हुआ था।

वैवाहिक जीवन में दोनों के बीच अनेक बार संकट की स्थिति आई थी। हर दूसरे घंटे दुनिया के हर विषय पर उनके मत एक-दूसरे के विरुद्ध होते थे; हर सवाल पर संकट खड़ा होता और कोई भी ऐसा न होता जिसकी उपेक्षा की जा सके। विषय कुछ भी हो सकता था—रेडियो सीलोन सुनें या ऑल इंडिया रेडियो, अंग्रेज़ी फिल्म देखी जाय या तमिल, चमेली की खुशबू बहुत तेज़ होती है या नहीं, गुलाब को बहुत अच्छा कहा जाय या नहीं, वगैरह वगैरह। किसी भी विषय पर बहस हो सकती थी और तनाव पैदा होता, जिससे दोनों के बीच कई दिन तक बातचीत बन्द हो जाती, और फिर समझौता होता तथा गाढ़ी दोस्ती हो जाती। दोस्ती के ऐसे ही दिनों में एक बार दोनों ने एक लम्बा-चौड़ा समझौता-पत्र भी तैयार किया जिसके अनेक अनुबन्ध थे, और पूजा के कमरे में देवताओं के सामने जिस पर हस्ताक्षर किये गये और निश्चय पाया गया कि इसका कभी उल्लंघन नहीं किया जायेगा और अब उनकी लड़ाइयाँ हमेशा के लिए समाप्त हो गईं। लेकिन बहुत जल्द इसका पहला वचन, कि 'अब हम कभी नहीं लड़ेंगे।' चौबीस घंटे बाद ही तोड़ दिया गया, और इसके बाद के सब अनुबंध जिनमें घरेलू मतभेद के सब मुद्दे, जैसे रोज़मर्रा के खर्चे, खाना अच्छा बनाया नहीं, बजट की बहस, ससुराल की चर्चा—जिसके सब पहलुओं पर विस्तार से निर्णय लिए गये थे—आदि-आदि विषयों का कोई महत्त्व नहीं रहा।

अब बरसात में भीगते हुए उसे खुशी हुई कि वह घिर गई है। कुछ दिन पहले, जो अब लम्बा अरसा महसूस होता था, उस रात जब उसने उसके बाहर जाने के बाद घर का दरवाज़ा बन्द कर लिया था, उसे उसकी कोई खबर नहीं मिली थी। दोनों में हमेशा की तरह खाने पर बहस हुई थी, उसने इस पर घर छोड़ने की धमकी दी थी, जिसके जवाब में उसने कहा था, 'तो फिर जाओ,' और यह कहकर दरवाज़ा खोल दिया था, और रात में ही वह चली गई थी। इसके बाद उसने कई दिन तक दरवाज़े की कुंडी नहीं लगाई और आशा करता रहा कि शायद वह वापस लौट आये, लेकिन वह नहीं आई।

अब उसने हिम्मत करके कहा, 'तुमसे मिलने की उम्मीद नहीं थी,' और उसने जवाब दिया, 'तुम सोचते हो कि मैं जाकर डूब मरूँगी?' वह बोला, 'डर तो लगा था, हाँ।'

'तुमने अगल-बगल के कुंओं और तालाब में तलाश की होगी?'

'या नदी में,' उसने जोड़ा। 'नहीं की।'

'अगर तुम यह करते तो मुझे ताज्जुब होता।'

वह बोला, 'लेकिन तुम डूबने तो गई नहीं, फिर कैसे सोचती हो कि मैं

तुम्हें ढूँढ़ता?' यह सुनकर उसने ज़मीन पर पैर पटका और बोली, 'साफ है कि तुम्हारे दिल नहीं है।'

'तुम एकदम तर्कहीन हो,' वह बोला

'हे भगवान, तुमने तो मेरा चरित्र पढ़ना शुरू कर दिया। यह तो मेरा दुर्भाग्य ही है कि इस वक्त अचानक बारिश होने लगी और मुझे यहाँ आना पड़ा।'

'नहीं, बारिश अच्छी हुई, जिसने हमें फिर से मिला दिया। क्या अब मैं पूछ सकता हूँ कि इतने दिन तुम कहाँ और क्या करती रहीं?'

'जवाब देना ज़रूरी है क्या?' उसे उसकी आवाज़ में चिन्ता की एक लहर महसूस हुई, जिससे वह खुश हुआ। क्या उसे वापस आने को तैयार किया जा सकता है? यह वाक्य पूरा बनकर उसकी ज़बान पर उतर आया, लेकिन उसने उसे रोक लिया और वापस कर दिया। सिर्फ यह पूछा, 'तुम्हें कभी मेरी चिन्ता नहीं हुई? तुम यह जानना नहीं चाहतीं कि इतने महीने मैं क्या करता रहा?' उसने जवाब नहीं दिया। सिर्फ ऊपर से नीचे गिरता पानी देखती रही। हवा की दिशा अचानक बदल गई और पानी का एक फुहारा उसके चेहरे पर आ गिरा। दूसरे को बहाना मिल गया कि रूमाल निकाल कर उसकी तरफ लपका। वह छिटककर अलग होने लगी और चीखी, 'मेरी चिन्ता मत करो।'

'बहुत भीग गई हो...' पेड़ की एक डाल भी हिली और उसका पानी भी उस पर गिरा। वह उँगली से इशारा करके कहने लगा, 'बेकार भीग रही हो तुम। ज़रा इस तरफ खिसक आओ। तुम चाहो तो मैं तुम्हारी जगह खड़ा हो जाता हूँ।' उसे उम्मीद थी कि इस चिन्ता से वह प्रभावित होगी लेकिन उसने जवाब दिया, 'मेरी चिन्ता करने की ज़रूरत नहीं है।' सड़क पर बहती पानी की धार को वह आँख मिचकाकर देखने लगी। 'मैं तुम्हारे लिए दौड़कर छाता ले आता हूँ या टैक्सी...।' इस पर उसने आँखें तरेरीं और चलने को हुई। दूसरे ने ऐसा ही कुछ और कहा जिस पर वह पूछने लगी, 'मैं तुम्हारा खिलौना हूँ क्या?'

'मैंने खिलौने लायक तो कोई बात कही नहीं।'

'तुम सोचते हो कि जब चाहे मुझे उठा लो और जब चाहे फेंक दो। यह खिलौनों के साथ ही किया जाता है।'

'मैंने तुम्हें जाने के लिए तो नहीं कहा?'

'अब मैं ऐसा कुछ सुनने को तैयार नहीं,' वह बोली।

'मैं शायद यह कहने के लिए मरा जा रहा हूँ कि मुझे बहुत अफसोस है,' वह कहने लगा।

'हो सकता है, लेकिन यह किसी और से कहो।'

'और कौन है यह कहने के लिए?' उसने पूछा।

'यही तो तुम्हारी समस्या है, है न?' उसने पूछा।

'इससे मुझे कोई मतलब नहीं।'

'तुम्हारे पास दिल है या नहीं?' उसने आजिज़ी से कहा। 'जब मैं कहता हूँ कि मुझे अफसोस है, तब मेरा विश्वास करो। अब मैं बदल गया हूँ।'

'मैं भी,' वह बोली। 'अब मैं पुरानी वाली नहीं रही। मैं किसी से कोई उम्मीद नहीं करती और न निराश होती हूँ।'

'यह नहीं बताओगी कि इतने दिन क्या किया?' उसने आजिज़ी से कहा। उसने सिर हिला दिया। वह बोला, 'किसी ने बताया कि तुम हरिजन सेवा या कोई वैसा काम कर रही हो। देखो, मैं तुम्हारी कितनी जानकारी रखता हूँ।' उसने जवाब में कुछ नहीं कहा। उसने पूछा, 'सारा वक्त तुम यहाँ रहती हो या...?' ज़ाहिर था कि वह उसका पता जानने की कोशिश कर रहा था। उसने बारिश पर एक नज़र डाली, फिर मायूस नज़र से उसे देखा। वह बोला, 'यह बारिश मैंने तो बुलाई नहीं है। हमें इसका एक साथ सामना करना है।'

'यह ज़रूरी नहीं है। इस तरह मुझे कोई नहीं रोक सकता,' यह कहकर वह एकदम उठी और बारिश में ही भागने लगी। वह पीछे से चिल्लाया, 'रुको, रुक जाओ। मैं वादा करता हूँ कि और कुछ नहीं कहूँगा। वापस आ जाओ, और मत भीगो।' लेकिन वह रुकी नहीं और पानी के परदे के पीछे गायब हो गई।

गूँगे-बहरे साथी

दूसरे भिखारी उससे इस माने में लाभ में थे, कि वे भीख माँग सकते थे, जबकि वह गले से एक खास किस्म की आवाज़ ही निकाल सकता था। और इसी गर्गराहट से वह अपनी भावनाएँ, विचार और अपीलें व्यक्त कर सकता था। टाउन हाल के वरांडे के एक कोने में उसका घर था।

एक दिन ऊँघ से अपनी आँखें खोलकर उसने देखा कि एक छोटा सा बन्दर उसका थैला टटोल रहा है, जिसमें पिछले दिन किसी से मिले भात से कुछ दाने चिपके रह गये थे।

सामी ने ज़रा देर सोने का बहाना किया, फिर तेज़ी से अपनी बाँह आगे बढ़ाकर उसकी कमर कस कर पकड़ ली, और इस तरह अपने साथी पर कब्ज़ा कर लिया, इस जीवन में उसका अकेला साथी। उसने बन्दर की कमर से एक रस्सी बाँध दी और उसे कुछ करतब सिखाने लगा।

बन्दर ने उसकी भोजन की समस्या हल कर दी। वह लोगों के घरों के सामने उछल-कूदकर और नाच दिखाकर अपने मालिक के लिए चावल, खाने की चीज़ें और पैसे इकट्ठा करने लगा। शुरू में वह चारों तरफ़ एक चक्कर लगाता, सबको सेलूट मारता, जिसमें सामान्यतया एक लड़का, गोद में बच्चा लिए कोई लड़की, दो छोटे बच्चे, और एकाध दादी होती; कई दफ़ा कोई माँ और अक्सर घर का मालिक भी होता। सामी कोशिश करता कि वह भीड़ में एकत्र सब को सलाम करे, लड़की की गोद में शिशु को भी। अगर वह किसी को छोड़ देता तो उसकी कमर पर एक ठहोका मारता, जिससे उसके दाँत बजने लगते। दूसरे दौर में वह मन्दिर में नाच करके दिखाता। दूसरे बन्दरवाले इस करतब से पहले सवाल करते : अच्छा बेटा, मन्दिर की औरत कैसे नाचती है? पर सामी सिर्फ उसकी बाँह में हाथ लगाता और आँख मिचकाता। इस पर बन्दर एक हाथ अपनी कमर पर रखकर और दूसरा सिर पर लगाकर इस तरह कूल्हे मटकाता कि मन्दिर की नाचनेवालियाँ भी दंग रह जातीं। सामी देखकर खुश होता जब दर्शक कहते कि इस गूँगे-बहरे ने कितनी

सफ़ाई से इसे नाचना सिखाया है।

पर कोई बदमिजाज़ लड़का कहता, 'मेरा ख्याल है कि यह सचमुच गूँगा-बहरा नहीं है, यह सिर्फ नाटक करता है।' फिर सब उसकी जाँच करने में लग जाते, उसका नाम और उम्र पूछते, और उसके मुँह पर ही कहते कि वह दिखावा कर रहा है। इस पर घर का मालिक उन्हें डाँटते हुए वहाँ प्रकट होता। सामी अपना थैला, और डंडा उठाता और बन्दर के साथ वहाँ से चल पड़ता, थैले में चावल और पैसे पड़े होते। कई दफ़ा उसे अच्छे लोग मिल जाते, तब वह कुछ और भी करतब दिखाता और घंटा भर लोगों का मनोरंजन करता। इनमें एक था, 'दब्बू लड़की अपनी सास के पास जा रही है'—इसमें वह खुद बददिमाग सास का रोल अदा करता, जो लड़की के आते ही उसे गहरे कुएँ से पानी भर लाने के लिए भेज देती है। एक था हनुमान जी का राक्षस राजा (रावण) की नगरी में आग लगाना, जिसमें बन्दर हाथ में पूँछ पकड़ कर इधर-उधर कूदता-फिरता है। लोगों के चेहरे पर हँसी देखकर सामी समझता कि उन्हें यह पसन्द आ रहा है। तब वह उनसे बन्दर के लिए थोड़ा सा भात, दही और हो सके तो कोई पुराना कोट या कमीज़ माँगता। अपने नंगे बदन पर इस समय वह जो मोटा खाकी कोट पहने था, वह उसे बड़ी वाली दुकान के बगल के बंगले की औरत ने सास के नाटक से खुश होकर इनाम के रूप में पेश किया था, और सिर पर बँधी काली पगड़ी भी इसी तरह किसी ने उसे इनाम में दी थी।

शाम को वह बंदर को कंधे पर बिठाये लौटता और वरांडे के अपने कोने में लेट जाता, बन्दर भी उसी से चिपका रहता।

कुछ ऐसे नियम थे जिनके पालन की वह बन्दर से अपेक्षा करता था, जैसे वह नहीं चाहता था कि बन्दर किसी के घर से कोई चीज़ उठाकर ले आये। एक कंकड़ी भी नहीं। जब कभी बंदर यह करता, तो वह उसे वापस भेजता कि वह कंकड़ वहीं रख आये। बगीचे के सामने से गुज़रते हुए बंदर यदि किसी फूल या पत्ती को हाथ लगाता या कुछ और शैतानी करता, तो वह उसे रोकता था। सामी मानता था कि बन्दर के व्यवहार पर ही उसका अस्तित्व निर्भर है।

इस तरह दोनों ने तीन साल बिता दिये। अगर यह देखें कि हर क्षण वे दोनों साथ रहते, साथ काम करते, खाते-पीते और सोते, तो यह बहुत लम्बा समय है। यह सम्बन्ध आजीवन चलता रहता, अगर बन्दर एक बहुत मामूली लालच का शिकार न हो जाता।

एक दिन सामी एक बड़े बंगले के रास्ते पर जा रहा था। उसका मूड अच्छा था और वह फाटक से भीतर आ गया। सामान्यतया वह ऐसे स्थानों से बचता था, जहाँ के लोग घमंडी होते हैं, लोगों से दूर रहते हैं, किसी से बातचीत नहीं करते, और भारी-भरकम कुत्ते और नौकर रखते हैं। वह संकोचपूर्वक आगे बढ़ा,

यह उम्मीद करता कि कोई उसे डाँट कर भगा देगा, कि उसने देखा कि एक नौकर उसकी तरफ़ आ रहा है। सामी ने बन्दर को कसकर पकड़ लिया और भागने की तैयारी करने लगा, लेकिन नौकर ने उसे घेर लिया और कुछ कहने लगा। सामी ने इशारे से बताया कि वह सुन नहीं सकता, तो नौकर ने भी इशारे से समझाया कि घर का मालिक बन्दर को बुला रहा है।

उसे सीढ़ियों तक ले जाया गया जहाँ वरांडे में बन्दर का तमाशा दिखाने को कहा गया। यह तमाशा एक छोटे से बच्चे के लिए था जो हरे रंग की शाल ओढ़े गद्दे पर लेटा था। बंदर का तमाशा देखते हुए उसका सूखा हुआ मुँह उत्साह से चमक उठा और उसने चुपचाप दवा खा ली और फिर खाना भी खाया। बंगले का मालिक भी बहुत खुश था। सामी को लगा कि उसे अच्छा सहारा मिल गया है।

बन्दर तीसरी दफ़ा वह तमाशा दिखा रहा था जिसमें मिठाईवाला अपने सिर पर खोमचा रखे चला जा रहा है। खोमचे का सन्तुलन आसान नहीं था, और लोग ध्यान से देख रहे थे। बन्दर ने देखा कि वहीं एक मेज़ पर ब्रेड और फल रखे हुए हैं। यह देखकर वह जैसे एकदम जाग उठा और उछलकर ब्रेड उठा ली, और इस प्रक्रिया में एक दवा की शीशी तथा फूलों का गमला नीचे गिरा दिया। इससे वहाँ हंगामा मच गया। गुस्से से पागल सामी बन्दर को पकड़ने के लिए लपका, लेकिन इस कारण मेज़-कुर्सी उलट-पुलट हो गई और वह एक तरह से बच्चे—मरीज़ से भी जा टकराया। बहुत से लोगों ने उसे पकड़ लिया और सीढ़ियों से नीचे घसीट लाये। उसने मुड़कर देखा तो पाया कि बन्दर एक खंभे पर बैठा मज़े से ब्रेड खा रहा है। हर कोई सामी पर गरज-बरस रहा था। लोग इस तरह व्यवहार कर रहे थे, जैसे सामी ने जान-बूझकर यह दुर्घटना कराई हो और उन्होंने मरीज़ को बहुत बड़े संकट से बचा लिया है। सामी मुश्किल से उन्हें यह समझाने की कोशिश कर रहा था कि वह सिर्फ बन्दर को पकड़ने के लिए उछला था, उसका कोई बुरा इरादा नहीं था। मालिक चिल्लाकर बोला, 'इसे बाहर निकाल दो, वह बच्चे को डरा रहा है। यह उत्तेजना उसके लिए सही नहीं है। अब उसे ठीक होने में हफ्ते लग जायेंगे। निकालो बाहर राक्षस को!' नौकर सामी को बाहर ढकेलने लगे, और वह रुकने की कोशिश कर रहा था। वह पूछना चाहता था, मेरा बन्दर कहाँ है? कहाँ है मेरा बन्दर? लेकिन वह यह कह नहीं पा रहा था, मुँह से सिर्फ गर्र-गर्र की आवाज़ें निकाल रहा था—जिससे लोग समझ रहे थे कि वह बच्चे को डरा रहा है। वे उसे घसीटकर फाटक की तरफ ले गये। उसने मुड़कर देखा कि बन्दर छत की टाइलों पर बैठा है। वह उनके पैरों पर गिरकर विनती करने लगा कि उसे किसी तरह उसके बन्दर को वापस लाने दो। वे समझकर चुप हो गये। उसने नीचे खड़े होकर ऊपर देखा ओर इशारों से बन्दर को वापस लौटने के लिए कहने लगा। बन्दर ब्रेड चबाता हुआ अपने मालिक की तरफ देखता रहा, लेकिन वह क्या कह

रहा है, वह समझ नहीं पाया। वह शायद यह भी सोच रहा होगा कि लौटने पर उसे माफ़ कर दिया जायेगा या सज़ा मिलेगी। जो हो, वह वापस नहीं आना चाहता था। उसे अपनी आज़ादी पसन्द आ रही थी, तीन साल तक रस्सी में बँधे रहने के बाद अब उछलने-कूदने की सुविधा उसे ज़्यादा मजेदार लग रही थी। वह घूमा, टाइलों पर चलने लगा और एक रोशनदान से घर के भीतर झाँकने लगा। उसकी कमर से बँधी डोरी ज़रा देर तक बाहर दिखाई दी, फिर भीतर घुसकर गायब हो गई।

टाउन हॉल के अपने कोने में सामी कई दिन तक उसका इन्तज़ार करता रहा, कि जैसे वह पहले दिन उसके पास आ गया था, उसी तरह इस दफ़ा भी उसके पास वापस लौट आयेगा। हर रोज़ बंगले के सामने खड़े होकर वह ऊपर ताकता रहता कि कहीं वह लौट तो नहीं रहा है। नौकर उसे देखते तो भगा देते। एक दिन वह उनके पैरों में गिर पड़ा और यह जानने की कोशिश करने लगा कि उसके बन्दर का हुआ क्या है। यह समझकर उन्होंने कहा कि उन्हें पता नहीं। स्वामी सोचता था कि बन्दर जब रोशनदान से भीतर गया, तो घरवालों ने उसे रख लिया।

कुछ हफ्ते इस तरह इन्तज़ार करने के बाद वह निराश होकर अपने ठिकाने पर लौट आया और पहले की तरह ज़िन्दगी बिताने लगा—भीख पर, जिसे वह माँग नहीं सकता था।

किनारे पर

उस शाम मैं जिस कमेटी की मीटिंग में शामिल न हो सका, वह इरादतन नहीं था। इसमें शक नहीं कि संयोजक से मैंने जो वादा किया था, उसके अनुसार मैं मीटिंग हॉल के लिए रवाना हो गया था। दोपहर बाद साढ़े पाँच बजे मीटिंग होनी थी, लेकिन उस वक्त जब मैं यूनिवर्सिटी के नुक्कड़ पर मुड़कर आगे बढ़ा तब दो गिलहरियों के कारण मैं रुक गया। कोई इस बारे में ज़रूर पूछ सकता है कि मुझ जैसा प्रौढ़ व्यक्ति दो गिलहरियों के कारण कैसे अपना कार्यक्रम बदल सकता है, परन्तु मैं अब भी यही सोचता हूँ कि मुझ जैसे बड़ी उम्र के व्यक्ति के लिए अपना कार्यक्रम बदलने का कोई कारण हो सकता था, तो वह निश्चय से यही था।

इनमें से एक तो माँ थी, और दूसरी दस दिन की उद्दण्ड युवा, जो दूसरे दिन सैर को जा रही थी; युवा गिलहरी की पूँछ उसके नन्हें-से शरीर की तुलना में बेतहाशा लम्बी थी, जिसकी वजह से वह हिलती-डुलती चल रही थी। दोनों अपने घर जा रही थीं, जो यूनिवर्सिटी की दीवार के दूसरी तरफ था, शायद रजिस्ट्रार के दफ्तर के वरांडे की छत के एक छेद में । यहाँ पहुँचने के लिए दो फीट की ऊँचाई पर बने एक लम्बे छेद से गुज़रना पड़ता था, और समस्या यह थी कि छुटकी यहाँ तक पहुँच नहीं पा रही थी। माँ तो सड़क से ही छलांग मारकर वहाँ तक पहुँच सकती थी, लेकिन बेटी वहाँ तक दौड़कर ऊपर देखती और रुक जाती।

माँ ऊपर उछली, और यह सोचकर कि बिटिया पीछे आ रही होगी, दूसरी तरफ कूदकर गायब हो गई। बिटिया अपने पिछले पैरों पर खड़ी होकर कोशिश करती, यह सोचती अन्दाज़ लगाती रही कि उसका रास्ता रोकने वाले किले की दीवार कितनी ऊँची है। वह सन्तुलन बनाये इस तरह खड़ी रही कि कोई चमत्कार हो जाय जिससे वह आसानी से उस पार जा सके। यह उसके जीवन में गिलहरी-स्वभाव के बिलकुल विपरीत व्यवहार था। तभी माँ वापस लौटी और उसके ऊपर बनी चौखट पर खड़ी हो गई। उसकी पूँछ धीरे से हिली और वह आश्चर्य से देखने लगी। उसने

नीचे नज़र डाली, क्षणभर के लिए रुकी, अपना ओंठ काटा—डिज़्ने के असली चरित्र की तरह, और ऑस्कर वाइल्ड की तरह आपको मानना पड़ेगा कि प्रकृति कला की नकल करती है—फिर पूछा, 'अभी तक वहीं हो?' छोटी ने कहा, 'मैं तुम्हारे साथ नहीं आ सकती। तुम तो ऊँची चढ़ गईं और उतर गईं, पर मैं वहाँ तक पहुँच ही नहीं पाऊँगी।'

'अच्छा,' माँ ने आश्चर्य में भरकर कहा। फिर नीचे उतरी, उसे कई दफ़ा चाटा और बोली, 'अब, हाँ, मेरे पीछे आ जाओ। यह इतनी ऊँची नहीं है। ज़रा सी कोशिश करो और हम घर पहुँच जाते हैं। चलो, आओ,' यह कहकर वह फिर उछली और वहाँ से गायब हो गई। छोटी ने दुबारा कोशिश की पर वह बेकार गई, वह नीचे आ गिरी, मिट्टी में सन गई, उसे झाड़ा और चारों तरफ़ देखा कि कहीं कोई देख तो नहीं रहा। अब उसके चेहरे पर कुछ परेशानी झलकी, माँ सोचती है कि हर कोई उसके जितना दौड़-भाग सकता है! माँ फिर लौटी और बोली, 'अभी घर आने का इरादा नहीं है? अँधेरा होने वाला है।' अब वह भी चिंतित थी पर दिखाना नहीं चाहती थी। सूरज डूब रहा था और उन्हें जल्दी घर पहुँच जाना था। वह नीचे उतरी, उसे थपथपाया और हँसते हुए बोली, 'देखो, इस तरह लम्बी साँस लो, तुम वहाँ से मेरी तरह उछल नहीं सकतीं, हालाँकि जल्दी ही यह भी करने लगोगी। मेरी तरह दस कदम पीछे हटो।' छोटी ने माँ के कहने के अनुसार किया। 'अब एक दौड़ लगाकर इस तरह ऊपर उछलकर आगे कूदो...।' माँ फिर वहाँ से गायब हो गई। युवती ने उसके आदेशों का पूरी तरह पालन किया, उसी तरह छलांग लगाने की कोशिश की, पर ज़रा-सा चूना खुरचकर वापस नीचे आ गिरी, और दीवार के सहारे गुड़ी-मुड़ी होकर बैठ गई। वह जानती थी कि माँ फिर वापस आयेगी और कुछ नई तरकीब बतायेगी। माँ आई, तब वह इससे आजिज़ आ चुकी थी, इतनी कि उसकी तरफ़ घूमकर भी नहीं देखा। माँ चिल्लाई, 'तो क्या रात भर यहीं रहोगी?' युवती ने उदास होकर कहा, 'मैं क्या करूँ? लगता है, यहीं रहना पड़ेगा।'

माँ अब चिंतित हो उठी। अँधेरा घिर रहा था, दूर कोई उल्लू चीख रहा था, कुछ पक्षी और चमगादड़ उड़ रहे थे, खतरनाक कौए अपने घोंसलों को लौट रहे थे—यह वक्त अच्छा नहीं था। माँ दीवार से लगकर इस तरह खड़ी हो गई कि ये सब चले जायँ, बिटिया भी उसके बगल में दुबक कर खड़ी हो गई। फिर माँ ने उसे धीरे से धकेला और बोलीं, 'यह समस्या का हल नहीं है। तुम्हें लगन से फिर कोशिश करनी पड़ेगी। मैं जानती हूँ, तुममें यह हिम्मत है। यह बहुत आसान है।' वह कुछ कदम पीछे हटी, दौड़ी, कूदी, फिर छोटी के पास आई और बोली, 'देखो, कितना आसान है! तुम कर सकती हो, मैं जानती हूँ। बस, ज़रा से आत्मविश्वास की कमी है तुममें। चलो, आओ...?' उसने खुद करके दिखाया, 'देखो, इस तरह नहीं, इस तरह...। इस तरह नहीं...फिर देखो...।' वह एक दर्जन बार उछली और

कूदी और छोटी ने उसके अनुसार करने की बार-बार कोशिश की, लेकिन असफल रही, हर दफ़ा वह नीचे आ गिरी। अब दोनों हाँफती हुई चुपचाप लेटी थीं। माँ को थोड़ा-सा गुस्सा चढ़ आया था। उसने बिटिया के कान को हल्का सा काट लिया और कहा, 'तुम्हें यह क्या हो गया है?' वह आँसू भरकर बोली, 'माँ, मुझे यहाँ छोड़ मत जाना।'

'मैं भी नहीं चाहती, लेकिन...लेकिन अब हमें यहाँ नहीं रहना चाहिए।' बिटिया ने कई बार और कोशिश की और माँ भी, कैसे करे यह दिखाती रही। दोनों बहुत थक गईं। अंत में माँ बोली, 'मैं तुम पर गर्व नहीं कर सकती। तुम्हारी उम्र में मैं...' माँ की उपस्थिति ने छोटी में चेतना ला दी थी, वह इधर-उधर बेमतलब भी कूदती रही, लेकिन उसके व्यवहार से यह स्पष्ट था कि उसे स्थिति की गम्भीरता का पता नहीं था। वह समझ नहीं पा रही थी कि यह उसकी समय के साथ दौड़ है, कुछ ही क्षण में अँधेरा हो जायेगा, और उन्हें कुछ भी दिखाई देना बंद हो जायेगा। माँ गहरी चिन्ता में डूबकर कहने लगी, 'अब हमें यहाँ बिल्कुल नहीं रहना चाहिए। देखो, वे स्कूल के बच्चे खेल के मैदान से लौट रहे हैं, वे हमें पत्थर मारेंगे, और कहीं एक कुत्ता भी भौंक रहा है। यह दुनिया बड़ी खतरनाक है। हमें तुरन्त वापस जाना चाहिए।' माँ ने फिर कूदकर दिखाया और छोटी ने कार्टून की तरह उसकी उलटी-सीधी नकल की। अब माँ का धीरज खत्म हो गया था। वह फिर ऊपर चढ़ी और बोली, 'तुम्हें आना है या नहीं, जल्दी बताओ!'

छोटी ने कहा, 'तुम उसी दिन की तरह मुझे अपने ऊपर चढ़ाकर ले चलो, नहीं तो...।'

'वह दिन अब नहीं रहा। तब तुम इतनी छोटी थीं कि मैं तुम्हें मुँह में दबाकर ले जाती थी, और ऐसा होता तो मैं तुम्हारे सुझाव का इन्तज़ार भी न करती।'

'मैं कूद ही नहीं सकती। मैं नहीं आती।' यह कहकर वह चुप हो गई।

'बेवकूफ़ तुम्हें पता नहीं, क्या हो सकता है। चुपचाप आ जाओ। सारी दुनिया सो रही है, सिर्फ हम जग रहे हैं, और हमारे दुश्मन चारों तरफ़ घूम रहे हैं। चुपचाप आ जाओ।'

'मैं नहीं आ सकती। माँ, तुम नहीं समझतीं...' माँ पूरा वाक्य सुनना नहीं चाहती थी। वह चुपचाप मुड़ी, दूसरी तरफ कूदी, और क्षण भर में यह कहकर गायब हो गई, 'भगवान सब देख रहा है। अगर तुम्हें अगला दिन देखना होगा तो देखोगी और क्या करें? मैं या कोई और तुम्हारे लिए क्या कर सकता है?'

छोटी ने इन्तज़ार किया, माँ के जाने की आवाज़ चिंतित होकर सुनती रही। अँधेरा हो गया। वह परेशान होकर सुनती रही। अँधेरा हो गया, अब वह परेशान हुई, डर भी लगा। उसने फिर से माँ की हिदायत के अनुसार उछलकर कूदने की कोशिश की पर असफल रही। फिर बहुत थककर चुप लेट गई।

यह सब देखकर मुझे लगा कि यूनिवर्सिटी के अधिकारियों से मुझे ज़ोरदार अपील करनी चाहिए कि दीवार की ऊँचाई कम करवा दें। मैं सोचता रहा कि गिलहरी की मदद करूँ, पर कैसे? उसने अब वही किया जो इन परिस्थितियों में संभव था। उसने प्रयत्न करना बन्द कर दिया और दौड़कर पास के पेड़ पर चढ़ गई। उसने वहाँ से कई आवाज़ें लगाईं लेकिन खुदगर्ज़ माँ ने ध्यान नहीं दिया।

मैंने घड़ी देखी तो पाया कि यह घटना पूरे सवा घंटे चली।

मीटिंग के संयोजक ने, इसके बाद मुझसे मिलने पर, पूछा, 'आपने हमें फिर निराश किया।'

'इस दफ़ा मैं कुछ कर ही नहीं सकता था,' यह कहकर मैंने सबसे सरल बहाना बनाया। 'मैं व्यस्त हो गया—अचानक!'

चार रुपये

रंगा कभी नहीं जान पाता था कि इसके बाद वह क्या करेगा। वह कबीर लेन के अपने छोटे से घर से निकलता, और जब तक मार्केट रोड के कोने तक पहुँचता, उसके लिए कोई नया काम निकल आता। आज जब वह मार्केट के फव्वारे पर बैठा था, एक बहुत अज़ीब काम उसके सामने आ गया। एक्सटेंशन के एक बंगले का एक नौकर अपनी आँखों से कुछ तलाशते हुए वहाँ से निकला। वह बोला, 'हमारा काँसे का बर्तन कुएँ में गिर पड़ा है। तुम किसी ऐसे आदमी को जानते हो जो कुएँ में जाकर उसे निकाल सके?'

'इसका पैसा कितना मिलेगा?'

'तुम कितना चाहोगे?'

'पहले मैं कुआँ देखूँगा, लेकिन कम-से-कम दो रुपये लूँगा,' वह बोला।

'ठीक है, चलो,' वह बोला, और रंगा यह सुनकर चकित रह गया। उसने नहीं सोचा था कि उसकी माँग मान ली जायेगी। इससे पहले वह कुएँ में कभी नहीं उतरा था। इसलिए उसने इस समय बचने की कोशिश की, लेकिन दूसरा तैयार नहीं हुआ था। उसने उसे कसकर पकड़ लिया और एक तरह से खींचते हुए ले गया। पर वह विरोध करता रहा, 'लेकिन मैं कुओं के बारे में कुछ नहीं जानता।' पर दूसरा बोला, 'यह मत कहो, पहले कुआँ देख तो लो।' वह उससे चिपक गया, 'इन लोगों ने चार दिन से मेरी ज़िन्दगी हराम कर दी है। अगर मैंने आज कुछ न किया, तो मुझे निकाल दिया जायेगा।'

'लेकिन मैं तो कुओं के बारे में कुछ जानता ही नहीं।'

'चुप रहो। मेरे साथ यह सब नहीं चलेगा,' बूढ़े नौकर ने उसे फटकारा और रहस्यभरे ढंग से मुस्कराया। 'अगर तुम्हें एक-दो आने ज़्यादा चाहिए हों तो कह देना। अब ना-नू नहीं चलेगी।'

'पर, पर,' उसने आपत्ति की, लेकिन नौकर ने उसे बीड़ी पीने के लिए देकर चुप करा दिया। रंगा अपने भाग्य को आज़माने चला।

एक्सटेंशन पहुँचे, तो बंगले के आगे वे सब खड़े थे : मालिक, उसकी पत्नी, और दो लड़के। नौकर को देखते ही वे चिल्लाकर बोले, 'मिला कोई?'

'यह है न,' नौकर ने रंगा की तरफ़ इशारा करके कहा। रंगा काँपने लगा और निराश-सा उधर देखने लगा। मालिक ने कहा, 'काँसे का बर्तन कुएँ में गिर पड़ा है। उसे निकालना है तुम्हें।'

'मैं यह कैसे करूँगा, मालिक?' रंगा बोला। नौकर ने इसमें दखल देकर कहा, 'यह आप मेरे ऊपर छोड़ दें। साहब! यह कर लेगा।' मालिक ने सोचा कि दोनों कोई गहरी चाल चल रहे हैं, इसलिए उसने इतना ही कहा, 'अच्छा, ठीक है। पहले कुएँ को देख तो लो।' वे उसे मकान के पीछे ले गये। मालिक और दूसरे लोग उससे जिस इज़्ज़त से पेश आ रहे थे, उससे उसे अब मज़ा आने लगा था। सब उसके इर्द-गिर्द खड़े हो गये और बताने लगे कि यह हुआ कैसे। रंगा ने ध्यानपूर्वक सुना और मत व्यक्त किया, 'रस्सी गल चुकी होगी।' सबने यह निर्णय बड़े उत्साह से स्वीकार किया कि रंगा ने महसूस किया, जैसे उसने किसी बड़े सत्य का उद्घाटन किया है। अब उन्होंने उसे बर्तन के महत्त्व के बारे में बताया, कि वह परिवार की निधि है, उसे पितामह के पितामह के विवाह में दिया गया था, और अब बहुत मूल्यवान माना जाता है। यह बताकर उन्होंने नौकर की तरफ़ हिकारत से देखा। महिला बोली, 'इस बेवकूफ को हमेशा बताया जाता था कि उसे छुए भी नहीं, लेकिन...'

रंगा बोला, 'कुएँ का पानी खींचने के लिए सिर्फ जस्ते के बर्तन का इस्तेमाल किया जाता है।' यह जैसे विशेषज्ञ का मत था और सब ने इसकी सराहना की। रंगा को लगा कि वह कुएँ के बारे में सब कुछ जानता है।

उन्होंने कुएँ के ऊपर का आवरण हटाया और रंगा ने उसमें झाँककर देखा। उसका दिल बैठने लगा। एक बहुत लम्बे छेद के नीचे ज़रा सा पानी चमक रहा था। 'बहुत गहरा लगता है कुआँ,' वह बोला।

'सिर्फ साठ फीट।'

रंगा बोला, 'हम चालीस फीट से ज़्यादा गहराई में नहीं उतरते।'

'तुम आठ आने ज़्यादा भी लोगे तो हम देंगे,' वे बोले।

'आपको चार रुपये देने होंगे, नहीं तो मैं अपनी जान खतरे में नहीं डालूँगा।' कुछ देर बहस के बाद यह मान लिया गया। रंगा की निकल भागने की उम्मीद अब खत्म हो गई। उसने एक साथ कभी चार रुपये नहीं कमाये थे, इसलिए यह सौदा उसे अच्छा लगा। अब उसे कम-से-कम तीन दिन तक कुछ करने की ज़रूरत नहीं होगी, जिससे उसकी बीवी और सास दोनों चुप रहेंगे। जैसे उसका भाग्य खुल गया था। उसने फिर कुएँ में झाँका और उसकी गहराई देखकर उसका उत्साह एकदम ठंडा पड़ने लगा। वह भागने की सोचने लगा। लोगों की तरफ मुड़कर बोला, 'ठीक है, मैंने देख लिया है। मैं शाम को आऊँगा। अभी मुझे घर जाना है।'

'क्यों?'

इसका जवाब उसके पास नहीं था। उसने कहना चाहा कि अभी तक उसने खाना नहीं खाया है—जिसे सुनकर वे उसे एक गलियारे में घसीट ले गये और उसके सामने खाना लाकर रख दिया। खाना अच्छा था, और उसने डटकर खा लिया। वे उसे 'और खाओ, और खाओ' कहकर देर तक खिलाते रहे। इसके बाद उसे पान लगाकर दिया गया जिससे उसके ओंठ खूनी लाल हो उठे। उसे लग रहा था, जैसे बंगले का वह खास मेहमान है। लेकिन इसका जो निहित उद्देश्य था, उससे वह भयभीत था। अब उसे निश्चय हो गया कि यह काम करना ही पड़ेगा। उन्होंने उसे आधा घंटा आराम करने के लिए दिया, फिर कुएँ की ओर ले चले। उसे अपना अंत निकट आया जान पड़ने लगा। अब देर तक कुएँ में झाँककर देखता रहा। फिर निकल भागने का एक अन्तिम प्रयास करते हुए बोला, 'मैं नहीं कर सकूँगा, मैं नहीं जानता...।' 'अब यह मत कहो,' वे बोले।

रंगा को आश्चर्य होने लगा कि ये लोग उसे डुबाने में क्यों लगे हैं। उसे इच्छा हुई कि वहाँ से भाग निकले, इसलिए उसने चारों तरफ़ नज़र डाली। वे सब उसके इर्द-गिर्द घेरा बनाये खड़े थे। उसे लगा कि अब अगर वह भागने की कोशिश करता है तो शायद वे लोग उसे पकड़कर ज़बरदस्ती कुएँ में ढकेल सकते हैं। भागने की कोई उम्मीद बाकी नहीं रही। उसने फटी कमीज़ उतारी और धोती कसकर बाँध ली। फिर रस्सी मँगाई और उसका एक सिरा ऊपर घिर्री से बाँधकर दूसरा कुएँ में नीचे लटका दिया। फिर उसे पकड़कर नीचे सरकना शुरू किया, साथ में कुएँ की दीवार पर पैर रखकर उसका सहारा लेने की कोशिश करता रहा। वह धीरे-धीरे नीचे उतरने लगा, लेकिन उसे अपने से नीचे देखने की हिम्मत नहीं हो रही थी। हवा गर्म और अँधेरी होती जा रही थी।

उसने ऊपर देखा—आसमान का नीला गोला, घिर्री के बगल से निकलती एक पीपल की डाल, और सबसे ऊपर लोगों के धुँधले चेहरे। किसी ने कहा, 'सावधानी से जाना।' दूसरे बोले, 'हिचक क्यों रहे हो?' तो वह बोला, 'मुझे ऊपर आने दो ...मैं नहीं जा सकूँगा...।' सबने फिर उसे हिम्मत बँधाई और चार आने उज़रत और बढ़ा दी। 'आधी दूर तुम पहुँच ही गये हो।'

'अगर मैं वापस न आ सकूँ, तो मेरी बीवी को बता देना—' यह सुनकर लोग हँस पड़े। वह इतना निराश हो चुका था कि अब वह सोचने लगा—कोई रास्ता नहीं रहा है। इसलिए मर जाना ही अच्छा है। यह सोचकर वह तेज़ी से नीचे सरकने लगा, अँधेरा बढ़ता गया, हर कदम पर उसकी दहशत बढ़ती गई। कान बंद होने लगे और सीने में जकड़न महसूस हुई। आँखें धुँधलाने लगीं और जब वह आखिरी तल पर पहुँचा, तब उसकी चेतना भी आधी ही रह गई। दिमाग में बाजा बजने लगा। चार रुपये, चार रुपये। मैं मर रहा हूँ, वह अपने से कहता जा रहा था।

या मर गया हूँ? बर्फ की तरह ठंडा पानी उसके तलवे छू रहा था। वह सावधानी से नीचे झुका और मुँह झुकाकर थोड़ा-सा पानी पिया। फिर पानी में डुबकी लगाई और 'चार रुपये, चार रुपये' मन में दोहराता रहा। उँगलियों से पानी को टटोला तो हाथ में एक रस्सी आई जिससे वह बर्तन बँधा था।

अब ऊपर जाना और भी ज़्यादा साहस का काम था। लोगों ने उसे खींचकर निकाल लिया। वह ज़मीन पर घंटे भर उलटा पड़ा रहा। जब आँख खुली तो सबने कहा, 'तुम अच्छे आदमी हो। अगर कुएँ में फिर कुछ गिरता है तो हम तुम्हें ही बुलायेंगे। पर रहते तुम कहाँ हो?' उसने जगह बताने से इनकार कर दिया। 'मेरी उज़रत दो और जाने दो मुझे।' उसे चार रुपये चार आने दिये गये। उसने देखकर कहा, 'मालिक, आपने चार रुपये बारह आने देने को कहा था!' यह सुनकर वे गुस्सा होने लगे। 'तुम्हारे लालच की कोई हद है या नहीं? बर्तन की तो इतनी कीमत भी नहीं है। हमने तुम्हें खाना वगैरह भी खिलाया है। जाओ, अब जाओ। सन्तोष करना सीखो।'

'कुएँ में उतरने वालों को सन्तुष्ट करना आसान नहीं है। सब जगह ऐसा ही है,' किसी ने टिप्पणी की।

जब रंगा घर पहुँचा, उसकी पत्नी और माँ, हमेशा की तरह दरवाज़े पर ही थीं। उसे देखते ही पत्नी चिल्लाई, 'सात बज रहे हैं, पता है। मैं कब बाज़ार जाकर खरीदारी करूँगी और कब खाना बनाऊँगी? तुम मुझे अपनी गुलाम समझते हो? आज रात खाना नहीं खाओगे तो अच्छा सबक मिलेगा तुम्हें..।' उसने चार रुपये चार आने उनको दिखाये। 'चार रुपये! तुमने कहीं चोरी तो नहीं की?' उसने अपने शरीर पर लगी खरोंचें दिखाकर सब बात बताई। वे हँसकर बोलीं, 'कभी सुना ही नहीं कि तुम कुएँ में कभी उतरे, ज़रूर किसी से लड़े होगे जिससे ये चोटें लगीं, और उसी की जेब काट ली होगी।'

नारियल की सुगन्ध

आरोप लगाने वालों की वह ज़बरदस्त भीड़ थी। हरेक के हाथ में पत्थर था, जो पहले से गिरे-पड़े आदमी को मारने के लिए तैयार था। जेल की दीवारें उसे घेरे हुए थीं, उसकी छड़ें जैसे पिघले हुए सीसे की बनी थीं। यह जहाज़ की गोदी भी थी और जेल भी। मुकदमा संक्षिप्त था, क्योंकि समय खतरनाक चल रहा था। जेल और गोदी के अंतर का सवाल कैदियों के लिए फिजूल था—सिर्फ इस खतरनाक प्राणी के लिए ही नहीं। उसने चारों तरफ खड़े चेहरों पर नज़र डाली--शायद कहीं उम्मीद की किरण दिखाई दे जाय।

भूरे बालों वाला और चश्मा लगाये बैठा जज अपने चेहरे पर कोई भाव नहीं आने देना चाहता था। उसका दिमाग किसी पूरे न हुए काम से भरा लग रहा था, लगता था कि वह कोई ज़्यादा उपयोगी काम कर रहा था जिसमें यह बाधा आ पड़ी थी। उसके कान में कलम खुसा हुआ था, वह जब चाहता, उसे निकालकर मौत का फैसला लिख देता। उसने कैदी की तरफ एक ठंडी नज़र डाली। यह जान पाना मुश्किल था कि उसके दिमाग में क्या चल रहा है। लेकिन न्याय के नाते कहना पड़ेगा कि वह बहुत सन्तुलित, अधिकारपूर्ण और चिन्तित लग रहा था। लेकिन इसी के साथ यह भी लगता था, कि वह आरोपी पक्ष को नाखुश नहीं करना चाहता। यद्यपि, अगर उसे स्वतंत्र छोड़ दिया जाता तो शायद वह क़ैदी की हथकड़ियाँ खोल देता और चिल्लाकर उससे कहता, 'जाओ, निकलो, इसके बाद पकड़े जाने का मौका मत देना...।' लेकिन यह कैदी के जल रहे दिमाग की इच्छा भर थी। यह जान पाना असम्भव था कि जज क्या फैसला देता है। जूरी बहुत गंभीर दिख रही थी और अद्‌भुत व्यवहार कर रही थी। कभी-कभी वे आरोपी पक्ष का ज़ोरदार समर्थन करते—जो प्रक्रिया की दृष्टि से सही नहीं था। यह कहना असम्भव लग रहा था कि आरोपी कौन है और जूरी कौन। लग रहा था कि आरोपी पक्ष ही अन्तिम फैसला कर लेगा, और बचाव पक्ष एक शब्द भी नहीं बोलगा। बचाव? शायद बचाव की कोई ज़रूरत ही नहीं थी। बन्दी खुद आँखें चलाने के सिवा और कुछ करने

में असमर्थ था—आँखें भी उसकी बड़ी-बड़ी और गोल थीं, जो शायद इसी काम के लिए बनी थीं। उसके चेहरे पर जैसे मुर्दनी छाई थी। फिर भी वह कोशिश कर रहा था कि कोई भाव व्यक्त न करे, सिर्फ उसकी बड़ी-बड़ी मूँछों के सिरे फड़क रहे थे।

उसके विरोधियों में से किसी ने टिप्पणी कीः 'ये मूँछें! इतने ज़रा से आदमी के चेहरे पर। अपने बदन से ज़्यादा लम्बी मूँछें लगाये फिरता है।' कैदी ने समान भाव से यह बात सुन ली। इस समय वह अपने रख-रखाव के बारे में कुछ नहीं कर सकता था। इससे कहीं ज़्यादा गंभीर आरोप उसके खिलाफ़ इकट्ठे किये गये थे, उनकी सूची काफी लम्बी थी। ये संख्या और प्रकार दोनों दृष्टियों से अनेक थे। आरोपी पक्ष के लोग इतनी ज़ोर से बोल रहे थे, कि जज को कहना पड़ा; 'खामोश! शोर मत कीजिए। एक दफ़ा में एक ही आदमी बोले। सबके एक साथ बोलने की ज़रूरत नहीं है।' जज का यही अकेला अच्छा काम था, जो कर पाने में वह समर्थ था—लेकिन इससे कुछ समझ पाना आसान नहीं था, और यह वक्त अनुमान लगाने का था भी नहीं। क़ैदी सिर्फ एक बात जानना चाहता था—कि उसे छोड़ दिया जायेगा, या यह उसका अंत साबित होगा।

प्रतीक्षा, कि क्या होगा, असह्य थी। उनकी बातचीत आशा नहीं बँधाती थी। वे मृत्युदंड की चर्चा इस तरह कर रहे थे जैसे किसी से कह रहे हों कि कमरे से बाहर चले जाओ। लेकिन यही दंड सम्भव लग रहा था। कुछ और सज़ा दी ही नहीं जा सकती थी। आरोप गम्भीर थे। क़ैदी समाज विरोधी तत्व था। उसकी गतिविधियाँ गुप्त थीं। वह अँधेरे में ही बाहर निकलता था। वह लूटमार करता था, डाके डालता था, तोड़-फोड़ और विनाश करता था। कुल मिलाकर उसका रिकार्ड बहुत खराब था। इकट्ठे हुए लोगों में से सबसे छोटे ने अचानक सोचा कि बचाव के लिए कुछ कहा जाय। उसने धीरे से कहा कि मृत्युदंड के बजाय आजीवन देश निकाला दिया जाय। जज ने मुँह सिकोड़ कर कहा, 'देश निकाला? लेकिन क्यों?' वकील ने आँखें मिचकाईं। जज ने खुद ही कहा, 'जिससे यह आदमी बाहर भी यही काम करता रहे?' जज का व्यवहार देखकर लोग एकदम चुप हो गये। उसने आगे प्रश्न किया, 'अगर देश निकाला दिया जाता है तो आप कैसे यह तय करेंगे कि वह फिर चुपचाप वापस नहीं आयेगा?'

इस सारी चर्चा का विषय, जैसा आपने अब तक अनुमान लगा लिया होगा, एक छोटा-सा चूहा था जो क्षण भर पहले पिंजरे में फँस गया था। इसे लोग महीनों से देख रहे थे। इस क्षण तक वह उनकी पकड़ ही नहीं, नज़रों से भी बाहर बना रहा था। रात के ही समय वह घरवालों को परेशान करता था। वह बर्तन खड़काता

जिससे इतना ज़्यादा शोर होता कि लोग अक्सर डरकर जाग जाते, और सोचते कि चोर घर में घुस आया है। जब शहर में प्लेग फैली तब लोग बहुत भयभीत हो उठे। जब स्टोररूम में बड़े-बड़े हंडे खड़कते, तब लगता कि घर में कोई बम रख गया है जो फट रहा है। उनको यह भी डर सताता कि उनके घर में भी प्लेग न हो जाय, जिससे सब मर जायें। सबसे बुरी बात यह थी कि वह जानता था कि जब स्वास्थ्य विभाग के कर्मचारी घर में चूहे मारने की दवा डालने आयें तब कैसे वहाँ से गायब हो जाया जाय, और जब कुछ समय बाद दवा का असर खत्म हो जाय, तब फिर आकर उपद्रव मचाया जाय। वह बड़ा चतुर चूहा था और शतरंज के कुशल खिलाड़ी की तरह हर समय विरोधी चालों को मात देता रहता था।

उन्होंने उसे पहले पिंजरे में घेरने की कोशिश की और आकर्षित करने के लिए प्याज़ में घी लगाकर रखा। उसने बड़ी कुशलता से ऊपर का छिलका कुतर-कुतर कर खा लिया जिससे जाल खोलने का बटन प्रभावित नहीं हुआ। लोगों ने देखा तो वे हाथ मलकर रह गये। इतना छोटा, पर चालाक चूहा तो मनुष्य मात्र को नष्ट कर सकता है। किसी दिन यह सोते समय सारे परिवार को कुतरकर खा सकता है और सच्चाई यह है कि उसने इसकी कोशिश भी की थी। सबसे बड़े बेटे ने एक रात शिकायत की कि किसी ने उसकी एड़ी में काट खाया है। डॉक्टर को दिखाया तो उसने दाँत पहचान लिए और फौरन दर्जन भर इंजेक्शन लगाने को हिदायत दे दी, जिनकी कीमत एक सौ बीस रुपये थी। यह लड़का इंजेक्शनों का दर्द कभी भुला नहीं सका, और उसने इनको खत्म करने की क़सम खा ली। लेकिन किचेन की तोड़-फोड़ बदस्तूर जारी रही। घर की बड़ी महिला आँसू बहाती रही। फिर उसने सारे परिवार को फटकार लगाई, 'तुम सब क्या इतने निकम्मे हो गये हो कि इस समस्या का उपाय नहीं कर सकते?' इसके बाद उसने सम्बन्धित विभागों को भी बुरा-भला कहना शुरू किया, जैसे अन्न नियंत्रण, राशन की दुकानें, दूधवाले और सब्ज़ी के ठेले। अन्त में उसने चेतावनी दी कि अगर समय रहते कुछ नहीं किया गया तो सबको भूखे रहना पड़ेगा।

इसकी चरम सीमा तब आई जब स्कूल जाने वाली लड़की को अपनी वॉयल की साड़ी में जो उसने सूखने के लिए धूप में डाली थी, चार कुतरने के छेद मिले। इसके सामने उसके अन्य सब अपराध फीके पड़ गये। खाने की चीज़ों से उसका लगाव तो समझ में आता था, लेकिन वॉयल पर उसका हमला तो जैसे डकैती थी। यह तो सरासर राक्षसी काम था। और यह साड़ी चार दिन पहले ही तो खरीदी थी। लड़की को बड़ा सदमा लगा। उसे यह साड़ी बहुत पसन्द थी और करीब-करीब हर रोज़ उसे साबुन की कतरियों से धोकर एक लोहे के फ्रेम में अपने हाथों से सुखाने डाल देती थी। उसकी गलती यह हुई कि उसने यह फ्रेम स्टोर की खिड़की से नीचे साया में रख दिया, जहाँ चूहा आसानी से आ-जा सकता था। लड़की घंटों

रोती रही, उसके पिता, जो उसे बहुत प्यार करते थे, गुस्से में पागल होकर दाँत चबाने लगे—क्योंकि और कुछ वे कर नहीं सकते थे। लेकिन उन्होंने कसम खाई कि बदला ज़रूर लेंगे। जो अकेला व्यक्ति इससे प्रभावित नहीं हुआ, वह था सबसे छोटा लड़का रामू, जिसकी गणित की किताब एक दिन कुतरी हुई मिली थी—लेकिन उसने इसे अच्छा माना था। उसने बहन से कहा, 'तुमने साड़ी कील से लटकाकर फाड़ ली है, और अब इलज़ाम उस बेचारे पर लगा रही हो। इस घर में जो कुछ बुरा होता है, उस सबके लिए वही दोषी ठहराया जाता है, किसे पता, हो सकता है, घर में कोई चूहा ही न हो।'

उन्होंने कोने में आराम से लेटी बिल्ली की तरफ देखा। माँ ने कहा! 'इसको पालने से क्या फायदा?'

'उसे कोस क्यों रही हो?' लड़के ने एतराज़ किया।

'बिल्ली को अपना कर्तव्य निभाना चाहिए...उसे दूध पिलाने का क्या फायदा, अगर वह चूहे न पकड़े? यह तो चूहों से शायद डरती भी है, उनके पास ही नहीं जाती? रोज सेरभर चावल, घी और दूध पी जाती है...आजकल इन बिल्लियों को भी पता नहीं क्या हो गया है! पुराने वक्तों में, मुझे अच्छी तरह याद है, अगर कहीं एक भी बिल्ली होती तो...'

लड़का गुस्से से भरकर बोला, 'शायद यह दयालु बिल्ली है, और दूसरी बिल्लियों से ज़्यादा अच्छे स्वाद की चीज़ें बहुत पसन्द करती है...'

किसी और आदमी ने, जो इन प्राणियों के बारे में ज़्यादा जानकारी रखता था, सुझाव दिया, 'आप ऐसा करें, नारियल का एक टुकड़ा आग पर सेंकें, फिर उसे ठंडा करके इस्तेमाल करें, इसकी सुगंध चूहे को ज़रूर बेचैन कर देगी।' उसने यह भी जोड़ा, 'चूहा अगर दिल्ली में भी होगा तो आकर इसमें कूद पड़ेगा।' किसी की यह तो समझ में नहीं आया कि उसने दिल्ली शहर का ज़िक्र क्यों किया, लेकिन इसे स्वीकार कर लिया क्योंकि बात मज़ेदार लगी। इस जानकार ने यह भी कहा कि जाल को बोरे से ढक दें।

उन्होंने जैसा कहा गया था, उसी प्रकार किया और इन्तज़ार करने लगे। घंटे पर घंटे बीत गये लेकिन कुछ नहीं हुआ। फिर सवेरे करीब आठ बजे रायफिल की गोली चलने जैसी एक आवाज़ आई। इसी के साथ घर के सभी हिस्सों से लोगों के एक साथ बोल उठने का शोर सुनाई देने लगा। 'जाल गिरा है यह!' माँ जो घर के पिछवाड़े तुलसी के पौधे की परिक्रमा कर रही थी, अपनी पूजा छोड़कर स्टोर की तरफ तेज़ी से दौड़ पड़ीं। स्कूल की लड़की अपने कमरे में होमवर्क कर रही थी, पेन फेंककर खड़ी हो गई। बड़ा लड़का, जो बी.ए. के इम्तहान को लेकर परेशान हो रहा था, लेकिन जिसकी उँगलियाँ ताँबे के रंग की पैंट के साथ मैच करने वाला कोट छाँटने में लगी थीं, यह सब छोड़कर भागा हुआ आया। पिताजी, जो इनकम

टैक्स का फार्म भरने में लगे थे, कलम अपने कान में घुड़सकर लपकते हुए इधर चले।

सबने मिलकर बोरे के नीचे छिपा पिंजरा निकाला और सचमुच उसके भीतर से एक चूहा निकला। हालाँकि वह बहुत छोटा था, और गुड़ी-मुड़ी होने के कारण दिखाई भी न पड़ रहा था, मानो अपनी हरकतों पर अफसोस ज़ाहिर कर रहा हो। नारियल की सुगंध पर आधारित यह बड़ी सावधानी से आयोजित अभियान आखिरकार सफल हो गया था। छोटे बच्चे ने घुटनों के बल बैठकर उसे देखा और खुश होकर कहा, 'अरे, यह तो मिकी माउस ही लगता है। वाह!' बड़े भाई ने भी कहा, 'मिकी माउस...' और ताना देना शुरू किया कि ये चूहे सौ हज़ार टन अनाज हर रोज़ नष्ट कर देते हैं, बीस हज़ार गट्ठे कपड़े के और दूसरी चीज़ें हर हफ्ते काट-काटकर रिबन जैसे टुकड़े बना देते हैं, और अगर प्लेग फैल जाय तो हमारे उपमहाद्वीप का हर चौथा आदमी मौत के गाल में जा सकता है। लोगों को ताज़्जुब हुआ कि इसे इतना ज्ञान है। पिता भी बहुत प्रभावित हुए क्योंकि उन्हें अपनी बेटी का रोना याद आ गया, जब उसकी साड़ी में छेद पाये गये थे। वे बोले, 'सचमुच यह राष्ट्रीय विपदा है। इसका तो विनाश किया ही जाना चाहिए, लोग जो चाहें कहें...।' उन्होंने इसे राष्ट्रीय सुरक्षा से जोड़ा। छोटे लड़के ने बचाव करने की कोशिश की पर वह बेकार साबित हुई। उससे कह दिया गया कि अब वह चूहों का पक्ष बिल्कुल न ले।

सब एक मिनट के लिए चुप खड़े रहे। पिता ने कान में लगा कलम ऊपर-नीचे किया, अपना चश्मा ठीक से लगाया, और फैसला देने से पहले अपना गला साफ़ किया, फिर कहा, 'नौकर से कहो कि इसे पिछवाड़े ले जाय और पानी के एक बर्तन में डुबो दे।' यह कहते हुए वे बड़े गंभीर नज़र आ रहे थे। और यह कहकर वे तुरन्त अदालत छोड़कर चले गये और लोग भी बिखरने लगे। छोटा बच्चा सोचने लगा कि वह पिंज़रे के पास चुपचाप पहुँचकर उसका दरवाज़ा क्यों न खोल दे। बड़े भाई को इसका संदेह था और वह चौकीदार की तरह वहीं खड़ा रहा।

सबसे छोटा बच्चा धीरे-धीरे घुटनों के बल आगे बढ़ा और नौकर के कदमों की पदचाप सुनने लगा। वह जानता था कि वह पिंजरा लेने आयेगा, और उसे मृत्यु-स्थल तक ले जायेगा–इसलिए क्या वह यहाँ से भाग जाय–लेकिन अपनी उत्सुकता दबा न पाने के कारण वह देखता रहा कि नौकर ने पिंजरा उठाया और उसे लेकर बाहर निकल गया।

चालीस की उम्र में

रामाराव ने अपने अफ़सर से आज्ञा ले ली कि वह कल दफ़्तर नहीं आयेगा। 'शुभकामनाएँ,' अफसर ने कहा, 'सच कहूँ, तो तुम चालीस के हो, यह कभी नहीं लगा।'

सड़क के बस स्टैंड से जाते हुए रामाराव ने नाई की दुकान पर आगे ही लगे हुए आदमकद शीशे में अपने को देखने के लिए उधर का रुख किया। 'मैं चालीस का नहीं लगता,' अपने आप से उसने कहा और आगे बढ़ चला।

जब वह घर से निकला था, तब वह नहीं जानता था कि यह उसके जन्मदिन से पहले की शाम है। पर दफ़्तर का एक ड्राफ्ट तैयार करते समय उसने देखा कि कल ही तो 14 अप्रैल है। सामान्यतया उसके घर पर जन्मदिन मनाने का रिवाज़ नहीं था, लेकिन यह तो विशेष अवसर था, जब वह चालीस का हो रहा था, यह ज़िन्दगी का एक खास मोड़, जब खाना-पीना और जश्न मनाना वाज़िब था।

पेरीज़ कॉर्नर पर वह जबरन एक बस में घुसा और डोरी पकड़कर खड़ा हो गया। हम कभी बन्दर थे, यह अच्छा ही हुआ, उसने सोचा। नहीं तो इस प्रकार कोई चीज़ पकड़कर उससे लटकना इतना आसान न होता, क्योंकि बंदर ही यह काम सरलता से कर सकते हैं; हाँ, दोनों में एक ही बड़ा अन्तर है; कि वे दल बनाकर रहते हैं और हम—कंडक्टर ने उसे धक्का देकर हटाने की कोशिश की थी, कोई उसके बगल में ज़बरदस्ती घुस आया, और दूसरा उसका अँगूठा दबाये जा रहा था..., और ड्राइवर धचकों पर धचके देकर किसी तरह ऊँचे-नीचे बस को चलाये जा रहा था। बस जब सेंट्रल स्टेशन पहुँची तब रामाराव धक्का-मुक्की करके रास्ता बनाता हुआ किसी तरह उससे बाहर निकला। फिर कुछ खरीदने के लिए मूर मार्केट की तरफ चला। घर पर किसी को पता नहीं था कि कल उसका जन्मदिन है। वह उपहार देकर सबको अचम्भे में डाल देगा—वह सिल्क के कट-पीस, रंग-बिरंगे रिबन और मिठाई लेकर चला। यह भी नई बात होगी कि वह उपहार लेने के बजाय दे रहा है। दावत के लिए उसे सब्ज़ियां और दूसरी चीज़ें भी खरीदनी थीं।

शान्त पारिवारिक पार्टी होगी, और अगर बच्चे स्कूल नहीं जाना चाहेंगे तो वह दबाव नहीं डालेगा।

उसने मूर मार्केट का एक चक्कर लगाया। अपने से कहा, सब्ज़ियाँ सबसे बाद में खरीदेगा। फिर एक कपड़े की दुकान में गया और सिल्क दिखाने को कहा। उसमें से तीन-चार टुकड़े चुनकर खरीदे। बिल बनकर आया। उसे चुकाने के लिए जेब में हाथ डाला तो पाया कि पर्स उसमें नहीं है। उसने कपड़ा नहीं खरीदा। मूर मार्केट से बाहर निकलकर इधर-उधर घूमने लगा। उसका दिमाग जैसे उबल रहा था। फिर पार्क की एक बेंच पर बैठकर सोचने लगा कि उसने आखिरी बार पर्स कब बाहर निकाला था। ज़रूर बस में किसी ने जेब काट ली, उसने तय किया। वह उदास हो गया। चारों तरफ देखने लगा : दूसरी बेंच पर एक साधु सो रहा था, कई बच्चे एक फूल की क्यारी को नष्ट कर रहे थे। इन जेबकतरों को आज ही मेरी जेब काटनी थी? उसे गुस्सा आया कि भाग्य भी कभी-कभी कैसी दुश्मनी से व्यवहार करता है।

लोग कहते हैं कि चालीस आदमी की सबसे अच्छी उम्र होती है। दिमाग और शरीर दोनों प्रौढ़ हो जाते हैं। आदमी की आदतें पक जाती हैं, विचार और भावनाएँ हमेशा के लिए तय हो जाते हैं, उसके सब सम्बन्ध सुनिश्चित हो जाते हैं और किसी से कोई धक्का या ताज्जुब होने का अवसर नहीं आता। रामाराव इन परिणामों पर विचार करने लगा तो वह सवालों से भर उठा। चालीस का होने पर मेरी उपलब्धि क्या है? गणितज्ञों ने भारतीयों की जो औसत उम्र निश्चित की है उससे मैं सोलह साल ज़्यादा जीवन बिता चुका हूँ। अपने बुज़ुर्गों को प्राप्त जीवन का तीन चौथाई मैंने पूरा कर लिया है। मुझे अब तक क्या हासिल हुआ? वह सोचने लगा तो जवाब आया—चार बच्चे हैं मेरे, जिनमें सबसे बड़ा कॉलेज में पढ़ता है। बीवी को जितने जेवर चाहिए थे, उसे मिल गये हैं। दफ़्तर में मैं अपने विभाग का प्रमुख हो गया हूँ...। लेकिन घर अभी किराये का ही है। अगले पाँच सालों में मुझे बेटी की शादी करनी पड़ेगी और बेटे के कैरियर से जूझना होगा। क्या मैं यह सब कर सकूँगा? उसे अपने चालीस के होने पर परेशानी हुई क्योंकि इसके बाद ये सब कर्तव्य निभाने आवश्यक हो जायेंगे। यह सोचकर उसके माथे पर शिकन आ गई। क्या वह सचमुच बदल गया है? वह पीछे दिमाग़ दौड़ाने लगा। सबसे पहला जन्मदिन जो याद आया, उस पर उसके पिता ने उसे एक चमकती गोटे की टोपी उपहार में दी थी। फिर बी.ए. करने के बाद बीसवीं सालगिरह का दिन मनाया, जब उसने कई फैसले किये थे, कि यह नहीं करूँगा, वह नहीं करूँगा, यह बनूँगा, इत्यादि, और इस सबकी एक सूची तैयार की थी। इनमें से एक यह था कि शादी कभी नहीं करूँगा, और नौकरी भी वहीं करूँगा जहाँ मुझे 300 रुपये मासिक की तनख्वाह मिलेगी, और बैठने के लिए घूमने वाली आराम कुर्सी और

शीशे लगा दफ़्तर का कमरा मिलेगा। इसके बाद तीसवें जन्मदिन पर वह यह सोचकर परेशान हो उठा कि वह तीन बच्चों का बाप है। तब उसने तय किया कि चालीस तक सब ठीक-ठाक कर लेगा।

और आज वह इस स्थिति में था। अब पचास और साठ में उसका क्या होगा? चीज़ें यूँ ही चलती रहेंगी। अगर आदमी अपनी चिन्ता छोड़ दे तो उसे अपने बच्चों और नाती-पोतों की चिन्ता करनी पड़ती है। कुछ बदला ही नहीं है। रामाराव ने सोचा कि गोटे की टोपी मिलने पर खुश होने वाला रामाराव आज भी वही था जो वेतन में बढ़ोतरी होने पर उतना ही खुश हुआ था। इसी तरह घर पर पढ़ाने वाले मास्टर ने जब उसे डाँटा था, तब उसे जो दुःख हुआ था, वही दुःख दफ़्तर में अफ़सर की डाँट सुनने पर उसे होता था। उसके भीतर आज भी वही चिन्ता और दब्बूपन था जो पहले हुआ करता था, और इस तरह उसकी पत्नी तथा बच्चे उससे समर्थन की क्या आशा कर सकते हैं। वह न बदल रहा है, न विकसित हो रहा है। उसके बाल सफेद हो जाने से पहले से ज़्यादा लम्बे कपड़े पहनने से उसके चेहरे पर परिवर्तन का भ्रम ज़रूर पैदा हो गया है। यह सोचकर उसे संतोष हुआ, और उम्र के वर्षों का विचार जैसे समाप्त हो गया, अब उसके लिए जन्मदिन का विचार सालों की गिनती के अलावा और कुछ नहीं रहा। उसने तय किया कि जन्मदिन की बात घर पर किसी से नहीं करेगा।

घर लौटते हुए उसका दिमाग पर्स की चोरी से परेशान रहा। उसमें बीस रुपये और कुछ रसीदें ही थीं, लेकिन बीवी को पता लगा तो वह परेशान हो उठेगी। पिछली दफ़ा जब खरीदारी के बाद वह पाँच रुपये कम होने का हिसाब नहीं दे पाया था, तो वह रोने लगी थी। उसे इस नुकसान के बारे में पता नहीं चलना चाहिए। वह उसके मन को शान्त और प्रसन्न रखने की कोशिश करेगा और यही उसके लिए उपहार होगा। जिस तरह उसका पर्स जेबकतरे के लिए उसके जन्मदिन का उपहार था, उसी तरह इसी बात को छिपाये रखना पत्नी के लिए उपहार होगा।

वह घर देर से पहुँचा, क्योंकि पैदल चलकर आना पड़ा। 'रास्ते में ज़रूरी काम पड़ गया था,' उसने सफाई दी। दूसरे दिन वह हमेशा की तरह दफ़्तर गया। अफ़सर ने पूछा, 'जन्मदिन मन गया?'

'जी, सर, ज़रा जल्दी ही सब खत्म कर दिया,' मैंने जवाब दिया।

'अच्छी बात है,' अफ़सर बोला।

'मैं सोचता था कि कम से कम आधे दिन बाद आओगे। आज बहुत ज़्यादा काम है।'

'सर, मैं जानता हूँ,' यह कहकर वह अपनी मेज़ पर जाकर बैठ गया।

अपराध और दंड

'सोलह को तीन से गुणा करें तो क्या निकलता है?' शिक्षक ने पूछा, तो लड़का आँखें मिचकाने लगा। शिक्षक ने प्रश्न दोहराया तो उसने फ़ौरन जवाब दिया, 'चौबीस, और कुछ इस तरह मुसकराया जैसे मज़ाक उड़ा रहा हो। ज़ाहिर था कि लड़का उसे मूर्ख बनाने की कोशिश कर रहा था, हालाँकि यह उसका उद्देश्य नहीं था। शिक्षक ने यह गलती कई बार ठीक की थी, पर लड़का वही जवाब देता था। लड़का कक्षा की परीक्षा में पचास नम्बर लेकर कैसे पास होगा और पहली से दूसरी क्लास में डबल प्रमोशन लेकर जायेगा, जो उसके माँ-बाप चाहते और उम्मीद करते थे। 'चौबीस' शब्द सुनते ही उसके सिर का खून काफ़ी गर्म होने लगता। उसने अपने ऊपर नियन्त्रण किया और फिर आखिरी मौका देने के लिए पूछा, 'कितने?' लेकिन अब भी उसने वही जवाब दिया तो शिक्षक के हाथों की उँगलियाँ जैसे तड़पने लगीं, और उसने आगे बढ़कर लड़के के गाल पर तमाचा जड़ दिया। लड़के ने क्षण भर के लिए उसे घूरा और फिर रोने लगा। शिक्षक अब अपना गुस्सा भूल चुका था, उसे अपने काम पर पछतावा हुआ, और वह उसे चुप होने की मिन्नत करने लगा, 'रोओ मत, बच्चे, चुप हो जाओ, अरे...'

'मैं उन्हें बता दूँगा,' लड़के ने सुबकते हुए कहा।

'नहीं, नहीं, बिल्कुल नहीं,' शिक्षक ने आजिज़ी से कहा। उसने चारों तरफ़ नज़र डाली। सौभाग्य से नर्सरी, मुख्य इमारत से कुछ दूर पर थी।

'मैं माँ को बता दूँगा,' लड़का बोला।

माता-पिता के लिए लड़का छोटा-सा देवदूत था, गालों में गड्ढे, हमेशा मुस्कराता हुआ, मज़ेदार बातें—बस, पंखों की कमी थी। यह उनका अकेला बच्चा था—इसलिए ढेर सारा प्यार और बेतहाशा पैसा। उसके लिए उन्होंने खास तौर पर यह नर्सरी बनवाई थी, कीमती खिलौने खरीदे थे, छोटा-छोटा खूबसूरत फर्नीचर बनवाया था, और सारे बाग में घूमने के लिए छोटे-छोटे पेडल वाली गाड़ी भी ला दी थी। उसकी अलमारी को तरह-तरह की मिठाइयों और बिस्कुटों से भर दिया था और ज़रूरत

से ज़्यादा न खाये, यह उसी के ऊपर छोड़ दिया था। वे इसी तरह सब सुविधाएँ और आज़ादी देना पसन्द करते थे।

उनका कहना था, 'बच्चे के दिमाग में कोई विरोध का भाव या दबाव पैदा नहीं किया जाना चाहिए, इससे उनकी पूरी ज़िन्दगी बरबाद हो सकती है।...उसे अनुशासन सिखाने के लिए प्रयत्न की ज़रूरत होती है, लेकिन यह करना चाहिए। ...इसी प्रकार स्वस्थ नागरिक का निर्माण होता है।'

'ठीक है, बिल्कुल ठीक है,' शिक्षक ने ऊपर से सहमति व्यक्त करते हुए कहा, हालाँकि हर रोज़ उसका यह विश्वास बढ़ता जा रहा था कि बच्चे को सामान्य नागरिक बनाने के लिए सिर्फ उससे मिन्नत करने की भी ज़रूरत नहीं थी—बल्कि एक आना भर छड़ी भी ज़रूरी थी, जिसकी रूपरेखा बनाने के लिए वह तैयार भी था। शिक्षक के लिए यह हर वक्त परेशानी की ज़िन्दगी थी—जिसके बदले में उसे हर महीने की पहली तारीख को तीस रुपये दिये जाते थे। इसके लिए उसे हर शाम तीन घंटे देने पड़ते थे, जिसमें पहला आधा घंटा माता-पिता का बच्चों की शिक्षा के बारे में नई थियरियों का प्रवचन सुनने में लग जाता था। पिता ने अपना एम. ए. करते समय शिशु मनोविज्ञान विषय पर निबन्ध प्रस्तुत किया था, और माँ ने भी बी.ए. की कक्षा में इस बारे में बहुत कुछ पढ़ा था। वे हर रोज़ उसे इन विषयों पर लेक्चर देते, और वह यह सोचने लगा था कि वे बच्चे को बहुत पतले शीशे का बना मानते हैं। वह ऊपर से यही दिखाता कि इन बातों से सहमत है, लेकिन वास्तव में वह बच्चे को एक छोटा गोरिल्ला समझता था।

अब वह समझ नहीं पा रहा था कि उसे कैसे चुप कराया जाय, क्योंकि वह लगातार सुबक रहा था। वह परेशान हो उठा। अन्त में उसने कहा, 'तुम्हें इन छोटी-छोटी बातों पर रोना नहीं चाहिए, बल्कि सिपाही की तरह सामना करना चाहिए।'

'सिपाही, जिसे कोई मारे तो वह बन्दूक से गोली मार देता है,' बच्चे ने यह सुनकर कहा। शिक्षक ने इसे मज़ाक की तरह लेने का दिखावा किया और हँसने लगा। बच्चा भी उसके साथ हँसने लगा। इससे स्थिति कुछ संभली। 'अब जाओ और अपना चेहरा धो डालो।'—नर्सरी में एक छोटा-सा नीले रंग का नल भी लगा था। लड़के ने कहना नहीं माना और आज्ञा दी, 'आज की पढ़ाई खत्म कीजिए।' शिक्षक यह सुनकर दंग रह गया, 'नहीं अरे नहीं,' वह बोला।

'नहीं तो मैं जाता हूँ माता को बताने,' बच्चे ने धमकी दी। उसने कुर्सी खिसकाई और खड़ा हो गया। शिक्षक उसे वापस बिठाने लगा। 'बच्चे, मुझे अभी यहाँ एक घंटा और रहना है।' लड़का बोला, 'ठीक है, तो मुझे इंजन चलाते देखो।'

'अगर पिताजी आ गये...' शिक्षक बोला।

'उनसे कहना कि यह पाठ इंजन का है,' लड़का बोला ओर शैतानी से मुस्कुराने लगा। वह अलमारी के पास गया, उसे खोला, ट्रेन के हिस्से निकाले, और रेल की

पटरी बिछाने में लग गया। फिर उस पर इंजन के पहिये जमा दिये और वह गोल-गोल चक्कर लगाने लगा। फिर शिक्षक से बोला, 'समझ लो कि आप स्टेशन मास्टर हैं।' 'नहीं, नहीं।' शिक्षक ने रोका, 'परसों तुम्हारा इम्तहान है।' लड़का फिर शैतानी से मुस्कुराया और बोला, 'आप स्टेशन मास्टर बनेंगे या नहीं?'

शिक्षक का गुस्सा चढ़ने लगा। उसने ज़ोर देकर कहा, 'नहीं, मैं स्टेशन मास्टर नहीं बनूँगा।' जिस पर लड़के ने अपने गाल पर हाथ रखकर धीरे से कहा, 'मुझे यहाँ बहुत दर्द कर रहा है। माँ को बताने जा रहा हूँ।' यह कहकर वह दरवाज़े की तरफ चला। शिक्षक निराश भाव से उसे देखता रहा। बच्चे का गाल अभी तक लाल था। वह बोला, 'ठहरो, बच्चे। अच्छा, मैं तैयार हूँ स्टेशन मास्टर बनने के लिए। बताओ, क्या करना पड़ेगा?'

लड़के ने कहना शुरू किया, 'ट्रेन जब तुम्हारे स्टेशन पर आये, तुम सीटी बजाना और ज़ोर से कहना, 'ड्राइवर साहब, गाड़ी रोको। आज बहुत से लोगों ने टिकट खरीदा है।'

शिक्षक एक कोने में पीठ झुकाकर बैठ गया और आज्ञा का पालन करने लगा। लेकिन आधे घंटे में वह इस तरह बैठे रहकर थक गया और उठकर खड़ा हो गया, जिससे उसका शिष्य नाराज़ हो गया। उसके भाग्य से इंज़न भी उसी समय खराब हो गया और उसने आगे बढ़ने से इनकार कर दिया। लड़के ने वह शिक्षक के हाथ में पकड़ा दिया और बोला, 'इसे ठीक कर दीजिए।' उसने इंजन घुमाकर कहा, 'मैं नहीं कर सकता। मैं इस बारे में कुछ नहीं जानता।'

'इसे चलाना पड़ेगा,' लड़के ने ज़िद की। शिक्षक परेशान हो उठा। वह मशीनों के बारे में कुछ भी नहीं जानता था? उसे अपनी जान बचाने के लिए एक घुंडी भी घुमानी होती, तो वह यह नहीं कर पाता। लड़के ने ज़मीन पर पैर पटका और राक्षस की तरह खड़ा हो गया। शिक्षक ने ज़ोर से कहा, 'मैं नहीं कर सकता और करूँगा भी नहीं।' लड़के ने तुरन्त एक नई माँग रख दी, 'मुझे एक कहानी सुनाइये।'

'साढ़े आठ बज रहे हैं, तुमने जोड़ नहीं लगाया।'

'मुझे जोड़ नहीं करना है। कहानी सुनाइये।'

'नहीं...'

'अम्मा, अम्मा!' लड़के ने आवाज़ लगाई।

'तुम इस तरह क्यों उन्हें बुला रहे हो?'

'उन्हें कुछ बताना है, ज़रूरी बात है...'

शिक्षक ने परेशान होकर शेर और भैंसे की कहानी शुरू की, फिर 'अलीबाबा और चालीस चोर' सुनाई, और अंत में 'अलादीन का चिराग़'। लड़का बड़े ध्यान से सुनता रहा, फिर बोला, 'वह भैंस की कहानी फिर सुननी है। वह मज़ेदार है...।' उसकी साँस फूलने लगी थी। इससे पहले स्कूल में छह घंटे पढ़ाया था।

'कल सुनाऊँगा, आज मेरी साँस फूल रही है...।'

'अच्छा, तो ठीक है, मैं जाता हूँ बताने...' लड़का बोला और एकदम खड़े होकर घर की तरफ दौड़ने लगा—और शिक्षक भी उसके पीछे दौड़ा। लड़के की रफ़्तार तेज़ थी, वह पागल की तरह घूमा और पार्क में चक्कर लगाने लगा—और इस तरह शिक्षक से भी तीन चक्कर लगवाये। शिक्षक की हालत खराब होने लगी, वह गिरने-गिरने को हो गया। लड़के ने तरस खाकर दौड़ना बन्द कर दिया और गुलाब की झाड़ी के पास खड़ा हो गया। शिक्षक चूर-चूर होकर सीढ़ियों के पास गिर पड़ा।

इसी समय माता-पिता दोनों वहाँ प्रकट हुए और बोले—'क्या बात है?' शिक्षक उन्हें देखकर उठने की कोशिश करने लगा। लेकिन वह बात भी नहीं कर पा रहा था। वह बुरी तरह हाँफ रहा था। उसने फ़ैसला किया कि लड़के की ज़्यादतियाँ सहने के बजाय वह बड़ों की बात सुनना ज़्यादा पसन्द करेगा। वे लड़के से पूछ रहे थे, 'इस वक्त यह दौड़ क्यों रहे हो?' लड़के ने शैतानी से शिक्षक की तरफ़ नज़र डाली। उसने गला साफ़ किया और कहा, 'मैं बताता हूँ...' और सोचने लगा कि क्या कहे। पिता ने पूछा, 'यह गणित के इम्तहान की तैयारी कैसी कर रहा है...' 'इम्तहान' का शब्द सुनते ही लड़का घबरा गया और शिक्षक के पीछे जाकर छिपने लगा और इशारों से उससे कहने लगा कि कोई शिकायत न करे। उसकी शक्ल देखकर शिक्षक को सचमुच उस पर दया आ गई और वह बोला, 'इसे सोलहवीं संख्या, को ही कुछ और याद करना है...बाकी सब ठीक है। निकल जायेगा।'

लड़का खुश हो गया। शिक्षक ने उसके कृतज्ञ चेहरे पर नज़र डाली और उसे विश्वास हो गया कि अब वह कहना मानेगा। उसने कहा, 'आज ज़रा जल्दी पढ़ाई पूरी हो गई सर, और मैं बच्चे का उत्साह बढ़ाने के लिए उसके साथ खेल रहा था...गुड नाइट!'

कीमत आठ आना

सुब्बिया मार्केट गेट पर चावल बेचता था। उसकी दुकान में बड़ी-बड़ी टोकरियों में सब तरह के चावल : कंकड़ जैसे सादा चावल से लेकर, दिल्ली के सांबा तक जो चमेली की तरह सफेद और सुई की तरह पतले रखे रहते थे। उसकी दुकान घिरी-भरी और अँधेरी थी, लेकिन उसे इसका एक-एक इंच प्यारा था। उसे बोरों की, चावल और उसके छिलके, सबकी बू पसन्द थी, और मिल से आया ताज़ा चावल जब गाड़ी से गिरता हुआ नीचे बोरों और बर्तनों में भरा जाता, तब वह यह दृश्य देखकर बहुत प्रसन्न होता था। उसने अच्छे और बुरे दोनों तरह के दिन देखे थे। कभी सूखा पड़ता था और पौधे उगते ही नहीं थे, और चावल की मिलें शान्त पड़ जाती थीं, और लोगों की आँखें गड्ढों में धँस जाती थीं और वे अधमरे दिखाई देने लगते थे। लेकिन उन दिनों में भी वह दुकान बन्द नहीं करता था। अगर अपने बीस टोकरों के लिए उसे माल न मिलता, तो वह गाँवों में निकल जाता। और कम से कम दो टोकरे भर लाता और उन्हीं को बेचता। फिर ऐसा भी समय आता जब फसल बहुत अच्छी होती और उपलब्ध माल का वह चौथाई भी नहीं ले पाता, और लगता कि चावल बेचना बेवकूफी का काम है। आप सारा दिन और सारी रात चावल बेचते तो भी इतना नहीं कमा पाते, जिससे पचास रुपये का भी फायदा हो? तब कहा जाता कि व्यापार में मंदी आ गई है। फसलों का देवता दुर्भावनापूर्ण माना जाता था : न उसका अतिरेक सहन योग्य था और न कमी। लेकिन सुब्बिया सब ऊँचा-नीचा पार कर चुका था। चावल उसके खून में बस गया था। जब उसके पिता काम देखते थे तब वह अवेतन शिक्षार्थी के रूप में काम सीखता था। तब उसे चावल के बोरों से नफरत थी जिनके बीच वह दुकान में फँसा महसूस करता था, और उसकी इच्छा भीड़ भरी सड़कों पर घूमने की होती। सिनेमा, फुटबाल मैच, और कुश्ती के मैच देखने के लिए वह तरसता था, जो सब वह दुकान के भीड़ भरे दरवाज़े के पीछे से कुछ-कुछ ही देख पाता था। उसके पिता उसे दुकान के भीतर ही रहने को मजबूर करते और उसकी बाहरी रुचियों को बढ़ने

नहीं देते थे। वे कहते, 'लड़कों को कोड़े न लगाये जायें तो वे डाकू बन जाते हैं।' उसने छोटे बच्चे पर यह उसूल इतनी सख़्ती से लागू किया कि बहुत जल्द ही वह सिर्फ चावल और बाज़ार का दीवाना बन गया। जब पिता की मृत्यु हुई, उसने यह जगह इस तरह सम्भाली कि किसी को कोई अन्तर नज़र नहीं आया। सब लोग यही समझते रहे कि बूढ़ा ही गद्दी पर बैठा पैसे गिन रहा है। व्यापार बढ़ता गया। सुब्बिया घर के पिछवाड़े पाँचों कीमती गायें बाँधकर रखे रहा, जिनका दूध, दही, घी और मक्खन रात-दिन खाकर उसके पाँचों बच्चे खूब मोटे हो गये और गुब्बारे की तरह फूल गये। पड़ोस के एक गाँव में उसकी तीस एकड़ ज़मीन थी जिसे देखने वह हर महीने जाता, कि सब ठीक-ठाक है या नहीं। वह ज़रूरतमंद लोगों को ऊँचे ब्याज पर पैसे उधार देता और वापसी न होने पर उनके घरों पर कब्ज़ा कर लेता—इस तरह उसने दर्जनों घर हथिया लिए थे। उसके पास अकूत पैसा जमा हो गया। वह बच्चों को स्कूल भेजने लगा, उनके लिए गोटे की टोपियाँ और ज़री के कोट बनवा दिये और घर पर भी उन्हें पढ़ाने के लिए एक मास्टर रख दिया जो शाम के वक्त हॉल में लैंप जलाकर बैठकर बड़े ज़ोर-ज़ोर से आवाज़ें लगा-लगा कर उन्हें पढ़ाया करता था। उसने अपनी बीवी को सोने से मढ़ दिया और बनारसी सिल्क की चमकदार कीमती साड़ियाँ पहना दीं। अपने घर में दो मंज़िलें और बनवा लीं, जिसमें बड़े-बड़े कमरे थे, दीवारों को गहरे नीले रंग से रँगवा दिया, और सोने के फ्रेमों में लगवाकर देवी-देवताओं की सैकड़ों तस्वीरें चारों तरफ लटका दीं। दिन भर गद्दी पर बैठा वह तिजोरी में पैसा भरता रहता, और नौकरों को बड़ी तराज़ू में चावल तौल-तौल कर बोरों में भरते देखता रहता—बहुत शान्त और सन्तुष्ट थी उसकी ज़िन्दगी। यह सब अनन्त काल तक चलता न रहने का अब कोई कारण नहीं रहा था—यही सब काम और रुचियाँ हमेशा इसी तरह होती चली जाना, चावल आना और जाना, और पैसा इकट्ठा होते चले जाना, फिर एक-के-बाद एक उसके लड़कों का उसी की तरह मोटे होते चले जाना और परिवार का यह व्यवसाय बढ़ाते चले जाना। व्यावहारिक दृष्टि से लगता था कि यह जीवन, मृत्यु और परिवर्तन से परे का क्षेत्र है।

युद्ध न होता तो यह ऐसे ही चलता रहता। पहले तो लगा कि सभ्यता ही समाप्त हो जायेगी, लेकिन पहले धक्के के बाद, स्थिति इतनी खराब नज़र नहीं आई। उसका पैसा और भी तेज़ी से बढ़ने लगा—सैगोन और बर्मा ने चावल भेजना बन्द कर दिया जिसका अर्थ हुआ कि यहाँ जमा चावल सोने के मूल्य का हो गया। उसकी दुकान पर लोग रात-दिन खड़े रहते, और तिजोरी का दरवाज़ा हर वक्त खुला रहता। उसने पड़ोसी का घर गोदाम बनाने के लिए खरीद लिया। फिर उसके बाद वाला घर, फिर उसके भी बाद वाला घर...और सारी गली खरीदने के बाद उसने एक दर्जन गाँव भी खरीद लिए। अपनी बीवी और लड़कियों पर और सोना लाद

दिया, और खुद अपना आकार भी बहुत बढ़ा लिया। युद्ध कुल मिलाकर, लाभदायक सिद्ध हो रहा था। परन्तु मूल्य और खाद्य नियंत्रण आरम्भ होते ही स्थिति बदलने लगी। जीवन में पहली बार वह परेशान और चिन्तित हुआ। वह समझ नहीं पा रहा था कि किसी को यह अधिकार कैसे मिला कि यह बेचो और इतनी कीमत रखो। वह रात-दिन अपने मित्रों और कर्मचारियों के साथ यही चर्चा करता रहता। 'सरकार, वह क्या जानती है व्यापार क्या होता है! वह टैक्स इकट्ठा करे, चोर-डाकू पकड़े और नालियाँ बनवाये। और चावल का काम तो सबसे अलग व्यापार है!' उसे अच्छा लगता जब कोई कहता, 'खाने-पीने का विभाग तो बकवास है। हर चीज़ बिगाड़ रखी है।' वह दिल से इसका समर्थन करता और सुझाव देता, 'तुम जैसा कोई पढ़ा-लिखा आदमी सरकार से बातचीत नहीं कर सकता? पर हालत तो शर्मनाक है!'

शीघ्र ही उसे पता लगा कि नए ढंग से वह काम कर सकता है। अफ़सरों से मिलने-जुलने, लोगों से बातचीत करने और बहुत से कार्य करने के बाद उसे सही कीमत वाले अन्न की दुकान के रूप में काम करते रहने का अवसर मिल गया। लेकिन अपनी पुरानी दुकान के सामने यह बहुत घटिया काम था। जब उसे पता लगा कि उसके गाँव में किसानों द्वारा मेहनत से उगाया गया सारा चावल उसे सरकार को देना पड़ेगा, तो वह कष्ट से कराहने लगा। यह आज्ञा उसे बहुत अत्याचारपूर्ण लगी। 'मैं पैदा करूँ और कीमत वे तय करें—क्यों? वे मुझे आज्ञा देंगे कि मैं अपना अनाज बेचूँ या नहीं।' यह योजना उसे एकदम गलत लगी। लेकिन बाहर से ज़्यादा विरोध प्रदर्शित न करके उसने इसे स्वीकार कर लिया। उसे नींद आनी बन्द हो गई और मुँह का ज़ायका खराब हो गया। रात-रात वह इसी समस्या पर सोचता रहता। अन्त में एक उपाय सामने आया। उसने खुद को समझाया, अभी उसका चावल खेतों में ही है, उसके बोरे गोदाम में हैं। 'अगर मैं अपनी अक्ल लगाकर इनकी रक्षा नहीं कर पाऊँ, तो मैं तो खत्म हो जाऊँगा। आखिरकार यह सरकार चाहती क्या है? यही न कि कागज़ पर सब ठीक-ठाक नज़र आये। तो यह किया जायेगा। इसके लिए कुछ कारगुज़ारी करनी पड़ेगी। पर वह ज़रूरी है। उसे जितने चावल की ज़रूरत थी—बेचने और अपने इस्तेमाल के लिए—उतने वह रख लेता, लेकिन नज़र से बाहर और कागज़ पर भी नहीं। इसके लिए उसे उन लोगों को, जो जाँच-पड़ताल के लिए हर जगह जाते थे, पैसा देना पड़ेगा और काफ़ी पैसा, परन्तु यह लाभदायक सौदा था। अगर वह इस अवसर पर दस रुपये का नोट किसी को पकड़ाता, तो उसका अर्थ था हज़ार रुपये का चावल बिना जाँच के निकाला जा सकता था। वह इस समस्या पर गहराई से विचार करने लगा तो उसे यह ज्ञान हुआ कि एक दृष्टि से ये सब नियम और प्रतिबन्ध लाभ के लिए ही हैं। वह दार्शनिक के रूप में इस निर्णय पर पहुँचा कि 'भगवान हर काम अच्छे

के लिए ही करता है।' उसने हफ्ते में दो बार कुछ अन्न दान देना शुरू कर दिया, और हर शुक्रवार भगवान के नाम पर नारियल फोड़ने लगा, क्योंकि वह उसकी सहायता कर रहा था। धीरे-धीरे इस विधि का प्रयोग करते रहने और इसमें ज़्यादा अनुभव प्राप्त करने के बाद वह इसका विशेषज्ञ हो गया। अपनी दुकान पर वह चावल तौलने में ज़रा चतुराई बरतता, जिससे दिन खत्म होने पर बहुत सा चावल जमा हो जाता, जो किसी का भी नहीं होता था। फिर वह दुकान कभी खोलता कभी बन्द करता और इस तरह व्यवहार करता कि लोगों को उससे चावल लेने के लिए कई चक्कर लगाने पड़ते : जब उसके पास पैसा होता तो इसके पास चावल न होता, और जब पैसा न होता तो चावल होता था। इस तरह चालबाजी करके वह हर हफ्ते ढेर सारा चावल जमा कर लेता, और गाँव से फसल का बहुत कम चावल खाद्य विभाग के पास पहुँचता। इसके बाद उसने पीछे वाली गली का अपना एक मकान गोदाम बना दिया और उसमें ज़मीन से छत तक चावल के बोरे भर दिये। वह इसे रद्दी कागज़ और कबाड़ का गोदाम कहता था, जो वह कागज़ की मिलों के लिए जमा करता था। इसकी सफाई देते हुए वह कहता, 'क्या करूँ, ज़िन्दगी चलाने के लिए करना पड़ता है।'

अब वह चावल बहुत कम बेचता, और वह भी परिचित ग्राहकों को ही। उनसे पहले पैसा ले लेता और बाद में आने को कहता। इस तरह बात करता, 'एक आदमी है, जिसके पास कुछ चावल है। पता नहीं, अभी तक बचा भी है या नहीं। जो हो, पैसा छोड़, जाओ।' कई दफ़ा वह पैसा वापस भी कर देता, कहता, 'माफ़ करना, मिला नहीं, उसने कहा तो था कि दे देगा, लेकिन आजकल किसी का यकीन नहीं किया जा सकता।'

एक शाम उसने दुकान बन्द की और जेब में चाबी रखकर सड़क पर चला, एक आदमी ने उसे रोक लिया और बोला, 'अच्छा, दुकान बन्द कर दी। लेकिन मेरा भाग्य है...।' सुब्बिया आमतौर पर सड़क पर मिलने वालों से बातचीत करना पसन्द नहीं करता था, क्योंकि ये लोग एक ही बात करते थे—'चावल चाहिए।' चावल की इतनी माँग से उसे चिढ़ होती। ये लोग चावल की जगह, जब वह कहीं नहीं मिल रहा, मक्का या ज्वार क्यों नहीं खाते? बहुत से लोग सोना भी नहीं ले पाते!

'मुझे इस वक्त और काम हैं, मैं बात नहीं करूँगा,' उसने कहा और तेज़ी से आगे बढ़ने लगा। उस आदमी ने पीछा नहीं छोड़ा। उसने सुब्बिया की बाँह पकड़ ली और बोला, 'दुकान खोलकर मुझे चावल दो। मैं तुम्हें जाने नहीं दूँगा।' सुब्बिया रुका तो कहने लगा, 'मेरे दोनों बच्चे खाने के लिए चिल्ला रहे हैं और बूढ़ी माँ बेहोश पड़ी है। सब भूख से बेचैन हैं। राशन कार्ड तीन दिन पहले खत्म हो गया था। इन्हें इस हालत में देखा नहीं जाता मुझसे...। मेहरबानी करो और थोड़ा सा चावल दे दो। मैं सारे शहर का चक्कर लगा आया, पर कहीं एक दाना भी नहीं

मिला...। घर पर सब मेरा इन्तज़ार कर रहे होंगे, कि कुछ लेकर आऊँगा...खाली हाथ पहुँचा तो पता नहीं वे क्या करेंगे...?'

'कितना चाहिए?'

'सेर भर दे दो। खाने वाले छह लोग हैं।'

सुब्बिया ने उसे चिढ़कर देखा, 'तो पहले क्यों नहीं आ गये?'

'मैं और जगह ढूँढ़ रहा था?'

'कितना पैसा है तुम्हारे पास?'

दूसरे ने आठ आने का सिक्का दिखाया। सुब्बिया ने उसे नफ़रत से देखा। 'इतने में सेर भर चाहिए?'

'लेकिन चावल रुपये का तीन सेर मिल रहा है, है न?'

'अब यह सब भूल जाओ। कंट्रोल वगैरह की बात करोगे तो भूखे मरोगे।' उसे गुस्सा आ गया। लोग भूख से मरते हुए भी वही बातें करते हैं। उसने कहा, 'आठ आने और दो तो सेर भर दे दूँगा।'

दूसरे ने निराशा से सिर हिलाया। 'यह महीने का अंत है, यही बाकी बचा है।'

'आधा सेर ही मिलेगा—जिसका चावल है वह इतना ही देगा।'

'ठीक है,' दूसरे ने धीरे से कहा। 'जितना मिलेगा, वही सही।'

'पैसे मुझे दो,' सुब्बिया बोला। उसने सिक्का ले लिया। 'मेरे पीछे मत आना। वह आदमी बड़ा शक्की है। किसी को साथ देखेगा तो फौरन मना कर देगा। यहीं इन्तज़ार करो, मैं आता हूँ। लेकिन मैं वादा नहीं कर सकता। अगर वह ना करता है तो तुम्हारा भाग्य।'

वह चला गया और यह आदमी सड़क के कोने पर खड़ा रहा। 'कितनी देर इन्तज़ार करना पड़ेगा मुझे?'—उसने सुब्बिया से पूछना चाहा, लेकिन, वह नाराज़ हो जायेगा, यह सोचकर चुप रहा। तीन घंटे बीत गये और सुब्बिया वापस नहीं लौटा, तो वह सोचने लगा कि उसे पूछ लेना चाहिए था। रात गहराने लगी, आने-जाने वाले कम होते गये। जो लोग चल रहे थे, वे छायाओं की तरह दिखने लगे। आदमी खुद ही बुड़बुड़ाने लगा, 'पता नहीं, क्या हुआ? वह कहाँ है? कहाँ चला गया? मैं कब लौटूँगा और चावल पकाऊँगा? बच्चे, मेरे बच्चे!'

वह घूमा और जिस दिशा में सुब्बिया गया था, उधर चलने लगा। लेकिन यह दिशा सही नहीं थी। क्योंकि गोदाम कहीं और था और सुब्बिया दिखाना नहीं चाहता था कि वह किधर जा रहा है। वह दरअसल थोड़ी दूर उधर चलकर किसी और तरफ़ मुड़ गया और उधर चला गया। आदमी सूनी पड़ी सड़कों पर इधर-उधर घूमता रहा, फिर उसकी दुकान की ओर चला कि शायद वह वहीं हो। वह वहाँ भी नहीं था। दरवाज़े पर पहले की तरह ताला पड़ा था। उसे ताज़्जुब होने लगा और कुछ देर घूमने के बाद सुब्बिया के घर जा पहुँचा। उसने दरवाज़ा खटखटाया

तो पीछे से सुब्बिया की पत्नी की आवाज़ आई! 'आज बहुत देर हो गई...?' लेकिन एक नए आदमी को देखकर चुप हो गई। उसने पूछा, 'सुब्बिया घर पर है?'

'नहीं, वह तो अभी तक आया ही नहीं।' उसकी चिन्ता ज़ाहिर थी। दोनों छह बजे सवेरे तक इन्तज़ार करते रहे, फिर बेचैन होने लगे! पत्नी ने पूछा, 'तुमने उसे दूसरे गोदाम पर देखा?'

'कहाँ है यह?' उसे बताना पड़ा क्योंकि वही इसके बारे में जानती थी। दोनों चले। गलियों में घूम-घूमकर वे उस इमारत पर पहुँच गये। दरवाज़ा भीतर से बन्द था। उन्होंने खटखटाया। लेकिन यह हमेशा सुरक्षा के ख्याल से ही बनाया गया था, इसमें चूहे भी मुख्यद्वार के अलावा कहीं और से नहीं घुस सकते थे। अन्त में उन्हें सामने की एक खिड़की तोड़कर और एक लड़के को भीतर घुसाकर मुख्य द्वार खुलवाना पड़ा।

खिड़की से रोशनी की एक किरण भीतर आ रही थी। उन्होंने देखा, फर्श पर एक बिजली की टार्च पड़ी है, और उसके पास एक अठन्नी और थोड़ी दूर बोरों के ढेर के नीचे से एक हाथ निकला पड़ा है।

जाँच के बाद कहा गया : 'अचानक बोरों के गिर पड़ने और दम घुटने के कारण—मौत।'

प्रतिरोधक

डायरेक्टर पहले ही सेट पर काम करने लगा था—एक ऑफिस का कमरा जिसके बीच एक बड़ी सी मेज़ और उसके पीछे घूमनेवाली कुर्सी। गोपाल, निश्चित वेश में कोट पैंट पहने, चेहरे पर रंग लगाये ऊपर गया और डायरेक्टर के सामने सिर झुकाया। डायरेक्टर ने कहा, 'ऊपर जाओ और कुर्सी से चार कदम दूर अपनी जगह ले लो, जब तक रोशनियाँ लगाई जा रही हैं, हम दो रिहर्सल कर लें।'

'यस, सर,' गोपाल ने कहा और अपनी जगह लेने चला। उसे पता नहीं था कि उससे क्या और क्यों करने की अपेक्षा की जा रही है। डायरेक्टर को पहले से कहानी किसी को बताने की आदत नहीं थी। वह एक के बाद दूसरे शॉट के लिए एक्टरों को बुलाता और उसी समय उन्हें बताता कि क्या और कैसे करना है। अगर कोई कुछ पूछता तो वह कहता, 'मैं जो बताता हूँ, उतना ही करो, ज़्यादा पूछताछ मत करो।' दूसरों के लिए कुछ सोचना ज़रूरी नहीं था।

अब इस महामानव ने गोपाल को कुर्सी की तरफ धीरे से धकेला और कहा, 'बैठ जाओ और...अपनी दाहिनी बाँह मेज़ पर टिका लो...ठीक है...खुश नज़र आओ क्योंकि अभी तक एक बढ़िया व्यापारिक सौदा कर चुके हो... ।' उसने गोपाल का पोज़ ध्यान से देखा और कहा, 'जब टेलीफोन बजता है, तब बायें हाथ से उठाओ और कहो...याद रखना टेलीफोन को कसकर नहीं, आराम से ही पकड़ना है, और जब तक यह तीन बार पूरा न बजे, ध्यान नहीं देना है। हमेशा टेलीफोन इस्तेमाल करने वाला कभी जल्दबाजी में रिसीवर नहीं उठाता।'

'यस, सर, मैं समझ रहा हूँ,' गोपाल ने कहा।

'तुम टेलीफोन में कहोगे, "रामनारायन स्पीकिंग! ओह!...हलो!...यह बात है!" कुछ ऐसे, जैसे बहुत ताज़्जुब हो रहा हो और धक्का भी लगा हो।'

'फिर क्या मुझे फोन रख देना होगा?' एक्टर ने पूछा।

'यह बाद में बताऊँगा...इस शॉट में इतना ही। तेज़ी से मत बोलना, आराम से।'

टेलीफोन तीन दफ़ा बजा। गोपाल ने अपना पार्ट बोला। इससे पहले एक

दर्जन बार यह माइक्रोफोन के सामने, जो गदहे के सामने लटकती मूली की तरह ऊपर से लटकता हिल-डुल रहा था।–अभ्यास के लिए बोला जा चुका था। गोपाल ने अपने वाक्य बड़े नपे-तुले ढंग से बोले, लेकिन कुछ था जो हमेशा गलत ही होता लगता था। साउंड रिकार्डिस्ट के सहायक ने भीतर झाँककर देखा और हमेशा की तरह दोहराया, 'आखिरी ध्वनि खा मत जाओ। उसी लहज़े में बोलो। कहो तो दुबारा लूँ?' उन्हें ताज़ा, साफ़ आवाज़ पसन्द ही नहीं आती थी, बार-बार बोलकर जब वह अस्पष्ट और खसखसी हो जाती, तभी वे उसे पसन्द करते थे।

गोपाल ने अपना एक्ट और शब्द इतनी बार दोहराये, कि उसे होश ही न रहा कि क्या कर रहा है और कह रहा है। 'रेडी', 'स्टार्ट', 'कट' और 'ऐनदर मॉनीटर, प्लीज़' की आवाज़ों के बीच आखिरकार शॉट ले लिया गया। डायरेक्टर संतुष्ट हुआ और लगा शिकायती स्वर में स्वीकार किया कि 'तुमसे इससे ज़्यादा अच्छा शायद सम्भव नहीं है।' फिर बोला, 'जगह मत बदलना। यही सीन जारी रहेगा।' उसने लाइट्स वहाँ लाने का आदेश दिया। कैमरे के भीतर से एक्टर को देखा और कहा, 'टेलीफोन का रिसीवर रखना नहीं, हाँ, दाहिनी बाँह को ज़रा आराम दे सकते हो। लकड़ी जैसे मत लगो। स्वाभाविक दिखाई दो।' वह कैमरे से वापस लौटा, मेज़ के सामने खड़ा हुआ और गोपाल की तरफ ध्यान से देखकर बोला, 'हाँ, अब ठीक हो तुम। इस शॉट में सिर्फ एक्शन है, डायलॉग नहीं।'

माइक्रोफोन हटा लिया गया। गोपाल को चैन मिला। भगवान को धन्यवाद, बोलना नहीं पड़ा। शायद मैं जल्दी घर जा सकूँगा। डायरेक्टर बोला, 'यह बात ध्यान से सुनो। तुम्हें डायलॉग की आखिरी लाइन याद होगी, ''हैलो...यह बात है!'' इसे एक्शन में जारी रखना है। तुम सेकिंड के दसवें हिस्से तक रुकोगे, हाथ से टेलीफोन गिर जाने दोगे, अपनी कुर्सी पर पीछे लुढ़क जाओगे, और सिर को एक तरफ ज़रा सा मुड़ जाने दोगे।'

'क्यों? क्यों, सर?' गोपाल ने चिन्तित होकर पूछा। यह पहली दफ़ा वह डायरेक्टर से प्रश्न कर रहा था। डायरेक्टर ने जवाब दिया, 'क्योंकि तुमने अभी टेलीफोन पर बुरी खबर सुनी है।'

'यह क्या है, सर?' गोपाल ने पूछा।

'इसकी चिन्ता मत करो। बेकार सवाल पूछने में अपनी ताकत बर्बाद मत करो।'

'इस बुरी खबर से मुझे चक्कर आ जाता है?' गोपाल ने पूछा। उसका दिल हल्की उम्मीद से धड़कने लगा था। 'नहीं,' डायरेक्टर ने ज़ोर देकर कहा। 'यह सुनकर तुम्हारी मौत हो जाती है।' इसके बाद वह इसे विस्तार से बताने लगा, कि कैसे टेलीफोन नीचे गिर जाता है, गोपाल का सिर कहाँ टकराना चाहिए, उसकी बाँह कितनी हिलनी है, वगैरह। वह गोपाल के पास गया और धीरे से उसका सिर थपथपाया। उसे सामान

की तरह इस्तेमाल करते हुए सिर पीछे किया और उसे इधर-उधर हिलाया-डुलाया। 'क्या बात है, तुम खुश नहीं दिखाई दे रहे,' उसने कहा। गोपाल जवाब देते हुए हिचका।

डायरेक्टर क्षण भर रुका। गोपाल को लगा कि वह उसके ख्याल भाँप लेगा। डायरेक्टर ने कहना शुरू किया, 'या शायद तुम...' गोपाल इन्तज़ार करने लगा कि कुछ अच्छी बात कहेगा। यह आदमी आखिरकार व्यवहार बदलेगा। डायरेक्टर ने वाक्य इन शब्दों से खत्म किया, '...चेहरा नीचा करके लेट जाओ और बाँहें फैला लो।'

'जैसे चक्कर आया हो?' गोपाल ने फिर पूछा।

'नहीं, बिल्कुल मृत। बुरी खबर सुनकर दिल जवाब दे देता है,' डायरेक्टर ने कहा।

गोपाल का हाथ अजाने दिल के ऊपर पहुँच गया। वह अभी भी धड़क रहा था। उसने सिर उठाकर डायरेक्टर की तरफ़ देखा। वह उसके ऊपर तन कर खड़ा था और जवाब का इन्तज़ार कर रहा था। गोपाल ने सोचा, यह आदमी तो यम लग रहा है। अगर मैं उसके कहने के अनुसार नहीं मरा तो वह मेरा गला दबा देगा। कैसी परेशानी है!

उसने मिन्नत के स्वर में कहा, 'सर, आप कहानी कुछ बदल नहीं सकते?' उसके बिल्कुल सामने बड़ा सा लैंप था, जिससे उसका चेहरा झुलस रहा था। उसके पीछे छायाओं का अँधेरा था, कई लोगों की जो उसे देख रहे थे—अधिकारी, तकनीशियन, और रोशनियाँ उठाने वाले।

डायरेक्टर उसका सुझाव सुनकर बौखला उठा, 'तुम्हारा मतलब क्या है? जो कहा जाता है, करते रहो।'

'करूँगा, सर, ज़रूर करूँगा। लेकिन यह...यह...मुझे अच्छा नहीं लग रहा।'

'क्या अच्छा है और क्या नहीं, यह बताने वाले तुम कौन होते हो?' डायरेक्टर ने अकड़ते हुए कहा। यह आदमी भाग्य की तरह निर्दय था। विरोधी ग्रह भी कभी-कभी शान्त हो जाते हैं, पर अपने गले में रूमाल बाँधे यह आदमी एकदम क्रूर था। यह सही प्रभाव पैदा करने के लिए बच्चे की भी गर्दन दबा देगा।

उसने प्रश्न किया, 'आज तुम्हें क्या हो गया है, गोपाल? आज तुम यह वाहियात बातें क्यों कर रहे हो?'

'सर, आज मेरा जन्मदिन है,' उसने आजिज़ी से कहा।

'तो तुम्हें बहुत-बहुत मुबारक,' डायरेक्टर ने तुरन्त कहा और फिर बोला, 'लेकिन इसका यहाँ क्या मतलब है?'

'लेकिन यह ज़रा अजीब जन्मदिन है,' गोपाल बताने लगा। 'यह उनचासवाँ जन्मदिन है मेरा, और ज्योतिषियों ने कई दफ़ा मुझसे कहा है कि मैं यह जन्मदिन देख नहीं पाऊँगा, और अगर यह दिन मैंने देख लिया तो मुझे आगे कोई चिन्ता नहीं करनी पड़ेगी...सारी ज़िन्दगी मैं इससे डरता रहा हूँ। जब कभी मैं अपनी पत्नी और

बच्चों को देखता हूँ तो सोचता हूँ कि क्या इन्हें मैं अनाथ छोड़ जाऊँगा। आज मैं देर से इसीलिए आया क्योंकि घर पर इसके लिए पूजा-पाठ करवाया था, और जीवित रहने की खुशी में लोगों की दावत की थी, ज्योतिषी ने मुझसे कहा है कि मैं आज कोई गलत काम न करूँ। इसे मैं बहुत पावन दिवस की तरह बिताना चाहता हूँ, सर।'

डायरेक्टर प्रभावित हुआ। वह अपने सहायक की ओर मुड़ा, जो छाया की तरह उसके साथ लगा रहता था और जिसकी बगल में एक फाइल दबी रहती थी और उसे आदेश दिया 'कहानी-लेखक को बुलाओ।' थोड़ी देर बाद वह हाज़िर हुआ। उसके ओंठ पान से रँगे थे। वह काफी सफल लेखक था जो फिल्म-निर्माताओं को मज़ेदार कहानियाँ देकर अच्छे पैसे कमाता था। एक्टर की कहानी सुनकर वह बड़े ज़ोर से हँस पड़ा। वह ऐसा व्यक्ति नहीं था जो बात-बात पर तुनक उठते हैं। उसने घोषणा की, 'यह कहानी बदली नहीं जा सकती। यह मरने से इनकार क्यों करता है? मैं चलता हूँ।'

वह चलने को हुआ, लेकिन दरवाज़े पर पहुँचकर रुक गया और बोला, 'जो हो, बॉस को बुलाओ और यह बात बताओ।'

बॉस दौड़ता हुआ वहाँ आया। उसने चिंता जताते हुए पूछा, 'क्या परेशानी है? बात क्या है?'

गोपाल अपनी कुर्सी पर बिना हिले-डुले बैठा था, उसे अपनी स्थिति पर ज़रा भी बदलने की इजाज़त नहीं थी, नहीं तो जारी रहने का भाव नष्ट हो जाता। उसका दम घुटने लगा। लैंप की गर्मी उसे जलाये डाल रही थी। सब उसके इर्द-गिर्द खड़े उसे तमाशे की तरह देख रहे थे। छाया के कारण उनके चेहरे धूमिल पड़ गये थे। ये सब मेरे लिए यम हैं, गोपाल सोचने लगा। सब मुझे मरा देखना चाहते हैं।

बॉस उसकी मेज़ के पास आया और पूछने लगा, 'तुम होश में तो हो?' गोपाल ने सोचा, बॉस की बॉक्स आफिस भावना को अपील की जाय। उसने कहा, 'सर, लोग सुखान्त कहानियाँ देखना चाहते हैं। मैंने देखा है कि मृत्यु से अंत होने वाली फिल्मों में वे उठकर चले जाते हैं।'

'ओह!' बॉस ने प्रतिक्रिया की। फिर कुछ सोचकर बोला, 'तुम गलत कह रहे हो।' फिर डायरेक्टर की तरफ घूमकर बोला, 'पहले लोग खुशी में खत्म होने वाली फिल्में देखना पसन्द करते थे। लेकिन आज ज़माना बदल गया है। मेरे पास आँकड़े हैं। दुखान्त फिल्मों ने सुखान्त की तुलना में तीस फीसदी ज़्यादा कमाई की है—पिछले छह महीने के आँकड़े यही बताते हैं। ज़ाहिर है कि लोगों को संवेदना और दया की भावनाएँ व्यक्त करना बहुत अच्छा लगता है। ...मैं कहानी को हरगिज़ बदलना नहीं चाहूँगा।'

डायरेक्टर ने ज़रा प्यार से गोपाल की पीठ थपथपाई और कहा, 'बहुत छोटा शॉट है। मैं ज़्यादा टाइम नहीं लगाऊँगा। मन बना लो कि करना है।' वह बड़ी मिठास

से बोल रहा था। समझा रहा था। लेकिन इसका क्या मतलब था? मरने के लिए समझाने का मतलब क्या हो सकता था? गोपाल को लगा कि उसकी नौकरी खत्म और परिवार सड़क पर आ जायेगा। वह स्टूडियो का कीमती समय यूँ ही बरबाद कर रहा था। आज इस अद्भुत घटना को देखने के लिए भीड़ भी ज़्यादा जमा हो गई थी।

डायरेक्टर ने नरमी से पूछा, 'क्या कल तुम इस दृश्य के लिए तैयार होकर आओगे?'

'जी, सर, ज़रूर,' गोपाल ने चैन की साँस लेकर कहा, 'कल आप जो भी कहेंगे, मैं उसी तरह करूँगा—शवदाह भी कर दूँगा।'

यह सुनते ही बगल में फाइल दबाये सहायक तेज़ी से आगे आया और बोला, 'नहीं, इसे आज ही पूरा करना है। कल यह जगह हमें नहीं मिलेगी। दूसरे फिल्मवाले महल बनाने के लिए इसे चाहते हैं। वे सिर्फ आपका इन्तज़ार कर रहे हैं कि कब आप खत्म करें, और वे इसे तोड़ें। अभी भी भुनभुना रहे हैं कि देर होती जा रही है। वे अपनी तारीखों में पीछे पड़ गये।'

'यह बगल में फाइल दबाये पिद्दी सा आदमी मेरी ज़िन्दगी को चला रहा है। यह मौत का सीन एक दिन बाद रखने की बात सुनने को भी तैयार नहीं है।'

डायरेक्टर थोड़ी देर के लिए बाहर अँधेरे में चला गया जहाँ टेक्नीशियन इकट्ठे थे। वह उनसे फुसफुस करके बातें करने लगा।

उसने उन्हें फुर्ती से काम करने को कहा। इसके बाद वह गोपाल की तरफ कुछ ऐसी मुद्रा लेकर बढ़ा जैसे उसके सब पहलुओं पर ग़ौर कर लिया है और फैसला भी कर लिया है। गोपाल ने उसे अपनी तरफ़ आते देखा तो उसने सोचा कि इसके सिर पर काली टोपी रखी जाय और हाथ में चाबुक पकड़ा दिया जाय, तो यह तस्वीर पूरी हो जायेगी। गोपाल जानता था कि उसका बचना सम्भव नहीं है। जूरी ने फैसला दे दिया है। इसलिए डायरेक्टर के मुँह खोलने से पहले ही उसने कहा, 'ठीक है, सर मैं मरने को तैयार हूँ।'

रोशनियाँ जल उठीं। कैमरा शूट करने के लिए तैयार था। डायरेक्टर गरजा, 'एक्शन।' गोपाल ने टेलीफोन नीचे छोड़ दिया। उसका सिर पीछे लटक गया और एक तरफ़ ज़रा सा मुड़ गया। बीसियों आदमी ध्यान से उसकी मृत्यु होती देख रहे थे। लेकिन इससे पहले कि डायरेक्टर कहता, 'कट', गोपाल ने कुछ ऐसा किया जो उसने सोचा, किसी की नजर में नहीं आयेगा : यद्यपि उसे मृत दिखाई देना था, उसने अपनी दाहिनी आँख खोली और कैमरे की तरफ़ देखकर झपकाई—इस उम्मीद से कि इस अशुभ रोल के लिए यह प्रतिरोधक का काम करेगी, उसका असर खत्म कर देगी।

लेकिन डायरेक्टर चीखा, 'गलत। एक्शन दोबारा। रीटेक...

❑ ❑ ❑